조선 기생 홍금보

조선기생 홍금보(朝鮮妓生 紅檎寶) 2

초판 1쇄 찍은 날 | 2013년 10월 14일
초판 1쇄 펴낸 날 | 2013년 10월 22일

지은이 | 육시몬
펴낸이 | 서경석

편 집 장 | 권태완
편집책임 | 손수화
편 집 | 장미연
디 자 인 | 이혜정

펴낸곳 | 도서출판 청어람
등록번호 | 제1081-1-89호
등록일자 | 1999. 5. 31
어람번호 | 제5-0348호

주소 | 경기도 부천시 원미구 심곡2동 163-2 서경B/D 3F (우) 420-822
전화 | 032-656-4452 팩스 | 032-656-4453
http://www.chungeoram.com
E-mail | chungeorambook@daum.net

ISBN 978-89-251-3506-9 04810
ISBN 978-89-251-3504-5 (SET)

장편소설

육시몬

조선기생 홍금보

Chungeoram romance novel

2

청어람

目次

※ “ ”는 조선말, [ ]는 명나라말입니다.

5장 색주부(色酒婦)뎐

참 좋은 날이다. 서쪽으로 기울기 시작한 늦여름 태양은 황금빛 노을로 하늘을 물들일 준비를 하고 국화꽃 짙은 향기가 열어 놓은 장지문으로 밀려들어 와 방 안을 가득 채운다. 방 안엔 갖가지 화장용구들이 펼쳐져 있고, 채봉이 분주하게 홍금보를 단장시키는 중이었다. 향이 좋은 약재를 우려낸 물로 목욕을 마치고 나온 금보는 경대 앞에 오도카니 앉아 채봉이 하는 대로 몸을 맡기고 있었다.

"살다 보니 내가 너 머리 올리는 걸 다 보고. 이래서 사람은 일단 오래 살고 볼 일이라니까. 독각귀네 뭐네 하면서 무조건 싫다 싫다 하지만 말고 이왕 이렇게 된 거 좋게 생각하거라. 눈이 좀 퍼렇고 머리가 좀 노래서 그렇지, 키도 훤칠하고 어깨도 떡 벌어지고 녹봉도 쏠쏠하게 받는다더라. 게다가 그 많은 은자에 비단까지 턱 하니 안겨주지 않았느냐? 쫓아와서 머리끄덩이 잡아당길 조강지처가 있는 것도 아니고, 너라면 끔뻑 죽잖니. 계집은 자고로 자기를 좋아하는 사람을 만나 어여쁨 받으면서 사는 게 제일이다."

타령이라도 하듯 채봉의 입에서 쉴 새 없이 말이 쏟아진다. 그러면서도 손은 입보다도 더 분주하게 이리저리 움직였다. 능숙한 솜씨로 금보의 얼굴에 보얗게 분을 바르고 입술엔 붉은 연지도 칠했다. 물색 고운 연분홍 치마에 화사한 노란 저고리를 걸치고 댕기머리를 풀어 두둥실 가채까지 얹으니 박색이라 구박받던 홍금보도 퍽이나 어여뻐 보인다.

"허이고, 우리 금보도 이렇게 꾸며놓으니 예쁘네, 예뻐."

정말 여식을 시집이라도 보내는 양 채봉이 코를 훌쩍거렸다.

"예쁘긴. 내 보기엔 좀 치장한 독각귀 같구먼."

하는 일 없이 옆에서 이리저리 기웃거리던 소란이 시큰둥하게 종알거렸다.

"저, 저 또 입방정! 뭐 하나 도와준 것도 없으면서!"

채봉이 눈을 흘기며 소리쳤다.

"당장 꺼지지 못해!"

"나 말인가? 문이 열려 있기에 그냥 들어왔는데……."

문지방을 넘어 안으로 들어오던 이강이 화들짝 놀라 발걸음을 멈춘다.

“아이고, 나리! 아닙니다. 아닙니다. 소란이 저년한테, 아니, 소란이 저것이 하도 옆에서 허튼소리를 해대서 한 말이지 나리한테 한 말이 절대, 절대 아닙니다요.”

이강보다 더 당황한 채봉이 손사래까지 치며 펄쩍 뛴다.

“알았네. 괜찮으니 신경 쓰지 마시게.”

이강이 엷게 웃는다. 그 작은 미소에도 그의 얼굴은 햇살이라도 비춘 듯 눈부시게 빛난다.

“저기, 내 금보에게 할 말이 있는데 잠시 자리 좀 비켜주겠나?”

“자리를요? 행수 어르신께서 절대 옆을 비우지 말라 하셨는데…….”

행여 홍금보가 독각귀의 수청을 들기 싫다며 도망이라도 칠까 봐 종일 방에 가둬두다시피 하며 감시를 했더랬다. 그러나 한바탕 난리를 피울 줄 알았는데 너무 고분고분해서 오히려 이상할 정도로 금보는 얌전했다.

“오래 걸리진 않을 걸세. 부탁하네.”

이강이 다시 부드럽게 웃는다. 안 됩니다, 라고 말을 하려 채봉이 이강을 바라보는데, 아! 꽃이 웃는다. 매화, 수선화, 봉숭아, 과꽃, 이화가 활짝 피어나 해사하게 웃는다. 아찔할 만큼 아름다운 모습에 어지러움이 느껴질 정도이다. 그의 부탁을 거절한다는 것이 과연 인간의 의지로 가능한 일일까? 적어도 그녀는 불가능하다, 꽃보다 아름다운 저 미소 앞에서 거절이라니!

"정 그러시다면……."

반쯤 넋이 나간 채봉은 결국 그렇게 대꾸하며 소란을 끌고 밖으로 나갔다. 평소와는 달리 금보는 이강을 보고도 아무 말이 없었다. 마치 다른 사람 같은 얼굴로 담담하게 앉아 있을 뿐이었다. 그네의 얼굴이 낯설어 보이는 건 화려한 치장 때문만은 아닐 것이다. 이강과 금보 사이에 잠시 어색한 침묵이 흐른다.

"곱구나."

물끄러미 금보를 바라보던 이강이 먼저 입을 연다. 분명 칭찬이건만, 금보의 얼굴이 오히려 흐려진다.

"가장 좋지 않은 순간에 가장 듣고 싶었던 말을 해주시는군요, 오라버니는."

금보가 말했다. 몹시 서글픈 말이나 그저 담담하게.

"왜 말하지 않았느냐? 어머니가 많이 아프시다고. 난 그런 것도 모르고 오해를 하지 않았느냐. 어제는 내가 참으로 미안했다."

"아닙니다. 이제 다 해결되었습니다."

"무엇이 해결되었단 말이냐? 네가 말한 해결이라는 게 마음에도 없는 사내의 품에 안기는 것이냐? 이건 아니다. 가자. 저기 뒤창으로 빠져나가 후문으로 해서 기방을 나가면 교산 형님께서 말을 준비해 놓고 계신다. 형님이 부탁해서 삼월이도 도와주기로 했다. 밖에서 채봉을 붙들어놓고 있을 게야. 인왕산 깊은 곳에 '삼장사'라는 작은 절이 있는데, 우선 그곳에 몸을 숨기고 있다가 잠잠해지면 네가 원하는 곳으로 보내주마. 조선팔도 어디든, 명국이라도. 물론 네 어머니도 함께."

이강이 목소리를 낮춰 빠르게 말한다. 그러나 금보는 그다지 망설임도 없이 대꾸했다.

"저는 아무 데도 가지 않을 것입니다."

"그러지 말고 내 말대로 하거라. 너를 여인으로서 생각해 본 적은 없지만 너는 나에게 아주 소중한 사람이다. 그것만은 변치 않는 사실이라는 걸 알아주었으면 좋겠구나."

그럴 것이다. 금보의 마음을 단칼에 거절하긴 했지만 어려움에 빠진 금보를 절대 모른 척하지 않을 것이다. 하나 금보가 아닌 다른 누군가가 어려움에 빠졌더라도 그는 할 수 있는 한 도움을 줄 것이다. 이강은 그런 사람이었다.

"원치도 않는 사내에게 너를 내주도록 구경만 할 순 없다. 허균 형님도, 길동 형님도 우리 셋 다 같은 생각이다. 너는 우리 모두의 누이니까."

'그놈의 누이, 누이! 누이! 누가 그딴 게 하고 싶답니까?'

금보의 얼굴이 더욱 고집스럽게 굳는다.

"어차피 언젠가는 머리를 올려야 할 기생인데 정인이 아닐 것이라면 누구인들 어떻습니까. 그 상대가 눈이 좀 퍼렇고 머리가 좀 노라면 또 어떻습니까. 어깨도 떡 벌어지고 녹봉도 많이 받는 걸요."

"너답지 않게 그 무슨 약한 소리냐? 너는 홍금보가 아니냐. 누구보다 강하고……."

"질기고 드세고 욕심 많고 고집불통에 자기밖에 모르는 망나니지요."

금보가 이강의 말을 가로챘다. 하지만 결코 자조적인 태도는 아니었다. 오히려 그녀는 더 당당하게 외쳤다.

"예, 저는 홍금보입니다. 저는 도망치지 않을 겁니다. 도망을 간다 한들 이렇게 눈에 확 띄는 덩치에 반신불수 어머니를 모시고 어디까지 도망칠 수 있겠습니까. 게다가 저희 어머니는 지금 많이 편찮으십니다. 머리까지 다치셔서."

"휴우, 그때 우리 집에서……. 내가 정말 면목이 없구나. 이 모든 것이 나로 인해 벌어진 일인데 그 책임은 네게 지우는 것 같아서. 그러니 내 더더욱 너를 이렇게 두고 볼 수만은 없다."

"됐습니다. 어머니께서 편찮으시지 않더라도 그런 불편한 몸으로 고단한 도피 생활을 견디시기 힘들 것입니다. 저는 이곳을 떠날 수 없습니다. 그리고 피할 수도 없습니다. 피할 수 없다면, 살아남아야지요. 살기 위해서라면 무엇인들 못하겠습니까. 전 살기 위해서 최선을 다할 것입니다. 그것이 저의 살아가는 목적이니까요."

금보의 말이 또랑또랑 울려 퍼진다. 그러나 '도망을 치면 다시는 오라버니를 볼 수 없을 것이 아닙니까?' 라는 말은 차마 하지 못했다. 아무리 미련을 버리려 해도 어리석은 미련은 쉬 버려지지가 않는다.

"그리 마음먹고 있는 줄도 모르고 괜히 방에 가둬놓았구나."

방 밖에서 목소리가 들려와 그들 사이에 끼어든다.

"나리, 계보린입니다. 들어가겠습니다."

계보린이 남색 치맛자락을 사락거리며 방문을 열고 안으로 들어왔다. 은빛 저고리에 풍성한 남색 치마를 입고 실로 오랜만에 상을 찡그리지 않고 미소를 띠고 있는 그네는 삼십대 중반의 무르익은 원숙미까지 더해져 아찔할 만큼 농염했다.

"행수 어르신!"

금보가 얼른 자리에서 일어난다. 계보린이 이강에게 가볍게 허리를 굽혀 인사했다.

"나리, 홍금보의 말이 맞습니다. 우린 도망칠 곳이 없습니다. 이것이 우리 기녀들의 운명이니까요. 기녀가 되는 순간 그 누구도 거스를 수 없는."

말을 마친 계보린이 금보의 주변을 천천히 한 바퀴 돌며 살펴보았다. 그리곤 뭔가 아쉽다는 표정으로 고개를 갸우뚱하더니 제 머리에 꽂고 있던 떨잠을 떼어 금보의 가채에 달아주었다. 꽃과 나비가 머리 위로 날아오를 듯이 산들거리는 떨잠까지 꽂으니 맵시가 더욱 살아났다.

"이제 좀 괜찮구나."

어지간해선 칭찬 따위 하지 않는 계보린에게 '괜찮구나' 라는 말은 최고의 찬사였다.

"행수 어르신, 이것은……."

계보린이 평소 아끼던 떨잠이다. 샘 빠른 그녀가 남에게 공으로 무언가를 준다는 것은 몹시 드문 일이었다.

"싫증 났다."

대수롭지 않게 대꾸한다. 그네는 원래 그렇다. 고맙네, 감사하네, 간지러운 말들이 오가는 것도 딱 질색이고 생색내는 것도 싫다. 그리고는 고개를 돌려 아직도 게 있었냐는 듯 이강에게 묻는다.

"금보와 둘이 할 얘기가 있는데 더 계시겠습니까?"

"아닐세."

나가달라는 얘기와 다를 바 없는 말에 이강이 자리에서 일어났다. 계보린이 그 뒷모습을 바라보며 조용히 한숨을 삼켰다.

'금보에게 어리석은 미련을 갖게 하지 마시오. 어차피 두 사람은 악연입니다. 장이강 나리, 장태인의 아들…….'

이강이 터덜터덜 뒷문으로 걸어 나오자 말고삐를 잡고 기다리던 허균이 고개를 갸우뚱하며 다가왔다.

"어째 혼자 나오나? 홍금보는?"

"그것이……."

이강이 자초지종을 얘기하자 허균이 뭐가 그리 재밌는지 껄껄 웃어젖힌다.

"금보 그 녀석, 이제 보니 꽤 똘똘한 구석도 있군! 거 보게, 내가 별로 좋은 방법은 아닌 것 같다고 하지 않았나. 그 덩치가 숨긴다고 어디 숨겨지겠나. 십 리 밖에서도 '앗, 홍금보다!' 하고 눈에 확 띄는 아이인데."

"그래도 다른 방법이 없지 않습니까. 정말 이대로 오늘 밤에 그 아이가 박수타와……."

"그럼 박수타를 납치해 버리는 건 어떤가?"

"형님, 지금 농이 나오십니까?"

"아니, 진담인데?"

"어휴, 그게 말이 되는 소리라고 생각하십니까? 온 조선을 뒤집어놓을 일이 있습니까?"

"그런가? 그럼 농일세."

"형님, 정말 이번엔 수가 없는 것입니까? 난감한 일이 있을 때마다 늘 기발한 생각을 해내시지 않았습니까?"

"우리도 아침부터 이리저리 뛰어다니며 해볼 만큼 다 해보지 않았나. 전에 금보를 의금부에서 빼낼 때 살짝 풍(風:허풍)을 좀 친 것 때문에 유 제독은 이제 내 말이라면 들은 척도 안 하고. 그러면서 왜 자르지는 않는지. 보고 있으면 웃겨서 좋다나? 좀 잘라주면 기방에서 종일 뒹굴거리며 좋을 텐데……. 아무튼 유 제독이 자네 같은 한낱 통사관 따위의 말을 들어줄 리도 없고, 자네 아버님의 후광이라도 업고 부탁하면 좋으련만 자네 아버님도 콧방귀도 안 뀌시고, 홍금보가 박수타의 수청을 원치 않을 것이니 철회해 달라는 말을 그 누가 들어주겠나? 기녀 따위의 의사가 뭐 중요하다고. 그러니 별수 있나, 금보를 빼내든가 박수타를 납치하든가 둘 중 하나인데 둘 다 여의치가 않으니 나도 이젠 별수가 없네. 무리야."

어젯밤 삼월이에게 박수타가 바로 오늘 홍금보의 머리를 얹어주기로 정해졌다는 말을 듣고 가슴이 철렁했다. 비단은 선물이 아니라 전두였던 것이다. 은자도 전두로 필요했던 것이고. 그러니까 결과적으로 박수타가 홍금보의 하룻밤을 사는 데 허균이 거간꾼 노릇을 한 셈이다.

'어이쿠, 내가 금보를 덮치라고 도와준 셈이 아닌가!'

허균이 부랴부랴 이강에게 달려가 이 사실을 전했다. 물론 자신이 본의 아니게 거간꾼 노릇을 했다는 건 빼고. 예상대로 이강은 펄쩍 뛰었고 이 상황을 해결하기 위해 허균, 홍길동과 함께 동분서주했다. 자신이 이런 상황을 만드는 데 일조를 했다는 찜찜한 마음에 허균도 모처럼 열심히 도왔으나 결국 별로 달라진 것은 없었다.

"박수타에게 술이라도 진탕 먹여 날짜를 늦춰볼까요?"

"언 발에 오줌 누기지. 하룻밤 늦춰질 뿐. 길어봤자 며칠."

"그래도 그 며칠 동안 혹시 좋은 방도가 떠오를지도……."

안절부절못하는 이강을 허균이 빤히 바라보다 묻는다.

"전부터 정말 궁금했던 건데 말이야, 자네는 진정 홍금보에게 마음이 없나?"

"예?"

"아무 마음도 없는데 왜 이렇게 신경을 쓰는 건가?"

"그럼 형님은 금보가 어찌 되건 상관없다는 것입니까?"

"물론 그건 아니지. 그러니 이리 도우러 달려오지 않았는가? 내가 세상에서 벗으로 생각하는 여인이 딱 둘이 있는데 하나는 글벗인 매창이요, 다른 하나가 소리벗인 홍금보일세. 벗이 어려움을 당한다면 당연히 도와야지."

"저도 형님과 마찬가지 마음입니다. 금보는 어릴 적부터 저의 벗이자 누이니까요."

"근데 어쩌겠나? 본인이 가지 않겠다는데. 그게 홍금보의 결심이라면 존중해 줘야지 않겠나. 억지로 끌고 간다면 우리가 박수타와 다를 것이 뭔가?"

이강이 아무 대꾸 없이 무거운 눈빛으로 먼 산을 바라본다. 이것이 과연 그 아이가 자의로 한 결심인가. 그 아이를 둘러싼 모든 상황에 밀려 여기까지 오게 된 것이 아닌가. 하나 금보의 의사와는 상관없이 이 이상 그가 억지로 밀어붙이는 것은 주제넘은 일일지도 모른다. 금보의 연정을 받아줄 수 없다 거절하고선 이 사내는 된다 안 된다 하는 것도 어찌 생각하면 우스운 일이고. 하지만 그런 말들이 이런 상황을 뻔히 지켜보면서 아무것도 하지 않았다는 것에 대한 핑계 같아 비겁하게 느껴지기도 했다.

그는 진심으로 홍금보를 누이로 생각하고 아꼈다. 어릴 적엔 그 아이가 정말로 누이였으면 하고 바랐던 적도 있었다. 그 씩씩함이 부러웠고, 세상 어디에도 의지할 곳 없이 몸이 불편한 어머니를 홀로 책임져야 하는 모습이 안쓰러웠다. 그래서 그 아이의 오라비가 되어 힘이 되어주고 싶었다. 지금도 그 마음은 변함이 없었다.

“그나저나 인왕산에 가 있는 홍길동은 어쩐다. 우리가 오기를 목 빠지게 기다리고 있을 터인데.”

“형님이 가시라니까, 다리도 불편하신 길동 형님에게 산을 오르라 하셨습니까? 것도 그 깊은 산중까지.”

“내가 시킨 게 아니라 자기가 먼저 가겠다고 했다니까 그러네. 가서 머리도 식히고 며칠 쉬다 오고 싶다면서. 에이, 자네는 왜 항상 나만 가지고 그러나?”

허균이 삐친 듯이 입을 비죽거리더니 훌쩍 말에 올라탄다.

“형님, 어디 가십니까?”

“절름발이 데리러 가네!”

냉큼 외치고 바람처럼 말을 몰고 달려간다.

“이제 곧 어두워질 텐데 산에 가신다고요?”

그러나 이미 허균은 저 멀리 사라져 버렸다.

“어휴, 형님도 참…….”

저도 모르게 한숨을 내쉬었다. 이제 곧 해가 지고 어두워질 텐데…… 금보의 오늘 밤은 어찌 될 것인지. 그 생각을 하자 또 다시 한숨이 나온다. 자꾸만 자꾸만 한숨이 새어 나와 서글프도록 찬란한 노을 속으로 흩어진다.

해가 저물고 아름다운 여인의 눈썹같이 고운 초승달이 떠오르자 박수타가 기방으로 찾아왔다.

"왔어! 왔다고! 백귀가 드디어 왔다고요!"

박수타보다도 소란이 먼저 별채 마당으로 뛰어 들어오며 호들갑스럽게 소리쳤다.

"왔대!"

"왔어!"

마당에 모여 있던 기녀들이 술렁인다. 서방에서 온 백귀 박수타가 독각귀 기녀 홍금보의 머리를 올려주러 오는 진귀한 광경을 구경하기 위해 모두들 몰려와 있던 터였다.

"백귀가 뭐냐, 이것아! 박 통사 나리시지!"

채봉이 방문을 열고 나와 한 대 쥐어박을 듯이 꾸짖는다.

"피이, 어차피 우리말은 알아듣지도 못하는데 뭐라 부르면 어떻습니까?"

"지금 어디 계신데?"

물으며 댓돌에 놓여 있는 신을 신는다.

"조금 아까 장 통사 나리와 함께 기방에 도착하셨으니 이쪽으로 오는 중일 겁니다. 행수 어르신께서 금보에게 떨잠까지 주셨다면서요? 계집애, 머리 한 번 올리고선 비단옷에 떨잠에 아주

복이 터졌구먼. 그런 건 나한테 더 잘 어울릴 텐데."

"그럼 비단옷이니 떨잠이니 다 너 달라 하고 네가 대신 웃고름을 풀지 그러니?"

삼월이가 농담처럼 말을 던진다.

"미쳤어요? 독각귀의 거시기는 정말 독각귀 방망이만 하다던데 이부자리에서 가랑이 찢어져 죽을 일 있습니까?"

"허이고, 그렇게 가랑이가 찢어져 죽으면 정말 극락을 오가겠구나. 오죽이나 좋을꼬?"

"성님이나 독각귀 방망이 물고 극락 실컷 가슈!"

"얘, 삼월이 성님은 개나리가 계시잖니."

심심하던 차에 심심이가 얼른 끼어든다.

"나리, 나리, 개나리, 허견 나리!"

사방에서 까르르 웃음보가 터져 나온다.

"이것들이 당장 입들 닥치지 못해! 누굴 보고 개 어쩌고 하는 게야?"

삼월이가 눈썹을 팔자로 치켜뜨며 쏘아붙인다. 그때 계보린이 박수타와 함께 마당으로 들어섰다. 그리고 한 발짝 떨어져 이강이 어색하게 뒤를 따른다.

"왜 이리 소란이냐!"

"예? 저 말입니까?"

소란이 화들짝 놀라 계보린 앞으로 나선다.

"흰소리 집어치우고 다들 물러가거라. 구경났느냐?"

아닌 게 아니라 정말 구경이 났다. 나름 예를 갖추어 은은한 옥색 도포에 갓까지 반듯하게 쓰고 선비와 같은 복장으로 나타난 박수타의 모습이 제법 그럴싸해 보인다.

"찬찬히 뜯어보니 그리 무섭게 생기진 않았는걸?"

"피부가 어찌 저리 희고 곱답니까? 달빛을 받아 하얗게 빛나는 이화 같습니다."

"그래도 난 독각귀 불처럼 파란 저 눈은 무섭다, 얘. 첫날밤에 통째로 콱 잡아먹힐 것 같아."

"저리 차려입으니 꽤나 점잖아 보이는데 뭘. 인물 없는 어지간한 사내들보단 한결 보기 좋구먼."

기녀들이 그에게서 눈을 떼지 못하며 한마디씩 수군거린다.

"이것들이! 행수 어르신 말씀 못 들었어? 얼른 저리들 물러서!"

채봉이 등을 떠밀다시피 해 간신히 기녀들을 마당에서 내쫓았다.

"이쪽으로 드시지요. 홍금보가 안에서 기다리고 있습니다."

계보린이 홍금보가 있는 방으로 박수타를 안내한다. 그 말을 통역하며 이강도 자연스럽게 뒤를 따른다. 금보가 고집을 꺾지 않자 이강은 마지막으로 박수타를 설득해 보려 관소로 돌아갔었다. 하지만 이제 와서 박수타가 이강의 말을 들을 리 만무했다.

어디서 구했는지 도포와 갓까지 마련해 금보와 첫 밤을 맞이

할 차비를 이미 끝내놓은 상태였다. 오늘 밤은 통역이 필요 없을 듯하다며 박수타가 오히려 이강을 떼어놓으려 했지만 마음이 불안한 이강은 박수타의 뒤를 졸졸 따라왔다.

"나리도 따라 들어가시게요?"

계보린이 이강의 팔을 붙든다.

"아, 그게…… 나는 통관이 아닌가? 두 사람이 말도 통하지 않는데……."

"그래서 합궁할 때도 함께 있으시렵니까?"

"아니, 그건……."

당황해 얼굴이 확 붉어진다.

"이부자리 위에서 말이 무슨 필요입니까? 다른 방에 가셔서 술이나 한잔하시지요, '누이'가 품을 떠나는 날이니."

누이, 묘한 어감이다. 어찌 들으면 비꼬는 것 같기도 하고 어찌 들으면 안타까워하는 것도 같다.

"홍금보의 인생입니다. 책임지지 않을 것이면 참견도 하지 마십시오."

계보린의 말끝이 단호하다. 그 말이 틀린 것이 아니기에 이강이 할 말을 잃는다.

이강마저 계보린의 손에 이끌려 가버리자 홀로 남은 박수타는 방문 앞에서 크게 심호흡을 한다. 그리고 방 안에 있는 금보가 놀라지 않게 '흠흠!' 헛기침으로 인기척을 한 후 문을 열었다.

환하게 초가 밝혀진 방 안에 간단한 술상이 마련되어 있고 그 앞에 금보가 있었다. 풍성한 연분홍 치맛자락 위로 두 손을 모으고 불빛을 받아 발그레한 얼굴을 비스듬히 숙인 채 앉아 있는 아름다운 자태에 숨이 멎어버릴 것만 같다. 그리고 원앙금침 위에 나란히 놓여 있는 두 개의 베개를 보자 저도 모르게 입안이 바짝 마른다. 멈췄던 숨이 훅 터져 나오며 미친 듯이 심장이 뛰기 시작한다. 뛰는 가슴을 애써 진정시키며 자리에 앉는다. 금보가 고개를 들어 그를 똑바로 바라본다. 붉은 입술과 긴 속눈썹 그리고 그를 바라보는 커다란 눈동자. 아, 심장이, 심장이 터져 버릴 것만 같다.

박수타는 긴장해 술 주전자를 들었다. 그러자 금보가 얼른 주전자를 받아 들어 박수타에게 술을 따랐다. 목이 타는 박수타가 단번에 잔을 비우자 다시 한 잔을 따른다. 두 잔을 거푸 마시자 취기가 돌며 갑자기 열이 확 오른다. 그는 불편한 갓과 도포를 벗어 옆으로 밀어놓았다. 난생처음 틀어보는 상투가 썩 잘 어울렸다. 하지만 정작 박수타는 머리에 쥐가 날 것만 같았다. 그래도 갓이라도 벗으니 조금 나았다.

박수타가 도포와 갓을 벗어 던지자 홍금보가 바짝 긴장하기 시작했다. 맥박이 빨라지고 등에 식은땀이 흐른다. 저녁나절에 긴히 할 얘기가 있다며 이강을 방에서 내보낸 계보린은 금보에게 '첫 밤'에 대해 일러주었다. 처음은 아플 것이라 하였다. 몸에 힘을 빼고 그저 사내가 하는 대로 따르면 된다 하였다. 그리고 함부로 기운을 쓰지 말라고 덧붙였다.

"처음부터 계집이 너무 기운을 쓰면 사내가 질려 버릴지도 모르니. 너는 기운이 너무 넘쳐서 탈이 아니냐?"

"기운을 쓰다니요?"

"아니다. 그건 오늘 밤이 지나면 저절로 알게 될 것이다."

저절로 알게 된다니. 오늘 밤 도대체 저 이부자리 위에서 어떤 일이 벌어질 것인가? 두려움과 함께 서글픔이 밀려온다. 그러나 이내 이부자리에서 슬픈 눈을 거둔다. 각오는 되어 있다. 당당하게 받아들일 것이다. 이건 금보 자신이 선택한 길이다. 자신의 선택을 후회하지 않을 것이다. 지금까지처럼 그녀는 어떤 경우에도 결코 자신의 삶을 포기하지 않을 것이다.

대화도 통화지 않고 '첫 밤'을 치르는 것 외엔 딱히 할 일도 없는 두 사람 사이에 어색한 침묵이 흐른다. 이러다 밤이 다 가는 것은 아닌가 싶을 만큼 한참이 지나 박수타가 마침내 '흠흠!' 헛기침을 하더니 자신의 저고리 고름을 느슨하게 푼다. 벗으려나 보다. 금보가 눈을 질끈 감았다.

'올 것이 왔구나!'

마음을 단단히 먹은 금보가 다시 눈을 뜨고 스스로 옷고름을 풀어버린다. 놀란 박수타가 멍하니 그녀를 바라보았다.

"내 옷은 내가 벗겠소."

금보가 차분한 동작으로 저고리를 벗었다. 건강하게 빛나는 그녀의 고운 속살이 드러났다. 부드럽게 어깨로 이어지는 관능적인 목선, 그리고 칭칭 동여맨 띠로도 숨겨지지 않는 풍만한 젖가슴. 박수타는 다시 숨이 멎어버리는 것 같았다.

"불을……."

당당하게 제 손으로 저고리를 벗었지만 아무리 강단이 있다 해도 열여덟 처녀다. 환하게 밝힌 불앞에서 맨몸을 드러내는 것은 부끄러웠다. 박수타가 가만히 있자 그녀가 직접 촛불을 불어 끈다. 하지만 긴장해서 제대로 불지 못했는지 꺼지는 듯하다 불이 다시 살아난다.

[아니오! 아니오!]

박수타가 황급히 손을 내저어 그녀를 만류한다.

"그럼 불도 안 끄고 옷을 벗으란 말이오? 난 그렇게는 못하오!"

얼굴이 새빨개진 금보가 세차게 도리질을 친다.

[불을 끄지 마시오! 이걸……]

박수타가 서둘러 품에서 무언가를 꺼냈다. 너무 급히 꺼내는 바람에 느슨해져 있는 옷고름이 풀리며 상체가 훤히 드러났다. 눈이 부실 만큼 새하얀 피부와 탄탄한 복근, 그리고 가슴을 뒤덮은 황금빛 털이 금보의 눈앞에 어지럽게 펼쳐졌다.

"어머나!"

난생처음 보는 사내의 속살에 기겁을 하며 두 눈을 가렸다.

[그것이 아니라 손을 내리고 여기를 좀 보시오.]

박수타가 그렇게 말하며 금보의 손을 덥석 잡아끈다. 손목을 잡힌 금보가 소스라치게 놀라 눈을 떴다. 그리자 벗은 사내의 몸뚱이가 코앞에 바싹 다가와 있는 것이 아닌가?

"왜 이러시오!"

그녀가 사내의 몸을 와락 떠밀었다. 그 힘에 박수타가 쿵 하고 엉덩방아를 찧었다.

[아니, 이걸 좀 보라고…….]

박수타가 몹시 억울한 얼굴로 품에서 꺼낸 서책 두 권을 번쩍 들어 보였다.

"서책?"

예상치 못한 물건의 등장에 금보가 고개를 갸우뚱했다. 박수타가 그중 한 권을 금보의 손에 쥐어주었다. 금보가 호기심에 책을 펼쳐 본다. 그러자 무방비 상태의 그녀의 눈에 총천연색의 춘화가 기습적으로 들어왔다. 벗어놓은 옷들이 어지럽게 널려 있는 방 안에서 옆으로 비스듬히 누운 벌거벗은 남녀가 머리를 서로 반대 방향으로 하고 뱀처럼 뒤엉켜 서로의 은밀한 곳을 혀로 핥고 있는 음란하기 짝이 없는 장면이었다. 여인의 다리 사이에 얼굴을 파묻은 남자의 한 손은 풍만한 젖가슴을 꽉 움켜쥐고 다른 한 손은 가랑이가 넓게 벌어지도록 한쪽 다리를 들어 올리고 있었다. 사내의 다리 사이로 보이는 여인의 새치름한 얼굴은 주체할 수 없는 쾌락으로 달떠 반쯤 감은 눈은 초점을 잃고 꿈꾸듯이 머나먼 곳을 바라보고 있었다. 그리고 한 손으론 한껏 단단해진 사내의 물건을 움켜쥐고 입안 깊숙이 밀어 넣고 있었다.

그 화보가 어찌나 생생한지 보고 있자니 정말 그들이 그림 속에서 살아 움직이며 살 냄새가 맡아지고 거친 숨소리와 끈적끈적한 신음 소리가 들려오는 듯했다. 그 서책은 바로 '색주부뎐' 이었다.

"아이고, 망측해라! 지금 나보고 이런 걸 따라 하란 말이오?"

성격만 괄괄했지 이런 쪽으로는 영 숙맥인 금보가 펄쩍 뛰었다. 그러면서도 본능적으로 그 난잡한 그림에서 쉬 눈을 떼지 못한다.

"매일 밤…… 나에게 서책을…… 읽어주시오."

박수타가 더듬더듬 조선어로 말을 한다. 장이강이 아닌 다른 통사관에게 자신이 하고 싶은 말을 조선말로 번역을 해달라고 부탁해 어제 밤새도록 달달 외워온 것이었다. 오기로 이 상황까지 밀어붙이긴 했지만 그의 생각은 여전히 같았다. 그녀의 마음도 없이 육체만을 억지로 취하고 싶진 않다. 그래서 결심했다. 조선의 말을 배워 그녀에게 진심을 고백하겠다고. 그 누구도 통하지 않고 그의 입으로 한마디 한마디 자신의 절절한 연정을 전하고 싶다. 그래서 모든 오해를 풀고 그녀의 마음을 돌리고 싶다. 그리고 꼭 그리 하고 말 것이다.

그러니까 '색주부뎐' 은 일종의 조선어 교재였다. 금보가 조선말로 책을 읽어주면 자신은 한자로 된 책을 보면서 그 뜻을 이해해 말을 익히는 것이다.

처음 명나라말을 익힐 때에도 이렇게 했었다. 엄청나게 많은 한자와 어려운 억양으로 명나라말을 익히는 것을 거의 포기하고 있던 차에 박수타와 같은 파랑국 출신의 천주교 신부님께서 붉은 책자 하나를 그에게 건넸다. 오래전 호경호로 건너와 명국어가 유창했던 신부님이 주신 그 책은 당시 명국에서 가장 음란하다는 '영웅본색마(英雄本色魔)' 라는 이야기책으로 색주부면처럼 춘화까지 곁들어진 것이었다.

신부님은 그 책을 파랑국어로 번역을 해 박수타에게 주고 자신은 명국어로 된 책을 들고 매일 밤 읽어주셨다. 혈기왕성한 나이의 박수타는 그 내용이 어찌나 재밌던지 자신이 소설 속의 색마 영웅이라도 된 양 열심히 귀 기울여 들었고, 자연스럽게 말을 익히게 되었다. 실로 그에게 딱 맞는 외국어 학습법으로 가장 빠른 시간에 가장 집중해서 가장 즐겁게 배울 수 있는 방법이었다.

홍금보가 그를 변태라 생각할지도 모른다. 하나 나중에 그가 유창하게 말을 하게 되면 그런 오해 따위는 금방 풀어버릴 자신도 있었다. 그리고 그다지 부끄럽다는 생각이 안 들었다. 솔직히 사내라면 이런 책에 관심이 없는 자가 어디 있겠는가? 아니, 인간이라면. 그는 지극히 평범한 사내, 인간 중 하나일 뿐이다. 그리고 한편으론 이 책으로 인해 오히려 격의 없이 더 가까워질 수도 있지 않을까 하는 생각도 들었다. 그리하여 책방 주인의 강력한 추천으로 색주부면을 골라 홍금보에게 온 것이다. 쉽고도 정확한 표준 한양말로 쓰인 글이라 이보다 더 조선어를 배우기 좋은 서책은 없다 하였다.

"나에게 서책을 읽어주시오, 매일 밤……."

박수타가 다시 한 번 진지하게 말을 되뇐다. 그런데 다음 할 말이 뭐였더라?

"매일 밤, 당신과…… 하고 싶소. 진심!"

그가 불쑥 말했다. 갑자기 웬 조선말인가 하며 귀를 쫑긋 세우고 듣던 홍금보의 안색이 하얗게 변했다.

'어쩐지 은자 꾸러미가 과하다 하더라니 이런 망측한 것을 시키려고, 그것도 매일 밤!'

산중에서 멧돼지를 만난다 해도 어지간해선 겁을 먹지 않을 홍금보이지만 지금 이 순간, 그녀 앞에 앉아 있는 벽안의 사내가 진심으로 겁이 났다. 나는 이제 죽었구나 싶다. 하나 박수타가 원래 하고자 한 말은 그런 것이 아니었다.

'당신을 위해 말을 배우겠소. 그래서 당신과 이야기를 하고 싶소, 나의 진심을!'

그가 하고자 하는 말은 이것이었다. 그러나 그토록 밤새 외우고 또 외웠건만 긴장을 해서 그런지 도무지 기억이 나지 않았다. 열심히 외웠던 말들 중 생각나는 것은 고작 그것뿐이었다.

"난 이런 것은 절대 못하오! 난 은자 열 냥이면 되오. 나머지는 다 돌려줄 테니 제발 이런 것만은……. 게다가 어찌 이런 해괴한 짓을 매일 밤……. 나는 몸이 뻣뻣해서 허리가 이렇게 꺾이지도 않을뿐더러 다리가 이렇게 넓게 벌어지지도 않고, 이거 봐, 안 되잖아? 그리고 특히 이거! 이런 건 설사 하고 싶다 해도 절대로 할 수가 없소! 못해, 못해!"

흥분한 금보가 고개를 세차게 젓는 것도 모자라 책장을 휘휘 넘기며 춘화도처럼 허리를 뒤로 꺾는 시늉을 했다가 뻣뻣한 척추에서 정말 우두둑 소리가 나서 거봐라 안 된다 손을 내젓고, 잘 벌어지지도 않는 다리 찢기를 해보다 허벅지 경련으로 역시나 실패. 특히 그녀가 기겁을 하고 짚은 것은 여인이 물구나무를 선 뒤 허리를 접어 'ㅅ'과 같은 자세를 만든 후 사내가 뒤에 서서 교합하는 그야말로 기기묘묘한 곡예 같은 자세였다. 이때 뒤집어진 여인의 몸이 삿갓 모양과 같다 하여 일명 '삿갓 찍어 누르기'라 부른다는 문구가 춘화에 삽입되어 있었다.

"이게 어찌 사람이 할 수 있는 동작이란 말이오? 내가 남사당패 광대도 아니고, 날 죽일 셈이오?"

금보는 심각하기 짝이 없는데 박수타가 보기엔 그녀가 하는 짓이 이상하기 짝이 없었다. 역시 그의 의도가 제대로 전달되지 않은 모양이다. 그래서 다시 한 번 기억을 더듬어 차분히 그의 마음을 전하고자 했다.

"당신을 위해 배우겠소. 그래서 당신과……."

"뭐가 날 위해서야, 이 변태 독각귀야!"

마침내 금보의 성질이 폭발하고 말았다.

"내가 언제 이딴 게 하고 싶대? 에이씨, 몰라! 가까이 오기만 해봐!"

금보가 눈에 띄는 대로 젓가락을 집어 들고 마구 휘두른다. 다음 순간이 어찌 되건 단순한 그녀의 머릿속은 오직 지금 이 자리를 모면해야겠다는 생각밖에 없었다. 무언가 단단히 오해가 있음을 깨달은 박수타가 답답한 마음에 장이강을 데려와 해명할까도 싶었지만, 그것만은 싫다. 장이강만은 절대로 이 방에 들이고 싶지 않았다. 생각 끝에 박수타도 젓가락을 집어 든다. 그리고 방바닥에 글자를 쓴다.

朗讀

저자가 또 무엇을 하는 것인가? 금보가 멈칫해 바라본다. 그리고 전날처럼 글자를 쓰고 있음을 눈치챘다. 박수타가 방바닥에 재차 똑같은 글자를 쓴다. 무슨 글자인지 읽어내려고 유심히 젓가락 끝을 바라본다.

"낭독? 책을 읽어달라는 것이오? 저 책을?"

금보가 색주부뎐을 손짓하자 박수타가 힘차게 고개를 끄덕인다.

'서책에 쓰인 대로 따라 하라는 게 아니라 이 책을 읽어달라고? 아, 그러고 보니 조금 전에 매일 밤 나에게 서책을 읽어주시오, 라 했던 것도 같고. 도대체 저 독각귀의 꿍꿍이가 뭐지?'

박수타가 다시 글자를 쓴다.

終夕

“종석. 밤새도록?”

고개를 갸우뚱하며 금보도 들고 있던 젓가락으로 방바닥에 글자를 쓴다.

但只…… 朗讀?

‘단지…… 낭독?’

“단지 책만 읽으면 되는 것이오? 밤새도록?”

그러자 박수타가 고개를 더욱 크게 끄덕거린다.

‘밤새 그저 책만 읽어주는 대가로 그 많은 은자를 준 것이라고?’

그렇다면야 더없이 반가운 일이지만 도무지 그의 행동을 이해할 수가 없다. 돈이 썩어나거나 미친놈이거나 아니면 정말 그녀를 좋아하는 것이거나. 아무튼 생각처럼 악질은 아닌 것 같다. 그렇다고 결코 그에게 호감이 생겼다는 건 아니다. 직접 하자고 덤벼들진 않았어도 여인에게 음란서적을 읽어달라는 뻔뻔한 사내에게 무슨 호감을 갖겠는가.

“좋소! 따라 하라는 것도 아닌데 읽는 걸 못할까, 이까짓 거.”

금보는 젓가락을 던져 버리고 저고리를 다시 입는다.

[굳이 다시 안 입어도 되는데.]

그 모습을 바라보던 박수타가 뭔가 아쉬운 눈빛으로 중얼거린다.

"뭐요?"

옷고름을 매며 금보가 흘끗 쳐다보았다.

[아니오, 아무것도 아니오!]

알아듣지도 못하면서 괜히 혼자 당황해 고개를 젓는다.

'역시 좀 이상한 놈이다' 생각하며 금보가 목소리를 가다듬고 서책을 읽기 시작했다.

"흠흠…… 그날이 그날, 그저 국밥이나 한 그릇 말아먹고 해 질녘이면 일을 끝낸 이들이 탁주나 한 사발 들이켜던 반촌 주막에 대낮부터 사내들이 몰려든다. 작은 주모가 새로 왔기 때문이다. 환갑이 가까워 오는 큰 주모 혼자 주막을 꾸려 나가기 어려워지자 먼 친척뻘인 젊은 과부를 하나 데려온 것이다. 한데 밤골댁이라 하는 이 작은 주모가 어찌나 색기가 줄줄 넘쳐흐르는지, 웃는 듯 마는 듯 새치름한 눈초리는 보는 이의 혼을 빼놓고 살짝 벌어진 붉은 입술과 가지런한 치아 사이에선 금방이라도 간드러지는 교성이 터져 나올 것 같았으며 탐스러운 엉덩이를 한 번 휘돌릴 때마다 오금이 저린 사내들의 밥숟가락이 우수수 바닥으로 떨어졌다……. 쳇! 사내들이란 그저!"

또박또박 글을 읽어 내려가던 금보가 저도 모르게 콧방귀를 꿔며 내뱉었다. 귀로는 낭랑한 금보의 목소리를 듣고 눈은 커다랗게 뜨고 한자로 적힌 책을 들여다보고 있던 박수타가 시선을 돌려 의아하게 본다.

"아, 방금 그건 아니오."

금보가 손을 내저었다. 박수타가 고개를 갸우뚱하더니 계속 읽으라고 손짓을 한다. 아무튼, 금방이라도 간드러지는 교성이 터져 나올 것 같은 밤골댁은 탐스러운 엉덩이를 휘돌리다 주막에 선지를 갖다 주러 온 백정 방가와 마주치는데, 그 백정 또한 여인네들이 한 번 눈만 마주쳐도 오줌을 지리고 주저앉을 만큼 근육질의 호남자였다.

"……깊은 밤, 더위에 지친 밤골댁은 옷을 훌훌 벗고 계곡으로 들어갔다. 깊이 잠수하였던 여인의 상체가 수면 위로 불쑥 솟아오른다. 촉촉이 젖은 피부가 은빛으로 반짝이고 움직일 때마다 탱탱한 유!"

금보의 얼굴이 확 달아오르며 순간 멈칫한다. 사내 앞에서 이 말을 내뱉기가 참으로 난감하였다. 그러나 박수타의 재촉하는 눈빛에 하는 수 없이 계속 읽어 내려간다.

"유…… 방이 종처럼 흔들린다. 그때 역시 더위에 지친 방가가 상의를 풀어 헤치고 계곡에 나타난다."

앞으로 벌어질 일을 예감하며 괜히 진땀이 나기 시작했다.

"……다시 첨벙첨벙 물소리가 들리더니 누군가 그녀의 어깨를 잡고 와락 돌려세운다. 돌아간 줄 알았던 방가가 한 팔로 그녀의 가느다란 허리를 부둥켜안고 다른 팔로 그녀의 젖은 머리칼을 움켜쥐고선 고개를 뒤로 젖히더니 거칠게 입을 맞춘다. 사내의 혀가 그녀의 입술을 비집고 들어와 혀를 희롱하더니 숨을 쉴 수 없을 만큼 강렬하게 빨아들인다. 그리고 사내의 입술은 이내 그녀의 풍만한 젖가슴을 덥석 물고 핥기 시작한다. '이보시오, 방가. 이러지 마시오. 이러면 아니 되오. 아니이 되오…… 되오…… 아아, 방가, 방가방가!' 밤골댁은 정신이 아득해지며 유, 흠흠, 두가 꼿꼿이 서고 다리에 힘이 풀려 풀썩 주저앉을 것만 같다. 벌거벗은 여인의 복부에 단단하게 부풀어 오른 사내의 야, 양……."

금보가 또 멈칫 더듬거린다. 그러나 '에라, 모르겠다' 심호흡을 크게 하고 단숨에 읽어버리기로 한다.

"양물이 느껴진다! 흠흠! 방가는 그녀의 알몸을 번쩍 들어 올려 물 밖으로 나갔다. 그리고 밤나무에 그녀의 등을 기대고 두 다리를 그의 허리에 단단히 감는다. 어느새 바지가 내려가는가 싶더니 사내의 양물이, 흠흠! 그녀의 무성한 수풀 사이를 뚫고 깊은 골짜기 안으로 불쑥 들어왔다. 아아아! 교성이 터져 나오며 저도 모르게 두 팔로 방가의 목을 세차게 휘감는다. 방가는 건장한 체구에 걸맞게 양물도 거대했다. 으, 음…… 부 깊숙이 들어온 사내의 것은 아랫배를 뚫고 머리꼭대기까지 닿아버릴 것처럼 점점 더 깊숙이, 깊숙이……."

그리 덥지도 않은 밤인데 금보의 이마에 송골송골 땀이 맺히고 책을 잡은 손이 축축하게 젖어 있었다. 목이 바짝바짝 타들어 가고, 심장은 터질듯이 두근거리며, 이상하게 아랫도리에 힘이 풀려 앉은 자세도 자꾸만 불편해진다. '그저 서책을 읽어주는 것뿐이다, 그뿐이다' 하고 되뇌지만 쉬이 마음이 진정되지가 않았다.

박수타는 몹시 진지한 얼굴로 숨소리 하나 내지 않고 서책에 빠져들어 있었다. 마치 자기가 방가라도 된 것처럼. 실로 대단한 집중력이다. 금보가 호흡을 가다듬고선 책장을 넘기자 대문짝만한 춘화가 펼쳐진다.

잎이 무성한 거대한 나무 아래 벌거벗은 여인이 찡그리는 듯 웃는 듯 야릇한 표정으로 두 다리를 사내의 허리에 두른 채 매미처럼 매달려 있고, 바지를 내린 사내가 여인의 엉덩이를 움켜쥐고 독각귀 방망이 같은 굵은 양물을 삽입하는 모습이 역동적으로 그려져 있다. 이는 나무에 붙어 있는 매미의 모습과 같다 하여 일명 '매미 자세'라 불리는데, 신장의 차이가 많이 나는 남녀에게 효과적인 입위(立位)이나 사내가 평소에 팔의 힘을 단련시켜 두지 않으면 큰 사고로 이어질 수가 있다, 라는 부연설명이 하단에 친절하게 쓰여 있었다.

사내의 물건이 어찌나 거대하게 그려졌는지 금보의 아랫도리가 다 얼얼하게 느껴지며 그 여인의 얼굴처럼 덩달아 찡그려졌다. 그러나 찡그린 얼굴 속에 야릇하게 웃고 있는 심정까지는 이해할 수가 없었다. 갈수록 태산이라더니 이야기는 점점 더 노골

적이고 적나라해져만 갔다. 정말 미칠 노릇이다.

"점점 더 촉촉이 젖어가는 깊은 골짜기로 방가의 물건이 점점 더 거세게 밀고 들어와 방망이질을 한다. 으…… 음부에서 쏟아져 나오는 액이 사내의 양물을 적시고도 넘쳐나 허벅지를 타고 줄줄 흘러내린다. '아아, 더 세게. 좀 더 세게' 밤골댁이 울부짖는다. '좀 더 벌려보시오, 활짝, 하악하악' 방가가……."

[잠깐, 거기!]

박수타가 갑자기 한 손을 번쩍 들어 낭독을 멈추게 했다. 그리고 '방금 그 부분 다시 한 번만' 하며 검지를 치켜세운다.

"한 번 더 읽어달라고? 어디를?"

눈치껏 알아들은 금보가 묻는다. 그러자 박수타가 제 서책을 들어 '加一層' 부분을 손으로 짚는다.

"가일층? 아하, 여기!"

금보가 무릎을 탁 치며 다시 한 번 또박또박 읽는다.

"좀 더 벌려보시오, 활짝, 하악하악……."

그러자 박수타도 무릎을 탁 치며 금보의 말을 따라 한다.

"좀 더 벌려보시오, 할짝!"

그리고 뒤이어 명국어로 중얼거린다.

[조선말로는 그렇게 하는군. 정말 궁금한 대사였소.]

"저기, '할짝'이 아니라 '활짝'."

다소 민망하긴 했지만 금보가 틀린 발음을 정확히 바로잡아 주었다.

"하알짝?"

"아니, 활짝. 활짝!"

"활짝."

"그렇지, 활짝!"

"좀 더 벌려보시오, 활짝!"

"그렇지. 잘했소!"

왠지 뿌듯한 마음에 금보가 엄지를 치켜세운다. 기분이 좋아진 박수타가 다시 큰 소리로 외친다.

"좀 더 벌려보시오, 활짝! 좀 더 벌려보시오, 활짝!"

'엉덩이를 들어보시오!'

'아아, 소리 질러줘, 더 크게!'

'오늘은 아니 되어요.'

그 외에도 이런 인상적인 대사들을 박수타가 중간중간 몇 번씩 복창하며 초가 다 타들어가도록 그들은 책을 읽었다.

*

해가 중천에 뜨도록 금보는 방에서 나올 줄을 몰랐다. 기녀들이 삼삼오오 별채 마당으로 몰려들어 방을 기웃거리며 한마디씩 수군거렸다.

"밤새도록 불이 켜져 있던데?"

"백귀들은 불도 안 끄고 동침을 한다니? 어휴, 망측해라."

"내가 지나가다 슬쩍 들었는데 좀 더 벌려봐라, 엉덩이를 들어라, 난리가 아니더라고."

"누가? 박수타가?"

"으응! 흥분했는지 엄청 크게 소리치더라고. 별채 담 너머까지 들리더라니까."

"밤새 얼마나 시달렸으면 여태 못 일어나는 것 봐, 그 튼튼한 홍금보가."

"우와, 진짜 독각귀 방망이가 대단했나 본데?"

"근데 박수타가 조선말을 할 줄 알았나?"

"그러게. 그런 말은 잘하던데?"

그때 드르륵 장지문이 열리더니 홍금보가 부스스한 모습으로 나온다. 새벽녘까지 책을 읽었던 것 같은데 어느새 잠이 들었나 보다. 일어나 보니 박수타는 언제 돌아갔는지 보이지 않고 옷을 입은 채로 바닥에 쓰러져 잠든 그녀의 몸 위로 이불이 덮여 있었다. 퀭한 눈을 비비며 마당으로 내려오자 모두의 시선이 일제히 금보에게 향한다.

"잘 잤니? 좋은 꿈 꿨어?"

그중 가장 연장자답게 삼월이 인사를 건넨다.

"너도 이제 진짜 기녀가 되었구나."

머리를 얹어주겠다는 사내가 없어 열여덟이 되도록 댕기머리로 동기들에게까지 은근히 놀림을 받던 금보를 이제야 어엿한 한 명의 기녀로서 인정하는 것 같으면서도 어딘가 쓸쓸하게 들리기도 했다. 밤새 그저 책을 읽은 것밖에 없는데도 홍금보의 얼굴이 확 붉어진다. 뭐라 답해야 할지 우물쭈물하다 불현듯 어머니의 약을 찾으러 가야 한다는 것이 떠오른다.

"아참, 어머니 약!"

홍금보가 치맛자락을 휘날리며 급히 뛰기 시작한다. 벌써 해가 중천인데, 지금 약방에 갔다 와서 바로 달이기 시작해도 해가 져서야 어머니께 약을 드릴 수 있겠다. 뒤채의 제 방으로 들어가자 요즘은 늘 누워 있는 홍매가 벽에 기대 앉아 있었다.

"누워 있지 않고 왜 앉아 있어?"

금보가 홍매 앞에 쭈그리고 앉아 이마를 짚어본다. 다행히 열은 없다. 하지만 밤새 잠을 제대로 자지 못했는지 그녀처럼 홍매도 눈이 퀭하다. 확실히 말한 건 아니지만 밤새 들어오지 못할 것이라고 어머니에게 말했을 때 짐작했을 것이다. 금보가 머리를 얹을 거라는 걸. 하지만 어머니가 놀라실까 봐 상대가 '서방(西方)에서 온 백귀' 라고 밝히진 않았다.

"어…… 여삐…… 다……."

홍매가 뒤틀린 입을 힘겹게 놀려 더듬더듬 한마디씩 한다.

'어여쁘구나, 우리 딸. 우리 딸 정말 곱다.'

머리를 올린 금보의 얼굴을 바라보고 또 바라본다. 남들이 뭐라 하던 그녀에겐 하나밖에 없는 착하고 고운 딸이다. 이런 몸이 되어 무거운 짐으로 얹혀 있는데도 착한 딸은 싫은 내색, 싫은 소리 한 번하지 않고 못난 어미도 어미라고 끔찍이도 위한다. 홍매는 그런 딸을 볼 때마다 한없이 미안하고 미안했다.

“어여쁘긴, 분도 다 지워지고 엉망이구만.”

홍금보가 멋쩍게 대꾸한다. 홍매가 후들거리는 손으로 머리맡에 꺼내둔 상자를 집어 든다. 뚜껑을 열자 호박노리개가 곱게 놓여 있다.

“어머니, 이것은…….”

금보가 아주 어릴 적부터 홍매가 간직해 왔던 노리개다. 일평생 마음 깊이 품었던 정인이 준 정표라 했다. 그리고 입버릇처럼 말했었다. 금보가 좋은 배필을 만나 혼인을 하면 물려주고 싶다고. 홍매가 금보의 저고리에 노리개를 달아준다.

“어…… 여뻐…….”

연분홍 치마 위에서 황금빛으로 반짝이는 노리개가 퍽이나 잘 어울린다. 하지만 이토록 서러운 어미의 선물이 또 있을까. 금보만큼은 한 사내의 품에서 사랑받으며 평범한 여인으로 살기를 간절히 바라였다. 하나 기녀인 어미 배에서 난 탓에 그 숙명마저도 고스란히 물려받고야 말았다. 홍매가 금보의 손을 잡는다. 한때는 영롱하게 빛났던 흐릿한 두 눈에 눈물이 고인다. 하지만 눈물을 흘리진 않았다. 홍금보의 눈에도 왈칵 눈물이 솟아오른다. 하지만 그녀 역시 입을 앙다물고 속으로 울음을 삼킨다. 손을 맞잡은 두 모녀는 그렇게 오래도록 서로를 바라보았다. 그리고 절대로 울지 않았다.

"이리 오너라, 벗고 놀자~"

"이리 오너라, 벗고 놀자~"

"아잉, 이미 벗고 있잖아요."

"아잉, 이미 벗고 있잖아요."

"당신의 가느다란 목은 사슴과도 같고 당신의 탐스러운 젖가슴은 물이 흠뻑 배어 나오는 말캉말캉 살찐 복숭아와 같으며……."

"당신의 가느다란 목은 사슴과도 같고 당신의 탐스러운 젖가슴은, 젖가슴은……."

"물이 흠뻑 배어 나오는 말캉말캉……."

"아! 물이 흠뻑 배어 나오는 말캉말캉 살찐 복숭아와 같으며……."

"당신의 엉덩이는 부드러운 둔덕 같고……."

"당신의 엉덩이는 부드러운 둔덕 같고……."

"당신의 우거진 수풀 속 그곳은 입을 꽉 다물어 버린 조개처럼 나를 놓아주질 않는구려."

"당신의 우거지 수풀……."

"우거진! 우거진 수풀 속 그곳은."

"우거진 수풀 속 그곳은…… 입을 꽉 다물어 버린 조개처럼 나를 놓아주질 않는구려."

"당신보다 아름다운 여인은 조선팔도 어디에도 없네."

"당신보다 아름다운 여인은 조선팔도 어디에도 없네."

"정말이시오?"

"정말이시오?"

홍금보가 한 줄 읽으면 박수타가 열심히 따라 읽는다. 박수타는 매일 밤 기방으로 홍금보를 찾아왔다. 그리고 매일 밤 함께 책을 읽었다. 그렇게 보름째, 보름 만에 박수타가 조선어를 유창하게 할 수 있게 된 것은 아니었지만 꽤 언어 감각이 있는데다, 홍금보를 위해 어서어서 말을 배우고 싶다는 불타는 열망으로 인해 배우는 속도가 매우 빨라 이제 곧잘 따라 하곤 했다.

"오늘은 이만 하겠소."

자시쯤 되자 금보가 서책을 덮었다. 이젠 첫날처럼 해 뜰 무렵까지 책을 읽지 않고 이맘때쯤이면 마치곤 했다. 그리고 박수타는 관소로 돌아갔다. 그도 낮에 통사관 일을 해야 하므로 매일 밤을 새는 것은 힘들었다. 금보가 옆에 준비해 둔 지필묵으로 끝날 종(終)을 썼다. 필담으로 간단한 의사소통을 하기 위해 준비해 둔 것이었다. 박수타가 고개를 끄덕이더니 조선어로 또박또박 말을 한다.

"내일은 아니 되어요."

"푸하하!"

금보가 큰 소리로 웃음을 터뜨렸다. 언제가 읽어준 '오늘은 아니 되어요.' 라는 밤골댁의 대사를 응용한 말이었다. '내일' 이라는 말은 장이강에게 물어봤는지 아니면 다른 통관에게 물어서 배웠는지 몰라도 그 말투가 제법 귀엽게 느껴졌다.

"내일은 아니 되어요?"

금보가 문장 끝의 억양만 올려 묻는다. 박수타가 고개를 끄덕인다. 그리고 무슨 말인가를 하려다 생각이 안 나는지 갸우뚱하더니 소매 춤에서 작은 종잇조각을 한 장 꺼낸다.

嚴靑波波

종이엔 이렇게 네 글자가 적혀 있었다. 그걸 보더니 이제야 생각났다는 듯 무릎을 탁 치며 말한다.

"엄청 파파."

"뭐라고?"

금보가 얼른 알아듣지 못하고 되묻는다.

"엄청 파파!"

"엄청 파파? 엄청 바빠?"

그제야 어렴풋이 알아들은 금보가 묻는다. 그러니까 '엄청 바빠' 라는 조선어를 한자로 '엄청파파' 하고 소리 나는 대로 적어온 모양이다. 금보가 지필묵에 적는다.

公私多忙

공사다망, 매우 바쁘냐고 묻는 것이었다. 박수타가 엄지손가락을 치켜세운다. 그렇다는 뜻이다. 그리고 다시 한 번 큰 소리로 외친다.

"내일! 엄청! 파파!"

'그래서 내일 못 온다는 것이오?' 하며 이번엔 '訪問不可' 라 적어 보인다. 방문불가. 박수타가 다시 고개를 끄덕인다.

"알았소."

홍금보도 마주 고개를 끄덕였다. 그러니까 내일은 보름 만에 '휴강' 인 셈이다. 금보는 왠지 신이 나 오랜만에 시간이 비는 내일 밤엔 무엇을 할까 이것저것 생각해 본다.

다음날, 아침부터 홍매의 몸이 좋지 않았다. 그래서 금보는 약을 달이고 어머니를 살피느라 종일 분주했다. 다행히 저녁 무렵 상태가 호전되어 홍매가 곤히 잠이 들고 금보는 마루에 나와 잠시 한숨을 돌렸다. 그때 동기 하나가 오종종 달려와 별채 손님방에서 그녀를 찾는다고 전한다.

"나를? 누가?"

오늘은 박수타도 오지 않는다 했는데. 평소에도 그녀를 찾는 이가 별로 없었지만 박수타가 그녀의 머리를 얹어주었다고 알려진 이후로는 더더욱 아무도 그녀를 찾지 않았다. 그녀는 명실공히 독각귀의 여인이 된 것이다.

"누구긴요. 성님 찾는 사람이 독각귀 서방님이랑 개나리 일행

밖에 더 있겠어요?"

아하, 고개를 끄덕인다. 곧이어 장이강의 얼굴이 떠오른다. 개나리 일행이라 칭하는 것을 보면 허균뿐 아니라 길동과 이강도 함께 왔을 것이다. 도주하라는 이강의 제안을 거절한 그날 이후 지난 보름 동안 만나지 못했다. 일부러 피한 것은 아니었지만 박수타는 이강 없이 늘 혼자 찾아왔고 이강이 낮에 혼자 기방을 찾아올 일은 없었기 때문이다. 허균, 길동과 함께 몇 번 기방을 찾아왔었다는 말은 들었다. 그럴 때면 어김없이 홍금보를 불러 소리를 청하곤 했지만 요즘은 매일 밤 그녀가 박수타와 함께 있었기 때문에 그녀에게 소리를 청하지 않았다. 찾는다 해도 갈 수도 없었고. 아마 오늘은 박수타가 오지 않았다는 것을 듣고 그녀를 찾는가 보다.

문을 열고 들어가니 이강부터 보인다. 가장 구석에 앉아 있건만 그가 가장 먼저 눈에 들어왔다. 그리고 언제나처럼 한가운데서 삼월의 무릎을 베고 누워 치마 속을 헤집고 있는 허균과 이강의 맞은편에 앉아 손으로 닭다리를 뜯고 있는 길동, 그리고 그 옆엔 그림자처럼 설향이 앉아 있었다. 일동의 시선이 일제히 금보에게 향한다.

"오호, 잘 어울리는구나!"

허균이 벌떡 일어나며 외쳤다. 잠시 무슨 소리인가 하다 이내 머리 모양을 말하는 것임을 깨달았다. 가채는 하지 않고 있지만 댕기머리가 아닌 쪽을 지고 있었다.

"웬일로 제 칭찬을 다 하시고, 안주로 뭘 잘못 드셨습니까?"

괜히 머쓱해 퉁퉁거렸다.

"술주정이다, 하하하하!"

언제나처럼 실없다.

"왜 찾으신 겁니까?"

다시 쌩 하니 쏘아붙이자 '내가 아니라 이 아우가 불렀지!' 하며 과장되게 이강을 손가락질했다.

"제가요?"

이강이 당황해 눈이 휘둥그레진다.

"자네 금보에게 줄 것이 있지 않은가?"

"제가 무엇을……."

'뭐긴, 이것이지!' 하며 이강의 옆에 놓여 있던 붉은 비단으로 싼 꾸러미를 냉큼 낚아챘다.

"형님! 그건……."

이강이 펄쩍 뛰며 다시 뺏으려 하자 허균이 안 빼앗기려 손을 높이 치켜든다. 이강도 같이 손을 뻗으며 달라, 싫다, 달라, 약 오르지, 옥신각신 실랑이를 벌였다.

'이거야 원, 아이들도 아니고.'

그 모양이 우스워 피식 웃다 문득 소매가 흘러 내려간 허균의 팔뚝에서 옥팔찌를 발견했다. 영화정에서 주운 이강의 팔찌와 똑같은.

"엇, 이강 오라버니 팔찌를 왜 나리가……."

금보가 놀라자 허균이 '이건 내 것인데?' 하며 팔뚝을 내민다. 그사이 이강이 허균의 손에서 꾸러미를 빼앗았다.

"에이, 한참 재밌었는데 금보 너 때문에 빼앗겼지 않느냐!"

"그것이 어째서 나리 것입니까? 이강 오라버니가 차고 계신 걸 요전에 제가 분명 보았는데요?"

그러자 이강이 '이거 말이냐?' 하고 소매를 걷어 제 팔찌를 보여준다.

"오라버니, 그 팔찌 잃어버리지 않으셨습니까?"

금보가 더욱 놀라 묻는다.

"아니, 그런 적 없는데."

금보의 머릿속이 복잡해졌다.

'오라버니가 팔찌를 잃어버리지 않았다면 그렇다면 내가 주운 팔찌는 누구의 것이란 말인가? 그럼 오라버니가 활빈당이 아니었단 말인가? 그럼 나는 괜히 의금부에 끌려가 괜한 고생을 한 것인가?'

한데 길동까지 제 팔을 걷으며 '그 팔찌라면 나도 있다.' 하고 팔찌를 보여준다.

'세 명 모두 똑같은 팔찌를?'

마치 무언가로 뒤통수를 얻어맞은 듯 어리둥절하다.

"이게 그 유명한 주얼리가 만든 팔찌 아니냐? 도원결의하듯이 세 분이서 하나씩 나눠 끼신."

삼월이 나서서 아는 척을 하더니 고양이처럼 아양을 떨어대며 허균의 품에 안긴다.

"나는 언제 그런 명품을 한번 차보나. 정표로다 저도 주가(哥)의 비녀라도 하나 해주시와요, 나리~"

"내가 전에 산호 비녀를 해주지 않았더냐?"

"산호 비녀라니요? 언제요?"

"아하, 그건 명월이었나?"

"나리!"

삼월이 도끼눈을 뜨자 허균이 능청맞게 하하하하, 웃음을 터뜨린다. 그때 밖에서 '저 소란입니다!' 하는 소리가 들리더니 급하게 문을 열고 들어왔다.

"넌 또 웬 소란이냐?"

허균이 농처럼 말을 던지자 소란이 머리를 조아린다.

"송구합니다만, 금보를 잠시 데리고 나가도 되겠습니까?"

"나는 또 왜?"

"얘, 얼른 후원으로 나가 봐. 지금 난리가 났어!"

"무슨 일인데?"

"일단 나와 보면 알아."

그러자 허균이 눈을 반짝반짝 빛내며 묻는다.

"어디 싸움이라도 난 게냐? 심심한데 싸움 구경이나 나가 볼까?"

"그것보다 더 재미나는 구경일걸요?"

소란이 냉큼 답하더니 금보를 재촉한다.

"아무튼 얼른 나가 봐, 얼른!"

"호오, 싸움 구경보다 더 재미나는 구경거리라고? 얼른 나가 보자, 얼른!"

두 사람이 호들갑을 떨어대는 통에 금보가 엉거주춤 자리에서 일어났다. 후원으로 들어서니 정말 큰 구경거리라도 난 양 기녀들이 몰려 있고, 어둠 속에서 길을 따라 촛불이 양옆으로 늘어서 있었다. 그리고 촛불이 밝혀진 길 끝엔 뜻밖에도 박수타가 서 있었다. 연화정에서 실패했던 것을 다시 홍금보에게 보여주려는 것이었다.

"이게 다 뭐래?"

금보가 어리둥절한 얼굴로 촛불 길 앞에 멈춰 선다. 그러자 박수타가 그녀를 향해 한 손을 뻗으며 조선말로 우렁차게 외친다.

"이리 오너라, 벗고 놀자!"

색주부던의 한 대목에 나온 대사를 인용한 것이다. 그 말에 기녀들이 '어머, 깜짝이야!', '어머, 조선말을 하잖아?', '어머, 망측해라!' 사방에서 어머어머, 수군거리며 키득키득 웃어댄다.

"저 인간이 미쳤나?"

금보가 당황해 촛불 길을 성큼성큼 걸어간다. 그러자 박수타가 한껏 들뜬 표정으로 하늘에서 내려온 선녀처럼 아름다운 금보에게 열심히 외워온 주옥 같은 대사들을 읊어댔다. 조금 야한 표현일라나 싶었지만 조선어로 했을 때 어느 정도로 야

한 표현인지 정확히 파악이 안 되는 박수타는 아찔할 만큼 매혹적인 홍금보에게 너무나 잘 어울리는 최고의 찬사라고 생각했다.

"당신의 가느다란 목은 사슴과도 같고 당신의 탐스러운 젖가슴은 물이 흠뻑 배어 나오는 말캉말캉 살찐 복숭아와 같으며 당신의 엉덩이는 부드러운 둔덕 같고……."

박수타의 말이 이어질수록 기녀들 사이에서 어머어머, 수군거림이 커진다.

"당신의 우거지 수풀 속 그곳은……."

"으악, 그만! 멈추시오!"

'그다음 대사만은 제발!'

입을 꽉 다물어 버린 조개처럼 어쩌고저쩌고 이어지는 다음 대사가 튀어나오는 것을 막기 위해 홍금보가 황급히 손사래를 친다.

'그리고 우거지가 아니라 우거진이라니까!'

"알았소! 무슨 말을 하고 싶은지 알았으니까 제발 그만! 그런 말은 여러 사람이 있는 곳에서 할 소리가 아니란 말이오!"

그녀의 말을 알아들었는지는 모르겠으나 박수타가 말을 멈추고 옆에 놓아둔 푸른 보자기를 집어 든다. 그리고 보자기를 풀자 각종 꽃들이 화려하게 수놓인 아름다운 신이 모습을 드러냈다. 한양 최고의 갖바치 꺽쇠에게 특별히 주문한 꽃신이었다.

"탄일을 감축하오."

박수타가 또박또박 말한다.

'아, 그랬던가!'

금보가 그제야 제 귀빠진 날을 기억해 냈다. 요즘 하루하루가 정신이 없는데다 아침부터 어머니 병간을 하느라 까맣게 잊고 있었다.

"그걸 어찌 알고……."

놀란 금보의 표정에 박수타가 빙긋이 웃는다. 실은 며칠 전 계보린이 지나가는 말처럼 박수타에게 귀띔해 주었다. 여인에게 선물을 하는 것은 아무 때나 좋지만 탄일에 하면 더욱 좋다고. 박수타는 금보를 더욱 깜짝 놀라게 해주고 싶어서 오늘은 바빠서 오지 못한다고 얘기를 했던 것이다. 그가 한쪽 무릎을 꿇고 앉아 금보의 발에서 낡은 신을 벗겨낸다.

"아니, 됐소. 신어도 내가 신겠소."

당황한 금보가 발을 빼려 하였으나 박수타는 기어이 제 손으로 새 신을 신겨주었다. 가지런히 꽃신을 신은 두 발이 퍽이나 고와 보인다.

촛불이 두 사람의 얼굴에 아릿하게 비추는 그 황홀한 광경에 구경하던 기녀들이 제 일인 양 두 손을 가슴에 모으고 저마다 탄성을 지른다. 무릎을 꿇고 여인에게 신을 신겨주는 박수타의 모습은 그 어떤 이야기책에서조차 본 적 없는 한없이 낭만적인 광경이요, 체면을 중시하고 남존여비 사상이 강한 조선의 남자들에겐 어림도 없는 일이었다. 그것도 이렇게 많은 사람들이 지켜보는 앞에서.

"당신보다 아름다운 여인은 조선팔도 어디에도 없네."

박수타가 그녀의 얼굴을 올려다보며 진심을 다해 말한다. 그리고 품에서 홍옥 가락지를 꺼낸다. 타오르듯 붉게 빛나는 커다란 홍옥에 기녀들의 입에서 다시 탄식이 새어 나온다.

"어휴, 금보는 좋겠다!"

"그러게, 홍금보가 부럽기는 난생처음이네."

"이럴 줄 알았으면 내가 독각귀의 수청을 든다 할걸."

"독각귀라니, 박 통사 나리지! 그리고 떡 줄 사람은 생각도 안 하는데 김칫국부터 마시긴! 박 통사 나리한텐 홍금보뿐이라고."

저마다 한마디씩 떠들어대는 말이 금보의 귀에도 들려왔다. 그녀도 여인인지라 낭만적인 분위기에 취하기도 하고 난생처음으로 받아보는 부러운 시선들에 괜히 으쓱해지기도 했다. 그리고 무엇보다 홍금보를 생각하는 박수타의 진실한 마음이 잔잔한 파도가 밀려오듯 그녀의 마음을 조금씩 적셔 들어왔다.

백귀, 하얀 독각귀라 불리는 사내. 역시 독각귀라 천대받아 온 홍금보. 지독하게 한곳만 바라보았던 홍금보, 지독하게도 그녀만을 바라보는 박수타. 어찌 보면 그들은 너무나 닮은 사람들이다. 그녀에게 이렇듯 온 진심을 다해 다가온 사내가 있었던가. 생각해 보면 참 냉정하게도 굴었건만 그의 마음은 참으로 한결 같았다.

허균을 따라 나와 지켜보던 이강이 쓴웃음을 지으며 돌아섰다.

"그것도 꽃신 아닌가? 홍금보의 귀빠진 날이라고 준비한."

허균이 이강의 손에 든 꾸러미를 턱짓하며 귓속말을 한다. 괜한 짓을 했다, 이강이 다시 한 번 씁쓸하게 웃는다. 그도 홍금보의 낡은 신이 안쓰러웠다. 그리고 그녀에게 모진 말을 했던 것도 마음에 걸렸고. 마침 금보의 탄일이기도 하여 고운 꽃신이나 하나 해주자 했었다. 그리하여 한양 최고 갖바치인 꺽쇠에게 특별히 부탁해 지어온 것인데 이제 금보에겐 이강이 아니어도 탄일을 챙겨줄 이가 생겼다. 탐탁찮아 하던 박수타이지만 이렇게 되고 보니 자신처럼 우유부단하고 금보에게 상처만 주는 사내보단 그가 오히려 나을 수도 있겠다 싶었다. 그리고 홍금보에 대한 박수타의 마음이 진심이라는 것도 이제 충분히 알 수가 있었다. 그에 비하면 이강이 준비한 꽃신은, 어찌 보면 홍금보의 가슴을 아프게 했다는 마음의 짐을 덜고자 하는 비겁한 이기심의 발로가 아닌가 하는 생각도 들었다.

박수타가 조심스럽게 그녀의 손을 잡고 홍옥 가락지를 끼운다.

'아, 얼마나 바라고 또 바라고 생각하고 또 생각하고 기다리

고 또 기다리던 순간인가!'

벅찬 감동으로 가슴이 터질 것만 같다. 그렇게 가락지가 그녀의 손가락으로 미끄러지듯 들어갔…… 어야 했는데, 갑자기 마디 중간에서 덜컥 걸린다.

'맙소사!'

가락지가 작다. 눈짐작으로 맞을 것이라 여겼는데 그가 생각했던 것보다 홍금보의 손가락이 좀 더 굵었다. 박수타와 홍금보 둘 다 당황해 그대로 멈춰 버린다. 그리고 하필 그때 금보의 눈에 돌아서는 이강의 뒷모습이 들어왔다. 그 순간 황홀한 주술에서 풀려나듯 박수타를 향해 조금이나마 열리려던 마음이 다시 확 닫혀 버렸다.

"됐소!"

홍금보가 손을 뿌리치며 돌아선다. 그 발걸음이 어찌나 빠른지 치맛바람에 촛불이 하나둘 꺼져 버린다. 이런 사태가 벌어지리라고 상상도 못한 박수타는 미처 금보를 잡지도 못하고 어쩔 줄을 몰라 한다.

"쯧쯧, 이번에 점수 좀 팍팍 따는가 했더니 말짱 황이로군!"

허균이 혀를 끌끌 차더니 명국어로 박수타에게 말한다.

[날 밝으면 주얼리에게 가서 가락지를 늘려달라고 하시오. 옥가락지는 늘릴 수 없지만 금이니 주가(哥)의 솜씨라면 눈 깜짝할 사이에 고쳐 줄 게요. 주얼리가 사는 곳은 이따 약도를 그려주겠소. 이거야 원, 내가 안 나서면 제대로 되는 일이 없

다니까!]

그러나 박수타는 듣는 둥 마는 둥 홍금보가 사라진 쪽을 하염없이 바라보며 서 있을 뿐이다.

[뭘 그렇게 멍하니 서 있나? 얼른 따라가 보지 않고! 홍금보의 손가락이 굵은 것이 박 통사 잘못은 아니나 일단 무턱대고 미안하다고 하시오. 여인을 달랠 땐 별수 없소. 뭐가 미안한지 도무지 납득이 안 가도 무조건 미안하다고 하는 수밖에.]

그 말에 박수타가 홍금보를 쫓아 달려간다. 한데 뒤채로 들어서자마자 '어머니!' 하고 부르짖는 소리가 들려온다.

[무슨 일이오?]

비명에 가까운 홍금보의 목소리에 박수타는 앞뒤 생각할 겨를도 없이 방으로 뛰어 들어갔다.

"어머니가…… 어머니가……."

파랗게 질린 홍금보가 채 말을 잇지 못하고 부들부들 떨기만 한다. 보니, 이부자리에 누운 가냘픈 중년의 여인이 입에 거품을 물고 심하게 경련을 하고 있었다.

[업히시오.]

박수타가 그렇게 말하며 듬직한 제 등을 내밀었다. 금보가 종잇장처럼 가벼운 제 어미를 급히 박수타의 등에 업혀주었다. 박수타가 의원 댁으로 힘껏 내달리기 시작했다. 환자를 업고 들이닥친 칠 척 백귀와 그에 못지않게 덩치 큰 기녀의 등장에 약방이 한바탕 발칵 뒤집혔다. 대문을 열어준 늙은 노비는 그 자리에 풀썩 주저앉아 버렸고, 그들이 마당에 들어서자 마당을 쓸던 아이가 울음을 터뜨리고, 병사(病舍)에 들어서자 누워 있던 환자들은 경기를 일으켰으며 침을 놓던 의원마저도 입을 딱 벌리고 동작을 멈춰 버렸다.

"우리 어머니 좀 봐주십시오! 열이 펄펄 끓고 온몸에 경련을 합니다!"

홍금보가 다급하게 외쳤다. 그 우렁찬 목청에 퍼뜩 정신이 돌아온 의원이 환자의 허리에 대침을 푹 꽂고선 일어섰다.

"일단 이리, 아니, 저쪽 저기 아무도 없는 방으로 들어가자. 이러다 환자들이 죄다 경련을 일으킬 판이니!"

빈 방으로 그들을 데리고 들어간 의원은 푹신하게 깔린 이부자리에 홍매를 눕혔다. 눈을 뒤집어보고 맥을 짚어보더니 침통에서 침을 꺼내 날렵한 솜씨로 조목조목 혈을 잡아 침을 놓는다. 그러자 홍매의 숨이 점점 고르게 펴지며 평온해진다.

"급체다. 침을 놓아 진정시켰으니 이제 괜찮을 게다."

의원의 말에 금보가 안도의 한숨을 내쉬었다. 옆에서 걱정스레 지켜보던 박수타도 그제야 안도하며 홍매의 다리를 주무르기 시작한다.

"어딜 만지시오!"

금보가 기겁을 하며 손을 쳐낸다. 아무리 누워 있는 환자라지만 사내가 여인의 다리에 함부로 손대다니, 상식 밖의 일이었다.

[오해하지 마시오. 나는 그저 피가 잘 통하라고 다리를 주물러 드리려던 것뿐이었소. 우리 어머니도 이와 같은 증세였소. 내가 열 살 적에 쓰러지셔서 그 뒤로 몸의 반쪽을 쓰지 못하셨소.]

"독각귀가 신기하게도 명국어를 잘하는구먼. 근데, 바다 건너 양인들이 사는 곳에도 중풍이 있나?"

명국어를 곧잘 하는 의원이 박수타의 말을 알아듣고 호기심 어린 눈으로 중얼거린다.

"그게 무슨 말씀이십니까?"

금보가 의원에게 물었다.

"아, 저자의 모친도 중풍이었다는군."

" '중풍' 이었다니요? 그럼 지금은……."

"지금 어떤지 내가 어찌 아누? 궁금하면 한 번 물어봐 주지."

그러면서 자기도 궁금했는지 박수타에게 묻는다.

[홍금보가 모친께서 지금은 어떠시냐고 묻는군.]

그 말에 잠시 씁쓸한 표정이 스치더니 이내 담담하게 대꾸한다.

[할머니에게 어머니의 병간을 맡기고 나는 아버지를 따라 열 세 살부터 배를 타기 시작했소. 약값이 엄청났거든. 그렇게 떠돌다 아버지는 바다에서 돌아가시고 동방으로 가는 무역선을 타면 엄청난 돈을 번다기에 마지막이다 생각하고 배를 탔는데 명국에 온 지 반년쯤 되었을 때 어머니가 돌아가셨다는 소식이

오더군.]

그리고 그 뒤에 이어진 방탕했던 시간들. 돈을 벌어야 할 이유도 열심히 살아야 할 의욕도 상실한 채 늘 술에 취해 누군가와 시비를 붙고 투전에 빠지고 그러다 조선까지 흘러온 것이다. 하지만 홍금보를 만나면서 살아야 할 이유가 다시 생겼다. 그녀와 함께라면 제대로 된 삶을 살 수 있을 것 같았다.

"박 통사가 또 뭐라는 겁니까?"

금보가 다시 묻자 '아, 그게 말이지……' 하며 얼결에 통역 노릇을 하게 된 의원이 박수타의 말을 전했다. 박수타의 어머니도 그녀의 어머니와 같은 병이었다는 말에 금보의 마음이 짠하게 저려온다. 아픈 가족을 옆에서 지켜본다는 것이 얼마나 힘든 것인지 알기에. 게다가 임종도 지키지 못하고 어머니를 보낸 마음이 오죽할까.

[아까 그 가락지는 내가 고향을 떠날 때 어머니가 주신 것이었소. 유일하게 갖고 있는 어머니의 물건이라오.]

"그리 중한 것을 왜 내게 주려 한 것이오?"

[그대는 내게 중한 사람이니까. 어머니도 내가 진정으로 연모하는 이에게 그 가락지를 끼워주길 바랄 것이오.]

박수타의 말에 금보가 무거운 한숨을 내쉬었다. '어림도 없는 소리 하지 마시오!' 하고 쏘아붙이고도 남을 말인데 어쩐지 전처럼 매정하게 대꾸할 수가 없다. 금보가 아무 말이 없자 아까 일로 아직 화가 덜 풀린 줄로 짐작한 박수타는 잔뜩 걱정스러운 표정으로 사과를 한다.

[아까는 미안하오. 내가 좀 더 꼼꼼하게 준비했어야 하는데. 내일 주얼리에게 가서 가락지를 고쳐 오겠소.]

"주얼리? 주얼리라고 했소?"

주얼리라는 이름을 듣는 순간 귀가 번쩍한다. 장이강, 허균, 홍길동, 이들이 차고 있는 옥팔찌를 만든 사람이 주얼리라고 했다. 금보가 가지고 있는 옥팔찌를 가지고 가서 혹시 그 주인을 찾을 수 있나 알아봐야겠다. 직접 확인을 해봐야 계속 남아 있는 찜찜함이 사라질 것 같았다.

"나도 같이 갑시다."

[정말이시오?]

영문을 모르는 박수타는 생각지도 못한 금보의 말에 얼굴이 환해진다. 그때 홍매가 스르륵 눈을 떴다. 그리고 그녀의 시선이 박수타에게 향했다.

"어머니, 보지 마! 박수타, 얼른 돌아앉으시오! 우리 어머니 정신 들자마자 놀라서 또 혼절하면 어떡해."

그러나 금보의 걱정과는 달리 홍매는 난생처음 벽안의 백귀를 보았는데도 그리 놀라는 기색도 없이 오히려 찬찬히 박수타를 살펴보았다.

[의원님, 금보 어머님께 놀라지 마시라고 전해주십시오. 생김이 조금 다를 뿐 저는 독각귀도 아니고, 나쁜 사람도 아니라고요.]

박수타가 의원에게 통역을 부탁했다. 한데 의원이 말을 전하기도 전에 홍매가 이미 알아들었다는 듯 고개를 끄덕였다. 일그러진 얼굴에 얼핏 미소가 스치는 듯도 하다.

"의원님, 우리 어머니 왜 이럽니까? 왜 안 놀라요? 백귀를 봤으면 당연히 놀라야지 웃다니요. 아까 열이 너무 많이 나서 어디가 이상해지신 거 아닙니까?"

금보가 매우 근심스러운 얼굴로 묻는다.

[명국어를 알아들으십니까?]

박수타가 혹시나 해서 홍매에게 직접 물었다. 홍매가 다시 설핏 웃는다. 젊은 시절 장태인과 함께 명국어를 익혔었다. 그리고 명국어 실력 때문에 명나라 사신의 접대에도 뽑혀갔더랬다. 결과적으로 그것이 그녀의 인생을 힘들게 만든 셈이 되었지만.

홍매는 기녀들이 오가며 하는 말을 듣고 금보의 머리를 얹어준 사내가 눈이 파랗고 머리가 노란 백귀라는 것을 알고 있었다. 그 이후 딸의 걱정으로 하루도 마음 편히 잠들 수가 없었다. 하지만 박수타와 오가는 대화를 들은 홍매는 그의 생김이 어떻건 간에 됨됨이가 나쁜 사내는 아니구나 생각했다. 머리색이 다르고, 피부색이 다르고, 눈동자가 달라도 중요한 것은 눈에 보이는 빛깔이 아니었다. 마음의 빛깔이었다. 정신이 혼미한 상황이었지만 아픈 자신을 업고 달리는 박수타에게서 따듯한 마음을 느낄 수 있었다. 다행이구나, 조금 안심이 되었다.

“맥도 정상이고 열도 거의 내렸다. 몸이 불편해서 그렇지 네 어미가 원래 담은 큰 사람이다. 젊은 적엔 어지간한 사내들은 홍매 앞에서 오금을 못 폈었지. 이상한 곳 없으니 걱정하지 말거라.”

홍매의 맥을 짚어본 의원이 껄껄 웃으며 말했다.

“의원님, 빨리 나와 보셔야겠습니다. 지금 밖에 약방문을 써줘야 할 병자가 잔뜩 밀려 있습니다.”

머슴 하나가 급히 들어와 의원을 재촉한다.

“아, 그런가? 난 이만 가봐야겠군.”

의원이 서둘러 자리에서 일어났다.

“어머니는 이제 모시고 돌아가도 된다.”

“예. 감사합니다, 여러 가지로.”

금보가 꾸벅 인사를 하자 박수타가 홍매를 다시 업고 의원의 뒤를 따라 방을 나섰다. 한데 신을 신으려고 보니 한 짝밖에 없었다. 다급하게 달려오느라 신을 제대로 챙겨 신지 못한 것이다.

‘한쪽 신만 신고 예까지 달려온 것인가? 내 어머니를 위해서?’

쑥스럽게 너털웃음을 짓는 박수타를 보며 금보는 콧날이 시큰해졌다. 그의 진심이 자꾸만 그녀의 마음속을 비집고 들어왔다. 약방에서 짚신 한 켤레를 얻어 기방으로 향했다. 박수타의 등이 편안했는지 홍매는 다시 곤히 잠이 들었다. 한참이나 작은 짚신을 구겨 신고선 홍매를 거뜬히 업고 성큼성큼 걸어가는 박수타의 모습이 금보의 눈에 무척이나 믿음직스러워 보였다. 그리고 지친 그녀에게 큰 위안이 되었다.

"고맙소."

비로소 마음의 문이 그를 향해 조심스럽게 열린다. 박수타가 잠시 아무 말도 하지 못했다. 고맙소, 용케 알아들은 그녀의 한마디가 너무나 소중하고 너무나 기쁜 나머지 말문이 막혀 버린 것이다.

"고맙소."

마침내 그가 입을 열었다. 그에게 고맙다 말해준 그녀가 너무나 고마웠다.

"고맙소."

그리고 또 한마디.

"고맙소. 고맙소. 고맙소."

자꾸만 자꾸만 이 말만이 나온다. 하지만 아무리 말해도 그의 마음을 다 표현하지 못할 것 같다.

"고맙소……."

박수타의 말은 계속 이어졌고, 금보는 묵묵히 밤길을 걸었고, 홍매는 박수타의 넓은 등에서 곤히 잠이 들었다. 별은 빛나고 달은 밝았다.

다음날 저녁 무렵, 일을 마친 박수타와 금보는 주얼리를 찾아갔다. 난전 끄트머리에 초가집을 개조한 작은 점포에는 귀고리, 비녀, 가락지 같은 패물들이 눈을 뗄 수 없을 만큼 화려한 빛을 발하며 진열되어 있었다.

"어떻게 오셨나?"

한구석에서 은비녀를 다듬고 있던 반백의 주얼리가 점포로 들어서는 거한(巨漢)의 남녀를 보고 흠칫 놀라며 물었다. 게다가 한 명은 벽안의 백귀였다. 이제 초로에 접어드는 쇠약한 심장이 놀라 덜컥 멈추지 않은 게 다행이다 싶다. 하지만 장인 특유의 고집과 자존심이 강한 주가(哥)답게 겉으로는 놀란 기색을 보이지 않는다. 박수타가 주얼리에게 성큼성큼 다가가 품에서 홍옥 가락지를 꺼내며 자신 있게 외쳤다.

"좀 더 벌려보시오. 활짝!"

"뭐라?"

주얼리가 침침한 눈을 크게 뜬다. 얼결에 가락지를 받아 들긴 했는데 당최 무슨 말을 하는 건지 알 수가 없다.

"가락지를 늘려달라는 겁니다. 제가 손가락이 좀 굵어서요."

금보가 설명을 하며 제 손가락을 내보인다.

"아아, 그 소리인가? 어디 보자, 이거 좀 걸리겠는걸! 한 보름쯤 뒤에 찾으러 오시게."

끈으로 금보의 손가락 굵기를 재더니 가락지를 집어 들고 이리저리 살핀다. 그리고 붉은 홍옥을 홀린 듯이 바라보며 감탄을 마지않는다.

"허어, 참으로 굉장하군. 크기며 색이며 흠집 하나 없이 완벽해. 내 여태 이렇게 아름다운 홍옥은 본 적이 없네!"

"저기, 근데……."

금보가 눈치를 살피며 품에서 옥팔찌를 꺼낸다.

"또 무슨 볼일이 있나?"

"이 옥팔찌 말입니다. 제가 저 뒷동산에서 주웠는데 이렇게 완벽한 예술 작품을 만들 수 있는 건 도성, 아니, 조선을 통틀어 주가 어르신밖에 없다고 생각해서 가져와 봤습니다."

"아하, 이 옥팔찌! 그렇지! 내가 만든 것이지."

홍금보의 요란한 찬사에 주얼리가 어깨를 으쓱하며 대꾸한다.

"역시 그렇군요! 당연히 그럴 줄 알았습니다. 그럼 혹시 주인을 아십니까? 귀한 물건 같은데 주인에게 돌려주어야지요."

"알다마다. 이건 내가 교산 나리에게 딱 세 점만 만들어 드린 것이라 정확히 기억하고 있지. 얼마 전에 나리가 팔찌를 잃어버리셨다면서 새로 하나 맞춰가셨는데, 그게 여기 있었구먼!"

"허균 나리 말입니까?"

금보가 놀라 되물었다.

"허균 나리를 아나? 하긴 도성의 계집이 그 나리를 모르면 간자이지. 여기 두고 가면 내가 나리께 전해 드리겠네."

"아닙니다. 저도 종종 뵙는 분이니 제가 직접 전해 드리겠습니다."

"그러게, 그럼."

금보는 여러 가지 생각에 머리가 복잡해져 주얼리에게 인사를 하는 둥 마는 둥 하고 점포를 나섰다. 그러고 보니 의금부에서 그녀가 허균의 어깨를 짚었을 때 그의 어깨에도 상처가 있었다.

'그렇다면 허균 나리가 그때 그 활빈당이란 말인가?'

하지만 이강도 어깨를 다쳤다. 팔찌는 세 사람이 차고 있지만 다리가 불편한 길동이 활빈당일 리는 없다. 똑같이 어깨를 다친 허균과 이강, 그리고 새로 팔찌를 맞춰간 허균. 두 사람 중 그녀가 마주친 활빈당은 누구란 말인가?

생각에 잠겨 길을 걷던 금보가 불현듯 사람들의 시선을 느끼고 주위를 둘러보았다. 어느새 지나가던 행인 모두가 그녀를, 아니, 금보와 박수타를 쳐다보고 있었다. 그러고 보니 둘이 함께 저잣거리에 나온 것은 처음이었다. 여기저기서 수군거리는 소리가 들려온다.

"아이고, 남세스러워라. 독각귀에게 몸을 팔고도 어찌 얼굴을 들고 다닐꼬?"

"부끄러운 줄도 모르고 대낮부터 저리 붙어 다니는 꼴이라니."

"부끄러움을 알았다면 애초에 독각귀랑 붙어먹지도 않았겠지. 아무리 기녀라지만 조선 여인 망신은 홍금보가 다 시키는구먼."

"어차피 저 계집도 독각귀가 아닙니까. 독각귀가 독각귀와 놀아나는 것이 오히려 당연한 게지요."

살아오면서 좋은 소리, 좋은 시선 한 번 받아본 적 없는 금보이지만 더욱 모질어진 말들이 비수처럼 가슴에 꽂힌다.

"사람들이…… 우리를 말하오?"

박수타도 그들을 바라보는 곱지 않은 시선을 느꼈는지 더듬거리는 조선어로 묻는다.

"아무것도 아니오. 갑시다."

금보가 애써 아무렇지도 않게 답하며 걸음을 재촉한다. 각오했던 일이다. 이까짓 일에 눈 하나 깜짝할 홍금보가 아니다, 하며 부러 더욱 어깨를 쭉 펴고 걷는다. 그때 그녀의 발밑에 돌이 하나 툭 떨어진다. 그리고 또 하나, 다시 또 하나가 날아온다.

"독각귀 홍금보는~ 독각귀의 색시래요~ 밤이면 밤마다 독각귀 방망이질을 해댄대요~ 얼레리 꼴레리~ 얼레리 꼴레리~"

고약한 동네 아이들이 돌을 던지며 노래를 불러댄다. 그중 가장 덩치 큰 아이가 대담하게 홍금보의 얼굴을 향해 돌을 던졌다. 금보가 미처 피하지 못하고 눈을 질끈 감자 박수타가 재빨리 그녀에게 몸을 날려 손으로 돌을 잡아챘다.

[이놈!]

성난 박수타가 눈을 부릅뜨고 도성을 날려 버릴 듯이 일갈했다. 아이들이 비명을 지르며 도망가고 돌을 던진 아이는 다리에 힘이 풀려 털썩 주저앉아 버렸다. 그리고 너무 겁에 질린 나머지 바지에 오줌을 지리고 만다. 박수타는 키득거리며 구경하던 사람들에게 걸어가 한 도령의 멱살을 낚아채 물었다.

[명국어를 할 줄 아나?]

하얗게 질린 도령이 박수타가 무어라 묻는지 알아듣지 못한 채 무조건 고개를 세차게 내젓는다. 도령을 내팽개치고 그 옆 선비의 멱살을 잡는다.

[명국어를 할 줄 아나?]

선비가 덜덜 떨며 고개를 끄덕인다.

[그럼 내 말을 사람들에게 전하시오.]

그렇게 내뱉은 박수타가 우두커니 서 있는 금보의 손을 잡아끌고 한 발짝 앞으로 나갔다. 대체 무엇을 하려는 것인가, 놀란 금보가 박수타를 바라보자 그가 사람들에게 당당하게 외쳤다.

[이 여인은 내 사람이다!]

"이 여인은 내 사람이다."

선비가 박수타의 말을 통역해 사람들에게 외친다.

[앞으로 누구든!]

"앞으로 누구든."

[너무 작다. 더 크게!]

박수타가 선비에게 눈을 부라리자 다시 한 번 목이 터져라 복창한다.

"앞으로! 누구든!"

[이 여인을 손가락질하거나 업신여기면 내 손에 죽는다. 돌을 던져도 죽는다. 우리 파란 눈의 독각귀들은 말한 것을 반드시 지킨다. 내가 항상 지켜볼 것이다!]

말을 마친 박수타는 홍금보의 손을 잡고선 사람들을 헤치고 저자를 빠져나갔다.

"이 손 좀 놓고 갑시다!"

인파에서 멀어지자 금보가 손을 뺀다. 박수타가 어찌나 꽉 움켜쥐었는지 손목이 저릴 지경이었다. 그리고 대뜸 쏘아붙인다.

"내가 왜 당신 여인이오? 누구 마음대로!"

하지만 말은 그렇게 했어도 박수타가 자신을 위해 나서서 '이 여인은 내 사람이다!' 하고 외쳤을 때 가슴 한편이 찌르르 울렸더랬다. 사람들 앞에서 그토록 당당하게 금보의 편이 되어 준 이는 여태 없었다. 그러나 박수타는 홍금보가 언성을 높이자 무언가 단단히 화가 난 줄 알고 눈치를 살피며 일단 사과부터 한다.

"미안……."

잠시 박수타를 노려보던 금보가 더욱 큰 소리로 외친다.

“아주 잘했소! 속이 다 후련하네! 당신이 안 그랬으면 내가 죽이겠다고 소리를 쳤을 것이오. 어따 대고 돌을 던져, 겁도 없이! 죽을라고! 갑시다!”

금보가 씩씩하게 앞장선다. 하지만 말을 알아듣지 못하는 박수타는 더 커진 금보의 목소리에 정말 엄청나게 화가 났구나 싶어 연신 ‘금보 미안’, ‘금보 미안’ 하며 뒤를 따른다. 그런 박수타의 모습이 덩치답지 않게 앙증맞아 보여 피식 웃음이 났지만 너무 친밀하게 느낄까 봐 애써 참았다. 그런 그들을 한 사내가 소리 없이 뒤따르다 두 사람이 기방 쪽으로 향하는 것을 확인하고는 날래게 몸을 돌려 주얼리의 점포로 달려갔다.

“허균이? 확실한 것이냐?”

야심한 밤, 주막의 허름한 뒷방에서 홍금보에게 미행을 붙인 날랜 사내에게 보고를 들은 홍인형이 찢어진 눈을 부릅뜨며 묻는다. 둘밖에 없는 방 안인데도 목소리는 최대한 낮추며.

“예. 제가 주얼리의 점포로 바로 따라 들어가 확인했습니다. 홍금보가 목멱산 영화정 앞에서 찾은 옥팔찌는 주얼리가 허균에게 세 점 만들어준 것인데, 얼마 전 잃어버렸다면서 새로 맞춰갔다 합니다.”

“나머지 두 점은 누구에게 주었다던가?”

“글쎄요. 그것까지는……. 워낙 난봉꾼으로 소문난 인사이니 기녀들에게 나눠주었겠지요."

그러나 홍인형은 사내와 생각이 달랐다. 단 세 점을 맞췄다면 죽고 못 살며 붙어 다니는 장이강과 홍길동, 그 둘에게 주었을 것이다. 우애의 징표 정도 되겠지. 한데 허균이 팔찌를 잃어버렸다. 그리고 홍금보가 그것을 영화정에서 찾았다. 홍금보는 그 팔찌가 영화정에 있는 걸 어떻게 알았을까? 본 것이다, 팔찌의 주인이 그곳에서 팔찌를 잃어버린 것을. 그날, 홍금보가 영화정에서 활빈당을 숨겨주고 의금부로 끌려간 바로 그날이 분명하다. 홍금보가 활빈당을 숨겨주고 그가 누구인지 발설할 수 없었던 이유는 그 복면이 바로 팔찌의 주인이기 때문이다. 그리고 팔찌의 주인이 그녀가 잘 아는 인물이었기 때문에.

허균, 장이강, 홍길동…… 셋 중 하나.

장이강은 어깨를 다치지 않았다. 그가 그날 밤 기방에서 직접 확인한 것이니 확실하다. 복면은 두 다리로 달려서 도주했다. 그러니 절름발이인 홍길동일 리도 없다.

'그렇다면!'

그때 그의 머릿속에 비단을 사러 갔던 날 가볍게 부딪혔을 뿐인데 허균이 어깨를 감싸 쥐며 고통스러워했던 모습이 스쳐 지나갔다. 왼쪽 어깨였다. 왼쪽 어깨를 다친 사내.

'허균 그자가!'

홍인형이 가늘게 신음했다. 그러고 보니 망나니인 척하며 그가 허허실실 뱉어낸 말들 여기저기에 뼈가 박혀 있었다. 희대의

'립신구' 공연을 생각해 내 서인과 남인 모두에게 한 방 먹인 것도 그자였고, 유정 제독까지 끌어들여 의금부에 잡혀간 홍금보를 구해내는 데 크게 일조한 것도 그자였다. 어릴 적부터 천재로 소문이 자자했던 비상함을 그 아무도 의심조차 하지 않는 난봉꾼으로 위장해 살아온 것이다. 정말 그런 것이라면 실로 무서운 자가 아닌가!

'활빈당의 당수가 남인이라……. 그것도 남인의 핵심 인사인 좌승지 허성의 아우!'

활빈당과 남인을 어떡해서든 엮어 넣으려던 참에 이야말로 천재일우(千載一遇)의 기회가 아닐 수 없다. 홍인형은 날랜 사내에게 은자가 든 꾸러미를 던지고선 곧바로 조근수를 찾아갔다.

*

조근수의 사랑채는 더없이 무겁게 가라앉아 있었다.

"면사첩이라……."

조근수가 헛웃음을 치며 내뱉는다. 그러나 그 웃는 표정은 싸늘하기 그지없었다. 사랑에 모인 서인들은 모두 숨조차 크게 쉬지 못한 채 조근수의 안색만 살피고 있었다.

오늘 낮, 고금도 이순신 진영으로 보낸 선전관에게 장계가 올라왔다. 활빈당과 이순신이 깊은 관계가 있다는 증험으로 내보인 '於栗島 汝言(어율도 여언)' 이란 서신과 이것이 '율도에서 여해' 로 추정된다는 말을 선전관들에게 듣고도 이순신은 한마디 변명조차 하지 않았다고 한다. 그 서찰이 조작되었다는 것은 누구보다 이순신 본인이 더 잘 알 것이다. 하지만 긍정도 부정도 하지 않은 채 그저 묵묵히 모든 얘기를 듣기만 하다가 조사 결과를 적은 장계와 함께 조정에 보내달라며 문서를 한 장 건넸다. 장계와 함께 올라온 것은 다름 아닌 '면사첩' 이었다.

면사첩.

그야말로 '면사(免死)', 그 어떤 무거운 죄를 짓더라도 죽음을 면하게 해주겠다는 문서였다. 명량해전에서 큰 전공을 세운 이순신에게 임금은 상 대신, 아니, 상으로 목숨만은 살려주겠다는 면사첩을 내렸다. 그리고 이순신은 이 모욕적인 '성은' 을 보란 듯이 꺼내 든 것이다. 죽일 테면 죽여봐라, 이순신을 사지에 몰아넣으려고 애써 짜낸 모략과 술수를 조롱하듯이. 임금은 이순신이 올린 면사첩을 보고 잠시 표정이 굳더니 쓴웃음을 지으며 이순신에 대한 조사를 중지하라 명했다.

"이번엔 우리가 졌소."

조근수가 덤덤하게 입을 연다.

"차라리 혐의를 부인하려 발버둥을 쳤다면 그편이 옭아매기가 편했을 터인데, 면사첩을 꺼내 들다니. 이순신처럼 고지식하고 꼿꼿한 자에게 그런 여우 같은 면이 있을 줄이야."

홍탁이 한껏 미간을 찌푸린다.

"여우의 지혜를 빌린 것이겠지요."

유성룡, 이는 틀림없이 그 여우 같은 자의 머리에서 나온 방편일 것이다. 조근수가 불편한 심기를 억누르며 호두알을 딸그락딸그락 굴렸다.

"아직 끝난 것이 아닙니다!"

그때 방문 밖에서 누군가의 외침이 들려왔다.

"홍인형입니다. 들어가겠습니다."

대답을 채 기다리지 않고 홍인형이 성큼성큼 안으로 들어왔다.

"다급한 보고라도 있는 것입니까?"

홍인형의 기색을 살피며 감이 빠른 장태인이 물었다. 그러나 홍인형은 그쪽은 거들떠보지도 않고 조근수에게 고했다.

"긴히 드릴 말씀이 있으니 주변을 물려주시지요. 중요한 사항입니다."

조근수가 고개를 끄덕이며 모두를 내보낸다. 날카로운 눈으로 홍인형을 매섭게 노려보며 장태인도 밖으로 나갔다.

"무언가? 긴요한 얘기가."

조근수가 묻는다. 그제야 홍인형이 천천히 입을 열었다. 그 어떤 말을 들어도 좀처럼 동요가 없는 조근수가 그의 보고를 듣고 순간 낯빛이 변했다. 하나 이내 호두알을 굴리며 침착하게 생각에 잠긴다. 홍인형은 언제나처럼 조근수가 입을 열 때까지 조용히 기다렸다. 마침내 딸그락 소리가 멈춘다.

"허균에게 미행을 붙이게. 빈틈없이 정황을 파악하고 확실하게 덜미를 잡아야 해. 실패는 이번 한 번이면 족하다."

"예."

"한데, 자네 이복 아우가 허균의 절친한 지기 아닌가?"

조근수의 눈초리가 날카로워진다. 손끝, 발끝에서 피가 한꺼번에 빠져나가는 듯이 홍인형의 얼굴에서 핏기가 가신다.

"송구합니다."

'홍길동, 이놈!'

천하디천한 놈이 늘 눈에 거슬리며 앞길을 막더니 이젠 가문을 위태롭게 만들고 있다. 홍인형이 조근수에게 머리를 깊이 조아리며 분노로 어금니를 꽉 깨문다.

"게다가 장태인의 아들 장이강까지도 허균과 어울려 다니지, 아마."

어떻게 그런 세세한 교우 관계까지 다 파악하고 있는 것일까. 홍인형이 속으로 경탄했다. 도성 바닥에서 조근수의 눈이 미치지 않는 곳은 없을 것이다.

"허균이 정말 활빈당이라면, 장이강과 홍길동이 허균의 정체를 알았든 몰랐든 간에 그들까지도 역모로 몰릴 수 있네. 그렇게 되면 남인뿐만이 아니라 우리 서인들도 피를 보게 될 것이야. 집안 단속부터 단단히 하게. 이 일의 결과에 따라 남인과 서인, 둘 중 하나는 죽게 될 것이네. 그리고 죽게 되는 것은 반드시 남인들이어야 해. 알겠나?"

"예, 알겠습니다."

"한데."

조근수가 잠시 말을 끊고 홍인형을 바라보았다. 이번엔 또 무엇인가, 홍인형이 바짝 긴장해 바라보았다.

"말씀하십시오."

"여진이가 오후에 제집으로 돌아갔네."

"아…… 예."

예상치 못한 말에 당황해 멈칫한다. 여진은 조근수의 무남독녀, 즉 홍인형의 처 이름이다. 출가외인이니 '제집'이라 함은 홍인형의 집으로 갔음을 말하는 것이다.

"어느새 두 해가 지났다니, 세월 빠르구먼."

지나가는 말처럼 중얼거리더니 다시 서늘한 표정으로 낯을 바꾼다.

"이만 가보게. 일은 실수 없이 처리하고."

홍인형은 인사를 올리고 서둘러 집으로 향했다. 여진이 집에 와 있다는 말에 그의 마음도 갑자기 조급해졌다. 작은사랑에 들러 선전에서 구입한 비단 꾸러미를 챙겨 별당으로 갔다. 별당의 중문 앞에 서서 몇 번이나 갓을 고쳐 쓰고 복색을 살폈다. 그러다 문득 이마까지 길게 불거져 있는 상처를 만져 본다. 보기에 더욱 흉해졌겠지. 여진은 날이 갈수록 향기 짙은 꽃처럼 아름다워지는데 가뜩이나 잘나지 못한 얼굴에 흉까지 졌으니 그녀가 더욱 자신을 꺼려하지는 않을지. 그답지 않게 자신이 없어진다, 그녀 앞에선 늘 그렇듯. 몇 번이고 망설이다 여진을 보고 싶다는 크나큰 마음이 그를 마당으로 들어서게 한다. 방문에 단아한 여인의 그림자가 비친다. 늘 날이 서 있는 그의 눈빛이 부드러워진다. 정말 여진이 돌아왔다. 아흐레만이다. 으흠, 하고 인기척을 하려는데 안에서 말소리가 들린다.

"많이 좋지 않아 보이시더냐?"

걱정스러운 여진의 목소리.

"자세히 보지는 못했지만 괜찮으신 것 같았습니다."

여종이 대꾸한다.

"정말이냐? 자세히 좀 살펴보지 않고."

"자세히 살피고 말고 할 틈이 있어야지요. 그저 잠시 스쳐 지난 것인데요. 그분께서 저를 불러 세워 아씨에 대해 물으실 리도 없고요."

"그래, 그렇겠지. 역시 돌아오는 게 아니었어. 가마를 준비하거라."

"예에? 가마라니요?"

"어머님 병간을 다시 한다고 하든지 아니면 어느 절에 불공이라도 드리러 간다고 하든가!"

"안 됩니다. 오자마자 어딜 또 가시겠다는 겁니까? 대감마님께서도 더 이상은 안 된다 하시지 않았습니까? 아무리 큰 마님께서 와병 중이시지만 출가외인이 친정을 그리 밥 먹듯이 드나

들면 대감마님의 면이 어떻겠습니까? 이 정도면 대감마님도 많이 봐주신 겁니다. 아무튼 절대 안 됩니다. 게다가 오늘 같은 날……."

"내가 지금 어떤 심정인지 아느냐? 마치 지옥에 앉아 있는 것만 같다. 그분 생각만 하면 숨조차 제대로 쉴 수가 없어. 한시도 이곳에 더 있고 싶지가 않아. 아니, 있을 수가 없다. 내가 어찌 이곳에서 나리와 태연히 마주 앉아 아내 노릇을 할 수가 있겠느냐? 내게 어찌 그런 가혹한 일을 하라는 것이냐?"

"아무 데도 가지 마시오."

문밖에서 홍인형이 건조하게 내뱉었다. 순간 방 안의 말소리가 멈추더니 여종이 뛰어나온다.

"나리!"

놀란 여종의 얼굴이 하얗게 질려 있었다.

"이곳에 있으시오. 내가 그대의 눈에 띄지 않으면 될 것이니."

홍인형이 안을 들여다보지도 않고 그대로 마당에 서서 무표정하게 말을 잇는다. 그리고 가져온 비단을 마루 끝에 내려놓고 돌아선다.

'아직도인가, 아직도!'

애써 감정을 억누르며 돌아서는 그의 꽉 쥔 주먹이 부들부들 떨린다.

'그분이라…… 그분은 아직도 그분이고 나는 아직도 나리인가. 나는 안 되는 것인가? 아무리 해도 나는 그대의 사람이 될

수 없는 것인가?'

온 세상에게 거절당한 것만 같다. 날카로운 칼날로 심장을 후벼 파서 생살을 떼어내는 것처럼 고통스럽다. 그의 옆에서 그녀가 고통스럽게 말라가는 것처럼. 하지만 그는 여진을 놓을 수가 없다. 이렇게라도 옆에 두고서 껍데기라도 움켜쥐고 절대 놓지 않을 것이다. 아무 데도 갈 수 없다. 서로가 서로의 살을 도려내 뼈만 남아 죽더라도 그는 여진에 대한 이 지독한 연정을 멈출 수가 없었다. 아마 여진도 그렇겠지. 그녀의 지독한 사랑도 절대로 멈춰지지 않겠지. 그와 여진은 어쩌면 똑같은 사람인지도 모른다. 그래서 그가 여진을 그토록 갈망하는 건지도. 아득히 먼 옛날 잃어버린 반쪽의 심장처럼. 그의 가슴속에서 그녀가 그네를 탄다. 처음 만난 그날처럼. 손을 뻗으면 하늘 높이 솟아올라 아스라이 멀어지고 내민 손을 거두면 연분홍 치맛자락이 코앞까지 다가와 펄럭인다. 그렇게 여진은 잡힐 듯 잡힐 듯 잡히지 않는다.

*

"대감마님, 소인 저녁 문후 올립니다. 편히 주무십시오."

외출했다 돌아온 길동이 사랑채 대청마루 앞에서 허리를 깊이 숙여 인사를 올리고 돌아선다. 늦은 밤, 환하게 불이 밝혀진 방 안에서 홍 판서의 그림자가 문 쪽으로 어른거리는가 싶더니 말소리가 들려온다.

"들어오너라."

잠시 머뭇거리던 길동이 불편한 다리를 절룩이며 안으로 들어갔다. 형조판서란 높은 지위답지 않게 홍 판서의 사랑은 검소하다. 벽 한 면을 가득 메운 서책을 빼고는 이불 한 채 올려놓은 서랍장이 전부인 방 안에서 홍 판서가 서책을 보고 있었다. 조선 땅에 그가 읽지 않은 서책이 없다 할 만큼 홍 판서의 독서량은 방대했다.

"이 서책을 읽어봤느냐?"

홍 판서가 고개를 들어 길동에게 묻는다.

"어떤 서책입니까?"

"장안에 널리 읽히는 서책이라는구나."

길동에게 내민 책은 붉은 표지의 '색주부뎐' 이었다.

"아니, 이것은……."

전혀 생각지도 못한 책 제목에 길동의 얼굴이 확 달아오른다. 남녀상열지사를 노골적으로 다룬 음란한 서책이라는 풍문을 익히 들어 알고 있었다. 당연히 길동은 저런 책 따위는 거들떠보지도 않았다.

"읽어보지 못했느냐? 요즘은 서책을 가까이하지 않느냐? 하긴, 서책을 그리 열심히 읽어 무엇 하게. 이런 세상에서……."

서자가 책을 읽어 써먹을 데가 어디에 있다고, 하는 말은 차마 끝까지 잇지 못했다. 길동은 홍 판서에게 너무나 아픈 손가락이다. 서자로 난 것도 서러운데 일찍이 어미까지 여의고, 그렇다고 아비의 정도 제대로 누리지 못한 채 자랐다. 그럼에도 어릴 때부터 영민한 아이였다. 하나를 알려주면 열을 깨쳤고 형인 인형이 천자문을 갓 떼었을 때 길동은 사서삼경을 줄줄 외웠다. 게다가 당당한 풍채와 뛰어난 무예 실력까지, 무엇 하나 빠지는 게 없는 더할 나위 없이 자랑스러운 아들이었다. 오죽했으면 적자와 서자가 바뀌었어야 했다고 사람들이 혀를 차며 한마디씩 수군거릴 정도였다.

하지만 서자인 길동에겐 뛰어난 것이 오히려 고통이라는 걸 홍 판서는 잘 알았다. 적자로 나지 못할 거였으면 차라리 둔하게 태어났으면 좋았을걸. 그랬다면 홍 판서의 그늘 아래서 유유자적 풍류나 즐기며 한세상 별 근심 걱정 없이 살았을 터인데. 게다가 임진년 전란이 일어나자 의병에 나섰다가 부상으로 한쪽 다리가 불편해져 돌아온 뒤로는 길동은 그에게 더욱 아린 손가락이 되었다.

"그런 것이 아니라…… 이런 잡스러운 책을 어찌 대감마님께서 소지하고 계시는지."

길동이 조심스럽게 입을 연다. 그런 길동을 홍 판서가 물끄러미 바라본다.

"넌 왜 아비를 아비라 부르지 않느냐? 너와 나 둘뿐일 땐 적서의 구분 따위는 두지 않아도 된다 하지 않았느냐?"

이번엔 길동이 홍 판서의 얼굴을 잠시 응시한다. 닮은 얼굴, 아비와 아들. 그러나…….

"대감마님께선 왜 제게 서책이 소용없다 하십니까?"

서책 따위 아무리 읽어봤자 아무것도 바뀌는 게 없으니까 그러시는 거 아닙니까? 제가 아버지를 아버지라 부른다 하여 세상 그 무엇이 바뀐단 말입니까? 그가 속으로 조용히 절규했다.

"그와 같은 이유입니다."

길동의 짧지만 깊은 답에 홍 판서가 시리게 웃는다. 그러나 이내 근엄한 표정으로 바뀌어 묻는다.

"이 책의 내용이 무엇인지는 아느냐?"

"남녀상열지사라는 것만 알고 있습니다."

"그렇다. 작은 주모라는 여자와 백정의 차마 입에 담지 못할 음란한 행각을 적은 글이더구나. 근데, 알고 보니 그 백정은 신분을 위장한 호민당의 두령이었다. 어느 양반집 서자로 태어나 썩어빠진 세상을 바로잡고 도탄에 빠진 백성을 구하겠다고 나선 의적으로 묘사되어 있더구나. 호민당이라……. 너는 무엇이 떠오르느냐?"

"활빈당……."

"그렇다. 백이면 아흔아홉 모두 활빈당을 떠올릴 것이다. 어쩌면 이 글은 음담패설로 위장한 역당들의 교묘한 술수인지도 모른다. 활빈당 같은 역도들을 의적이라 미화시켜 어리석은 백성들의 무의식 속에 그들의 정당성을 심어놓으려는. 저자의 의도가 정말 그렇다면 실로 무서운 자이지 않느냐?"

"서책을 빌려가도 되겠습니까?"

길동이 조심스레 묻는다. 홍 판서가 책을 건넨다. 그리고 나직이 아들의 이름을 부른다.

"길동아."

"예, 대감마님."

"너는 적자가 아니다. 네가 아무리 학문을 닦아도 출사는 할 수 없다. 하지만 그것이 나라의 법도이고, 법도란 지키라고 있는 것이다. 네 영민함이 네게 독이 되지 않았으면 좋겠구나. 아무것도 하지 말아라. 그것만이 네가 살길이다."

"깊이 새겨듣겠습니다, 대감마님."

길동이 차분하게 대꾸한다.

"넌 나보다 더 융통성이 없는 녀석이로구나. 한 번을 아비라 부르지 않으니."

홍 판서가 씁쓸하게 웃는다. 법도를 앞세워 아끼는 자식의 손발을 묶어야 하는 아비의 마음도 한없이 아려왔다. 하지만 그에게는 길동 이외에도 지켜야 할 것이 많았다. 나라의 법도와 가문, 그리고 권세. 길동은 너무 영민했다. 영민한 서얼이 이런 어지러운 세상에서 가지는 의기란 역심으로 이어지기 쉬웠다. 몇 해 전 의병장 김덕령이 역도로 몰려 처형당했을 때 그 수하에 있던 길동에게 행여 불똥이 튀지 않을까, 그리하여 가문에도 그 화가 미치지 않을까 얼마나 노심초사했는지 모른다. 그런 아비의 마음을 영민한 길동이 짐작하지 못할 리 없겠지. 그래서 고집스러울 만큼 그 앞에서 아버지란 말을 입에 올리지 않는 것이리라.

서운해할 자격도 없는 아비다. 홍 판서가 다시 한 번 쓰게 웃었다.

"아버지라니요? 아버님의 아들은 저 하나입니다!"

그때 문밖에서 커다란 목소리가 들려왔다. 그러더니 문이 열리며 얼굴이 불콰해진 홍인형이 안으로 들어온다. 하나 걸음이 똑바르지 못한 것이 몹시 취한 듯했다.

"이게 대체 무슨 짓이냐?"

홍 판서가 크게 노해 외친다.

"송구합니다, 아버님."

홍인형이 그 앞에 털썩 무릎을 꿇는다.

"하나 나라 법에 적서의 구별이 엄연할진대 아버님께선 어찌 저 천한 놈에게 호부호형을 허하신단 말씀입니까? 언제 가문을 다 말아먹을지도 모르는 노비 녀석에게!"

"말을 삼가거라. 배는 다르지만 네겐 천지에 하나뿐인 아우이다."

"누가 제 아우입니까? 그리 아끼신다면 아예 길동에게 제사를 모시라고 하지 그러십니까? 아버님께선 저 녀석이 적자이기를 바라시지 않습니까?"

부자의 아슬아슬한 대화에 길동이 이복형의 팔을 붙들고 만류한다.

"나리, 술이 과해 보이십니다. 들어가서 쉬시지요."

"놔라! 감히 어디에 그 천한 손을 대는 것이냐!"

홍인형이 거칠게 뿌리쳤다. 다리가 불편한 길동이 그 힘을 당하지 못하고 엉덩방아를 찧었다. 홍 판서의 눈초리가 엄하게 변했다.

"용렬한 놈. 그리 그릇이 작으니 제 내자 하나 제대로 거두지 못하는 것이지."

"아버님!"

그동안 참아왔던 설움과 울분이 한꺼번에 터져 나온다.

"언제 한 번 소자를 따듯한 눈으로 바라봐 주신 적이 있습니까? 부모에게도 은애받지 못하는 이에게 그 어느 누가 마음을 주겠습니까?"

"저, 저런 못난……."

"두고 보십시오, 이 못난 놈이 어찌하는지! 전 가질 것입니다. 갖고야 말겠습니다. 받을 수 없다면 빼앗아서라도 제가 다 갖겠습니다!"

홍인형이 자리를 박차고 밖으로 나가 버린다. 홍 판서가 무거운 한숨과 함께 입을 열었다.

"길동아."

"예……."

"아니다. 늦었다. 너도 돌아가 쉬거라."

'미안하구나, 서자로 태어나게 해서'라는 말을 하고 싶었다. 그러나 부질없는 말이다 싶어 입을 다문다.

방으로 돌아온 길동은 의관을 갈아입는 것도 잊고 색주부던을 펼쳤다. 그리고 한 줄 한 줄 골똘히 읽어 내려갔다. 몹시 음란하고 저속하기 짝이 없는 글이었다. 하지만 시정잡배의 글이라 치기엔 꽤나 짜임새가 있고, 지치지도 않고 묘사되는 음란한 행위들 사이사이에 잠깐씩 언급되는 것이긴 하나 호민당이라는 단체의 활동은 활빈당과 흡사했다. 물론 활빈당을 본떠 호민당을 지어낸 것이라 그럴 수도 있었다. 십중팔구는 그럴 것이라 짐작한다. 한데 어딘가 석연찮은 이 기분은 무엇일까.

작은 주모 밤골댁과 폭포 아래 수중 정사로 마지막 사랑을 나눈 방가는 호민당을 이끌고 썩어빠진 조정을 뒤엎기 위해 궁으로 향한다. 격렬한 정사로 기절하듯 잠들었던 밤골댁은 뒤늦게 방가가 떠난 것을 알고 울부짖으며 뛰쳐나간다. 당신을 이렇게 깊이 연모하게 되어버렸는데 왜 하필 당신이 호민당이란 말입니까? 당신은 이길 수 없습니다. 왜냐하면 내가…… 내가, 당신을 죽여야만 하는 다모이기 때문입니다!

밤골댁의 정체가 다모임이 밝혀지는 대반전으로 이야기가 절정에 달한 순간, 초가 꺼져 버렸다. 어느새 초가 다 타버렸다. 결말이 몹시 궁금해진 길동이 책을 엎어놓고 새 초를 찾으러 일어났다. 방 안으로 흘러들어 온 달빛이 표지를 비춘다. 그리고 붉은 제목 아래 언문으로 또박또박 적혀 있는 저자의 이름 석자가 불현듯 눈에 들어왔다. 길동의 표정이 일순 굳어지나 싶더니 곧 방 안이 떠나가라 너털웃음을 터뜨린다. 저자의 이름은 이러했다.

'언오견.'

그날 새벽, 형편없이 술에 취한 홍인형이 벌겋게 충혈된 눈으로 별당 방문을 부수고 들어왔다. 신도 벗지 않은 채였다. 잠자리에 들어 있던 여진이 새파랗게 질려 은장도를 제 목에 들이댔다.

"한 발자국도 더 가까이 오지 마시오!"

여진이 새파래진 얼굴보다 더 서슬 퍼렇게 소리쳤으나 오히려 그것이 이미 이성을 잃어버린 홍인형을 더욱 자극했다. 짐승처럼 달려들어 은장도를 쥔 손을 우악스럽게 비틀었다. 여진의 입에서 악 비명이 터져 나오며 은장도가 바닥으로 떨어졌다. 홍인형이 온몸으로 여진을 누르고 치마를 올렸다. 그녀의 희디흰 허벅지가 드러났다. 저고리가 찢겨 나가며 봉긋하게 솟아오른 가슴이 억센 손에 잡혔다.

"제발 이러지 마십시오, 제발!"

거세게 발버둥 쳐보지만 수년간 무예로 단련된 사내의 힘을 당해낼 수가 없었다. 제 주인의 비명 소리를 듣고 달려온 여종이 마당에서 어찌할 바를 모르고 손으로 입을 막은 채 흐느낀다. 속곳마저 벗겨져 나가는가 싶더니 순간 불두덩이 찢어지는 듯한 고통이 밀려들어 왔다. 본능적으로 사내의 몸을 밀어내 보려 하지만 그럴수록 홍인형은 더욱 거칠게 그녀의 가랑이 사이를 파고들었다. 하반신이 떨어져 나갈 것 같은 고통에 이를 악물어도 신음이 새어 나왔다. 하얀 이부자리에 붉은 핏방울이 점점이 묻어났다.

그녀가 생각하는 초야는 이런 것이 아니었다. 그녀가 초야를 치르길 바랐던 상대도 홍인형이 아니었다. 고통과 수치심, 절망감에 여진의 눈에서 눈물이 흐른다. 이날은 여진과 홍인형이 혼인한 지 꼭 두 해가 되는 날이었다.

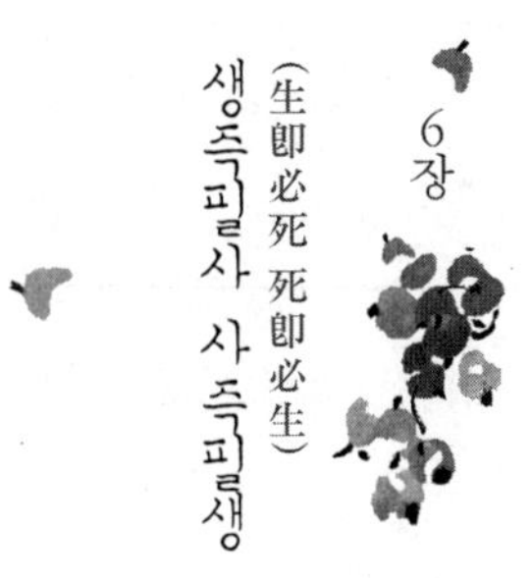

6장 생즉필사 사즉필생(生卽必死 死卽必生)

천고마비. 어느덧 구월도 훌쩍 지나 삼복더위가 언제였냐는 듯 하늘이 성큼 높아지고 아침저녁으로 부는 바람엔 찬 기운이 서려 있으나 한낮의 볕은 아직 따갑게 내리쬐고 있었다. 인왕산 연화정 앞 맑은 계곡, 시원하게 흐르는 물소리에 섞여 이야기를 주고받는 남녀의 목소리가 들려온다.

"당신이었습니까? 호민당의 두령이 바로 방가 당신!"

"그렇소. 정체를 숨기기 위해 여태껏 백정으로 살아온 것이오."

"어떻게 저한테까지 숨기실 수가 있습니까?"

"진작 말하지 못해 미안하오. 나로 인해 당신까지 위험에 빠뜨리고 싶지 않았소."

"저를 좋아하지 않아서가 아니라요?"

"맞소. 나는 당신을 좋아하는 것이 아니오."

"역시, 저는 그저 욕정의 도구였을 뿐이군요."

"나는 당신을 좋아하는 것이 아니오……. 연모하오, 내 목숨보다 더."

"우와!"

책을 읽어 내려가던 금보가 환호성을 질렀다.

떡갈나무 가지가 뻗어 나와 그늘을 드리운 바위 위에 걸터앉아 치마를 무릎까지 걷어 올리고 두 발을 계곡물에 풍덩 담그고 있는 단정치 못한 모습을 누군가 보았더라면 역시나 막돼먹은 독각귀라고 한껏 눈살을 찌푸렸을 것이다. 하나 다행히 인적이 뜸한지라 그녀의 품행에 혀를 찰 사람은 아무도 없었다.

"어쩜 이리도 멋질 수가!"

[그 말은 서책에 없는데?]

박수타도 책에서 고개를 들며 묻는다. 한줄기 바람에 나뭇잎이 흔들리며 그늘이 살짝 걷히자 눈썹 위로 가지런히 자른 박수타의 금발이 햇빛에 반짝인다. 파란 하늘 아래 초록 잎사귀와 어우러진 황금빛 머리칼은 누군가 곱게 색을 입힌 한 폭의 그림처럼 아름다웠다. 그 역시 두세 보 떨어진 바위에 앉아 색주부던을 무릎에 펼쳐 놓고 계곡물에 발을 담그고 있었다. 바위 뒤편엔 두 사람이 벗어놓은 신이 가지런히 놓여 있었다. 그중 한 켤레는 박수타가 금보의 탄일에 선물한 고운 꽃신이었다.

그들이 독경을 시작한 지도 어느새 한 달이 넘어가고 있었다. 하루도 거르지 않고 매일 계속되었음은 물론이요, 처음엔 밤에만 하던 것을 박수타의 통역 일과가 없는 날에는 이따금씩 낮에 경치 좋은 곳으로 산보 삼아 나와 서책을 읽기도 하였다.

그렇다고 금보가 그에게 온전히 마음을 연 것은 아니었다. 자의 반 타의 반으로 독각귀의 계집이 되어버렸지만 비록 그렇다 하더라도 긴 세월 품어온 이강에 대한 마음이, 그 질긴 미련이 말끔히 거둬지지가 않았다. 그러나 매일을 함께하면서 박수타에게 마음이 쓰이는 것도 사실이었다. 그는 얼마든지 강제로 그녀를 취할 수 있는데도 단 한 번도 금보가 원하지 않는 일을 한 적이 없었다. 또한 단 한 순간도 그녀를 함부로 대한 적도 없었으며 그가 금보를 진심으로 소중하게 생각하고 있다는 걸 충분히 느낄 수 있었다. 그리고 박수타는 금보의 어머니가 돌아가신 자신의 어머니와 같은 병을 앓고 있다는 걸 안 뒤로 종종 좋다는 약재를 구해와 독경이 끝나면 슬그머니 두고 가곤 했다. 박수타의 이런 한결같은 진심에 금보도 그에게 조금씩 곁을 내주고 있었다.

[다음 대사는 '아아, 이제 이년은 어쩌면 좋단 말입니까? 나 역시 당신을 이리도 연모하게 되었는데……' 인데?]

박수타는 그럴듯하게 여인의 목소리를 흉내 내며 금보가 읽을 대사를 말했다. 벌써 세 번째 반복해서 읽는 데다 영민한 머리와 불타오르는 열정으로 책의 내용을 거의 외워 버린 박수타는 한 줄 한 줄 홍금보를 따라 읽는 데에서 벗어나 금보와 주거니 받거니 여인과 사내의 대사를 번갈아가며 읽어 내려갈 정도가 되었다. 그런 박수타의 서책엔 한자 아래 한글이 삐뚤삐뚤 깨알같이 적혀 있었다.

"방가란 사내는 마치 이강 오라버니 같지 않은가?"

금보는 박수타의 말을 듣는 둥 마는 둥 제 감정에 푹 빠져 중얼거렸다. 이 대목을 읽을 때마다 남자주인공 방가는 이강을 떠올리게 했다. 방가가 실은 호민당의 당수였다는 것이 활빈당이라 여겨지는 이강의 모습과 자꾸 겹쳐지기 때문이었다. 아직 허균과 이강 중에 누가 활빈당인지 확실히 밝혀진 건 아니지만.

'혹은 두 사람 모두?'

주가에게 다녀온 이후 두 사람의 행동을 유심히 관찰하고 있지만 도통 감을 잡지 못하겠다. 하지만 어찌 됐건 이야기책 속의 방가는 볼 때마다 이강을 연상시켰다. 이강도 방가처럼 색질에 능한지는 모르겠지만. 그 생각을 하자 갑자기 얼굴이 확 붉어진다. 이강을 두고 그런 생각을 떠올리는 것 자체가 불경스럽기 짝이 없었다.

"또 장이강인가?"

박수타가 퉁명스럽게 내뱉는다. 이강의 이름을 말하며 붉어지는 금보의 얼굴이 몹시 못마땅하다. 그래서 작은 주모의 대사 중 적절한 말을 갖다 붙인다.

"그런 부실한 사내가 뭐 좋다고."

"지금 이강 오라버니를 욕하는 것이오?"

금보가 박수타에게 시선을 돌리며 발끈한다.

"욕했다! 어쩌란 말이오?"

박수타도 서툰 조선말이나마 지지 않고 맞섰다. 색주부뎐으로 말을 배운 터라 그의 말투는 백정 방가와 매우 흡사했다.

"이놈이! 감히 누구를!"

"놈? 그거 욕이지?"

"그래, 이놈아!"

금보가 벌떡 일어나 박수타를 계곡으로 떠밀어 버린다. 엄청난 물보라를 일으키며 커다란 덩치가 물에 빠졌다.

"푸하하하하!"

온몸이 흠뻑 젖은 박수타를 보고 금보가 박장대소를 터뜨렸다. 그러자 약이 바짝 오른 박수타가 성큼성큼 걸어와 금보를 번쩍 들어 물에 던졌다. 풍덩! 박수타 못지않게 커다란 덩치가 물속으로 고꾸라졌다.

"어푸푸! 사람 살려!"

헤엄을 못 치는 금보가 물을 잔뜩 먹고 요란스럽게 허우적거렸다. 그러나 박수타는 걱정하기는커녕 여유롭기까지 한 표정이었다. 그리고는 양손으로 그녀의 어깨를 잡고 일으켜 세웠다. 일어나 보니 어이없게도 무릎 높이도 채 되지 않는 얕은 물이었다. 머쓱한 얼굴로 머리칼에서 물을 뚝뚝 떨어뜨리고 서 있는 금보를 손가락질하며 이번엔 박수타가 박장대소를 했다.

"이놈이 나를 놀려!"

금보가 눈을 부라리며 두 팔로 있는 힘껏 박수타에게 물벼락을 씌웠다.

"앗, 이것은 전투!"

박수타의 푸른 눈에서 불꽃이 번쩍 튀는가 싶더니 두 팔을 물레방아 돌리듯 마구 휘저어 금보에게 물세례를 퍼붓는다. 거센 물보라가 회오리치듯 금보에게 쏟아져 내렸다.

"사내자식이 치사하게! 한번 붙어보자 이거지?"

눈도 제대로 못 뜰 만큼 물세례를 받은 금보가 고함을 쳤다. 그리고 이내 두 사람이 거의 동시에 서로에게 물을 퍼붓기 시작했다. 정인들끼리 물가에서 흔히 하는 아기자기한 물장난이라기보다는 그야말로 죽일 기세로 달려드는 살벌한 수중전이었다. 그러나 한편으론 은근히 이 상황을 즐기고 있는 듯 보이기도 했다, 두 사람 모두.

그리하여 결국엔 박수타가 먼저 너털웃음을 터뜨리며 공격을 중지했고, 기진맥진 지친 금보도 물속에 털퍼덕 주저앉으며 깔깔 웃어댔다. 흠뻑 젖은 두 사람은 서로의 꼴을 보며 나뭇가지 위에서 졸던 산새가 놀라 푸드덕 날아가 버릴 정도로 커다랗게 웃어젖혔다. 그렇게 무방비 상태일 때 금보가 불시에 박수타의 다리를 걸어 넘어뜨렸다. 그녀는 일단 싸움을 시작했으면 지고는 못 사는 성미였다.

"아싸, 내가 이겼……!"

금보가 환호성을 지르는 순간 균형을 잃은 박수타가 금보의 몸 위로 덮치듯이 쓰러졌다. 금보의 얼굴 위로 박수타의 얼굴이 바싹 맞닿았다. 놀란 시선과 시선이 뒤엉키고 서로의 입술에서 가쁜 숨이 새어 나온다. 촉촉이 젖은 금보의 붉은 입술에, 박수타의 입술은 바싹바싹 마른다. 물에 젖은 옥색 저고리 아래로 금보의 속살이 비쳤다. 봉긋이 솟은 그녀의 가슴이 숨을 들이쉬고 내쉴 때마다 가쁘게 들썩인다.

쿵쾅쿵쾅.

박수타의 심장이 터질 듯이 뛰었다. 천둥소리처럼 그의 귓가에 울려온다. 심장이 미쳤나 보다. 미쳐도 좋다. 미치고 싶다. 그리 생각했다. 그리고 가까이, 조금만 더 가까이, 그녀의 입술에 그의 입술이 다가간다.

콩닥콩닥.

금보의 가슴도 고동치기 시작한다. 한 치의 망설임도 없이 떠밀어 버려야 되는데 몸이 움직여지질 않는다. 박수타의 강렬한 시선이 그녀를 칭칭 옭아매고 있는 것처럼 그대로 꼼짝할 수가 없었다. 사내의 숨결이 가까이, 조금씩 더 가까이, 그녀에게 다가온다. 사내의 푸른 눈 가득 그녀가 비친다. 그의 눈동자에 갇혀 버려 그 어디로도 도망칠 수가 없다. 머릿속이 하얗게 변하며 아무런 생각을 할 수가 없게 된 그녀가 질끈 눈을 감으려는 순간, 몇 보쯤 앞에 물살에 휩쓸려 떠가는 익숙한 무언가가 눈에 띄었다. 햇빛에 황금빛으로 반짝이는 그것은…….

"어머, 내 노리개!"

금보가 벌떡 일어난다. 그러면서 물에 젖은 저고리 위를 손으로 더듬는다. 아무것도 잡히지 않는다. 물에 떠가는 노리개를 좇던 눈을 제 가슴팍으로 돌린다. 역시나 없다. 어머니가 주신 더없이 소중한 물건인데. 점점 멀어져 가는 노리개를 보며 발을 동동 구르는데 박수타가 첨벙첨벙 물살을 가르며 노리개를 쫓아간다. 갈수록 물살이 빨라지며 노리개가 순식간에 떠내려가 버린다. 하지만 박수타도 민첩한 동작으로 노리개를 바짝 쫓았다. 아래쪽으로 내려갈수록 물이 깊어지는지 그의 몸이 점점 깊이 물에 잠겼다. 허리까지 쑥쑥 깊어지나 싶더니 어느 순간 물에 풍덩 들어가 헤엄을 치기 시작한다. 그리고 순식간에 까마득히 멀어진다. 지켜보던 홍금보가 황급히 물 밖으로 나가 노리개와 박수타의 뒤를 쫓아 수풀을 헤치며 하류로 내려갔다. 그러나 한참을 달려 내려가도 박수타의 모습이 보이지 않았다. 갑자기 덜컥 가슴이 내려앉았다.

'혹시 잘못된 것이 아닐까? 헤엄치는 데 능한 자가 설마. 하지만 혹시 발에 쥐라도 나서 물에서 나오지 못하는 것이라

면…….'

주변을 정신없이 두리번거리며 갖가지 불길한 생각을 떠올렸다.

"박수타! 박수타, 괜찮은 것이오?"

타고난 목청으로 쩌렁쩌렁하게 소리쳤다. 그러나 아무 대답이 없다. 그리고 그런 그녀의 눈앞에 폭포가 나타났다. 어디가 끝인지도 모를 만큼 까마득한 아래로 계곡물이 소용돌이치며 떨어지고 있었다. 폭포가 떨어지는 엄청난 소리가 마치 우레와도 같이 온 산에 울려 퍼졌다.

"박수타 어디 있소? 박수타! 나오라고! 이봐!"

얼굴이 하얗게 질린 금보가 필사적으로 고함을 쳤다.

'박수타가 죽는다!'

퍼뜩 그런 생각이 머릿속에 스치자 가슴 저 깊은 곳에서 뭔가 울컥하고 올라온다. 그 감정이 무엇인지 정확히 알 수는 없지만 확실한 건 박수타가 죽는 건 싫었다. 생각하기조차 싫다. 그럴 순 없다. 안 돼!

"박수타! 나와! 제발! 박수타!"

그녀의 외침은 이제 절규에 가까웠다. 그때 깊은 계곡 저편에서 박수타의 거대한 덩치가 쑤욱 솟아올라 왔다. 박수타는 거센 물살을 가르고 늠름하게 한 발짝 한 발짝 금보에게 다가왔다. 그리고 물에서 나와 금보 앞에 섰다. 그런 그의 한쪽 손엔 노리개가 쥐어져 있었다. 그리고 반쯤 넋이 나가 우두커니 서 있는 금보의 손을 잡아끌어 노리개를 꼭 쥐어준다. 금보의 눈가가 어느새 벌겋게 물들었다.

[날 걱정한 것이오?]

박수타가 푸른 눈을 커다랗게 뜨며 묻는다.

"꺼져!"

왈칵 눈물이 쏟아져 나오려는 걸 간신히 누른 금보가 버럭 소리쳤다.

"독각귀 따위, 물에 빠져 죽거나 말거나 내가 무슨 상관이람! 걱정은 무슨, 웃기고 있네! 미친 거 아니야? 겁도 없이 폭포까지 따라 내려가면 어떡해? 진짜 죽고 싶어서 환장을 했나."

앞뒤도 안 맞는 말들을 두서없이 내뱉으며 거칠게 발걸음을 옮긴다. 그냥 왠지 화가 치밀어 올랐다. 박수타를 걱정했던 것도 화가 나고 그가 위험천만하게 물에 뛰어들었던 것도 화가 나고, 이런 혼란스러운 감정이 드는 것도 화가 났다. 돌아서 가버리는 금보를 바라보던 박수타는 이내 그녀가 맨발임을 알아보았다.

'신도 제대로 챙겨 신지 못한 채 여기까지 따라 내려온 것인가? 나 때문에…….'

금보가 그리도 급히 달려온 이유는 아마도 물에 들어간 그가 걱정되어서일 것이다. 그렇게 생각하니 박수타의 가슴이 먹먹하게 벅차오른다. 그리고 성큼성큼 쫓아가 금보를 두 팔로 번쩍 안아 올렸다.

"대체 뭐 하는 짓이오? 또 물에 던지기라도 할 참이오?"

금보가 당황해 묻는다.

"발이 벗었다."

박수타가 그동안 익힌 단어를 조합해 서툴게 대꾸했다. 발이 벗었다? 그제야 금보는 제 발을 내려다보고 자신이 신도 신지 않았음을 깨닫는다. 깨달음과 동시에 흙과 잡풀들에 긁힌 발의 상처가 따끔따끔 아파온다.

"그러는 댁도 맨발이잖아."

"맨발?"

'맨발' 이라는 단어를 아직 모르는 박수타가 고개를 갸우뚱한다.

"당신도 발이 벗었다고."

"난 발이……."

적당한 표현이 떠오르지 않는지 잠시 골똘히 생각하던 박수타가 이내 표정이 밝아지며 외친다.

"참으로 단단한 물건이오!"

"풉!"

홍금보가 웃음을 터뜨렸다. 그것은 색주부면에 수도 없이 나온 표현이었다. 참으로 단단한 물건이로구나, 방가의 단단한 물건이 밤골댁의 무성한 수풀을 헤치고 깊은 골짜기로 뚫고 들어와, 단단해진 물건을 손으로 움켜쥐고 혀로 감아올리며 등등. 아마도 제 발은 두텁고 튼튼하다는 뜻으로 한 말인 듯하다. 참으로 영특한 자이다. 배움도 빠르고 한마디를 가르치면 그 한마디로 열 마디를 표현해 냈다. 그 영리한 재치가 기특하기도 하고 귀엽기도 하다. 그리고 자기도 맨발이면서 금보가 맨발로 거친 산길을 걷지 않게 하려고 안고 가는 박수타의 마음씀이 내심 싫지 않았다. 계곡을 따라 걸어 올라가던 박수타가 불현듯 발걸음을 멈춘다. 그리고 저 아래 경사진 비탈길을 내려다본다.

"왜 그러시오?"

물으며 금보도 비탈길 쪽으로 고개를 쭉 뺀다. 지팡이를 짚은 절름발이 사내가 산길을 올라오고 있었다.

"홍길동 나리 아니야?"

사내를 알아본 금보가 놀라 외쳤다.

"다리도 불편한 사람이 무슨 일로 혼자 산을 오른데? 저쪽은 꽤 가파른데."

아닌 게 아니라 점점 가팔라지는 길을 절뚝거리며 오르는 모습이 꽤나 위태로워 보였다. 그러다 돌부리에 걸리기라도 했는지 순간 몸이 기우뚱하며 쓰러질 듯하다.

"저런!"

금보의 입에서 안타까운 탄성이 튀어나온다. 박수타도 '앗!' 하며 비탈길 쪽으로 발걸음을 뗀다. 그러나 길동은 재빨리 균형을 잡고 절뚝절뚝 다시 걷기 시작한다. 절뚝절뚝, 절뚝절뚝, 한 걸음 한 걸음, 절뚝절뚝, 다시 한 걸음 한 걸음, 또 한걸음, 두 걸음, 세 걸음…….

그런데!

박수타가 우뚝 그 자리에 멈춰 선다. 금보의 입도 떡 벌어진다. 절뚝거리던 홍길동의 한쪽 다리가 곧게 펴지는가 싶더니 허리가 곧추서고 발놀림이 경쾌해지며 성큼성큼 앞으로 걸어 나가기 시작한다. 그럴 리가. 내가 무엇을 잘못 본 것인가. 금보가 눈을 비비고 다시 보았다. 그러나 홍길동이 맞다. 홍길동이 성큼성큼 걷고 있는 것이 맞다. 홍길동은, 그는 절름발이가 아니었다. 얼이 빠져 멍하니 쳐다보는 건 금보뿐만이 아니었다.

"발이! 있소!"

박수타가 잔뜩 흥분해 외친다. 절름발인 줄 알았는데 멀쩡하게 걷는다는 표현을 제 딴에는 그리 한 것이리라.

"쉿!"

금보가 조용히 하란 뜻으로 검지를 박수타의 입술에 대며 말을 막는다. 그리고 박수타의 품에서 빠져나와 풀숲으로 걸음을 재촉했다.

"숨어!"

홍길동이 그들이 있는 쪽으로 빠르게 올라오고 있었다. 비탈길이 꺾여 있고 나무가 무성해 홍길동이 있는 곳에선 아직 그들이 보이지 않지만 꺾인 길을 돌아 고개를 들면 금방 눈에 띌 것이다. 금보는 일단 부딪히는 것을 피해야겠다는 생각이 들었다. 보아선 안 될 것을 본 것 같은 기분이다. 박수타가 재빨리 금보의 뒤를 따라 풀숲으로 들어와 몸을 낮춘다. 그들이 몸을 감추자마자 금보의 예상보다 훨씬 더 빨리 홍길동이 그들 앞에 나타났다. 그리고 눈 깜짝할 사이에 아득히 멀리 사라진다. 한 번 뛰어오를 때마다 오십여 보는 훌쩍 날아가는, 두 발로 땅을 딛고 걷는다기보다는 한 발이 땅에 닿기도 전에 다른 발이 앞을 디디고 그 다른 발이 앞을 디디기 전에 다시 뒤의 발이 앞을 딛는 듯한, 그야말로 구름 위를 나는 것 같은 발걸음이었다. 두 눈으로 보고도 믿겨지지 않는 바람 같은 몸놀림과 속도다.

'축지법!'

홍길동은 절름발이가 아닐뿐더러 범인(凡人)은 상상도 못할 무공의 소유자였다.

'활빈당의 두령은 동에 번쩍 서에 번쩍 하룻밤에 천 리를 오가고 백팔 가지 도술을 부려 절대 잡히지 않는다.'

금보의 머릿속에 세간에 떠도는 풍문이 퍼뜩 스치고 지나갔다.

'활빈당의 두령은…… 활빈당의 두령은…….'

활빈당을 숨겨주었다 하여 금보가 의금부에 끌려갔던 그날 밤, 두건을 쓰고 영화정에 나타났던 남자. 그 남자가 떨어뜨리고 간 팔찌, 그 팔찌를 가진 세 남자 장이강과 허균 그리고 홍길동. 그러나 절름발이 길동이 그날 밤 나타난 활빈당원일 거라고는 전혀 생각지도 않았다. 하지만 지금 금보가 본 사람은 그녀가 여태 알아왔던 홍길동이 아니라 동에 번쩍 서에 번쩍 하룻밤에 천리를 오가고 절대 잡히지 않을 그런 자였다.

"방금 본 것을 절대 아무에게도 발설하지 마시오. 알아듣겠소?"

금보가 긴장한 얼굴로 박수타에게 말했다. 그리고 나뭇가지를 주워 흙바닥에 글을 썼다.

秘密

비밀. 그 글자를 본 박수타가 고개를 끄덕인다. 금보가 다시 글을 쓴다.

必

필.

"반드시, 꼭, 비밀을 지켜야 하오. 알겠소?"

재차 다짐을 받는다. 박수타가 재차 고개를 끄덕인다. 금보가 무겁게 몸을 일으킨다. 원래도 가볍지 않은 몸이었지만 오늘따라 더욱 몸뚱이도, 옮기는 걸음도 무겁다. 가슴에 무거운 비밀을 얹었기 때문일까.

'이강 오라버니는 알고 있었을까? 허균 나리도?'

불현듯 설향의 얼굴이 떠오른다. 이강을 포함한 뭇 사내들에겐 냉랭하기 짝이 없지만 홍길동에게만큼은 유독 각별하지 않은

가. 설향도 알고 있는 걸까? 홍길동의 정체에 대해. 실은 그가 절름발이가 아니고 실은 그가 활빈당이라는 것을……. 모든 것이 혼란스럽다. 어디서부터 어디까지 누구에게 의논을 해야 할지 모르겠다. 그때 금보의 몸이 허공으로 붕 떴다.

"갑시다."

박수타가 금보를 번쩍 안아 들고 원래 그들이 있던 곳으로 걸어갔다. 그에겐 홍길동의 정체 따위보다 꽃신을 얼른 찾으러 가는 것이 더 중요했다. 그가 사준 신이니까. 머리가 한껏 복잡해진 금보는 무거워진 머리만큼 무게도 더 무거워졌을까 하는 엉뚱한 생각을 하느라 저항할 의지를 잃고 박수타가 하는 대로 얌전히 몸을 맡겼다.

금보와 박수타가 자리를 뜨자 그들이 있던 풀숲 맞은편 나무 뒤에서 작은 동물이 펄쩍 튀어나왔다. 다람쥐다. 숲에선 그저 흔해빠진 일일 뿐이다. 금보가 봤다 해도 별 놀랍지 않은. 그러나 바로 뒤이어 나무 뒤에서 튀어나온 사내를 보았다면 안색이 변했을 것이다. 수일째 그녀의 뒤를 밟고 있는 그 날랜 사내였다.

사내의 얼굴에 당혹스러운 기색이 역력했다. 그도 본 것이다. 절름발이 홍길동이 멀쩡히 걸을 뿐 아니라 날아다니는 것을. 홍길동의 움직임은 진정 나는 것과 같았다. 사내도 제법 날래다 자부하는 편이지만 길동에 비하면 느려터진 거북이와 다름없었다. 사내는 길동이 사라진 방향과 금보가 걸어가는 반대 방향을 번

갈아 바라보며 잠시 머뭇거리더니 길동을 쫓아 비탈길을 내달렸다.

추적자의 본능으로 그는 느꼈다. 무언가 엄청난 건수가 걸렸다는 걸. 홍인형이 그에게 금보를 쫓으라 한 건 바로 이런 것을 물어오라는 의도일 것이다. 물론 그의 '느려터진' 걸음으론 홍길동의 그림자도 밟지 못할 터이나 길에 찍힌 희미한 발자국 하나, 옷깃에 스쳐 조금이나마 꺾어진 나뭇가지 따위의 흔적을 샅샅이 뒤져 목표물의 뒤를 쫓는 것은 그의 또 다른 특기였다. 그리고 그런 그의 눈에 오십여 보마다 땅에 뒤꿈치 흔적이 깊숙이 패여 있는 것이 보였다. 발자국 간격이 넓은데다 풀숲이라 쉽게 눈에 띄지도 않고 다른 동물들의 발자국과 겹쳐지기도 해 분간하기 어려웠으나 그는 끈질기게 그리고 집요하게 땅을 훑으며 나아갔다.

이곳에 절이 있다는 사실도 아는 자가 드문 인왕산 깊은 곳 삼장사의 낡은 암자 안에서 오공 스님의 독경 소리가 잔잔하게 울려 퍼지고 있었다. 그러나 온화한 독경과는 전혀 어울리지 않게 앞마당엔 칼을 찬 건장한 장정 이백여 명이 열을 갖춰 들어서 있었다. 활빈당은 치밀하게 짜인 점 조직으로 평상시엔 백성들 사이에 섞여 생업에 종사하다 지령에 내려오면 활동하므로 오늘처럼 일시에 모이는 일이 드물었다.

가장 앞에 우뚝 선 홍길동이 결의에 찬 눈빛으로 사내들을 훑어보았다.

"드디어 내일이다."

사내들의 강렬한 시선이 일제히 길동을 응시하며 다음 말을 기다린다.

"임금이 제 발로 궁에서 나와 경강(한강) 별영에서 연희를 여는 것은 우리에겐 천재일우의 기회요, 임금에겐 죽을 자리를 찾아오는 것이다. 기회는 단 한 번. 이번에 실패하면 음험한 왕은 잔뜩 똬리를 틀고 들어앉아 다신 제 목을 칠 기회를 내주지 않을 것이다. 우리는 결코 많은 수가 아니다. 병신년 석저장군께서 억울한 모함으로 돌아가시고, 부조리한 조정에 대항해 활빈당이 조직된 이래 오늘날에 이르기까지 많은 동지들을 잃었다. 하지만 우리 한 명 한 명은 병사 백을 능히 당해낼 수 있는 조선 최고의 무인들이다. 새 역사를 만들기 위한 모든 준비는 끝났다. 우리에겐 실패란 없다."

길동은 말을 멈추고 가장 지척에 서 있는 작은 체구의 사내에게 시선을 멈춘다. 양쪽 팔에 표창통을 차고 있는 사내는 홀로 복면을 쓰고 있었다.

"무명, 네 어깨가 무겁다. 할 수 있겠느냐?"

길동의 물음에 무명이 조용히 그러나 묵직하게 고개를 끄덕인다. 이어 길동이 그 옆의 다부진 사내를 바라보았다.

"칠갑, 너는 무명의 표창이 임금에게 날아가는 순간 불꽃을 올려라."

피칠갑이 강한 눈빛으로 고개를 끄덕인다. 천인 중의 천인이라는 '피' 씨 성을 타고난 칠갑은 손재주가 비상했다. 특히 폭죽에 있어서는 새파랗게 젊은 나이 임에도 팔도에서 그를 따라올 자가 없었다. 그는 활빈당의 신분을 숨기고 조선제일의 폭죽 장인으로 알려져 있었다. 그리고 그런 그에게 궐에선 연희의 불꽃놀이를 맡겼다.

"그것을 신호로 연희장을 급습한다. 그 자리에서 임금을 죽이고 중신들을 사로잡아 단시간 내에 조정을 장악한다. 우두머리가 사라진 군사들은 오합지졸일 뿐이고 백성들은 우리의 편에 설 것이다. 내일, 조선의 임금은 죽는다. 그리고 이 땅은 율도국으로 거듭날 것이다! 활빈의 동지들이여, 가자! 우리의 율도국으로!"

길동이 우렁차게 소리치며 칼을 높이 들었다. 그를 따라 활빈당원들도 '와!' 하고 함성을 지르며 일제히 칼을 높이 치켜들었다. 사내들의 함성이 인왕산 깊은 숲을 뒤흔들었다. 지금 이 순간 홍길동은 형조판서 홍탁의 절름발이 서자가 아니라 활빈당의 당수였다. 나라에서 그토록 잡으려고 혈안이 되어 있는 정체불명의 활빈당 두령, 그가 바로 홍길동이었다.

그때 갑자기 무명의 손에서 표창이 번쩍하는가 싶더니 뒤편 감나무로 날아간다. 그러자 잎이 무성한 커다란 감나무 위에서 무언가 검은 물체가 툭 떨어졌다. 사내들의 시선이 일제히 그쪽으로 쏠렸다. 그리고 번개처럼 빠른 동작으로 검은 물체를 에워싸고 칼을 겨누었다. 죽은 듯이 엎어져 있던 검은 물체가 고개를 들었다. 표창을 맞은 어깨에서 피가 흘러내렸다. 그는 홍금보의 뒤를 쫓던 '날랜 사내' 였다.

"누구냐?"

길동이 날랜 사내의 턱밑에 칼을 겨누고 묻는다. 사내가 사색이 되어 와들와들 떨며 외친다.

"아이고, 살려주십시오. 저는 그저 산 중에서 길을 잃고 헤매다가……."

"길을 잃고 헤매다가 우연히 절 마당의 나무에 기어 올라갔다?"

길동이 차갑게 되물으며 표창이 박힌 어깻죽지를 밟았다.

"누가 보냈지?"

어깨에서 왈칵 피가 뿜어져 길동의 신발을 붉게 물들인다. 사내의 입에서 고통스러운 신음이 새어 나왔다. 고통을 참기 위해서인지 말을 하지 않기 위해서인지 사내가 입술을 꽉 깨물었다.

"너도 알겠지만, 여기서 살아 나갈 순 없다. 말하라. 그러면 편안히 보내주겠다."

그러나 사내는 요지부동 고통에 찬 신음 외엔 아무 대꾸가 없었다. 그러자 무명이 다가와 사내의 앞에서 표창을 꺼내 보인다. 그리고 조금의 망설임도 없이 표창을 눈에 박았다. 안구에서 피가 철철 흘러내리고, 끔찍한 비명 소리가 온 산을 뒤흔든다. 참혹한 모습에 길동이 잠시 눈살을 찌푸렸다가 이내 다시 차갑게 묻는다.

"누가 보냈지?"

"의, 의금부 도사……."

"누구!"

"의금부 도사…… 홍인형 나리의 명으로……."

"형님이?"

길동의 얼굴에 놀라움이 스치며 멈칫한다. 그때를 놓치지 않고 날랜 사내가 허리춤에서 단검을 꺼내 마지막 힘을 다해 길동에게 달려든다. 날카로운 칼날이 길동의 목을 노리고 꽂히려는 순간, 무명의 표창이 좀 더 빨랐다. 표창이 바람보다 빠르게 날아가 간발의 차이로 사내의 목에 먼저 박혔다. 사내의 손에서 떨어진 단검이 바닥에 나뒹군다. 그 옆으로 사내의 몸이 허물어지듯 쓰러진다. 무명이 사내의 코밑에 손가락을 대고 숨을 확인한다. 그리고 절레절레 고개를 젓는다. 이미 숨이 끊어졌다.

"의금부 도사가 보낸 자란 말인가……."

길동이 신음처럼 내뱉는다. 당황해 저도 모르게 내뱉은 형님이란 호칭이 다시 의금부 도사로 바뀌어 있다.

"하지만 이곳을 어찌 알고서. 혹시 나의 뒤를 밟게 한 것인가?"

방심했구나. 길동은 숲이라 잠시 방심하고 축지법을 쓴 것을 후회했다. 축지법은 빠르지만 특유의 족적이 남는 단점이 있었다.

"의금부 도사가 두령의 정체를 눈치챈 것이라면 내일 거사도 위험하지 않을까요? 함정이 있을 수도 있습니다."

칠갑이 무겁게 입을 연다.

"어차피 위험한 일이다. 이복이지만 아우가 활빈당의 두령이라는 것이 알려지면 역모로 집안 전체가 도륙될 것이라는 걸 아는데 만약 의금부 도사가 내 정체를 알아챘다면 은밀히 처리해 버렸겠지, 우리의 계획을 알았다면 굳이 내일까지 기다리겠는가. 거사는 예정대로 진행한다."

"어찌 됐건 오늘은 댁으로 돌아가시지 않는 게 좋겠습니다."

"아니. 저자가 나타나지 않는데다 나까지 행방을 감추면 오히려 의심을 살 것이다. 아직 저쪽에서 내 정체를 아는 것이라 확신할 수 없는데 괜한 의심을 사서 거사를 망칠 수는 없다."

홍길동이 단호하게 대꾸했다. 어느새 마당으로 나온 오공 스님이 시신을 보고 합장을 하며 독경을 외웠다. 망자의 극락왕생을 비는 염불 소리가 칼 찬 자들 사이에서 무겁게 울렸다.

기방으로 돌아온 금보는 박수타를 돌려보내고 뒤채에 있는 기예를 연마하는 방으로 들어와 서성거렸다. 생각을 거듭할수록 더욱 확신이 든다. 홍길동은 활빈당이다. 여태껏 절름발이 행세를 해온 용의주도함과 그의 학식, 축지법 같은 예사롭지 않은 무공으로 미루어보아 그냥 활빈당원도 아니고 풍문으로만 들어온 두령일 것이라 직감했다.

금보가 새삼 몸을 부르르 떨었다. 차라리 보지 않았다면 좋았을 것을. 너무 엄청난 것을 알아버렸다는 진실의 무게가 그녀의 가슴을 짓눌러 온다. 그리고 홍길동이 활빈당의 두령인 것이 밝혀진다면 홍길동은 물론 그의 절친한 지기인 이강에게도 그 화가 미치리라. 그가 알고 있건 까맣게 모르고 있건 간에. 역모죄는 삼족을 멸함은 물론 친인척까지도 무사하지 못하다는 걸 그간 수없이 보지 않았는가. 생각이 거기까지 미치자 방 안에 가만히 있을 수가 없었다. 한시라도 빨리 이강을 만나 이야기를 해봐야 한다.

마음이 급해진 금보가 밖으로 나가려는데 설향이 들어온다. 그제야 내일 있을 연희에서 립신구 공연을 하기 위해 설향과 연습을 하기로 했던 것이 기억났다. 그녀들이 그토록 질색하는 립신구를 다시 할 수밖에 없는 건 임금님의 명이기 때문이었다. 그녀들의 립신구 공연이 궐에까지 소문이 나 명군의 노고를 치하하기 위해 임금님이 경강 별영에서 베푸는 연희에 불려가게 된 것이다. 평생 한 번 먼발치에서라도 볼까 말까 한 임금님 앞에서 공연이라니, 실로 엄청난 일이 아닐 수 없지만 지금 금보의 머릿속엔 그보단 길동과 활빈당의 생각으로 가득했다.

'설향이는 알고 있을까?'

금보가 설향을 뚫어져라 쳐다본다. 그리고 불쑥 말을 꺼낸다.

"오늘 박수타와 인왕산에 갔었어."

설향의 기색을 한 번 살핀 후 금보가 말을 잇는다.

"너는 알고 있었지?"

설향이 대체 무슨 소리인가 금보를 바라본다.

"홍길동 나리가 절름발이가 아니라는 거."

좀처럼 표정을 드러내지 않는 설향의 얼굴에 당황한 빛이 스친다. 그러나 이내 다시 담담한 얼굴로 돌아온다. 하지만 금보는 그 찰나의 변화를 놓치지 않았다.

"역시 알고 있었어. 그걸 알았다면 다른 것도 알겠네. 예를 들어, 홍길동 나리가 활빈당이라는 것도. 내가 의금부에 잡혀가던 날 밤, 영화정에서 활빈당이 흘리고 간 옥팔찌를 주웠어. 처음에 난 그것이 이강 오라버니 것이라 생각했지. 그다음엔 허균 나리 것이 아닌가 의심도 했고. 근데 이제야 알았어. 그게 홍길동 나리 것이었다는 걸."

설향은 아무 말이 없다. 말을 못하니 당연하다. 하나 말을 할 수 있더라도 아마 설향은 어떤 대꾸도 하지 않았을 것이다. 절대 자신의 속내를 드러내지 않는 아이니까.

"허균 나리는? 이강 오라버니도 알고 있는 거야?"

금보가 날카롭게 물었다. 설향은 고개를 끄덕이지도 내젓지도 않고 그저 미동도 없이 금보를 똑바로 바라보기만 한다.

"그래, 좋아. 대꾸하지 않아도 돼. 홍길동 나리가 활빈당이건 아니건 상관없어. 하지만 이강 오라버니까지 위험해지게 놔둘 순 없어. 말해야겠어. 모르고 있다면 알려서 화를 피하게 해야지."

설향의 곁을 지나쳐 벌컥 방문을 열자 여태 아무 반응을 보이지 않던 설향이 금보의 팔을 붙들었다. 그리고 무겁게 고개를 젓는다.

"놔."

금보가 단호하게 팔을 뿌리친다.

"네가 이러는 걸 보니 정말 가봐야겠다. 네가 홍길동 나리를 보호하고 싶은 만큼 나도 이강 오라버니를 보호하고 싶으니까."

금보가 서둘러 방을 나섰다. 지금쯤이면 이강이 집에 돌아와 있겠거니 생각하며 후원을 가로질러 뒷문으로 달려갔다. 그리고 뒷문을 열려는 순간, 갑자기 무언가 둔탁한 것이 그녀의 뒤통수를 내려쳤다. 강한 충격으로 금보가 털썩 쓰러졌다.

'아, 오라버니…….'

아득히 이강의 모습이 어른거리는가 싶더니 그대로 혼절해 버렸다.

*

길동은 사랑채 앞에서 물끄러미 방문을 바라보고 서 있었다. 늦은 시각임에도 글을 읽는 홍 판서의 그림자가 문에 비쳤다.

'아버님!'

여태껏 차마 입 밖으로 내지 못한 말이 길동의 가슴속에서 크게 울려 퍼진다. 그리고 부르지 못한 그 한마디가 가슴을 한없이 시리게 한다.

'아버님! 아버님, 바뀔 것입니다. 이제 곧 이 기나긴 전란이 끝날 것입니다. 그리고 이 나라는 바뀔 것입니다. 제가 그리 만들 것입니다. 타고난 신분 때문에 차별받는 이가 없는 나라, 노력한 만큼 누구나 무엇이든 될 수 있는 나라, 폭군 아래서 고통받는 백성이 없는 나라, 억울하게 죽어가는 이가 없는 나라, 그런 나라를 만들 것입니다. 반드시 그렇게 만들 것입니다. 지켜봐 주십시오. 그날이 오면, 그날이 오면 아버님을 진정으로 아버님이라 부를 수 있을 것입니다. 아버님…….'

"밖에 누구 있느냐?"

인기척을 느꼈는지 홍 판서가 밖을 향해 외친다. 길동이 재빨리 사랑채 담을 넘어간다. 그와 동시에 방문이 열린다. 그러나 이미 길동은 모습을 감춘 뒤였다. 인적 없는 마당을 내다본 홍 판서가 고개를 갸웃하며 다시 문을 닫는다.

보름달이 눈부시게 밝다. 사랑채에서 나온 길동의 발걸음이 달빛을 따라 후원으로 향했다. 울긋불긋 화려한 색을 입은 가을의 나무 위로 하얀 달빛이 곱게 내린 후원은 마치 꿈처럼 비현실적이다. 그의 마음이 꿈을 꾸고 있기 때문일까. 하지만 그는 그 꿈을 현실로 불러오려 한다. 내일이 오면, 그가 꿈꾸던 세상이 올 것이다. 그래야만 한다. 그때 후원 저편, 누군가의 뒷모습이 눈에 들어왔다. 고개를 들어 달을 바라보고 선 여인. 길동이 발걸음을 멈춘다. 숨도 멈춘다. 저 뒷모습을 안다. 수백 번, 수천 번 꿈속에서나마 그토록 그리던 저 뒷모습을.

'여진!'

지금이라도 손을 뻗어 그 아련한 어깨를 잡아보고 싶다. 하지만 이제 그에게 허락된 일이 아니다. 보아서도 만나서도 안 된다. 길동이 고통스럽게 발걸음을 돌리려는데, 순간 여진이 풀썩 주저앉았다. 그리고 구역질을 하기 시작한다. 길동이 그녀에게 달려갔다. 다리를 저는 시늉을 하는 것도 잊은 채 달음박질을 쳐 그녀의 어깨를 붙들었다.

"괜찮으십니까?"

갑작스러운 길동의 등장에 놀란 여진이 파리한 얼굴을 들어 그를 바라본다. 한 순간 그들의 눈빛이 부딪힌다. 한 집 안에 살면서도 단 한 번도 마주친 적이 없었다. 여진이 말없이 고개를 끄덕이며 몸을 일으킨다. 길동도 황급히 잡았던 어깨를 놓는다. 어리석은 짓을 했구나, 후회하며.

"저…… 저는, 내일 날이 밝으면 얼마간 떠나 있을 것입니다. 조용한 암자로 들어가 세상의 이치를 좀 더 공부해 볼까 합니다. 그러니……."

두서없이 말을 늘어놓다 문득 멈춘다. 날이 밝으면 다시 이 집으로 돌아오기 힘들 것이다. 거사가 성공한다면 이 나라를 율도국으로 만들기 위해 그의 모든 시간을 바칠 것이다. 만약 실패한다면, 그들의 개혁은 역모로 칭해질 것이다. 거사의 실패도 두렵지만 그보다 더욱 두려운 것은 실패했을 때 그의 정체가 드러나 가솔들까지 몰살당하는 것이었다. 아버님과 그리고 여진까지도. 만약의 경우를 대비해 당장 이 집을 떠나 안전한 곳으로 몸을 피하라 말하고 싶다. 아니, 그냥 다 내팽개치고 지금 당장 그녀의 손을 잡고 멀리 아주 먼 곳으로 떠나고 싶다. 하지만…….

'지금 내가 여진을 위해 무엇을 해줄 수 있겠는가.'

길동이 쓴웃음을 지으며 말을 잇는다.

"안색이 좋지 않으십니다. 너무 오래 계시진 마십시오."

다시 다리를 절룩거리며 돌아선다.

'조금만 더, 잠시만 더 곁에…….'

여진이 안타깝게 속으로 되뇐다. 하지만 그는 한 발짝, 한 발짝 그녀에게서 멀어져 갔다. 그 서글픈 뒷모습에 끔찍했던 그날 밤, 술에 취해 짐승처럼 달려들던 홍인형의 기억이 밀려온다. 여진이 무언가에 홀린 듯이 입을 열었다.

"회임을 했습니다."

왜 불쑥 이런 말이 튀어나왔는지 모른다. 어느새 그녀의 두 눈에 눈물이 가득 고인다. 몇 년 만에 만나 처음으로 건네는 말이 하필……. 그때 죽었어야 했다. 길동이 의병으로 전장에 나가 있는 동안 그의 이복형과 혼인이 결정되었을 때, 돌아오는 날까지 기다리겠다는 약조를 지킬 수 없게 되었을 때, 그와 더 이상 함께할 수 없을 거라는 걸 알게 되었을 때, 그때 죽어버렸어야 했다.

'저는 이제 어쩌면 좋습니까? 하루에도 수십 번씩 은장도로 가슴을 찌르고 또 찌릅니다. 어서 이 고단한 삶을 마치고 눈감을 날만을 기다리고 또 기다립니다. 하지만 아무 죄 없는 뱃속의 아이는 어찌한단 말입니까.'

길동이 그녀를 천천히 돌아본다. 유난히도 까만 눈동자와 박꽃같이 흰 얼굴, 작은 콧날 그리고 가냘픈 듯하면서도 야무진 입매, 예전 그대로다. 언젠가 단옷날 뒷동산에서 연분홍 치마를 나풀거리며 그네를 뛰던 그 모습 그대로.

"감축드립니다."

간신히 입을 뗀다, 필사적으로 덤덤하게.

"그 말 진정이십니까?"

여진의 물음에 길동은 그저 장승처럼 그 자리에 서 있을 뿐이었다. 그렇게 버티고 서 있지 않으면 무너져 내릴 것만 같아서였다. 몸부림치며 오열을 쏟아낼 것 같아서였다. 그저 계속 되뇔 뿐이다. 그녀가 아이를 가졌다. 그녀가 아이를 가졌다. 그녀가…….

'내가 그 아이의 아비가 되고 싶었소. 너무나 간절히 바랐더랬소. 하지만 그 아이의 아비는 내가 아니오. 그대는 내 아이의 어미가 아니라 다른 사내 아이의 어미가 될 것이오. 차라리 아무 말도 하지 말지. 복수를 하는 것이오? 내가 그대에게 고통을 준 만큼 내게 돌려주는 것이오? 그렇소, 고통스럽소. 나의 육신이 갈가리 찢어지는 듯 아프고 심장이 불구덩이 속에서 타버리는 것처럼 아프오. 그대는 참으로 잔인한 여인이오.'

"참으로 잔인하신 분입니다! 당신과 한 지붕 아래에서 당신이 아닌 다른 이의 여인이 되어 살아가는 것이 어떤 고통이었는지 아십니까? 차라리 천 리 만 리 먼 곳에서 생사조차 모르고 사는 것이 더 나으련만, 지척에 두고도 감히 마음에 품는 것조차 불경한 사이로 살아가야 한다는 것이……. 그것은 살아도 산 것이 아니었습니다."

여진의 뺨을 타고 조용히 눈물이 흐른다. 동백나무 잎사귀에 스산한 바람이 스치운다. 그리고 그 아래 어리는 검은 그림자 하나.

'나 역시 그러하오. 집 안 어디선가 그대가 숨을 쉬고 있다는 것만으로도 하루하루가 지옥 같은 고통이었소.'

길동이 저도 모르게 여진에게 손을 뻗었다. 그녀의 눈물을 닦아주고 싶었다.

'하지만 당신은 내 형제의 아내고 이젠 내 형제와 꼭 닮은 아이의 어미가 될 것이오. 그리고 나는 내일, 그대의 아비를 죽여야 할지도 모르오. 실패한다면 당신의 아버지 손에 내가 죽겠지. 우린 더 이상 연이 닿아서는 안 되는 사람들이오.'

길동의 손이 더 이상 나아가지 못하고 아래로 힘없이 떨어진다.

"고맙소, 살아 있어주어서."

'그거면 됐소, 그거면……. 그리고 앞으로도 살아주시오. 그 어떠한 일이 있어도 살아 있어주시오. 나는 당신의 숨소리만으로도 족하오. 그것이면 족하오. 나의…….'

나의 여인이여. 마음속으로도 끝내 할 수 없는 말을 삼키며 길동이 발걸음을 돌렸다. 이번엔 돌아보지 않았다. 여진이 하염없이 길동의 뒷모습을 바라보았다.

그리고 또 다른 한 사람, 동백나무 아래 검은 그림자 하나도 길동의 뒷모습을 강렬하게 쏘아보고 있었다. 꽉 쥔 주먹과 분노로 파르르 떨리는 날카로운 눈초리, 홍인형이다.

근래 몸이 좋지 않아 보이는 여진이 걱정되어 탕약을 지어왔다. 여종에게 조용히 탕약만 전해주고 가려 했는데 후원에 있다는 말에 큰마음 먹고 그녀를 만나러 왔다. 술에 만취해 겁탈하듯 그녀의 몸을 취한 이후 미안함과 스스로에 대한 자괴감에 여진을 볼 수가 없었다. 그래서 그녀에게 아직 그날의 일을 사과하지 못하였다. 그렇게라도 몸을 가졌지만 그녀의 마음은 한층 더 멀어진 것만 같았다. 하지만 왠지 오늘이라면, 저 너그럽게 밝은 달이 진심을 다한 그의 사죄를 그녀에게 전해줄 것만 같았다. 한데 그가 달빛 아래 발을 내딛자마자 들은 것은 길동에게 '참으로 잔인하신 분입니다!' 부르짖는 그녀의 모습이었다. 여진의 '그분'은, 여진의 마음을 온통 차지하고 홍인형을 끊임없이 밀어냈던 그분은, 어느 한미한 가문의 서얼이라 했던 그녀의 정인은 바로 길동이었다.

홍인형의 머릿속에 불현듯 옛일이 떠올랐다. 마치 어제 일처럼 또렷하게. 그날의 풍경 하나하나, 그곳의 소리 하나하나, 냄새까지도. 여진을 처음 봤던 단옷날, 연분홍 치마를 펄럭이며 그네를 타던 여진을 넋을 놓고 바라본 건 홍인형뿐만이 아니었다. 그 옆엔 길동도 있었다.

아버님의 심부름을 가는 길이었던가, 아니면 그저 우연히 마주쳤던 것인가. 그때 왜 두 사람이 함께 있었는지는 잘 기억이 나지 않는다. 하지만 그때 길동이 여진을 바라보던 표정은 선명하게 기억이 난다. 그건 연정에 빠져 버린 사내의 얼굴이었다. 그때 여진이 그들 쪽을 바라보았다. 그리고 그녀가 두 볼을 발그레 붉히며 미소를 지었더랬다. 하지만 그 미소는 그가 아닌 길동의 것이었다. 그녀가 바라보고 있던 사람은 길동이었다. 그때부터 지금까지 단 한 순간도 변치 않고. 얼마나 원망스러웠을까, 그녀가 원한 건 그의 배다른 아우였건만. 얼마나 끔찍했을까, 한 지붕 아래 정인을 두고 그 정인의 혈육과 살아야 한다는 것이.

'얼마나 싫었을까, 나라는 인간이…….'

홍인형의 뺨 위로 눈물이 흘러내린다. 눈물이 차다. 그의 시린 가슴처럼. 그리고 그 가슴속에 차가운 분노가 일어났다. 아버지도, 그가 마음에 품은 단 하나의 여인마저도 모두 빼앗겨 버렸다. 그에게서 모든 것을 빼앗아간 더러운 핏줄, 홍길동! 그의 얼음장 같은 시선이 길동의 절룩거리는 뒷모습에 오래도록 꽂혀 있었다. 그리고 천천히 그 뒤를 쫓았다.

밤새 잠을 이루지 못한 홍인형이 벌겋게 충혈된 눈으로 처소 앞마당에 서 있었다. 이미 하늘은 환하게 밝았다. 그에겐 어제처럼 긴 밤이 없었다. 그가 숨 쉬고 있는 현실은 생지옥과 같았다. 어젯밤, 길동의 뒤를 쫓은 그는 몇 번씩이나 그 자리에서 길동을 베어버리고 싶었다. 칼자루를 잡았다 놓기를 수십 번, 그러다 길동의 방으로 들어갔다. 어두운 방 안에서 등잔도 켜지 않은 채 새어 들어오는 달빛 아래 우두커니 앉아 있던 길동이 갑작스레 나타난 그를 보고 놀라 일어났다. 그런 길동에게 조금도 망설임 없이 내뱉었다.

"떠나라, 오늘 밤 즉시."

그러자 길동은 오히려 그 말을 기다리고 있었다는 듯이, 이미 오래전 그렇게 마음을 먹고 있었던 사람처럼 담담하게 고개를 끄덕인다.

"그리 할 것입니다."

"다시는 돌아오지 마라. 내 너를 다시 보게 되는 날, 너는 죽는다."

그리고 대답 따위는 듣지도 않고 나와 버렸다. 그러나 그 순간 길동의 눈에 어린 표정이 밤새 그의 뇌리에서 지워지지 않았다. 그것은 반항심도 두려움도 서글픔도 아닌 수긍이었다. 마치 정말 그리될 것을 예상이라도 하는 듯이. 누가 되건 둘 중 하나는 죽어야 끝날 것이라는 무언의 눈빛. 그 눈빛이 마음에 걸려 날이 밝자마자 다시 찾아간 길동의 방은 이미 주인이 떠난 뒤였다.

퀭한 얼굴로 처소에 돌아오자 매 한 마리가 날아왔다. 익숙하게 매를 팔에 올리고 다리에 묶인 서신을 풀어보았다. 허균을 미행하는 자의 보고다.

대동소이(大同小異), 보고는 전날들과 크게 다르지 않다. 다만 오늘은 허균이 임금님의 연희에 참석하여 경계가 삼엄한 연희장 안까지 따라붙는 것은 어렵다는 내용이 추가되어 있었다. 그렇다면 수하 중 하나를 연희장에 들여보내 허균을 지켜보라 해야겠군, 하고 적합한 인물을 머릿속으로 떠올린다. 그런데 그렇게 허균의 동태를 보고받고 한참이 지나도록 날랜 사내의 보고가 없었다. 허균과 홍금보의 뒤에 사람을 붙인 지도 한 달 남짓이 되었다. 허균은 기방에 틀어박혀 술에 절어 있을 뿐 아직까지 별다른 움직임이 없었다. 홍금보도 마찬가지로 아무 낌새도 없었다. 하지만 홍인형은 너무나 움직임이 없는 것이 오히려 더 의심스러웠다. 정말 활빈당과 관련이 있는 자들이라면 쉽사리 꼬리를 밟히지 않을 것이다.

한데 오늘, 날랜 사내가 늘 보고하던 시각을 한참 넘기도록 감감무소식이다. 여태 이런 적이 없었다. 홍금보를 미행하던 날랜 사내에게 무슨 일이 생긴 것이다. 드디어 뭔가 움직임을 보이는 걸까. 그 순간, 퍼뜩 아까 받은 보고가 떠오른다. 허균이 오늘 연희에 참석한다! 전하께서 여시는 연희다. 그리고 연희는 궁이 아니라 경강 별영 앞 강변에서 열린다.

'전하의 출궁!'

혹 이것인가? 허균이, 그리고 활빈당이 노리는 것이! 홍인형은 어느새 길동의 일 따위는 까맣게 잊고 급히 조근수의 집으로 향했다. 사랑채에서 외출 채비를 하고 있던 조근수는 홍인형의 보고를 받고 잠시 생각에 잠긴다.

"하지만 심증뿐이지 않나. 확실한 물증도 없이 연희를 취소할 수도, 유정의 접반사인 허균을 연희에 참석하지 못하게 할 수도 없네. 내금위장과 의논해 경계를 더욱 강화하고 허균에게 수하를 붙여 연희 동안 그자의 일거수일투족을 철저히 감시하도록 하지."

"대감, 상대는 활빈당입니다. 만약에 정말 활빈당이 습격을 해온다면 그것만으론 부족합니다."

"내 따로 생각이 있네. 자네는 기방에 들러서 홍금보의 행적을 자세히 알아본 후 연희장으로 오게."

조근수가 눈초리를 가늘게 뜨고 홍인형을 바라본다. 상명하복, 질문은 있을 수 없다. 명을 따를 뿐. 그것이 장인을 단 한 번도 아버님이라 부르지 않고 대감이라 부르는 연유이기도 하다. 홍인형은 더 이상 묻지 않고 고개를 숙였다.

"알겠습니다."

인사를 올린 후 민첩하게 돌아서 나갔다.

*

기방은 이른 아침부터 발칵 뒤집혔다. 홍금보가 사라졌기 때문이다. 연희 시각까진 돌아오겠다는 서신 한 장을 달랑 남겨놓고. 기방은 물론 근방을 샅샅이 뒤졌는데도 찾을 수가 없었다. 한숨도 자지 못해 눈이 벌겋게 충혈된 홍매는 금보가 어젯밤부터 보이지 않는다고 침과 땀으로 범벅이 된 입을 가까스로 놀려 말을 전했다. 시시각각 연희는 다가오고, 무턱대고 기방에서 기다리고 있을 수만은 없어 행수 계보린은 일단 설향과 연희에 참석하는 기녀들을 데리고 연희장으로 향했다.

홍인형이 기방으로 들어서자 채봉이 마당으로 나와 그를 맞이했다. 정확히 말하면 홍인형을 맞으러 나온 것이 아니라 채봉은 이미 마당에 나와 서성거리고 있었다. 금보가 기방으로 돌아올지도 모르니 채봉을 남겨둔 것이다.

"나리께서 이 시각에 어쩐 일이십니까?"

"홍금보를 불러다 주게."

그러자 가뜩이나 근심 어린 채봉의 얼굴이 더욱 울상이 된다.

"저도 그럴 수 있었으면 좋겠습니다요."

"그게 무슨 소린가?"

"도대체 홍금보 그 산만 한 덩치가 하늘로 솟았는지 땅으로 꺼졌는지 감쪽같이 사라졌지 뭡니까? 오늘 연희에서 립신구 공연을 해야 하는데, 연희도 보통 연희도 아니고 임금님께서 부르신 자리인데 홍금보가 없어져서 못하면, 아이고, 우리 기방은 이제 망했습니다, 망했어! 망하는 게 문제가 아니지, 행수 어르신은 관아에 끌려가 치도곤을 당하고 목이 달아나는 거 아니야? 행수 어르신이 그리되면 나라고 무사할 리가 없지. 아이고, 채봉이가 이리 죽는구나!"

채봉이 주저앉아 땅을 치며 통곡이라도 할 기세다. 채봉의 말은 틀리지 않았다. 만약 이대로 홍금보가 나타나지 않는다면 그것은 어명을 거역하는 것이 된다. 홍금보 당사자와 설향은 물론이고, 기방 전체가 온전히 살아남기 힘들 것이다.

"언제부터인가? 홍금보가 보이지 않는 것이."

"어젯밤에 설향과 립신구 연습을 하고 나서 그 이후로는 아무도 본 이가 없습니다."

"어젯밤이라……."

홍인형의 눈빛이 날카롭게 빛난다. 그렇다면 날랜 사내는 이미 어젯밤에 사라진 것인가. 그가 미행하던 홍금보와 함께. 대체 밤사이 무슨 일이 일어난 것일까? 그때, 박수타가 숨을 헐떡거리며 다급하게 마당으로 들어선다.

"홍금보, 홍금보 어디 있소?"

서툰 억양이지만 조선어로 묻는다.

"그걸 왜 죄다 이년한테 묻습니까? 그걸 알면 내가 지금 여기 이러고 손 놓고 있겠습니까?"

"홍금보가 없다! 기방에서 오지 않았소."

"아니, 글쎄, 기방에도 없다고요."

"홍금보가 없다!"

박수타가 답답하다는 듯 재차 말한다.

"예, 그러니까 여기도 없다고요!"

짧은 조선어로 같은 말만 반복하는 박수타를 보며 채봉도 복장이 터진다.

[나는 의금부 도사 홍인형이라고 하오. 연희장에서 오는 길이시오?]

두 사람의 대화를 듣던 홍인형이 한 발짝 나서 명국어로 물었다. 직접 대화를 나누어본 적은 없으나 해귀들의 말을 명국어로 통역해 주는 이라는 것은 알고 있었다.

[그렇소. 한데 홍금보가 여태 연희에 나타나지 않았소. 임의로 순서를 바꿔서 해귀들 무술 시범 뒤로 립신구 공연을 미루어 시간을 벌어놨지만, 여유가 많지 않소. 홍금보를 서둘러 찾아야 합니다. 공연도 공연이지만 만일 그녀의 신변에 무슨 일이 생긴 것이라면……. 도저히 연희장에서 손 놓고 기다릴 수만은 없어 달려온 것이오. 혹시나 그사이 기방에 와 있지 않을까 했는데.]

박수타가 깊은 한숨을 내쉰다. 덩달아 채봉도 늘어지게 한숨을 내뱉는다.

"대체 저 독각귀, 아니, 통관께서 뭐라고 하는 건지는 모르겠지만 제 발로 나간 년을 대체 어디에서 찾는단 말입니까?"

"제 발로 나가다니?"

홍인형이 목소리에 날을 세운다.

"그 호랑이가 물어갈 년이 이런 서신 나부랭이 한 장 달랑 남겨놓고 사라지지 않았겠습니까? 생각해 보니, 아예 작정을 하고 튄 것 같습니다. 임금님 앞에서 행여 실수라도 하면 사단이 날 테니 지레 겁먹고 저 혼자 살겠다고."

채봉은 품에서 서신 한 장을 꺼냈다. 홍인형이 황급히 잡아채 서신을 펼쳐 보았다.

—화급한 일이 있어 다녀오겠습니다. 연회 시각까지는 돌아오겠습니다.

언문으로 된 두 줄짜리 서신을 간신히 읽어냈다. 시간에 쫓긴 듯 휘갈겨 쓴 탓도 있겠지만 지독한 악필이었다.

"이것이 홍금보의 필적이 확실한가?"

"확실하다마다요. 딱 보면 모르시겠습니까? 생긴 것처럼 글도 괴발개발 아닙니까?"

화급한 일이라……. 한밤중에, 그것도 중요한 연회를 앞두고 사라질 만큼 화급한 일이란 무엇일까. 날랜 사내의 실종과도 분명 연관이 있을 터인데. 홍인형이 곰곰이 생각에 잠겨 있는 사이 박수타가 그의 손에서 서신을 낚아채 들여다본다. 하나, 말은 좀 트였어도 언문은 아직 제대로 익히지 못해 읽을 수가 없었다. 하긴, 언문에 익숙하다 해도 조선인인 홍인형도 간신히 읽어낸 악필을 박수타가 쉬이 읽어내기란 어려웠을 것이다.

[홍금보가 서신을 남긴 것이오? 이것이 무슨 내용이오?]

[여기서 홍금보를 찾아봤자 소용없을 것 같소. 차라리…….]

순간, 갑자기 기방 안쪽에서 요란한 꽹과리 소리가 들려왔다.

하늘은 높고 강은 푸르다. 덥지도 춥지도 바람이 심하지도 않은 쾌청한 한때, 연희를 열기에 이보다 더 좋은 날은 없을 것이다. 한강 별영 앞 백사장 위에 며칠 사이 화려한 누각이 세워지고, 그 앞으로 오색 비단 차양을 씌운 공연장이 만들어졌다. 이를 테면 무대인 셈이다. 높은 누각 위에 차려진 주안상엔 아직 전란 중이라는 것이 무색하게 산해진미와 금준미주가 흘러넘치고 조선의 관료들과 명의 장수들 그리고 가장 상석에 임금이 홍취에 젖어 있었다. 임금의 왼편으론 유정을 비롯한 명의 장수들이 앉고 오른편엔 조근수, 류성룡, 홍탁, 허성, 이항복, 이덕형 등 조정 대신들이 자리 잡았다. 유 제독의 접반사인 허균도 말석에 한 자리 차지하고, 무술 시범을 보이고 있는 해귀들을 따라 통관으로 참석한 장이강도 누각 아래에서 대기하고 있었다.

임금이 자리한 만큼 사방 경계가 삼엄했다. 누각을 중심으로

강이 펼쳐진 동쪽을 제외한 서남북 세 방향을 금군과 명군이 대략 백 보 간격으로 겹겹이 둘러싸고 있었다. 가장 바깥쪽 경계는 말을 탄 겸사복이 서고, 그 백 보 뒤는 내금위와 명군이 에워싸고 있었다. 그리고 누각 주변은 내금위 중에서도 최정예 무사들로 물샐틈없이 경계를 서고 있었다. 하늘에서 뚝 떨어지거나 강을 뛰어넘어 오지 않는 이상 연희장을 습격하는 것은 거의 불가능한 일이었다. 그 폭이 이백 발에서 넓은 곳은 삼백 발 정도인 강을 어찌 뛰어넘어 올 것이며, 연희를 열 동안 모든 배의 통행도 철저히 통제되었다.

연희는 해귀들의 창술 시범으로 그 분위기가 한껏 달아올랐다. 보기만 해도 위협적인 검은 거한들이 육중한 장창을 휘두르며 일사불란하게 뛰고 나는 것이 참으로 장관이었다. 하지만 이런 흥겨운 분위기와는 달리 공연장 뒤편에서 다음 순서를 기다리는 설향과 계보린의 안색은 무겁기 짝이 없었다. 홍금보가 아직도 나타나지 않았기 때문이다.

"아직 기방에선 기별이 없고? 홍금보가 돌아왔다거나……."

계보린이 딱히 누구에게라고 할 것 없이 옆에 서 있는 기녀들에게 물었다. 여흥을 돋울 춤을 추기 위해 따라온 기녀들 역시 표정이 밝지 않기는 마찬가지였다. 홍금보가 나타나지 않는다면 같은 기방인 그녀들에게도 불똥이 튈 것이란 걸 알기 때문이다.

"홍금보가 기방으로 돌아왔다면 기별이고 뭐고 할 거 없이 당장 이곳으로 끌고 왔겠지요."

말 많은 소란이 언제나처럼 가장 먼저 대꾸를 한다. 계보린이 그것을 몰라 묻는 것이 아니다. 다만 답답한 마음에 내뱉은 말이었다.

"이제 곧 해귀들의 무술 시범이 끝날 터인데 대체 이를 어찌 할꼬."

계보린은 입술이 바짝바짝 타들어갔다. 그때 어디선가 속삭이듯 목소리 하나가 불쑥 끼어들었다.

"어쩌긴, 다 죽는 거지."

"에그머니나!"

소스라치게 놀라 돌아보니 조금 전까지 누각 말석에서 알짱대던 허균이 계보린의 풍성한 치마폭 뒤에 쪼그려 앉아 몸을 숨기고 있었다.

"망측하게 뭐 하시는 겁니까?"

그 해괴한 행동에 계보린이 눈살을 찌푸리며 소리친다. 자세히 살펴보니 허균의 눈동자가 헤실헤실 풀려 있고 술 냄새가 진동을 했다.

"어휴, 술 냄새. 어찌 임금님 앞에서 약주를 이리 퍼드셨습니까?"

"앞이 아니라 임금님 눈에는 잘 띄지도 않는 저 끝 말석이지!"

"아무리 말석이라도 이리 막 자리를 비워도 되는 것입니까?"

"것도 내가 일어난 게 아니라 대전내관이 쓰윽 다가오더니 잠시 일어나 소세라도 하고 오라지 뭔가? 허성 형님이 눈짓을 준 걸지도 모르지, 술망나니 아우가 전하 앞에서 소피나 지리지 않을까 해서. 쨌든 망할 내관 놈, 아니, 놈이 아니지. 아니, 그렇다고 년도 아니고, 그러니까 그게……."

"근데 몸은 왜 그리 숨기고 계신 겁니까?"

허균의 횡설수설을 끊으며 소란이 묻는다.

"아, 그게 말이지, 요즘 이상하게 누가 자꾸 따라다니는 것 같단 말이야. 아까부터 뒤통수가 따끔따끔한 게 감시당하는 것도 같고……."

주사(酒肆)라 하기엔 허균의 얼굴이 사뭇 진지하다.

"나리 같은 말석 술망나니를 누가 감시한답니까?"

"예끼! 그걸 내가 알겠냐, 네년이 알겠냐? 토낀 건 박수타인데 왜 나를 따라다니고 지랄이람!"

"어머, 박 통관 나리가 도망이라도 가셨습니까?"

"그렇다니까. 홍금보도 없어졌다며? 그 말을 듣더니 눈이 뒤집혀서 제 계집을 찾으러 가겠다고 쥐도 새도 모르게 튀었다지 뭔가? 아무리 방비가 철통같다 하더라도 밖에서 안으로 들어오는 게 어렵지 안에서 밖으로 나가는 건 수월한 법이거든. 아, 그 덕에 지금 이강이 아우가 혼자 저렇게 똥줄이 타들어가고 있지 않나? 혹시나 임금께서 해귀들한테 말이라도 건넬까 봐 말일세. 박수타도 없는데 해귀 통역을 어찌하누. 그랬다간 다 같이 망하는 게지!"

아닌 게 아니라 해귀들이 무술 시범을 보이고 있는 몇 발짝 옆에서 이강이 안절부절못하고 서 있었다. 그리고 그러는 사이 순식간에 무술 시범이 끝나 버렸다. 다행히 임금은 해귀들에게 은자를 내리라 명했을 뿐 직접 하문은 하지 않았다. 이에 이강은 한시름 놓았지만 계보린의 얼굴은 보기에도 딱할 만큼 핏기가 사라졌다.

"망한 건 접니다요. 홍금보가 없는데 어찌 립신구를 한단 말입니까? 아이고, 이젠 꼼짝없이 죽었구나, 죽었어!"

기녀로 산전수전 다 겪은 그녀지만 이번만큼 속수무책 목숨이 경각에 달린 일은 없었다. 장정 서넛이 누각 앞에 여덟 폭 병풍을 친다. 립신구를 준비하는 것이다.

"행수 어르신, 병풍 뒤에 홍금보 대신 다른 기녀를 세우면 어떻겠습니까? 립신구 공연을 못한다고 임금님께 아뢰는 것보단 일단 그렇게라도……."

소란이 무릎을 탁 치며 외쳤다. 그러나 계보린이 어림도 없다는 듯 고개를 저었다.

"홍금보 고것이 독각귀처럼 생겼어도 금보만큼 소리를 하는 기녀가 어디 있단 말이냐? 게다가 립신구 공연은 병풍 뒤에서 소리를 하는 자와 병풍 앞에서 입모양을 맞추는 자의 호흡이 맞지 않으면 할 수 없는 것인데 당장 누굴 데려와 대신 세우고? 그랬다가 걸리기라도 하면 임금님을 기만한 죄까지 추가되어 우리 모두 이 자리에서 사지가 찢겨 강가에 뿌려질 게다."

그 말에 소란은 새파랗게 질려 버리고 계보린은 다시 지독한 두통이 도져 인상을 찌푸렸다. 하지만 그들과 달리 정작 당사자인 설향은 침착했다. 그녀의 눈은 잠시 뒤 그녀가 서야 할 무대인 병풍 쪽을 바라보고 있는 것이 아니라 이강에게 향해 있었다. 무슨 이유인지 모르겠지만 이강은 창술을 마친 해귀들과 연희장 밖으로 빠져나가고 있었다. 그녀의 얼굴에 묘한 안도감 같은 것이 스친다. 그러나 다시 무표정으로 돌아와 병풍을 치고 있는 장정들에게 시선을 옮긴다. 병풍 하나를 다 세운 장정들은 그 뒤로 또 하나의 병풍을 세웠다.

"아니, 저건 또 무언가? 병풍은 하나만 쳐도 되는 것을 앞뒤로 두 개를 세우다니? 난 그런 말을 한 적이 없는데."

계보린이 장정들 쪽으로 발걸음을 옮긴다. 하나 어느새 설향이 그 앞을 가로막고 섰다.

"왜 그러는 게냐?"

설향이 부채를 꼭 쥐고 계보린을 응시한다.

"혹 네가 시킨 것이냐? 병풍을 두 개 치라고?"

계보린이 재차 묻자 그제야 고개를 끄덕인다. 그러자 옆에서 귀를 쫑긋 세우고 있던 소란이 끼어든다.

"아! 병풍을 앞뒤로 쳐서 저 사이에 누가 들어가 있는지 모르게 하려고? 내 말대로 정말 홍금보 대신 누굴 세울 참이야? 누구?"

그러나 설향은 이미 병풍 쪽으로 걸어 나가고 있었다. 미처 붙잡을 사이도 없는, 빠르고 단호한 발걸음이었다.

"대체 저년이 무슨 생각인지. 나리의 유별난 머리로 뭔가 짐작 가는 거라도……."

계보린이 허균을 돌아보며 말하는데 이미 그는 땅바닥에 대자로 뻗어 곯아떨어져 있다. 그리고 그런 허균을 알아보고 병사 하나가 빠른 걸음으로 다가왔다. 만취한 허균이 갑자기 시야에서 사라져 크게 당황한 날카로운 눈매의 그 병사는 내금위 복장을 한 조근수의 수하였다.

*

머리가 깨질 것처럼 아프다. 홍금보가 인상을 찌푸리며 눈을 떴다. 눈을 떴는데도 여전히 눈앞이 캄캄하다. 내가 아직 눈을 감고 있는 것인가, 눈꺼풀을 깜빡거려 본다. 분명 뜨고 있다. 그녀는 이내 자신이 빛이 들지 않는 곳에 갇혀 있음을 깨달았다. 그리고 움직일 수가 없다. 그녀의 팔은 뒤로 젖혀져 밧줄로 칭칭 묶여 있고 두 발 역시 단단히 묶여 있었다. 소리라도 질러보려 하나 입엔 재갈이 물려 있다.

두통이 가시지 않은 머리로 기억을 더듬었다. 기방 뒷문을 나서려던 금보는 누군가의 공격을 받고 쓰러졌다. 뒤에서 갑작스레 내려친 터라 누군지 전혀 짐작도 가지 않는다. 그리고 그 누군가는 금보의 사지를 묶어 이곳에 처박아놓은 것이다. 불현듯 목이 몹시 마르다. 꿀꺽 마른침을 삼켰다. 목이 타들어가는 것 같다.

'대체 얼마나 정신을 잃고 갇혀 있었던 걸까.'

하룻밤? 한나절? 지금이 밤인지 낮인지도 알 수 없다. 그리고 머릿속에 퍼뜩 립신구 공연이 떠오른다.

'공연은 어떻게 됐을까? 임금님께서 부르신 건데 공연을 못 하면…… 죽는다! 이대로 죽을 순 없어. 일단 이곳에서 빠져나가야 해!'

금보가 있는 힘껏 몸부림을 쳤다. 하지만 단단히 묶인 밧줄은 조금도 느슨해지지 않고 오히려 더욱 손목을 죄어오는 것 같았다. 그러나 금보는 포기하지 않고 이리저리 구르며 몸을 움직였다. 그녀에게 포기란 없다. 죽기 아니면 살기, 오직 그 두 가지만 존재할 뿐이다. 그리고 그녀는 죽는 것이 죽을 만큼 싫다. 그러므로 살아 나가야 한다, 반드시.

금보는 벽에 몸이 부딪힐 때까지 몸을 굴렸다. 마침내 한쪽 벽에 쿵 몸이 부딪힌다. 그 벽엔 아무것도 없었다. 다시 반대편 벽 쪽으로 몸을 굴렸다. 그리 넓은 공간은 아닌 듯 금세 벽이 어깨에 닿는다. 그리고 '둥!' 하는 소리와 함께 그녀의 발끝에 무언가가 채였다.

'뭐지, 이 소리는?'

금보가 묶인 다리를 크게 휘둘렀다. 순간 와장창 요란한 소리가 나며 그녀의 하체로 물건들이 쏟아졌다. 입에 물린 재갈 때문에 악 소리도 제대로 못 지른 채 허벅지에 떨어진 기다란 통나무

같은 것을 발로 차자 버선 끝으로 나무에 매여 있는 여섯 개의 줄이 만져진다. 거문고다. 그 옆 둥글납작한 것은 북, 이것은 장구 그리고 쇳소리가 나는 이것은 꽹과리……. 그렇다면 여기는!

'악기 창고!'

틀림없다. 이곳은 잘 쓰지 않거나 수리가 필요한 악기를 보관해 두는 악기 창고였다. 비록 악기 창고가 기방 가장 구석진 곳에 있고, 여간해선 누군가 드나드는 일도 없지만 그래도 갇혀 있는 곳이 낯선 곳이 아니라 기방이라고 생각하니 갑자기 기운이 솟는다.

'내가 이곳에 있다는 것을 밖에 알릴 수만 있으면 반드시 누군가 구하러 올 거야!'

금보는 미친 듯이 발로 바닥을 더듬었다. 장구채인지 북채인지 아니면 다른 무슨 채인지는 모르겠지만 길쭉한 채 하나가 발에 걸린다. 묶인 발 사이에 채를 끼우고 단단히 쥐었다. 여기까지 하는데도 이마에 땀이 비 오듯이 흐른다. 하지만 온 신경을 발끝에 모아 채를 쥐고 힘껏 꽹과리를 내려쳤다.

채쟁챙챙, 채쟁챙챙챙, 챙챙챙!

꽹과리 소리가 요란하게 울려 퍼진다. 좁은 곳에서 울리는 꽹과리 소리에 귀청이 터질 것 같다. 하지만 멈출 수 없다. 더 크게 소리가 퍼져 나가야 한다. 저 멀리 밖까지 들리도록. 그녀는 필사적으로 꽹과리를 쳤다. 묶여 있어 가뜩이나 피가 잘 통하지 않는 다리에 힘을 주니 점점 뻣뻣하게 굳어간다. 쥐가 날 것 같다.

하지만 살아 나가야 한다는 강한 집념이 그녀를 멈출 수 없게 했다.

'살려주세요. 누구든 이 소리를 듣는다면 나를 여기서 꺼내주세요!'

채쟁챙챙, 챙챙챙챙, 챙챙챙챙! 챙챙챙챙, 챙챙챙……

그때였다. 칠흑 같은 어둠 속에서 한순간 눈부신 빛이 쏟아졌다. 빛의 소나기, 불현듯 그런 생각이 스치며 저도 모르게 눈을 감았다. 그리고 다시 희미하게 눈을 떴을 때 환한 빛 속에 그가 서 있었다. 아름다운 황금빛 머리칼, 그녀를 바라보는 깊고 푸른 눈동자, 박수타. 그가 안으로 뛰어 들어와 튼튼한 두 팔로 금보를 안아들었다.

"홍금보! 홍금보!"

그의 목소리가 귓가에 울린다.

"괜찮소? 죽으면 안 돼! 죽지 마!"

박수타가 울먹이며 재갈과 손목의 밧줄을 푼다. 그의 품이 따듯하다.

"죽긴 내가 왜 죽어?"

풀린 손으로 그를 밀어내며 벌떡 일어났다. 그러나 발이 묶여 푹 고꾸라졌다. 박수타가 다시 그녀를 안아 들었다. 그리고 발목에 묶인 줄도 마저 풀기 시작했다.

"아이고, 이 망둥이 같은 것아! 날뛰더라도 앞뒤 분간하고 날뛰어야지! 일단 묶인 밧줄부터 풀고 봐야 할 것 아니냐?"

채봉이 뒤이어 들어와 소리쳤다. 그리고 그 뒤엔 홍인형의 얼굴도 보인다.

"대체 이게 어떻게 된 겁니까?"

홍금보가 어안이 벙벙해 물었다.

"그걸 나한테 물어보면 어떡해? 서신 한 장 달랑 써놓고 나간 년이 누군데?"

"무슨 서신이요? 난 그런 거 쓴 적 없는데?"

"그럼 이건 뭐냐?"

채봉이 품에서 서신을 꺼내 금보의 눈앞에 펼쳐 들었다.

"이걸 내가 썼다고? 발로 써도 이것보단 잘 쓰겠네!"

"내 말이. 그러니 딱 네 글씨지."

"아니라니까요! 기방 뒷문에서 언놈이 뒤통수를 후려쳐서 깨어나 보니 여기 이렇게 묶여서 갇혀 있더란 말입니다. 여기, 여기 좀 보세요. 뒤통수가 깨지거나 퉁퉁 붓지 않았습니까?"

금보가 제 뒤통수를 들이밀며 묻는다.

"아무렇지도 않은데? 얼렁뚱땅 지어낸 말 아니냐?"

채봉이 고개를 갸우뚱하며 의심스럽게 쏘아본다.

"지어내다니요! 얼마나 세게 맞았는데! 분명 아무렇지도 않을 리가 없는데……."

"지어낸 것이 아니라면 머리통 단단한 덕을 이럴 때 보는구나."

채봉의 코웃음에 금보가 '칫' 하고 입을 비죽거렸다. 그리고 한마디 쏘아붙이려는데 여태 잠자코 바라보던 홍인형이 날카롭게 물었다.

"누구냐, 널 습격한 것이."

"그걸 알면 당장에 잡아다 목을 비틀어 버리겠습니다!"

"전혀 기억이 나지 않느냐?"

"뒤에서 갑자기 얻어맞은 터라 코빼기도 못 봤습니다요."

"네가 습격을 받고 쓰러진 것이 정확히 언제냐?"

"그것이 지난밤 해시경에……. 아니, 지난밤이 맞는 것인가? 얼마나 정신을 잃었던 것인지 알 수가 없으니, 오늘이 며칠입니까? 지금 시각은 어떻게 됩니까? 아! 연희는? 연희는 끝났습니까?"

금보가 다급히 묻는다.

"연희는 아직 끝나지 않았다. 아마 지금쯤 해귀들의 무술 시범이 끝나고 립신구 공연을 할 차례일 것이다."

"그걸 이제 얘기하면 어떡합니까!"

버럭 화를 내며 금보가 달려 나간다.

"어딜 가시오?"

박수타가 눈을 동그랗게 뜨고 묻는다.

"립신구하러!"

금보의 뒤를 박수타가 서둘러 쫓아가고 홍인형도 발길을 재촉한다. 어찌해야 하나 홀로 망설이던 채봉도 에라 모르겠다, 종종걸음으로 그들을 뒤따랐다.

*

푸르른 강물만큼 청아한 노랫소리가 울려 퍼지고 있는 강변의 연희장으로 말 한 필이 질주해 왔다. 연희장의 일 차 방어선을 맡은 겸사복이 번뜩이는 창을 곧추세우고 침입자의 앞을 가로막았다.

"멈추어라!"

미친 듯이 달려온 말이 콧구멍에서 거친 숨을 뿜어내며 멈춰 섰다.

"웬 년이냐?"

칼을 뽑아 침입자의 턱밑에 깊숙이 들이밀며 겸사복장이 물었다. 신들린 듯 말을 몰아온 홍금보가 이마에 땀을 비 오듯이 흘리면서도 지친 기색도, 턱밑을 파고든 칼날에 겁먹은 기색도 없이 소리쳤다.

"나는 오늘 립신구 공연을 할 가기 홍금보요! 시간이 없소, 어서……."

"길을 여시오!"

우렁찬 외침에 금보의 말이 끊긴다. 그리고 바로 뒤이어 홍인형과 박수타가 말을 몰고 와 그들 옆에 멈춰 섰다. 한낱 기녀가 금부도사인 자신보다 말을 더 잘 달리다니, 도대체 이 계집의 정체는 무엇이란 말인가, 홍인형이 의혹에 찬 눈으로 금보를 쏘아보았다.

"금부도사 아닌가?"

겸사복장이 홍인형을 알아보고 일단 칼을 거둔다.

"좌상대감께서 부르셨습니다."

홍인형이 예를 갖춰 고개를 숙이며, 그러나 오만한 눈빛은 굳이 감추지 않고 답했다. 종5품 금부도사가 정2품 겸사복장보다 낮지만 그는 형조판서의 자제이자 조선 최고의 권세가 좌의정의 사위이다. 겸사복장 또한 그것을 익히 알고 있었다.

"나는 통사관 박수타이다! 길을 벌리시오!"

숨을 고른 박수타가 필요 이상으로 목청을 높여 외쳤다. 그것도 '길을 열어라' 도 '길을 비켜라' 도 아닌 엉성한 조선어로. 이는 물론 다분히 홍금보를 의식한 행동이었다. 사내답게 홍금보에게 길을 열어주고 싶었다.

"들여보내라!"

겸사복장이 외치자 기병들이 길을 연다. 누가 봐도 홍인형 때문인 것을, 혼자만 자신의 사내다운 호령에 길이 열린 것이라 생각한 박수타는 흐뭇해 입이 귀에 걸렸다.

임금이 계신 곳에 감히 말을 타고 들어갈 수 없어 말에서 내린 세 사람은 연희가 한창인 공연장 쪽으로 걸어갔다. 두 번의 경계를 더 통과한 후 드디어 누각이 보이고 그 앞엔 병풍 두 개가 쳐 있다. 그리고 귓가에 선명하게 들려오는 노랫소리…….

"빼어난 고운 빛은 시들어 버려도 맑은 향기는 끝내 사라지지 않는구나~ 그 모습에 나의 마음이 아파 눈물이 흘러 옷깃을 적시네~"

누군가 '감우'를 부르고 있었다. 감우는 금보와 설향이 립신구 공연 때 부르는 곡이다.

"립신구 공연이 이미 시작되었어!"

놀란 금보가 우뚝 멈춰 선다. 홍인형과 박수타도 발걸음을 멈추고 수백 보 앞의 병풍 쪽을 바라본다. 병풍 앞에 서 있는 기녀는 설향이 분명한데 두 개의 병풍 사이에서 홍금보 대신 누가 소리를 하고 있는 것인지 알 수가 없었다.

"누가 소리를 하고 있는 것이지?"

홍인형 또한 몹시 의아해 고개를 갸우뚱한다.

"금보야!"

그때 공연장 뒤쪽에서 기녀들이 금보를 알아보고 달려왔다. 그와 동시에 설향을 뚫어지게 쳐다보던 홍금보의 커다란 눈이 더욱 커다래지며 '아!' 하는 단말마가 터져 나왔다.

"누구의 목소리도 아니다. 설향이…… 노래한다."

믿을 수 없다는 듯 금보가 중얼거린다. 불현듯 느껴졌다. 설향의 몸짓에서, 설향의 표정에서, 목젖의 떨림, 그리고 그녀의 눈빛……. 그것은 결코 남의 소리 위에 입만 벙긋거리는 흉내가 아니었다. 설향의 목소리였다. 그녀는 노래를 부르고 있었다. 설향의 목소리가 이랬구나. 가녀린 체구와 어울리지 않게 강단 있는 소리. 그러면서도 깨끗하고 청량한, 힘차고 화려한 금보의 소리와는 또 다른 아름다운 소리였다. 금보의 소리가 오색찬란한 공작새와 같다면 설향의 소리는 눈부시게 새하얀 백학과도 같다 할까.

"어찌 된 것이냐? 저 병풍 뒤엔……."

홍인형이 계보린을 쏘아보았다. 눈가의 흉터가 더욱 서늘하게 도드라진다. 계보린이 잠시 멈칫했으나 어차피 알려질 일이라는 듯 순순히 답을 한다.

"아무도 없습니다."

계보린의 한마디가 둔탁하게 홍인형의 머리를 울린다. 커다란 둔기로 뒤통수를 한 방 얻어맞은 것처럼. 홍금보와 설향의 립싱크 공연을 들었던 이라면 이상타 생각했을지도 모른다. 홍금보와 음색이 다른 것을 눈치챘을 것이므로. 그러나 그렇다 해도 홍금보 대신 다른 기녀가 함께 공연을 하겠거니 짐작하지, 벙어리 설향이 정말 소리를 하는 것이라고는 생각지도 못할 것이다. 하지만 설향은 벙어리가 아니었다.

'벙어리가 아닌 계집이 그 오랜 세월 동안 벙어리인 척 행세하였는가? 어찌하여. 어떤 목적으로. 목적. 목적?'

무언가 섬뜩한 예감이 뇌리를 스치며 그의 눈에 누각으로 사뿐사뿐 다가서는 설향의 모습이 들어온다. 곱디고운 나비 같은 설향이 한 걸음 한 걸음 가까이 다가오자 흥에 겨운 임금이 체통도 없이 어깨를 들썩인다. 그리고 곡은 어느새 절정에 오른다.

"아아, 이제야 알겠구나~!"

창자를 끊는 듯한 애달픈 소리가 뿜어져 나오는 순간, 설향의 손에서 부채가 화려하게 펼쳐졌다. 그리고 동시에 활짝 펼친 부채의 살에서 날카로운 침이 튀어나왔다. 임금과의 거리 불과 십여 보. 하나 누각 위의 임금도 관료들도, 무사들 중 그 누구도 미처 눈치채지 못한 찰나의 순간이었다. 술에 취하고 아름다운 소리와 미색에 현혹된 무수한 사람들 사이에서 오직 한 사람, 홍인형이 달리기 시작했다. 그리고 임금의 명치를 향해 독침이 날아가려는 찰나, 높이 뛰어오른 홍인형의 손에서도 단검이 쏜살같이 날았다. 그리고 그 단검은 부채를 쥔 설향의 손목에 정확히 명중했다.

설향이 부채를 놓쳤다. 그러나 독침은 이미 설향의 손을 떠나 임금에게 향했다. 하나 독침을 날리는 순간 단검을 맞은 탓에 조준이 흐트러져 명치를 한참 벗어나 임금의 어깨에 꽂혔다. 제대로 맞았다면 침을 맞은 것만으로도 그 자리에서 즉사했을 것이다. 임금이 쓰러진다. 순식간에 내금위 군사들이 임금을 에워쌌다.

"활빈당이다!"

홍인형이 맹수처럼 부르짖으며 검을 뽑아 들고 연희장 한복판으로 달려간다. 설향이 활빈당이라는 물증은 없다. 활빈당이 아직 눈앞에 몰려온 것도 아니었다. 하지만 그는 직감했다. 활빈당이다. 그 어느 때보다 확신에 가득한 직감이었다.

내금위의 다른 무사들도 칼을 겨누고 일제히 설향에게 달려든다. 설향이 재빨리 치마를 걷어 올렸다. 그러자 금군들의 철저한 몸 검색을 피해 은밀히 허벅지에 찬 표창통이 드러난다. 단검을 미처 뽑지도 못한 채 손목에서 피를 흘리며 던졌지만 설향의 표창은 백발백중 달려오는 금군들의 목에 꽂혔다.

한편 겸사복이 경계를 서고 있는 연희장의 가장 바깥쪽에선, 늙어빠진 조랑말을 탄 채봉이 이제야 도착해 군사들과 실랑이를 벌이고 있었다. 앞선 세 사람의 일행이라고 아무리 목 놓아 외쳐도 군사들은 꿈쩍도 하지 않은 채 길을 열어주지 않았다. 그때, 마침 이강이 나타났다. 창술 시범 중 해귀 한 명이 팔목에 부상을 입어 의관에게 가려는 참이었다. 해귀들은 항시 행동을 같이 해야 하므로 연희를 더 구경하지 못해 투덜대는—갑자기 박수타가 사라진 탓에 정확히 그들이 무어라 하는지는 알아들을 수 없으나—나머지 해귀들도 모두 데리고 가야 했다.

이강을 보고 채봉이 반색을 하며 아는 척을 한다. 나으리, 내가 바로 오늘 연희에 참석한 예기들의 교육을 도맡고 있는 장만옥의 채봉이라 말 좀 해주소, 하고 말을 하려 '나으리!' 하고 입을 떼는 순간, 하늘에서 엄청난 빛이 번쩍이며 폭발음이 들려왔다. 딴에는 무리하게 내달린 고령의 조랑말이 그 굉음에 놀라 물똥을 지리며 퍼져 버리고, 그 바람에 채봉은 말 위에서 곤두박질쳤으며 해귀들과 이강도 어리둥절해 하늘을 올려다봤다.

그것은 폭죽이었다. 그러나 폭죽놀이는 해가 진 후 밤하늘에 쏘아 올릴 것이었다. 이토록 밝은 낮 시간에, 그것도 이리 대량으로 터질 것이 아니었다. 그것은 연희에서 폭죽을 담당한 칠갑의 신호탄이었다.

칠갑은 누각에서 다소 떨어진 한구석에서 저녁에 쓸 폭죽을 준비하는 척 립신구 공연을 지켜보고 있다가 설향의 독침에 임금이 쓰러지자 곧바로 폭죽을 터뜨렸다. 그 폭죽은 보통 불꽃놀이에 쓰는 폭죽보다 화력을 몇 배 강화한 것이었다.

첫 폭죽을 신호탄으로 하늘에 쏘고 난 뒤 나머지 폭죽들은 누각과 금군들을 향해 날렸다. 여기저기서 터지는 화약들로 병사들이 쓰러지고 연희장은 순식간에 아수라장이 되었다. 하지만 정말 엄청난 일은 이제부터 시작이었다. 그런 혼란스러운 틈을 타 깊은 강물 속에서 세 줄의 철쇄가 일제히 솟아올랐다. 철쇄의 끝은 강변 모래 속에 눈에 띄지 않게 박아놓은 말뚝에 묶여 있고 다른 끝은 강 건너편으로 이어져 있었다. 어느새 강 건너 풀숲에 모습을 드러낸 건장한 사내 대여섯이 커다란 활차(도르래)의 손잡이를 잡고 닻을 감듯이 철쇄를 감아올리자 강바닥 밑에 가라앉아 있던 철쇄들이 수면으로 떠오른 것이다.

이는 활빈당이 미리 설치해 놓은 장치였다. 수면 위에 철쇄가 떠오르자 강 건너 숲에 잠복해 있던 백여 명의 검은 복면을 쓴 활빈당원들이 외줄타기를 하듯 철쇄 위로 내달려 순식간에 강을 건너왔다. 그들의 발놀림은 깃털처럼 가벼웠고 바람보다 더 빨랐다. 하지만 아무리 무공이 뛰어난 그들이지만 한 줄 철쇄일지라도 이런 지지대 없이 그냥 물 위를 걸어 강을 건널 수는 없었다. 바로 이것이 홍길동이 철통같은 경계를 뚫고 침투하기 위해 세운 계책이었다.

연희에 참석한 기녀들과 궁녀들은 찢어질 듯한 비명을 질러댔고 악공들과 내시들은 우왕좌왕 이리 뛰고 저리 뛰고, 몇몇 조정 대신들과 명의 장수들은 체신이고 뭐고 걷어치우고 상 밑으로 기어들어 갔다.

'아뿔싸, 당했다!'

홍인형이 이를 악물며 강을 건너온 활빈당에게 검을 휘둘렀다. 그와 함께 내금위 군사들과 기병들까지 합세해 치열한 접전이 벌어졌다. 겸사복까지 강 쪽으로 몰려와 서남북 쪽의 경계가 약해진 사이, 서쪽에서 또 다른 활빈당원 백여 명이 연희장으로 침입해 왔다.

"무명! 피해라!"

가장 선두에서 강을 건너온 홍길동이 설향의 목으로 날아드는 금군의 칼을 쳐내며 외쳤다. 장만옥의 천하일색 벙어리 기녀 설향, 그녀의 또 다른 이름은 활빈당 제일(第一) 살수이자 표창의 명수 '무명' 이었다.

"침이 빗나갔습니다."

설향이 침통하게 대꾸한다. 임금의 숨통을 한 방에 끊어놓지 못했으니 어려운 싸움이 펼쳐질 것이다. 어떻게 준비한 거사인데……. 일곱 동지의 목숨을 희생시킨 자신이 구차한 목숨을 여태 부지해 온 것도 모두 오늘을 위해서였건만, 이런 치명적인 실수를 범한 자신을 용서할 수가 없었다.

"임금의 숨통은 내가 끊는다."

길동이 살기 어린 눈빛을 번뜩이며 임금이 쓰러져 있는 누각을 쏘아보았다. 누각 위에선 어의가 임금의 어깨에서 황급히 독을 빨아내고 있었다.

"전하, 괜찮으시옵니까?"

임금이 쓰러지자 한달음에 누각으로 올라온 어의 허준이 제 옷을 찢어 상처를 동여맸다. 낯빛이 파리해진 임금이 힘없이 고개를 끄덕였다.

"전하를 안전한 곳으로 모셔라!"

임금의 가장 가까이 앉아 있던 홍탁이 임금을 부축하며 소리쳤다. 그리고 그 옆에서 조근수가 목이 터져라 외쳤다.

"나팔을! 나팔을 울려라!"

그러자 악공 차림의 사내 하나가 누각 아래편에서 나팔을 길게 울린다. 싸움터의 아수라장을 뚫고 사방으로 울려 퍼질 만큼 우렁찬 소리였다. 내금위장은 임금을 신속하게 연희장 밖으로 모셔가고 조정 중신들 역시 병사들의 호위를 받으며 몸을 피했다.

"두령! 왕이 도주합니다."

설향이 날카롭게 외쳤다.

"괜찮겠느냐?"

길동이 빠르게 물었다. 설향이 고개를 끄덕이며 표창을 맞고 쓰러진 병사의 검을 빼앗아 다른 병사를 베었다. 길동이 훌쩍 뛰어올라 임금의 뒤를 쫓았다. 그리고 그것을 본 홍인형이 다시 그 뒤를 쫓았다. 그가 쫓는 이가 자신의 이복형제인 길동인 줄도 모른 채.

길동이 자리를 뜬 직후 한 사내가 전속력으로 설향을 향해 달려왔다. 이강이었다. 느닷없이 폭죽이 터지고 뒤이어 사람들의 비명 소리와 흡사 전장과 같은 칼부림 소리가 들려왔다. 경계를 서던 내금위와 겸사복들이 연희장으로 달려가는 것을 본 이강의 눈앞에 설향의 모습이 스쳤다.

'저기에 아직 설향이 있다!'

이강은 해귀들 따위는 까맣게 잊은 채 어느새 달리고 있었다. 연희에서 무슨 일이 벌어졌는지 모르지만 위험 속에서 설향을 구해와야 한다는 생각밖에는 들지 않았다. 연희장을 나설 때부터 느낌이 좋지 않았다. 어찌 된 일인지 허균도 갑자기 보이지 않는데다 홍금보 없이 설향이 립신구 공연을 어찌할지 걱정이 되어 발걸음이 떨어지지가 않았다. 그러다 겸사복에 둘러싸여 멀찍이 들려오는 노랫소리를 들었을 때, 처음엔 홍금보가 나타난 것인가 했다. 하지만 소리가 달랐다. 다른 기녀가 홍금보를 대신하고 있는 것인가, 홍금보 말고 저리 소리를 잘하는 기녀가 또 있었구나, 그리 생각하였다. 하나 그것이 설향의 소리라고는 전혀 생각지 못했다. 왜, 어째서 털끝만큼도 설향의 소리라 생각지 못했던 것일까. 그토록 간절히 다시 듣고 싶던 그녀의 목소리였건만, 꿈속에서라도 단박에 알아들으리라 생각했던 그녀의 목소리였건만, 고작 십 년도 안 되는 세월 동안 까맣게 잊어버렸단 말인가. 자신을 질책하며 누각 가까이 도착했을 때, 설향이 시야에 들어왔다. 그리고 어찌 된 영문인지 금군들이 설향을 공격하고 있었다.

"설향아!"

손목에서 피를 철철 흘리는 설향을 본 이강이 그녀의 이름을 부르짖으며 내달렸다. 그러나 그 외침을 먼저 들은 것은 금보였다.

"오라버니!"

박수타와 함께 몸을 피하던 금보가 연희장 한복판으로 달려가는 이강을 보았다. 홍인형이 칼을 뽑아 들고 설향에게 달려가고, 곧이어 화약들이 터지고, 어디선가 복면사내들이 나타나고, 모든 것이 순식간에 벌어진 일이었다. 뭐가 어떻게 된 일인지 정확히 이해할 틈도 없이 박수타가 온몸으로 그녀를 감싸 안으며 바닥에 엎드렸다. 그렇게 잠시 상황을 살피던 박수타는 점점 싸움이 격렬해지자 이곳에서 벗어나야겠다고 판단하고 홍금보의 손을 잡고 내달렸다.

"어서!"

박수타가 멈춰 선 금보의 팔을 잡아끌었다. 그러나 금보는 그의 손을 뿌리치고 이강에게로 달려갔다.

'또, 또다시 장이강인가!'

절망에 가까운 허탈감이 밀려왔다. 그러나 마냥 한탄하고 있을 시간이 없었다. 금보가 위험에 빠지는 것을 막아야 했다. 금보가 살아야 그도 산다. 홍금보가 없으면 그도 없다. 박수타는 금보를 쫓아 있는 힘껏 달음박질쳤다.

"오라버니!"

금보가 금세 이강을 따라잡았다. 그리고 그때 주인을 잃고 옆구리에 창을 맞은 말이 잔뜩 흥분하여 이강과 금보에게로 질주해 왔다. 그와 동시에 금군에게 둘러싸인 설향이 한꺼번에 공격을 받고 검을 떨어뜨렸다.

"위험해!"

"위험해!"

"위험해!"

이강은 설향을 향해, 금보는 이강을 향해, 박수타는 금보를 향해, 엇갈린 대상을 향한 세 사람의 다급한 비명이 동시에 울려 퍼졌다. 그리고 설향의 앞에 무경탄(연막탄)이 터지면서 짙은 연기에 그녀의 모습이 가려졌다. 설향에게 시선이 고정되어 있는 이강을 향해 말이 앞발을 높이 들며 덮쳐 오려는 일촉즉발의 순간, 금보가 온 힘을 다해 이강을 옆으로 밀쳤다. 그와 거의 동시에 필사적으로 몸을 날린 박수타가 홍금보를 안고 나뒹굴었다. 간발의 차이로 방금까지 그들이 서 있던 자리에 말발굽이 깊게 파이며 흙먼지가 피어올랐다. 눈앞을 자욱하게 가린 흙먼지가 가라앉자 박수타가 품에 안긴 금보를 살피며 걱정스레 물었다.

"괜찮소?"

그 말엔 대꾸도 없이 금보가 눈을 비비며 주변을 두리번거렸다. 그리고 몇 발짝 앞에 이강이 쓰러져 있는 것을 보았다. 넘어지다 바닥에 머리를 잘못 부딪친 것인지 정신을 잃은 듯했다. 금보는 박수타를 뿌리치고 이강에게 달려갔다.

"오라버니, 정신 차려! 오라버니! 오라버니!"

홍금보가 울부짖었다. 그러나 이강은 눈을 뜨지 않았다. 그 곁에서 박수타가 한없이 슬픈 눈으로 그녀를 바라보았다. 몸을 일으키려 하니 홍금보를 안고 뒹굴 때 접질린 발목이 찌릿하게 아파왔다. 그러나 그까짓 발목보다 더 깊이 상처를 받은 것은 그의 심장이었다. 이를 악물고 일어나 금보에게 걸어갔다. 그리고 말없이 이강을 들쳐 업었다. 그리고 절룩거리면서도 빠른 걸음으로 이 난리통을 빠져나갔다.

"다리가……."

그의 다리가 성치 않다는 것을 안 홍금보가 복잡한 표정으로 말끝을 흐렸다.

"괜찮소."

아니, 괜찮지 않다. 박수타가 속으로는 다른 답을 했다. 이강이 죽어버렸으면 좋겠다. 하지만 이강이 죽으면 그녀가 슬퍼할 것이다. 그녀가 슬퍼하면 그도 슬프다. 그녀를 슬프게 하고 싶지 않다. 그녀가 웃을 수 있다면…….

'나의 마음이 만신창이가 되더라도.'

한편 임금을 쫓아간 홍길동은 내금위 군사들을 추풍낙엽처럼 베며 앞을 가로막았다.

'임금의 목을 베면 이 싸움은 끝난다!'

내금위장마저 베어버린 길동이 결연한 눈빛으로 임금에게 한 발짝 다가갔다.

'백성을 저버린 왕이 아닌 왕이여, 내 너를 베어 모든 백성들이 왕이 되어 살 수 있는 세상을 이루리라!'

믿었던 내금위장마저 길동의 칼에 쓰러지고 더 이상 자신을 지켜줄 수 없는 병사들의 시신 사이에 홀로 선 임금이 입술을 부들부들 떨며 뒷걸음질쳤다.

"끝까지 비굴하기 짝이 없구나!"

길동이 일갈하며 검을 높이 치켜들었다. 임금의 목을 내려치는 순간 '안 돼!' 하는 비명과 함께 홍탁이 사력을 다해 달려왔다. 그리고 자신의 몸을 던져 대신 칼을 맞았다.

'아버님!'

당황한 길동이 그 자리에서 얼어붙었다. 눈앞에서 홍 판서가 복부를 부여잡고 쓰러지는 모습이 꿈처럼 펼쳐졌다. 그의 아비가 피를 뿜으며 쓰러지고 있었다. 그것도 길동의 칼을 맞고. 그러나 그 순간에도 길동은 소리 내어 아버지를 부를 수 없었다.

그리고 등 뒤에서 길동을 대신이라도 하듯 홍인형이 목청이 찢어지도록 아버지를 부르짖는다.

"아버님!"

홍 판서가 칼에 맞는 것을 본 홍인형이 눈이 뒤집혀 짐승처럼 달려왔다. 그리고 넋이 나간 길동의 가슴에 깊이 칼을 꽂았다.

활빈당의 두령, 그 어디에도 없는 이상향 율도국을 꿈꾸는 자, 그러나 아버지를 아버지라 부르지 못하고 형을 형이라 부르지 못하며 아비를 베고 형제의 칼이 가슴에 꽂힌 자가 쓰러진다. 신분의 평등, 기회의 평등, 목숨의 값어치의 평등, 누구나 노력하면 정승판서도 왕도 될 수 있는 세상, 어지러이 떠오르는 글귀들과 함께 눈앞에 스치는 한 여인의 얼굴, 여진……. 그의 꿈, 그의 이상 그리고 그의 사랑이 덧없이 스러진다.

하지만 아직 분이 풀리지 않은 홍인형은 확실히 숨통을 끊어놓기 위해 다시 한 번 검을 들었다. 그러나 그때 무언가가 맹렬히 날아와 그의 발 앞에 떨어지더니 그것이 무경탄이라는 것을 미처 확인할 사이도 없이 펑 하며 매캐한 연기가 솟아올랐다. 매운 연기를 헤치며 간신히 눈을 떴을 땐, 그의 앞에 있던 적은 이미 감쪽같이 사라지고 없었다. 그리고 연기 속에서 고통스럽게 신음하고 있는 아버지의 모습…….

"아버님, 괜찮으십니까?"

홍인형이 신음하며 쓰러져 있는 아버지를 안아 일으켰다. 가볍다. 아버지의 늙고 상한 몸은 너무나 가벼웠다.

"아버님, 접니다! 소자 인형이옵니다. 알아보시겠습니까?"

다급하게 소리치는 그의 목소리가 몇 갈래로 갈라졌다. 이렇게 돌아가시면 안 된다. 그럴 순 없다. 조선 천지에 더 이상 그에게 대적할 자가 없는 날이 올 때까지, 그래서 아버님 앞에 보란 듯이 설 때까지, 그리하여 아버님이 자신이 틀렸다는 것을 인정할 때까진 안 된다. 그를 길동보다 못한 놈이라 기억한 채 이대로 돌아가실 순 없다!

"괜찮다. 나는……."

홍 판서가 힘겹게 입을 열었다. 홍인형이 아버지의 상처를 살핀다. 다행히 깊이 베인 상처는 아니다.

"어서 전하를……."

홍 판서의 시선이 아들의 어깨 너머를 향했다. 그곳엔 임금이 얼이 빠져 주저앉아 있었다. 연기에 눈물, 콧물이 범벅된 채 모래밭에 초라하게 앉아 있는 모습에서 군주로서의 위엄 따위는 찾아볼 수가 없었다.

"전하를 모셔라!"

홍인형이 뒤늦게 달려온 금군들에게 외쳤다.

"그리고 홍탁 대감을 서둘러 의관에게 모셔가라!"

홍인형은 수하에게 아버지를 맡기고 사라진 놈의 흔적을 쫓았다. 그리고 놈이 서 있던 곳에서 핏방울 두어 개와 족적을 찾아냈다. 뒤꿈치가 깊이 파인 발자국, 그 독특한 족적은 오십여 보 간격으로 이어져 있었다. 하나 세 번째 발자국을 마지막으로 싸움터의 어지러운 흔적에 묻혀 족적조차 사라지고 없었다.

'한 번에 오십여 보를 건너뛰는 걸음이라…….'

축지법! 게다가 뒤꿈치만 깊이 흔적이 남는 발자국은 축지법의 특징이었다. 보통 사람이라면 움직이기조차 힘든 깊은 부상을 입고도 축지법까지 쓰는 놈이다. 홍인형의 날카로운 눈매가 더욱 서늘해졌다. 조선 천지에 축지법을 쓸 수 있다 알려진 자는 극소수였다. 병신년에 처형당한 김덕령에게 무예를 사사한 극소수의 제자들, 그리고 그중 하나로 알려진 것이 신출귀몰 활빈당의 두령이다. 또다시 눈앞에서 놈을 놓친 것이다. 그리고 그 순간 한 사람의 얼굴이 뇌리에 스쳤다.

허균!

여태 그자를 보지 못했다. 분명 연희에 참석했을 터인데 아무데도 그 모습이 보이지 않는다. 역시 그자는 활빈당인가. 난봉꾼의 탈을 쓰고 그토록 오랫동안 발톱을 감추고 있던 대담함과 비범함이라면 그저 일개 활빈당의 수하는 아닐 것이다. 허균을 찾아야 한다. 찾아서 확인을 해야 한다.

"허균을 찾으라!"

홍인형이 고함을 치며 연희장 한복판으로 뛰어갔다. 그러나 그의 목소리는 갑자기 쏟아지는 요란한 조총 소리에 묻혀 버렸다. 조근수가 불러들인 조총부대였다. 그들은 의금부에서 별도로 훈련된 포수들로 조근수가 판의금부사를 움직여 서쪽 숲에 매복시켜 놓은 군사였다. 확실한 물증도 없이 연희에 의금부의 조총부대까지 동원할 명분이 없었다. 하지만 홍인형의 보고를 가볍게 흘려들을 순 없었다. 그리고 조근수 자신의 감도 그러했다.

포수들이 연희장을 둘러쌌다. 하지만 조총은 명중률이 높은 편은 아니었다. 때문에 활빈당과 관군들이 얽혀 베고 베이는 혼전 속에서 적군만 맞힐 수는 없었다. 총알은 아군, 적군을 가리지 않고 날아갔다. 하지만 양쪽이 똑같이 쓰러져도 수적으로 열세인 활빈당이 그 피해가 훨씬 컸다. 그리고 관군들이 재빨리 포수들이 있는 아군 쪽으로 피하면서 활빈당은 독 안에 든 쥐처럼 총알세례를 받았다. 대원 한 명이 병졸 백을 당할 수 있다 할 만큼 무공이 뛰어난 활빈당원들이지만 하나둘 총탄에 쓰러지며 급격히 밀리기 시작했다.

"후퇴하라! 반드시 살아남으라! 후퇴하라!"

설향이 검을 휘두르며 악을 썼다. 그녀가 포위된 것을 본 칠갑이 금군에게 무경탄을 던진 덕에 조금 전의 위기에선 벗어날 수 있었지만, 이제는 틀렸다. 판세는 이미 정해졌다.

'우리가 패했다.'

하지만 전멸은 막아야 한다. 살릴 수 있는 동지들은 살려야 한다. 끝까지 살아남아 활빈당을 이어가야 한다. 설향의 외침은 그래서 더욱 절박했고 처절했다.

"강을 건너 후퇴하라! 후퇴……."

그러나 그녀는 더 이상 말을 잇지 못한 채 탄환을 맞고 앞으로 고꾸라졌다.

"중지하라!"

홍인형이 위험을 무릅쓰고 설향에게 달려가 정신을 잃어가는 설향을 마구 흔들며 소리쳤다.

"너희 두령이 누구냐? 답하라! 너희 두령이 누구냔 말이다!"

그러나 설향은 그대로 정신을 잃고 말았다.

"의관! 의관은 어디 있는가? 살려라! 반드시 살려서 데려가야 한다!"

생포해야 한다. 활빈당 두령의 정체를 아는 계집이다. 그리고 그는 설향을 이대로 편히 죽게 하고 싶지 않았다.

해가 지기도 전에 싸움은 끝났다. 활빈당의 태반은 목숨을 잃었고, 일부는 큰 부상을 입고 붙잡혔으며, 일부는 강 건너편으로 도주하였으나 그 수가 얼마 되지 않았다. 죽은 활빈당의 복면을 벗겨보고 생포된 자의 얼굴도 모두 확인해 보았지만 허균은 없었다.

"허균을 본 자가 없느냐?"

홍인형이 병사들에게 물었다.

"조정 신료들은 전하와 함께 이미 몸을 피하셨습니다."

부관 중 하나가 답했다.

"지금부터 궐, 명군 관소, 허균의 집, 기방까지 도성을 샅샅이 뒤져 허균을 찾으라!"

홍인형이 명했다.

'그 어느 곳에서도 허균을 찾을 수 없다면 그자는 역시 활빈당의…….'

그때 누각 앞에서 한 병사가 외쳤다.

"여기 좀 보십시오!"

그 병사는 다른 병사와 함께 누각 아래에서 관리 복장의 사내 하나를 끌어내고 있었다. 그리고 허리춤까지 나온 사내의 얼굴을 살피더니 다시 한 번 소리쳤다.

"허균 나리입니다!"

"자네가 어찌 아나?"

다른 병사가 물었다.

"틀림없다니까! 아, 내가 투전판에서 뵌 게 몇 번인데 이 양반을 몰라볼까?"

저희들끼리 투닥거리는 병사들 앞으로 홍인형이 황급히 걸어갔다. 온몸이 흙투성이가 된 채 널브러져 있는 자는, 허균이 맞았다. 하지만 칼을 맞은 흔적이나 피를 흘린 흔적은 보이지 않았다.

"살아 있는가?"

그러자 병사가 허균의 코에 귀를 대고 숨을 확인한다.

"예, 숨을 쉬십니다. 제 생각에는…… 잠이 드신 것 같습니다."

"잠이 들어?"

홍인형이 인상을 확 찌푸렸다. 아니, 찌푸렸다기보다는 어이가 없다는 쪽에 가까웠다.

"어찌 이런 난리통에 누각 아래로 기어들어 가 잠을 잘 수가 있단 말이냐?"

그 말이 떨어지자마자 마치 기다렸다는 듯이 허균이 드르렁 드르렁 코를 골기 시작했다.

"어휴, 술 냄새! 아주 술에 푹 절었습니다요. 이 정도면 코앞에서 화포가 터져도 인사불성일 것 같습니다."

허균을 살피던 병사가 코를 쥐며 고개를 다른 쪽으로 돌렸다.

"깨워라!"

홍인형이 노성을 질렀다. 이젠 정말 화가 치밀어 올랐다.

'허균이 아니란 말인가? 내가 잘못 짚은 것인가? 그럴 리가 없다. 하지만 이자는 정말 만취한 상태이다. 복면을 하고 검을 쥐긴커녕 똑바로 걷기도 힘든 꼬락서니 아닌가.'

하지만 한편으론 이 또한 고도의 계략일지도 모른다는 생각이 들었다. 활빈당이라고 반드시 복면에 검을 들고 직접 나서서 싸워야 하는 것은 아니다. 드러나지 않게 배후에서 상황을 조종하는 은밀한 손. 그리고 자신은 의심을 받지 않기 위한 광대극. 정말 그렇다면 무섭도록 섬뜩한 자가 아닌가?

아무리 흔들어 깨워도 일어나지 않던 허균은 병사 하나가 강물을 길어와 얼굴에 뿌리자 그제야 눈을 번쩍 뜬다.

"어푸, 어푸! 예가 용궁이냐?"

허균이 물에 빠진 사람처럼 두 팔을 허우적거리며 소리치자 주위의 병사들이 처참한 싸움의 흔적을 잠시 잊고 큭큭 웃음을 터뜨렸다.

"광대극이라면 집어치워라!"

홍인형이 버럭 소리쳤다. 웃음소리가 뚝 멈추었다. 허균이 홍인형을 올려다봤다. 누구더라, 얼른 떠오르지 않는지 잠시 생각하다 반갑게 내뱉었다.

"아하, 개간지! 소간지네 개간지!"

홍인형이 칼끝을 허균에게 겨누며 물었다.

"너는 활빈당인가?"

"내, 내가?"

허균이 어리둥절한 표정으로 눈을 끔뻑이며 되물었다.

"답하라! 너는 활빈당인가?"

"아니오!"

"너는 활빈당을 도왔는가?"

"아니오!"

"그렇다면 대체 너의 정체는 무엇이냐?"

"나?"

허균이 어깨를 활짝 편다. 그리고 자랑스럽게 외친다.

"나는 허균이다! 하하하하!"

허균의 웃음소리가 쩌렁쩌렁하게 울려 퍼졌다. 그 모습은 영락없는 개망나니 허견이었다.

*

박수타는 혼절한 이강을 업고 인근 의원으로 달려갔다. 의원의 시료를 받은 후에도 한동안 죽은 듯이 누워 있던 이강의 눈꺼풀이 파르르 떨리며 어렴풋이 눈을 떴다.

"오라버니, 정신이 드십니까?"

한시도 자리를 뜨지 않고 곁을 지키던 금보가 애타게 물었다. 그러자 이강이 천천히 손을 뻗어 금보의 손을 잡았다.

"예, 오라버니, 접니다. 홍금……."

"세경아……."

그러나 이강의 입에서 나온 한마디는 금보의 이름이 아니었다. 금보는 세경이 누군지 모른다. 하지만 그 여인이 누구든 이강이 원하는 건 역시 금보가 아니었다. 금보가 자신의 손을 잡고 있는 이강의 손을 잠시 바라보았다.

'참으로 따듯하구나, 이 손은.'

그러나 금보는 이내 그 손을 놓았다. 그때 방문이 벌컥 열리며 피투성이가 된 병사들이 부축을 받거나 업혀서 들어왔다.

"대체 이게 무슨……."

앞섶을 피로 물들인 초로의 의원이 당황한 얼굴로 고통스럽게 신음하는 병사들 사이를 허둥지둥 오갔다.

"의원님, 오라버니가 정신이 든 것 같습니다. 좀 봐주세요."

금보의 말에 자상을 입은 병사의 팔을 지혈하던 의원은 이강을 흘끗 보더니 고개를 끄덕인다.

"으응, 이제 됐어. 괜찮아."

"정말 괜찮은 것입니까? 정말요?"

"그렇다니까! 여기 위중한 환자들 안 보이냐? 사람을 보내 장부자 댁에 연통을 넣었으니 곧 데리러 올 게야. 도대체 연희에서 무슨 일이 있었기에……. 이봐라! 방에 불을 더 때고 더운 물을 가져와라!"

의원의 고함에 섞여 이강의 목소리가 들려왔다.

"세경아…… 설향아……."

너무나 간절하게 그 이름을 부르고 있었다. 금보는 직감적으로 깨닫는다. 설향이 기녀가 되기 전 세경으로 불리었다는 걸. 그리고 그 세경이 설향이라는 기녀가 되어버렸어도 이강은 그녀를 놓을 수 없다는 걸. 이강은 설향 외에 다른 여인을 품을 수가 없는 사내이다. 그렇게 태어난 사내이다.

'내 것이 아니다.'

금보가 밖으로 뛰쳐나갔다.

'미련한 년. 다 알면서도 미련하게도 미련을 버리지 못하고…….'

방에서 금보가 나오자 마루에 걸터앉아 있던 박수타가 엉거주춤 일어났다.

"날 기다린 것이오?"

박수타가 대답 대신 고개를 끄덕인다.

'그 오랜 시간 밖에서 기다리고 있었다니, 이 사내는 대체 왜 나를 이토록…….'

금보가 한숨을 내쉬며 접질린 발목에 단단히 감아올린 흰 천을 본다.

"다리는 어떻소? 치료는 잘 받은 것이오?"

"튼튼해."

박수타가 답했다. 그리고 물었다.

"튼튼해?"

그의 시선은 방 안을 향했다. 이강의 안부를 묻는 것이다.

"정신이 난 것 같으니 됐소. 집에 연통을 했다 하니 모시러 오겠지."

금보가 투박하게 대꾸하며 신을 신었다. 화가 난 듯하면서도 한편으론 기운이 없어 보인다. 박수타는 말을 다 알아듣진 못했지만 금보가 신을 신고 나서는 걸 보니 괜찮은가 보다 했다.

"같이 갑시다, 기방에."

"그 다리로 누굴 데려다 줘. 됐으니 얼른 관소로 가서 쉬시오."

"같이 갑시다. 위험하오."

연희에서 그 난리가 나고 아직 근방이 어수선할 터인데 금보를 혼자 보낼 순 없었다. 박수타는 절룩이며 앞장선다.

"은근 고집불통이라니까."

금보가 투덜거리며 따라간다. 하지만 싫진 않다. 이렇게 힘없이 혼자 돌아가고 싶지 않다. 누군가의 어깨가 필요했다. 그러나 어깨를 빌린 건 금보가 아니라 박수타였다. 한참을 절룩거리며 걷던 박수타가 돌부리에 걸려 넘어질 뻔하자 금보가 얼른 그의 팔을 붙들었다. 그리고 박수타의 팔을 어깨에 걸치고 낑낑거리며 걸음을 옮겼다.

"이게 대체 누가 누굴 데려다 주는 게야. 됐다니까 굳이 따라와서는……."

"미안, 미안."

"어휴, 무겁긴 또 왜 이렇게 무거워."

"미안, 미안."

박수타가 머쓱하게 사과를 했다. 발이 그렇게 아프진 않았다. 하지만 시치미를 떼고 부축을 받는다. 내심 기분이 좋다. 금보의 어깨에 팔을 두르고 나란히 걷는 것이. 하지만 그 시간은 길지 않았다. 어느새 기방의 대문이 보인다.

"혼자 갈 수 있겠소? 이거야 원, 내가 다시 관소까지 데려다 줘야 되는 거 아니야?"

금보가 물었다.

"나를 걱정하시오?"

박수타가 슬그머니 웃었다.

"걱정은 무슨!"

금보가 팩 하니 쏘아붙였다.

"표정 보니 여태 순 꾀병이었나 보네! 그럼 난 들어가 보겠소."

금보가 들어가고 대문이 쾅 닫혔다. 박수타도 발걸음을 돌렸다. 함께 걸을 땐 그토록 짧게 느껴지던 길이 혼자 돌아가려니 한없이 길어 보인다. 발목도 갑자기 더 시큰거리는 것 같다. 더딘 걸음으로 반쯤이나 걸어갔을까, 한 떼의 군사들이 우르르 어디론가 몰려갔다. 선두엔 날카로운 인상의 사내가 말을 타고 군사들을 이끌고 있었다. 눈가에 길게 나 있는 붉은 흉터를 보고 그 사내를 기억해 냈다. 오전에 홍금보를 찾아 기방으로 갔을 때 마주친 사내였다.

금부도사 홍인형. 그가 박수타의 곁을 스쳐 지나가는 순간, 퍼뜩 불길한 예감이 들었다. 그들이 향하는 곳은 기방 쪽이었다. 기방으로 가는 게 아닐 수도 있다. 하지만 불길한 예감을 떨칠 수가 없었다. 그는 방향을 돌려 군사들을 뒤쫓아 걷기 시작했다. 하지만 불편한 다리로 발 빠른 병사들을 따라잡기는 무리였다. 순식간에 그들은 시야에서 벗어나 버렸다.

마음이 급해진 박수타는 발목이 아픈 것도 잊고 달리기 시작했다. 하지만 한참이 지나 간신히 기방에 도착했을 땐 이미 모든 일이 끝난 뒤였다. 기방의 대문은 활짝 열려 있었고 한바탕 기방을 뒤진 듯 마당엔 기녀들의 물건이 어지럽게 흐트러져 있었다. 역시 군사들이 향한 곳은 기방이었다. 군사들이 기녀들을 끌고 갔는지 텅 빈 기방엔 홍매 홀로 마당에 쓰러져 흐느끼고 있었다.

"홍금보는?"

박수타가 급히 홍매를 일으켜 세우며 물었다.

"의…… 금부…… 잡혀가…… 금보…… 살려줘……."

홍매가 박수타의 옷소매를 부여잡고 힘겹게 울부짖었다. 박수타는 홍매를 방으로 데려다 눕히고 자신이 의금부로 가볼 것이니 일단 기다려 보라고 진정을 시켰다. 홍매가 간절한 눈빛으로 박수타를 바라보며 고개를 끄덕였다.

박수타는 부엌일을 하는 개똥어멈에게 은자를 쥐어주며 그가 돌아올 때까지 홍매의 끼니를 챙겨주고 돌보아달라 부탁을 하였다. 그리고 지체 없이 의금부로 향했다. 의금부가 아니라 대전이라 해도 어디든 찾아갈 것이다. 홍금보가 있는 곳이라면 조선 땅 끝까지라도 찾아갈 것이다.

"자네답지 않게 어찌 그런 경솔한 짓을 한 겐가?"

조근수가 서안을 탁 치며 노성을 질렀다. 늦은 저녁, 조근수의 사랑채엔 부름을 받고 온 홍인형이 무거운 얼굴로 앉아 있었다. 전날의 습격 사건으로 조정이 발칵 뒤집히고, 임금은 어의 허준의 빠른 처치로 생명에는 지장이 없었으나 충격에 의한 신경증으로 절대 안정을 취하고 있었다.

"예상대로 활빈당이 습격을 하지 않았습니까? 분명 뭔가 있습니다. 대감께서도 허균 그자가 수상하다 여겨지시니 미행을 붙이라 명하셨던 것 아닙니까?"

"하지만 아무것도 얻은 것이 없지 않은가? 대체 그 뭔가가 뭔가? 옥팔찌 때문에 허균을 여태 감시했지만 그것 역시 짐작일 뿐이었지. 옥팔찌를 떨어뜨리고 간 자가 활빈당이라는 걸 증명할 수도 없지 않나? 허균의 왼쪽 어깨의 흉도 검에 의한 흉터는 아니었어. 자네의 도흔이 아니라는 건 찌른 자네가 더 잘 알 것이 아닌가."

"그렇다고 가재에 찔린 거라는 그런 말도 안 되는 말을 믿으란 말입니까?"

"가재가 아니라 꽃게이네. 꽃게 다리."

"가재나 게나요. 지금 농이 나오십니까?"

난데없는 말에 홍인형이 기가 막히다는 표정으로 묻는다.

"내가 농을 하는 것으로 보이나?"

조근수가 웃음기 없는 얼굴로 그를 바라보았다. 그 눈빛이 주눅이 들 만큼 서늘하다.

"그리고 연희날 허균은 술에 만취해 누각 아래 뻗어 있었네."

"그건 고도의 계략일지도 모릅니다. 활빈당이라고 의심받지 않기 위한."

잠시 멈칫하던 홍인형이 다시 제 생각을 밝힌다. 오늘따라 그답지 않게 조근수 앞에서도 꽤나 강경했다. 그는 자신의 감을 믿었다. 그래서 설향과 함께 허균도 의금부 옥사에 잡아넣었다. 하지만 확실한 증험도 없이 허균을 가두자 남인 측에서 가만히 있을 리가 없었다. 만약 취조를 했는데도 허균과 활빈당 간의 관련

성을 찾지 못한다면 무고한 사람을 잡아들인 홍인형뿐만 아니라 서인들에게까지 역풍이 불어올 것이었다.

“누각 아래 허균을 밀어 넣은 게 내 수하이네. 만취한 허균이 정신을 못 차려서 칼부림 와중에 변고를 당하지 않게 하려고. 그 날 연희 내내 허균을 감시했지만 수상한 점은 전혀 없었어. 남은 것은 자네의 감뿐이야! 초당 허엽의 아들이자 좌승지 허성의 아우인 허균을 활빈당과 엮으려면 좀 더 치밀한 계책이 있었어야지! 곤드레만드레 취한 술망나니를 활빈당이라며 무작정 가둬 버렸으니 그 누가 실소를 하지 않겠나? 남인들이 주장하는 건 허균을 방면하라는 것이 아니네. 허균을 잡아들였으면 설향과 각별했던 홍길동과 장이강도 잡아들여 철저히 조사하라는 것이야! 자네의 이복 아우와 우리 서인들의 자금줄인 장태인의 아들을! 이순신이 그랬다지? 생즉필사 사즉필생(生卽必死 死卽必生: 살고자 하면 반드시 죽고, 죽고자 하면 반드시 산다). 그들은 죽기로 달려들고 있어. 살려는 사람보다 같이 죽자고 덤비는 게 더 무서운 법이야. 자네는 맨손으로 벌집을 건드린 걸세!”

“저에게 조금만 시간을 주시면 반드시 증명해 보이겠습니다. 허균이 활빈당과 관련이 있다는 것을. 이렇게 놓칠 수는 없습니다.”

“시끄럽네! 서인들 사이에서도 자네의 경솔함을 질타하는 목소리가 높네. 그럼에도 자네가 아직 자리보전을 하고 있는 건 몸을 던져 전하를 구해낸 자네 아버님의 충정 덕인 줄 알게나!”

조근수가 차갑게 말을 잘랐다. 오늘따라 홍인형이 말이 많다. 충견은 그저 시키는 대로 하면 될 뿐, 누구든 자신의 말에 이의를 제기하는 것은 용인할 수 없다. 그것이 자신의 무남독녀 외동딸의 배필이라도.

"어찌 그리 아둔하단 말인가? 우리의 미끼는 허균이 아니라 설향이야! 그 계집의 아비가 정여립의 난 때 역적으로 처형당한 최심온이라지? 이것이야말로 굴러 들어온 기회가 아닌가. 계책을 꾸미고 말고 할 것도 없이 그 계집이 최심온의 딸이라는 것 하나만으로도 남인들과 활빈당을 엮어 넣을 수 있네. 당시 최심온과 티끌만큼이라도 관련이 있었던 남인 인사를 조사해 보고, 수단과 방법을 가리지 말고 그 계집의 입에서 그 이름들이 나오게 하게. 그렇게 허균을 잡고 싶으면 설향의 입에서 그 이름이 나오게 해!"

홍인형이 무어라 채 대꾸하기도 전에 문밖에서 목소리가 들려왔다.

"대감, 장태인입니다. 들어가도 되겠습니까?"

"들어오게."

장태인이 급히 안으로 들어왔다. 언제 봐도 흔들림 없이 냉철한 얼굴이 평소답지 않게 상기되어 있었다.

"긴히 드릴 말씀이 있으니 주변을 물려주시지요. 중요한 사항입니다."

장태인은 홍인형을 한 번 흘끗 보더니 고한다. 언젠가 홍인형이 똑같은 말로 장태인을 따돌렸던 것처럼. 그때처럼 조근수도 고개를 끄덕이며 홍인형에게 나가 보라 눈짓한다. 홍인형이 찢어진 눈으로 장태인을 매섭게 쏘아보며 자리에서 일어났다.

"아우께서는 안녕하십니까?"

불쑥 장태인이 묻는다. 아우라 함은 길동을 말하는 것이리라. 갑자기 길동의 안부를 묻는 의도는 알 수 없으나 홍인형은 대꾸할 가치를 느끼지 못했다.

"내겐 아우가 없네."

잘라 말하고 밖으로 나온다. 아무리 오래 보아도 볼 때마다 기분 나쁜 자였다.

*

불어오는 바람에 제법 겨울의 한기가 느껴지는 늦은 오후, 허균이 의금부 밖으로 걸어 나왔다. 의복만 더러워져 있을 뿐 잡혀올 때 그대로 생채기 하나 없이 사지 멀쩡한 모습이다. 잡혀온 다른 활빈당과는 달리 심증만으로 끌고 온데다 남인 세력가의 일원인 허균을 함부로 고신할 순 없었다. 의금부 밖에선 이강과 박수타가 초조하게 서성거리고 있었다.

"내가 나올지 어찌 알고 기다리고 있던 건가? 날도 이리 쌀쌀해졌는데 무작정 기다리고 있었던 게야?"

허균이 반색을 하며 그들에게 걸어간다.

"설향이는 어떻습니까?"

"홍금보는? 홍금보?"

두 사람이 다급하게 묻는다.

"그럼 그렇지. 날 걱정해서 온 게 아니었구만. 의리 없는 인사들 같으니라고!"

허균이 짐짓 삐친 얼굴로 내뱉는다.

"형님은 괜찮으십니까?"

그제야 아차 싶어 이강이 묻는다.

"됐네. 엎드려 절을 받지."

"제가 좀 경황이 없어서……."

이강의 얼굴이 흐려진다. 아수라장으로 변한 연희에서 분명 설향이 눈앞에 있었는데 정신을 차려보니 집이었다. 의원에서 시료를 받은 뒤 집으로 업혀왔다고 한다. 그리고 뜻밖에도 설향이 활빈당으로 밝혀져 의금부에 잡혀갔다는 엄청난 얘기를 전해 듣고선 자리를 박차고 한달음에 달려온 터였다. 하지만 대역 죄인으로 추국을 받고 있는 설향을 만날 방도는 없었다.

"그냥 해본 소리일세. 내가 자네 심정을 모르겠는가. 설향이 그 아이가……."

활빈당이었다니, 허균이 한숨을 내쉬며 말을 삼킨다. 눈치 빠르고 비상한 그도 설향의 일은 미처 눈치채지 못하였다.

"강한 아이이니 쉽게 어떻게 되진 않을걸세."

"어떻게 되다니요? 그 정도로 상태가 안 좋은 것입니까?"

"좋을 리가 있겠는가."

허균의 말을 들은 이강의 낯빛이 보기에도 딱하게 파리해진다.

"잠시 얼굴이라도 한 번 봤으면 좋으련만. 아무리 사정을 해도 들여보내 주질 않습니다."

이강이 원망스럽게 문 앞을 지키는 군졸들을 바라보았다. 문 바로 앞엔 건장한 군졸 둘이 창을 들고 서 있었고, 몇 보 떨어지지 않아 또 다른 군졸들이 경계를 서고 있었다. 추국 사안이 사안인지라 의금부 주변엔 평소보다 경계가 한층 더 강화되었다.

"활빈당일세. 그것도 임금을 시해하려 한 대역 죄인. 순순히 들여보내 주는 게 더 이상하지. 그리고 설사 의금부 안으로 들어간다고 해봤자 설향이가 갇혀 있는 옥에까진 갈 수 없을 걸세."

"하지만……."

이강이 더 이상 말을 잇지 못하고 깊이 한숨을 내쉰다. 두 사람의 대화가 잠시 끊기자 박수타가 끼어들어 조선어로 다급히 묻는다.

"홍금보를 봤소? 튼튼해?"

하룻밤을 꼬박 의금부 앞에서 지새운 그였다. 얼굴을 보긴커녕 소식조차 들을 수 없었지만 그는 포기하지 않았다.

"아, 그 아이는……."

허균이 조선어로 운을 떼더니 명국어로 말을 이었다.

[고신을 좀 받긴 했지만 크게 상한 곳은 없네. 알다시피 아주

튼튼한 아이 아닌가?]

[고신을 받았단 말입니까? 연약한 여인에게 고신을 하다니! 불이라도 질러서 홍금보를 기필코 꺼내오고 말겠소!]

튼튼하다는 허균의 말이 무색하게 박수타가 눈이 뒤집혀 펄펄 뛰었다.

[홍금보와 함께 옥에 갇히고 싶은 건가?]

유창한 명국어를 내뱉으며 홍인형이 일행에게 걸어왔다. 박수타의 눈에 불꽃이 튀었다. 그리고 앞뒤 안 가리고 홍인형에게 달려들어 멱살잡이를 했다.

[당신이지! 홍금보를 여기에 잡아 가둔 것이 당신 맞지? 당장 홍금보를 꺼내오시오!]

[죄가 없다면 풀려나겠지.]

홍인형이 전혀 동요 없이 서늘하게 대꾸한다.

[박 통관, 진정하시오. 이러면 금보에게 더 안 좋을 뿐이오.]

이강이 둘 사이에 끼어들어 만류했다.

[그건 장 통관 말이 맞소. 멱살 잡힌 저 관료께서 잠시 헛다리를 짚고 잡아간 것이니 곧 나처럼 풀려날 게요.]

허균도 한마디 거들었다. 박수타에게 하는 말이지만 홍인형의 낯빛이 구겨졌다. 허균이 그런 홍인형에게 능청맞게 말을 돌렸다.

"그렇지 않습니까, 형님? 그러고 보니 그간 누가 뒤를 쫓는가 싶어 이상하다 이상하다 싶었더니, 개간지 형님이 수고하신 거였군요. 근데, 것도 헛수고하셨습니다. 제 주제에 활빈당이라니요. 제가 어딜 봐서 그런 엄청난 인물 같습니까?"

넉살을 가장한 조롱에 홍인형의 얼굴이 더욱 험하게 굳어졌다. 조근수의 집에서 나올 때 허균이 방면되리라는 것은 예상했다. 하지만 막상 눈앞에서 풀려난 것을 보니 심기가 뒤틀렸다. 백번 양보해 허균이 활빈당원이 아니라고 해도 그는 분명 어떤 식으로든 활빈당과 관련이 있을 것이다. 당장 멱살을 끌고 들어가 모든 것을 실토할 때까지 고신을 하고 싶지만 조근수의 명을 어길 수는 없었다.

"자네들은 예 더 있을 겐가? 그럼 나는 먼저 가보겠네. 한데, 기방의 기녀들까지 의금부에서 죄 잡아들였으니 이제 나는 어디로 간다……."

제 할 말을 실컷 늘어놓은 허균이 휘적휘적 돌아섰다.

"이것이 끝이 아니다, 허균! 반드시 내 손으로 활빈당의 마지막 한 명까지 모조리 잡아들일 것이다!"

분노한 홍인형이 일갈했다.

"그렇다면!"

허균이 갑자기 발걸음을 멈추고 휙 돌아섰다. 그리고 냉랭하게 물었다.

"만백성을 잡아들일 것입니까?"

그 순간 날카롭게 번뜩이는 허균의 눈빛은 금수 같은 개나리 허균이 아니었다. 활빈당을 소탕하려면 만백성을 잡아들여야 할 것이다. 이는 즉, 만백성이 활빈이라는 말이요, 그건 만백성이 왕조에 등을 돌렸고 만백성이 왕조의 적이라는 뜻이었다. 역적 모의와 다를 바 없는 발언을 내던지고도 자신이 얼마나 엄청난 발언을 한 것인지 관심도 없다는 듯 이내 크게 웃어젖힌다.

"하하하하! 그땐 옥에 붙들려 가고 싶어도 자리가 없어서 못 들어가겠습니다. 이래저래 나는 어디로 가야 할꼬. 하긴 수치도 모르고 못 갈 곳 없는 금수 같은 자가 기방이 없다고 갈 곳이 없겠는가. 율도라도 방아질 잘하는 계집만 있다면 못 찾아갈라고……."

율도라는 말을 입에 올리고도 허허실실 태평스럽게 팔자걸음을 걸어간다.

'저자는 대체!'

홍인형이 분노를 넘어 허탈한 표정으로 허균을 바라본다. 허균의 뒷모습이 오늘처럼 괴물같이 느껴진 적이 없었다.

그리고 그런 홍인형을 골똘히 바라보는 한 사람, 박수타. 그의 머릿속엔 얼마 전 인왕산에서 본 홍길동의 모습이 떠올랐다. 절룩거리던 다리가 순식간에 곧게 펴지며 축지법까지 쓰던 그 놀라운 광경이…….

*

피비린내가 진동하는 국청은 처절한 비명 소리로 가득했다. 설향과 생포된 다른 활빈당원들은 밤새도록 당한 고신으로 차마 눈 뜨고 보기 힘들 만큼 그 모습이 참혹했다. 설향은 총알이 다리를 관통했으나 의원의 빠른 처치로 큰 부상은 면했다. 그러나 상처를 일부러 더 헤집어 고문해 생살이 벌어져 피가 멈추지 않고 흘렀다. 마구 헝클어진 머리카락이 찢어지고 멍든 얼굴을 가리고 있는 것이 오히려 다행이다 싶을 정도로 그녀의 모습은 처참했다. 평소에도 홍인형의 고신은 잔혹하기로 유명했다. 판의금부사에게 이번 추국을 강력히 청한 홍인형은 좌의정 조근수의 암묵적 지지를 등에 업고 광기에 가까운 고신을 했다. 허균을 놓친 분풀이라도 하듯이. 하지만 생살이 떨어져 나가는 고신을 당하면서도 그녀의 입은 요지부동 열릴 줄 몰랐다.

"너희들은 버림받았다. 제 한 몸 보존하고자 부하들을 버리고 도주한 주군을 끝까지 지킬 필요가 있는가? 말하라, 두령이 누구인지. 어디에 있는지! 그러면 더 이상 고통받지 않고 편히 죽을 수 있게 해주겠다."

홍인형이 동정심이라고는 찾아볼 수 없는 메마른 목소리로 내뱉는다. 하나 설향은 대답 대신 독기 어린 눈으로 홍인형을 노려볼 뿐이었다. 형틀에 묶인 채 사지육신이 만신창이가 되었어도 그 눈빛은 조금도 힘을 잃지 않았다.

'역시 보통 계집이 아니다. 수년을 입을 닫은 채 벙어리 행세를 한 독하디독한 계집이다. 활빈당이라는 것들은 참으로 소름끼치는 것들이구나!'

홍인형이 새삼 치를 떤다.

"다시 벙어리라도 된 것인가?"

"사람의 말을 한다고 모두 사람은 아니다."

마침내 설향이 입을 열었다. 가시 돋친 목소리로 내뱉는 한마디 한마디가 서슬이 퍼렇다.

"네 말대로라면 백성을 버리고 제 한 몸 보존하고자 도주했던 임금부터 버리는 것이 먼저 아닌가?"

홍인형의 손이 날아와 인정사정없이 뺨을 날렸다. 설향의 고개가 휙 돌아가며 입술이 터져 피가 흘렀다.

"역시 역적의 핏줄은 속일 수가 없구나! 정여립과 야합해 역모를 꾀했던 네 아비 최심온의 피가 어디로 가겠느냐? 그래, 어디까지 버티는지 보자. 그 잘난 주둥이로 제발 죽여달라 애원하게 만들고야 말겠다!"

격분한 홍인형이 불에 달군 시뻘건 인두를 집어 들어 설향의 어깨를 지졌다.

"말해라. 이름을 대라!"

살이 타는 고약한 냄새가 퍼지며 필사적으로 이를 악물어 보지만 설향의 입에서 고통스러운 신음이 새어 나왔다. 포박당한 채 맨바닥에 꿇어앉혀 끔직한 고신을 지켜보던 기녀들의 입에서도 억눌린 비명이 새어 나왔다. 누군가는 차마 더 이상 보지 못하고 고개를 돌리고, 누군가는 사시나무처럼 떨며 눈물을 쏟고, 누군가는 충격으로 오줌을 지렸다.

설향이 활빈당으로 밝혀지자 산송장으로 누워 있는 홍매를 제외한 기방의 기녀들 모두가 의금부로 잡혀왔다. 설향이 활빈당인 줄 정말 몰랐는지, 기녀들 중 활빈당에 가담한 자가 또 있진 않은지, 다른 활빈당원들의 정체를 아는 자가 있는지를 추궁하기 위해서였다. 생전 이런 일을 겪어본 적 없는 가냘픈 기녀들은 고신을 받기도 전에 공포에 젖어 없는 말도 지어낼 판이었다.

"네년들도 이 꼴을 당하고 싶으냐? 아는 대로 모두 토설하면 목숨만은 살려주겠다."

홍인형의 야차와 같은 눈이 기녀들에게로 향했다.

"저, 저는 아닙니다, 나리!"

금보가 소리친다. 풀어 헤쳐져 산발이 된 머리 때문에 커다란 덩치가 더욱 커 보였다.

"다른 사람은 몰라도 저는 진짜 아닙니다. 아니에요. 제 뒤통수를 쳐서 가둬놓은 게 바로 설향이 저년이었습니다. 제가 썼다는 그 서신도 설향이가 한 것입니다. 근데 어찌 설향이와 같은 패거리겠습니까?"

금보가 필사적으로 호소했다.

"설향이가 너를 공격한 이유가 무엇이냐? 네가 무언가를 알고 있었다는 것이냐?"

홍인형의 눈에서 불꽃이 튀었다.

"그건……."

금보가 멈칫한다. 누군가에게 공격을 받고 기절하기 전, 설향에게 홍길동이 절름발이가 아니었다는 말을 했다. 그리고 그 사실을 이강에게 알리겠다고 나서는 길에 습격을 당한 것이다. 설향이 활빈당으로 밝혀지고 난 지금에서야 생각을 해보니 그 '누군가'는 설향이 확실했다. 바로 다음날 활빈당이 연희를 습격할 거사가 있는데 그전에 홍길동의 정체가 알려질까 봐 홍금보의 입을 막고자 가둬놓은 것이다. 연약한 벙어리 기녀 설향이라면 홍금보를 당할 수 없겠지만, 활빈당의 제일 살수인 '무명'이라면 능히 홍금보를 습격하고도 남을 것이다.

"내가 벙어리인 것을 의심했기 때문이오."

설향이 금보를 대신하여 답했다.

"그날 밤, 정말 내가 벙어리가 맞는지 따지고 들었소. 매일 붙어서 립신구 연습을 하다 보니 그저 벙어리라기엔 뭔가 이상하다는 걸 알아챈 모양이오. 그래서 중요한 거사를 앞두고 나의 정체가 드러날까 봐 홍금보를 공격하고 가둔 것이오."

고신으로 갈라진 목소리로 힘겹게, 그러나 끝까지 말을 마쳤다. 금보를 보호하고자 하는 것보단 홍길동의 정체를 드러나지 않게 하기 위해서였다. 하지만 설향의 설명에도 홍인형은 의심의 눈초리를 쉽게 풀지 않았다.

"다른 물음엔 조개처럼 입을 꼭 다물고 열지 않으면서 어찌하여 이 물음에만 술술 답을 하는 것이지? 그 말이 참이라는 걸 어찌 믿느냐?"

홍인형의 살벌한 시선이 또다시 금보에게 향했다.

"저년의 말이 참이냐? 아니면 다른 무엇이 더 있는 것이냐?"

불안정하게 흔들리는 금보의 눈이 설향과 마주쳤다.

'아무 말도 하지 마, 절대.'

설향의 서늘한 눈빛이 말한다. 그러나 홍인형이 그 눈빛을 가로막고 섰다. 그리고 벌겋게 달궈진 인두를 금보의 코앞에 들이밀었다.

"코가 문드러져야 답하겠느냐? 아니면 눈?"

인두가 닿기도 전에 그 뜨거운 열기만으로도 금보의 눈을 태워 버릴 것만 같다. 설향의 살점이 묻어나 있는 인두를 본 금보는 태어나서 처음 느껴보는 엄청난 공포에 사지가 뻣뻣하게 굳어버렸다. 그리고 저도 모르게 입술을 달싹였다.

"저, 절……."

덜덜 떨며 내뱉는 희미한 소리에 홍인형이 귀를 바짝 댔다.

"뭐라고?"

"절, 절르……."

절름발이, 금보의 입에서 이 말이 나오려는 순간 '멈추어라!' 판의금부사 우준선이 국청으로 들어서며 외쳤다.

"이제부터 추국은 내가 맡겠다."

"이 추국은 제게 맡겨주신다 하지 않았습니까?"

홍인형이 납득할 수 없다는 표정으로 항의했다.

"제가 못 미더우신 겁니까?"

"애초에 이런 중차대한 사건의 추국을 자네 같은 애송이에게 맡긴다는 것이 어불성설이었지!"

"하루만, 아니, 한나절만 맡겨주십시오. 반드시 잔당들을 알아내어 잡아들이겠습니다! 좌의정 대감과 다른 대신들께서도 이미 제게 추국을 허하신……."

"대체 의금부의 수장이 누구인가? 자네의 상관이 누구냔 말일세! 자네가 감히 판의금부사인 내게 항명을 하는 것인가? 아니면 좌의정 대감의 사위라 하여 자네가 좌의정이라도 되는 줄 아는 겐가?"

판의금부사가 이마에 핏대를 세우며 진노했다.

"아닙니다."

애써 화를 누르고 답했다. 분하긴 하지만 그의 직속상관이 판의금부사라는 건 명확한 사실이기 때문이었다.

"그런 게 아니라면 추국에서 빠지게. 아니면 항명으로 간주하여 엄히 다스리겠네!"

홍인형이 인두를 내려놓고 국청 밖으로 나갔다. 하지만 그대로 포기할 그가 아니었다. 분을 삭이려 어금니를 꽉 깨물며 장인인 조근수를 찾아가리라 마음먹었다.

'이번 추국은 반드시 내가 맡아야 한다. 설향과 허균 그리고 아버지를 찌른 그 활빈당 두령 놈을 반드시 내 손으로 잡아들이고 말겠다.'

*

도지가 이강을 데리고 사랑채 마당으로 들어섰다.

"모시고 왔습니다."

사랑채를 향해 아뢴다. 말이 모시고 온 것이지 설향을 보기 위해 의금부 앞을 지키고 서 있던 이강을 반 강제로 끌고 온 것이었다. 도지는 아버지 장태인의 명이라면 수단과 방법을 가리지 않고 반드시 이행한다. 이강을 혼절시켜서라도 집으로 끌고 갈 사내인지라 일단 제 발로 돌아왔다.

"들어오너라!"

장태인의 목소리가 날카롭게 들려왔다. 이강이 방으로 들어갔다.

"네놈이 지금 정신이 있는 게냐? 대역 죄인을 만나러 의금부까지 가다니! 너의 경솔한 행동으로 가문 전체가 위험해질 수 있다는 생각을 왜 못해!"

장태인의 차가운 눈이 더욱 냉기를 뿜으며 아들을 노려보았다.

"마음에 품은 여인을 지키지 못하는 사내로 살고 싶지 않습니다. 제 모든 걸 내준다 하여도 아깝지 않을 그런 여인입니다."

이강이 차분하게 답했다.

"최세경, 그 아이냐?"

장태인의 입에서 세경의 이름이 나오자 이강이 잠시 멈칫했다.

"……알고 계셨습니까?"

역시 아버지는 무서운 사람이다. 그러면서도 여태 모른 척해

왔던 것이다. 하지만 이 도성 안에서 장태인이 모르는 일이란 없다. 이강도 한눈에 알아본 설향, 아니, 세경을 장태인이 몰라봤을 리가 없다. 설향이 세경이라는 것을 알고 있었다면 그녀를 주시하고 있었을 것이다.

"세경이 활빈이라는 것도 알고 계셨던 겁니까?"

"내가 무엇을 알고 있었는지는 중요치 않다. 네가 알 필요도 없고."

"제 목숨을 걸어서라도 설향이를, 아니, 세경이를 지킬 것입니다."

"네 목숨을 건다 한들 그 아이를 살릴 수 있겠느냐? 네가 지금 그 애를 위해서 할 수 있는 것이 뭐가 있는데? 기껏해야 얼굴 한 번 보겠다고 의금부 앞에 죽치고 있는 것이 고작 아니더냐?"

이강은 아무 대꾸도 하지 못했다. 인정하고 싶지 않지만 아버지의 말이 맞았다. 하지만 열한 살 때처럼 또다시 세경을 이렇게 보낼 수는 없었다. 방법을 찾아내리라, 지그시 입술을 깨물었다.

*

홍인형이 좌의정이자 장인인 조근수의 집으로 가기 위해 의금부를 나서는데 박수타가 그의 앞을 막아섰다.

[무슨 일이오?]

그러자 박수타가 질문에 질문으로 답을 했다.

[활빈당의 두령을 알아내면 무고한 기녀들은 풀어줄 것이오?]

우리가 그토록 찾아도 못 찾은 이를 이방인이 어찌 안단 말인가, 홍인형이 어이없이 바라본다. 하지만 박수타의 표정은 진지했다.

[홍금보를 풀어줄 것이오?]

박수타가 재차 물었다.

[그러지.]

일단 답을 한다. 대체 이자가 무슨 소리를 하려는 걸까 하는 약간의 호기심과 함께.

[정말이오?]

[무언가 알고선 하는 소리인 게요?]

[정말이냐 물었소.]

박수타는 고집스러울 만큼 확답을 요구했다. 그런 박수타의 눈빛에서 그가 괜히 허튼소리를 하는 게 아니라는 확신이 들었다. 수사관으로 발달된 홍인형의 직감이었다.

[내 다른 기녀들은 몰라도 홍금보는 반드시 풀어줄 것이오. 약조하지.]

[내가 알고 있소, 그 두령을.]

단단히 약조를 받아내고 나서야 박수타가 무겁게 입을 열었다.

"쉿!"

홍인형이 은밀하게 눈짓을 주었다.

[이곳에서 할 이야기가 아니오.]

그리고 박수타를 데리고 자신의 집무실로 돌아갔다. 서안에 마주 보고 앉자마자 홍인형이 단도직입적으로 물었다.

[누구요, 그자가. 어디에 있는지 아시오?]

그와는 대조적으로 박수타는 천천히 호흡을 한 번 가다듬었다. 홍길동, 그 이름 석 자가 입안에 맴돈다. 절름발이라던 홍길동의 다리는 멀쩡했고 뿐만 아니라 축지법이라는 무공까지 썼다. 축지법이라 하는 것은 명에 있을 때 몇 번 들어 알고는 있었다. 하지만 극강의 무예를 수련한 자만이 할 수 있다는 축지법을 쓰는 자는 넓디넓은 명나라 땅에서도 본 적이 없었다.

그런 엄청난 무공의 소유자, 하지만 본모습을 속이고 절름발이 행세를 해야 하는 자. 언제가 관리들에게 귀동냥한 말이 떠오른다. 조선 조정에 반기를 드는 비밀 결사 단체인 활빈당의 당수는 신출귀몰하여 그 아무도 그의 정체를 모르며 축지법과 같은 무공의 소유자이고…….

아무리 그가 이방인으로 돌아가는 사정을 자세히 알 수는 없어도 이런 단서들 속에서 활빈당의 당수로 홍길동을 떠올리지 않는 것이 더 이상한 일이었다. 그리고 결정적으로 홍길동의 정체를 눈치챈 금보가 공격을 당했다. 공격을 한 것은 활빈당인 설향으로 짐작된다. 이보다 더 확실한 정황 증거가 어디 있겠는가? 박수타는 홍길동이 활빈당의 두령이라 확신했다.

[그자가 누구란 말이오! 정말 알긴 아는 것이오?]

답답하게 뜸을 들이는 박수타를 보다 못해 홍인형이 약간 언성을 높였다.

"홍길동."

박수타가 차분하게 그 이름을 말한다.

"무어라?"

홍인형이 자리에서 벌떡 일어났다. 너무 놀라다 못해 어이가 없다.

[지금 나하고 장난하는 것이오? 홍길동 같은 절름발이가 어찌 활빈당의 두령이 될 수 있단 말이오!]

어이없음이 금세 화로 변했다. 그런 절름발이 병신이 활빈당의 두령이라니, 하고 코웃음을 치려다 순간 설향이 그 오랜 시간 벙어리 행세를 했던 것이 떠오른다.

[설마 홍길동이 절름발이가 아니라는…….]

신음하듯 내뱉는 홍인형의 목소리가 몇 갈래로 갈라졌다. 그리고 무섭도록 불길한 예감에 그만 자리에 털썩 주저앉아 버리고 말았다.

[그렇소. 홍길동은 절름발이가 아니오. 내가 보았소, 인왕산에서 홍길동이 축지법을 쓰는 것을.]

박수타는 아직도 생생한 그 장면을 홍인형에게 설명했다. 박수타의 말을 듣는 홍인형의 얼굴이 점점 사색이 되었다.

[그것이 틀림없는 사실이오? 당신이 인왕산에서 본 자가 홍길동이 틀림없소?]

홍인형이 묻는다, 제발 잘못 본 것이기를 바라며. 홍길동을 위해서가 아니라 자신을 위해서. 믿을 수가 없었다. 아니, 믿고 싶지 않았다는 것이 더 맞을 것이다.

'길동이 활빈당이라니! 활빈당의 두령이라니! 그렇다면 우리 가문은 어찌 되는 것인가. 나는 또 어찌 되는 것인가.'

[틀림없소. 장이강과 허균, 이 두 사람과 함께 수시로 기방에서 마주친 사람인데 그 얼굴을 기억 못하겠소?]

홍인형의 기대를 처참이 저버리며 박수타가 자신 있게 대꾸한다. 홍인형이 무방비 상태로 급소를 찔린 듯 가늘게 신음했다. 애초에 허균을 의심했던 단초인 옥팔찌는 허균과 장이강, 홍길동 셋이 나눠 가진 것이었다. 장이강은 어깨에 칼을 맞지 않았기에 그리고 홍길동은 절름발이라 추호도 의심치 않았다. 등잔 밑이 가장 어둡다는 것도 모른 채 활빈당의 두령을 잡겠다고 설치고 다니는 그를 보며 홍길동이 얼마나 비웃었을까. 사방에서 비웃음이 들려오는 듯하다. 침착해야 한다. 필사적으로 정신을 가다듬는다. 이럴 때일수록 흔들려선 안 된다. 이제부터 박수타와 나누는 한마디 한마디가 얼마나 중요한 것인지 상기했다. 그는 인생 최대의 위기를 맞이한 것이다.

[그 장면을 같이 본 자가 있소?]

홍인형의 물음에 처음엔 박수타의 말을 믿을 수 없어 또 다른 증인을 찾는 것인 줄 알았다. 하지만 이내 그런 기색이 아니라는 것을 깨닫는다. 박수타가 말한 것은 아직 아무도 모르는 극비 사항이다. 비밀을 알고 있는 자의 신변은 항시 위험하다는 걸 험한 세월을 겪어오며 알고 있었다. 이 일에 홍금보를 끌어들여선 안 된다고 직감적으로 깨달았다.

[없소. 나 혼자 인왕산에 올랐다가 보았소.]

[혼자 왜 산을 오른 것이오?]

[그것은…… 꽃을 꺾으러 갔소.]

[꽃?]

[내가 온 나라에서는 연모하는 여인에게 꽃을 가져다주곤 하오.]

[홍금보에게 주려던 것이었소?]

[그렇소. 그런데 내가 왜 이런 것까지 일일이 설명해야 하는 것이오? 나는 이곳에 취조를 받으러 온 것이 아니오.]

박수타가 언짢은 듯 말했다. 홍금보에게 관심이 옮겨가는 것을 차단하기 위해 부러 그러는 것이기도 했다. 그럼에도 홍인형의 날 선 눈매는 쉬이 수그러들지 않았다. 홍인형이라는 자는 만만치 않은 자로구나, 박수타도 긴장을 늦추지 않는다.

[하는 일이 이렇다 보니 말투가 이리 굳은 것 같소. 이해하시오.]

홍인형이 한발 물러선다. 생각 같아선 당장에 끌고 가 고신을 하고 싶지만 명의 통관을 마음대로 끌고 갈 수도 없을뿐더러 '홍길동'에 대한 일이었다. 그 이름이 한마디라도 밖으로 새어 나가는 날엔 역적을 낳은 그의 가문 또한 무사할 수 없을 것이었다.

[한데, 홍금보에게도 아무 말 하지 않은 것이오?]

홍인형은 목소리를 누그러뜨려 다시 물었다. 아직 알아내야 할 것이 많다.

[그렇소. 대체 무엇을 확인하고 싶은 게요?]

[한 가지 마음에 걸리는 것이 있어서 그렇소. 그렇다면 활빈당인 설향이 왜 홍금보를 공격한 것인지.]

[그거야 설향에게 물어보셔야지요.]

박수타가 최대한 아무렇지 않게 대꾸했다.

[다만, 얼핏 그런 생각은 해보았소. 절름발이가 절름발이가 아니라면 벙어리는 벙어리가 맞을까 하는. 평소에 설향과 홍길동이 친분이 깊다 들었으니. 그래서 설향이 정말 벙어리가 맞느냐고 금보에게 물은 적은 있소이다.]

물론 거짓으로 둘러댄 말이었다. 하지만 지금 와 생각해 보니 그 생각을 왜 못했을까 싶을 정도로 그럴듯한 의심이었다. 홍인형이 그제야 고개를 끄덕인다. 그렇다면 추국장에서 설향이 말한 것과 앞뒤가 맞는다. 박수타에게서 그런 질문을 받고 금보 역시 설향이 벙어리인 것에 의심을 품게 된 듯하다. 그리고 그 의심을 설향에게 드러냈다면, 거사를 하루 앞두고 일이 틀어질까 염려한 설향이 충분히 금보를 공격했을 수 있었다. 그렇다면 금보는 길동이 활빈당의 두령이라는 것을 몰랐다고 보는 게 맞을 것이다. 그녀의 관심 대상은 설향이었으니까.

[한데 홍길동이 활빈당의 두령이라는 것을 알았으면서 여태

껏 왜 가만히 있었던 것이오?]

그러자 박수타가 불쑥 물었다.

[당신은 누군가를 진정으로 마음 깊이 연모한 적이 있으시오?]

뜻밖의 물음에 홍인형이 멈칫한다. 그리고 무의식적으로 여진의 얼굴이 떠오른다. 하얀 초승달처럼 슬픔이 가득한 먹먹한 얼굴……. 그녀의 얼굴은 만월이 아니라 항상 초승달이다. 결코 차오르지 않는 여윈 달.

[그걸 지금 왜 묻는 게요?]

무뚝뚝하게 되물었다.

[나는 오직 홍금보만을 생각하오. 다른 사람이 뭘 하든, 어떻게 되든 난 관심 없소. 여태까지는 홍길동이 무엇이건 내게 상관없었지만 홍길동으로 인해 금보가 위험에 처한다면 가만히 있을 수 없소. 홍길동 같은 자를 더 이상 그녀 곁에 둘 순 없소.]

"홍길동 같은 자라……."

홍인형이 박수타의 말을 되뇐다. 날카롭게 빛나는 눈초리 때문인지 눈가의 상처가 더욱 서늘하게 느껴졌다.

[어째서 이런 엄청난 사실을 하필 내게 알려주는 것이오? 내가 누군지 모른단 말이오?]

지금이다. 박수타가 홍인형을 마주 쏘아보았다.

[홍길동의 배다른 형제라는 걸 말하는 것이오?]

한때 투전판을 휩쓸던 타짜답게 때를 놓치지 않고 자신의 패를 던졌다.

[그래서 당신과 거래를 하려는 것이오. 당신의 아우와 나의 정인을 맞교환하는.]

[홍금보를 풀어주지 않으면 홍길동의 정체를 다른 이에게 밝히겠다는 것인가?]

[그렇소.]

[내가 홍금보를 풀어준 뒤 당신이 다른 이에게 말하지 않을 거라는 건 어떻게 믿는단 말이오?]

이것도 예상했던 질문이다. 두 번째 패를 던질 때이다.

[나는 얼마 후 해귀들과 함께 남쪽 전장으로 떠나오. 유정 제독이 부대를 이끌고 출병하기로 결정되었소. 내가 멀리 전장으로 떠나고 나면 이 한양 땅에서 홍길동의 정체를 아는 이는 당신 외에 아무도 없게 될 것이오.]

서로의 시선을 피하지 않고 마주 보는 두 사람 사이에 팽팽한 긴장감이 흘렀다.

[나흘. 나흘 안에 홍금보를 돌려보내 주겠소.]

홍인형이 먼저 입을 열었다.

[나흘이나 더 그녀를 그 험한 곳에 두란 말이오?]

[역모에 연루되어 끌려온 죄인들이오. 그 정도의 시간은 필요하오.]

[사흘.]

박수타가 잘라 말했다. 홍인형이 잠시 미간을 찌푸렸다. 하지만 속으로 생각했다. 사흘이면 충분하다.

[좋소, 사흘.]

[약조할 수 있겠소?]

[약조하겠소. 이 일을 입 다물고 무덤까지 가져가겠다, 당신이 그 약조를 지킨다면.]

[히카르두 펠리프 도스 쿤 산토스 바티스타와 내 아버지의 명예를 걸고 약조하겠소. 사나이 대 사나이의 약조요!]

박수타가 말이 다 끝났다는 듯 자리에서 일어났다. 그리고 곧장 밖으로 나갔다. 참으로 단순한 자이다. 홍인형이 여전히 인상을 찌푸린 채 생각했다. 아니, 단순히 단순하다는 표현은 맞지 않다. 무모할 정도로 저돌적이라는 것이 더 적합한 표현일 것이다. 연정이라는 것이 사람을 저리 무모하게 만드는 것인가. 그러나 그런 감상도 잠시, 박수타가 사라지자 방금 그가 알게 된 엄청난 사실에 눈앞이 캄캄해진다. 그리고 패배감이 몰려왔다.

'나는 여태 무엇을 한 것인가.'

허균이 아니었다. 그토록 끈질기게 쫓아왔건만 여태 엉뚱한 사냥감을 쫓고 있었다. 활빈당의 두령을 자신의 지붕 아래에 숨겨온 꼴이다. 길동이 전장에서 부상을 당해 절름발이가 되었다는 것을 단 한 번도 의심해 본 적이 없었다. 한데 길동은 이 년이라는 시간 동안 철저히 모두를 속여왔던 것이다. 형조판서 댁 절름발이 서자가 활빈당의 두령일 거라고는 그 누구도 짐작하지 못했을 것이다. 그를 비롯한 모두가 홍길동의 손에 놀아난 것이다.

홍탁은 몸을 던져 임금을 구한 공으로 만고의 충신이 되었다. 모두들 홍탁이 몸을 회복하면 영의정에 오를 것이라 하였다. 정말 그렇게 된다면 홍탁은 현 영의정이자 남인의 수장인 유성룡을 밀어내고 그 자리를 차지하는 것이고, 이는 서인의 득세를 뜻했으며 홍탁이 서인의 핵심 인사로 위치를 공고히 하는 것이었다. 한데 그 아들이, 비록 서자일지라도, 활빈당의 두령일 수는 없었다. 그 사실이 밝혀지는 순간 모든 것은 끝장이다. 그의 가문은 역적의 집안으로 몰려 철저하게 도륙당할 것이다.

멸문지화.

이 네 글자가 오한과 함께 그의 머릿속에 또렷이 각인되었다.

'홍길동, 네놈이 기어이!'

여진을 빼앗겼다는 열패감에 가문과 자신을 몰락시킬지도 모른다는 생각까지 더해져 홍길동에 대한 증오심이 걷잡을 수 없이 타올랐다. 게다가 길동은 아버지에게 칼까지 꽂은 놈이다. 비록 그것이 임금을 향한 칼날이었고 고의가 아니었다고 한들 아비에게 칼을 꽂은 패륜은 변치 않는 사실이다. 홍길동은 그 누구의 곁에도 있어서는 안 될 인간이다. 아버지의 곁에도 그의 곁에도, 여진의 곁에도.

'죽여야 한다. 아무도 모르게 내가 먼저 찾아내 반드시 죽여야 한다. 그래야 모두가 살 수 있다.'

홍길동을 잡기 위한 실마리는 역시 허균에서부터 풀어야 할 것이다. 틀림없이 홍길동과 어떤 방식으로든 접촉이 있을 것이다.

허균을 철저히 감시해야 한다. 그리고 박수타는……. 여태까지의 경험상 가장 안전한 비밀 유지는 죽여서 입을 봉하는 것이었다. 하지만 명의 통관을 함부로 암살할 순 없다. 그 파문이 어디로 어떻게 번질지 모를 일이다. 하나 그건 그가 한양에 있을 때에 해당되는 얘기다. 전장이라면, 누가 언제 죽어도 전혀 이상하지 않을 것이다. 홍인형이 차게 웃었다. 박수타는 전장으로 떠날 것이다. 그리고 살아서 다시 한양 땅을 밟는 일은 없을 것이다.

홍인형이 서둘러 자리에서 일어났다. 예정대로 조근수를 찾아가려는 것이다. 하나 추국을 그가 다시 맡을 수 있게 해달라고 부탁하려던 조금 전과는 목적이 달라졌다. 조근수의 힘을 빌려야 홍금보를 풀어줄 수 있을 것이다. 홍금보만 풀어달라 하면 의심을 살지 모르니 기녀들도 함께 방면할 것을 청할 작정이다. 적당한 이유는 가면서 생각해 보기로 했다.

"어찌하여 기녀들을 풀어주자는 말인가?"

조근수가 묻는다. 그의 사랑에 마주 앉은 홍인형이 준비된 대답을 했다.

"저의 추국 결과 기녀들은 아무런 관련이 없는 것으로 판단됩니다. 기녀들을 붙잡아두어 봤자 아무 소용도 없을뿐더러, 흉흉한 시국에 한양에서 가장 큰 기방까지 닫혀 있으면 민심이 너무 위축될까 우려됩니다."

"자네는 이제 추국에서 빠지지 않았는가? 자네가 이번 역모

사건을 맡고 싶어 하는 것은 알지만 이번엔 나도 어쩔 수 없었네. 자네가 성과를 내지 못했고, 전하의 옥체가 성하셨다면 직접 국문에 나서실 정도의 이런 큰일은 판의금부사가 전면에 나서는 것이 맞지 않겠나."

"예."

짧게 답했다. 눈빛만 보고도 순식간에 사람의 심중의 알아내는 조근수이다. 그에게 숨기는 것이 있는 지금 말을 길게 해서 좋을 것이 없다. 물론 그의 말이 틀린 말은 아니었다. 그러나 홍인형은 알았다. 조근수는 홍인형이 더 이상 추국을 맡는 것이 탐탁지 않은 것이다. 조정에서 조근수의 영향을 받지 않는 곳은 거의 없었다. 그의 뜻대로 되지 않는 곳도 거의 없었다. 조근수가 홍인형에게 일을 맡기려 마음먹었다면 무슨 수를 써서라도 계속하도록 했을 것이다. 한데 왜 그를 갑자기 추국에서 뺀 것일까. 설마 홍길동에 대해 아는 것이 있는 것은 아니겠지. 문득 식은땀이 흐른다.

"많이 서운한가 보군."

"아닙니다."

"두령의 행방에 대해선 알아낸 것이 전혀 없는 것인가?"

"송구합니다."

"쉽사리 입을 연다면 활빈당이 아니겠지……. 허균은?"

"미행을 붙여 계속 감시하고 있습니다."

최대한 사실만을 말한다. 어설프게 거짓을 둘러대는 것은 조근수에게 통하지 않는다. 사실을 말하되, 깊은 심중의 말은 하지 않을 뿐이다. 조근수가 고개를 끄덕인다.

"진짜 활빈당의 두령이 누구인가는 우리에게 중요치 않네. 그 두령의 정체가 밝혀졌을 때 우리에게 득이 되느냐 해가 되느냐가 중요한 것이지. 일단 감시만 붙여둬. 저번처럼 독단적으로 행동해선 절대 안 될 것이야. 잡아들인 활빈당의 처리에 대해선 내게 따로이 생각이 있으니 기다리게."

"명심하겠습니다."

복잡한 심정으로 그러나 차분히 대꾸한다. 조근수는 아직 모르는 것이다, 그리 판단한다. 홍길동이 두령이라는 걸 알았다면 진짜 두령이 누구인가는 중요치 않다는 말은 하지 못할 것이다. 홍길동이 두령이라는 것이 밝혀지는 순간 서인들에겐 '해' 정도가 아니라 대재앙이 될 터이니. 하긴 한 지붕 아래에 사는 자신도 박수타에게 듣기 전에는 전혀 짐작도 못했던 일이었다. 아무리 조근수라도 홍길동이 두 발로 달리는 것을 보지 않은 이상 쉬이 짐작키 어려운 일일 것이다.

"기녀들은 자네 의견대로 처리하기로 하지. 일리가 있는 말이야. 내 판의금부사에게 청해보지."

조근수가 말했다.

"예."

홍인형이 고개를 숙였다. 조근수는 냉정한 사람이다. 그의 이해와 대치되거나 그에게 걸림돌이 되는 자는 가차 없이 제거했다. 그 상대가 누구든. 그것이 설사 무남독녀의 사위일지라도.
홍인형은 다시 한 번 마음을 다잡았다. 조근수가 알아서는 안 된다. 그가 홍길동을 제거하기 전까지 아무도 알아선 안 된다, 절대로. 그것이 장인인 조근수라 할지라도.

'서둘러 홍길동을 찾아내야 한다. 시간이 없다.'

홍인형의 고개가 그 어느 때보다 무겁다.

7장

안녕(安寧) 박수타

정확히 사흘 후 홍금보와 다른 기녀들은 의금부에서 풀려났다. 꽃보다 더 곱던 기녀들이 난생처음 무시무시한 의금부 옥사에 갇히고 험한 꼴을 당한 뒤라 모두들 행색이 말이 아니었다.

"사람 하나 잘못 들였다가 이게 웬 봉변입니까."

"설향이 고것이 어쩜 그리 감쪽같이……."

"그러게 말입니다. 어찌 그리 말짱한 입을 꾹 다물고 몇 년간 한마디도 하지 않을 수 있을까요. 저는 정말 상상도 못할 일입니다."

"소란이 너야 그 주둥이가 한시도 쉬지 않으니 소란이고, 설향이 그년은 그리 독하니 활빈당이 아니겠냐?"

의금부의 문지방을 넘어 담 아래를 걸으며 한마디씩 했다.

"시끄럽다. 우리 몽땅 싸잡아 관비가 안 된 것이 어디냐? 꽃가마 타고 기방까지 갈 처지가 아니니 주둥이들 다물고 부지런히 걷기나 해. 괜히 입방정들 떨다 다시 끌려 들어가고 싶지 않으면."

채봉의 말에 기녀들이 일제히 입을 다물었다. 의금부에 다시 잡혀가다니, 일평생 결코 다시 겪고 싶지 않은 일이었다.

"오늘 밤부터 기방 문을 다시 연다."

행수 계보린이 짧게 한마디 했다.

"오늘 당장이오? 행수 어르신, 저희 방금 풀려났습니다. 제대로 걸을 힘도 없는데 술 주전자를 어찌 들란 말입니까?"

제대로 걸을 힘은 없어도 입심은 남았는지 소란이 투덜대며 울상을 지었다.

"이레나 기방을 열지 못했다. 흙 파다가 밥을 지어 먹을 것이냐?"

계보린이 가차 없이 쏘아붙인다. 그러다 발걸음을 멈추었다. 저 앞으로 말 한 필과 말의 고삐를 잡은 장신의 백인이 걸어오고 있었다. 한눈에 박수타임을 알아보았다. 홍금보는 벌써 저만큼 앞장서 걷고 있었다. 홍매 걱정에 발걸음이 절로 빨라진 것이다. 이렇게 오래도록 어머니와 떨어져 있었던 적이 없었다. 그간 식사는 제대로 챙겨 드셨는지, 건강이 나빠지신 건 아닌지 마음이 급했다.

금보 앞에 박수타가 멈춰 섰다. 기녀들의 눈이 일제히 그들을 향했다.

"고생이 많았소. 타시오."

박수타가 반갑게 미소 짓는다. 윤기가 반지르르 흐르는 말이 콧김을 내뿜었다.

"그냥 걸어가겠소."

홍금보가 다시 발걸음을 재촉했다. 보는 눈들이 많은 것이 부담스러웠다.

"어서 타시오. 걷기 힘들다."

박수타가 말을 끌고 얼른 따라왔다.

"말이 상당히 짧소. 그런 말은 누구한테 배운 것이오?"

"말이 짧소? 아니, 말 크다. 튼튼해."

박수타가 말의 궁둥이를 툭툭 치며 자신 있게 대꾸했다. 말이 짧다는 것을 말이 약해 보인다는 것으로 알아들은 것이다. 그러더니 홍금보를 안아 들어 말 등에 올렸다. 와! 기녀들이 눈이 휘둥그레져 환성을 질렀다. 조선 천지에 홍금보를 그리 번쩍 들어 올릴 수 있는 자는 박수타밖에 없을 것이다.

"아니, 이 무슨……."

홍금보가 놀라 외쳤다. 박수타가 고삐를 붙들고 말을 이끌었다. 연희 때 다친 발은 거의 다 나은 듯 발걸음이 편안해 보였다.

"발은 괜찮소?"

금보가 물었다. 옥에 갇혀 경황이 없는 와중에도 이따금씩 그의 다친 발이 마음에 걸렸더랬다.

"내 발? 튼튼해. 아주 튼튼하오."

박수타가 밝게 웃으며 양쪽 발을 번갈아 땅에 구른다. 그런 그를 물끄러미 내려다보며 홍금보가 다시 물었다.

"내가 밉지도 않소?"

박수타가 고개를 끄덕였다.

"당신은 바보인 거요?"

박수타가 다시 고개를 끄덕였다. 제대로 알아듣는 건지 모르는 건지 그저 바보같이 마냥 고개만 끄덕이는 박수타에게 미안함과 함께 자신도 잘 파악되지 않는 어떠한 감정이 가슴을 울렸다. 그런 금보 못지않게 머지않아 한양을 떠나야 할 박수타 역시 심경이 복잡했다.

'나 이제 남쪽으로 떠나오. 가지 말라고 해주시오. 전장으로 가고 싶지 않소. 당신을 이곳에 두고 떠나고 싶지 않소. 하지만 당신을 위해 지금 내가 할 수 있는 일은 당신 곁을 떠나는 것이오. 나는 당신을 위해서라면 무엇이든 할 것이오. 무엇이든. 가지 말라고 해주시오. 그러면 나는 그 말 한마디를 가슴에 담고 기꺼이 떠나리다.'

박수타가 간절히 되뇐다. 하지만 기방에 다다르도록 그 어떤 말도 차마 입 밖으로 나오지 않았다. 침묵이 내려앉은 두 사람 사이에 터벅터벅 태평스러운 말발굽 소리만이 울려 퍼졌다. 이 길이 끝나도록 어떤 말도 꺼내지 못할 것이라는 걸 무언의 약속처럼 두 사람 모두 알고 있었다. 이 침묵이 깨지는 순간 감당하지 못할 어떤 감정이 폭포수처럼 쏟아져 내릴까 두려웠다. 박수타는 떠나는 발걸음이 떨어지지 않을까 봐, 금보는 그에게로 향하는 발걸음을 막을 수 없게 될까 봐, 그렇게 둘은 입을 꾹 다물고 영원히 끝나지 않을 것 같은 짧은 길을 걸어갔다.

*

"어랏, 정말 이강이 아우 아닌가? 내가 헛것을 본 것이 아니라면 자네답지 않게 이 시각에 그것도 기방에서 어인 술타령인가?"

허균이 방으로 들어오며 적이 놀랐다. 설향도 길동도 없는 기방에 무슨 재미로 걸음을 하랴 싶었지만, 기방만큼 그의 산란한 마음을 평온케 해주는 곳도 없어 습관처럼 발걸음을 했는데 뜻밖에도 이강이 먼저 와 술을 마시고 있다지 않은가? 에이, 설마 그 고지식한 친구가, 하며 방문을 열어보았는데 정말 이 고운 사내가 술상 앞에 앉아 있었다.

"형님, 남쪽으로 간답니다. 유정의 부대가, 해귀들이, 그리고 저도, 저도 가야 한답니다."

"유정의 부대가 출병한다는 소식은 나도 들었네. 여름부터 쭉 출병을 한다 한다 말만 하더니 이번엔 정말 출병을 할 모양이더군."

"이제 형님만 한성에 남아 계시겠군요."

"안에서 새는 바가지 밖에서도 샌다고 병조에서도 내놓은 몸이라 하던 대로 쭈욱 한량 노릇이나 하며 사는 거지."

허균이 이강을 물끄러미 바라보며 말했다.

그사이 허균은 소원대로 유 제독의 접반사에서 잘렸으나 엉뚱하게도 병조좌랑에 임명되었다. 인간은 개판이나 그 재주가 아깝다 하여 벼슬이 주어진 것이다. 그러나 반 억지로 골칫덩이를 떠맡은 병조에서도 일찌감치 개망나니 허균에겐 두 손 두 발 다 든 터라 별다른 일도 주지 않고 상대해 주는 사람도 딱히 없었다.

"전장으로 가는 것이 두려운가?"

"두렵다라……."

허균의 말을 곱씹듯 되뇌고선 이강이 술잔을 들었다.

"의리 없이 혼자 마시는 게야? 나도 한 잔 따라주게."

허균이 잔을 내민다. 그리고 술잔이 채워지자마자 단숨에 입에 털어 넣는다.

"예, 두렵습니다. 설향이를 저리 두고 떠나야 한다는 것이. 아니, 떠나지 않을 겁니다. 설향이 그 아이를 저리 두고 아무 데도 가지 않을 겁니다. 갈 수 없습니다."

"자네 주정하는 겐가? 아님 탈영이라도 하겠다는 건가? 자네가 병사가 아닌 통관이긴 하나 전장으로 떠나는 부대를 따라가지 않겠다는 것은 국법으로 다스려질 일이네. 명에서도, 조정에서도 묵과하지 않을 게야. 그리고 그 화가 자네 집안에까지 미칠 걸세."

전혀 장난기 없는 얼굴로 허균이 딱 잘라 말했다.

"알고 있습니다, 그걸 몰라서 하는 말이 아닙니다, 그렇게 말하겠지. 자네처럼 머리 좋은 사람이 그걸 모를 리가 없으니까. 하지만 자네가 그렇게 말할 수밖에 없는 이유 또한 이해하네. 타인의 마음을 함부로 이해한다는 발언이 얼마나 경솔한 것인지 알지만 십 년 가까이 자네를 지켜보았으니까, 설향에 대한 자네의 마음이 얼마나 절실하고 또 절실한지 누구보다 잘 아니까 감히 이해한다는 말을 해보네. 하지만, 하지만 말일세……."

도성 제일 달변가답지 않게 허균이 뜸을 들였다. 지금부터 그가 하려는 말이 얼마나 중한 것인지 알기에, 그리고 이 말이 이강에게 어떤 영향을 미칠지 가늠하기 위해 스스로 술을 한 잔 따라 마시며 잠시 생각에 잠긴다. 그리고 결심한다. 역시 해야만 하는 말이다. 대체 무슨 말을 하려고 그러나, 이강이 선 고운 얼굴을 들어 허균을 가만히 바라보았다. 참으로 해사한 생김이로구나, 제 할 말도 잊고 허균이 새삼 그리 생각한다. 그리고 마침내 다시 입을 연다.

"자네는 할 수 없어. 설향을 위해 할 수 있는 것이 없어. 하지만 길동은 할 수 있네. 길동이 반드시 설향을 구하러 올 것이야."

"길동 형님이오? 어느 암자에 들어앉아서 죽었는지 살았는지 여태 연통 한 번 없는 길동 형님께서 어찌 설향을 구하러 온단 말입니까. 그리고 설사 그렇다 한들 불편한 다리로 어찌 설향을 구해낼 수 있단 말입니까?"

"왜냐하면."

주위에 아무도 없는 걸 알면서도 저도 모르게 사방을 살폈다.

"왜냐하면 길동이 바로."

목소리를 한층 낮춘다.

"길동이 바로, 활빈당의 두령이니까."

귓가에서 북이 둥둥 울린 듯, 귓속에 벌이라도 들어간 듯, 귀부터 머리통 전체가 웅웅거렸다. 너무나 엄청난 말에 얼른 그 뜻을 알아듣지 못했다. 길동이, 피를 나눈 형제보다 더 의가 깊었던 길동이, 그 홍길동이 활빈당의 두령이라고?

"허허, 허허, 허허허…… 허허허……."

그저 헛웃음만 나왔다. 어제 마신 술에 아직까지 절어서 객소리를 하시는 겁니까, 하고 물으려는데 허균의 눈빛은 그 어느 때보다 또렷하고 확고했다.

"설마, 설마 그 말을 진정 믿으라는 겁니까?"

설마, 라고 말하고는 있지만 이강은 허균의 눈빛에서 이미 그 말이 사실임을 깨달았다.

"믿으라는 것이 아니라 사실을 말한 걸세. 길동은 절름발이가 아니야."

허균은 이미 오래전부터 길동의 정체를 알고 있었다. 알고 있을 뿐만 아니라 남몰래 활빈당의 자금을 대주기까지 했다. 목멱산에서 활을 맞은 길동이 어깨에서 피를 흘리며 기방으로 뛰어들어왔을 때, 고주망태가 되어 뻗은 것처럼 위장해 구해낸 것도 허균의 기지였다. 그러나 설향이 벙어리가 아니란 건 허균 역시 몰랐다. 그녀가 활빈당의 살수이며 임금을 암살하려 하였다는 것도 더더욱 몰랐다. 그건 전혀 예상치 못한 일이었다.

"왜 그런 중요한 얘기를 이제야 제게 하시는 겁니까! 우리 셋은 피를 나눈 형제와도 같다 했던 형님들의 말씀은 모두 술자리에서의 허언이었단 말입니까? 어찌 저를 이리도 속일 수가 있단 말입니까?"

간신히 사실을 받아들이자 화가 치밀어 올랐다.

"몰라도 좋을 것이니까. 몰라야 좋을 것이고. 자네까지 위험에 처하게 하고 싶지 않았네. 가능하면 끝까지 몰랐으면 했어. 안다는 것만으로도 자네의 목숨을 앗아갈 수도 있는 위험한 비밀이니까."

허균의 마음이 일견 납득이 되면서도 서운함이 드는 건 어쩔 수 없었고, 그와 동시에 또 다른 의혹이 일었다.

"형님은 활빈당이 아닌 겁니까?"

"난 그런 그릇이 못 되네. 그저 술 한 됫박 값도 못 되는 얄팍한 지식과 우물 안 개구리보다 못한 좁은 소견으로 입이나 놀려대는 시정잡배이지."

"길동 형님은 지금 어디 계십니까?"

"그건 나도 모르네."

다시 한 번 이강에게 거짓말을 했다. 이 역시 이강이 몰라야 좋을 것이었다. 길동은 아마 '그곳' 암자에 있을 것이다. 알지만 자신은 꼼짝도 해선 안 된다. 홍인형은 그를 그냥 풀어준 것이 아니다. 허균에게 감시의 눈을 붙여 활빈당과 연통하는 순간만을 노리고 있을 것이다. 활빈당의 두령이 자신의 이복동생이라는 건 상상조차 하지 못한 채. 만일 그걸 알게 된다면 홍인형은 어떤 반응을 보일까……. 꼬리를 무는 물음을 끊고 말을 마저 마친다.

"하지만 길동은 어떡하든 설향과 동료들을 구해낼 것일세. 그들이 죽는 것을 구경만 할 사람이 아니야. 그러니 자네는 명에 따라 이곳을 떠나게. 그것이 모두에게 바람직한 일일세."

"활빈당의 두령은 백팔 가지 도술을 부리고, 축지법으로 한라에서 백두까지 하룻길에 오가며, 동에서 서로 남에서 북으로 수 개의 분신들이 팔도에 퍼져 못하는 일이 없다지요. 그런 길동이 형님이라면 능히 무슨 수가 있으시겠지요. 예, 그러시겠지요. 그런데 말입니다, 저는 길동 형님을 용서할 수가 없습니다. 첫째는, 늘 진심을 다했던 저에게 이런 배신감을 안겨서이고 둘째는, 설향이를 그런 위험한 일에 끌어들였기 때문입니다. 설향이의 손에 피를 묻히게 하고 그 아이를 사지로 몰아넣었으니까요. 그리고 형님도 더는 보고 싶지 않습니다. 우리 세 사람 사이에 '의'라는 것이 있긴 했던 것입니까? 저는 이만 가보겠습니다!"

이강이 자리를 박차고 일어난다. 장이강 너는 아무 소용도 없으니 빠져 있는 것이 모두에게 바람직한 일이다, 이리 들린 허균의 말이 고깝기도 하고 그 말이 틀리지 않음에 자기 자신에게 낼 화까지 모조리 퍼부어 버린 것이다. 낮부터 마신 술이라 더욱 취기가 오르는 듯하다. 난생처음 비틀비틀 갈지자걸음을 걸으며 집으로 돌아간다. 그제야 설향이 왜 그토록 길동을 따르고 위했는지 납득이 갔다. 길동에 비해 이강 자신은 얼마나 초라하기 짝이 없는 사내인가. 머리가 묵직해 고개를 숙인다. 아니, 부끄러워 떨궈진 고개이다.

"이강이 왔느냐?"

사랑채에 발을 들이자마자 방문 안에서 아버지의 음성이 들려왔다.

"예, 아버님."

"들어오너라."

이강이 방으로 들어가자 언제나처럼 숙부 장경인이 함께 있었다.

"이강아, 부대를 따라 남쪽으로 간다는 게 정말이냐?"

장경인이 커다란 덩치답게 커다란 목소리로 묻는다.

"예."

"형님! 그냥 보고만 계실 겁니까? 이강이가 누굽니까. 장씨 집안에 하나뿐인 독자에 장자입니다. 아무리 통관이라지만 그 험한 전장으로 떠났다가 행여 잘못되기라도 하면 우리 집안의 대가 끊기는 것 아닙니까? 후에 저승에서 조상님들을 어찌 뵙겠습니까?"

장태인은 그저 아우의 말을 듣고만 있었다. 아니, 한 귀로 듣고 한 귀로 흘리는 듯 그저 이강에게 날카로운 시선을 고정하고 있었다.

"형님! 그렇게 묵묵부답 계시지만 말고 뭐라고 말 좀 해보십시오."

성질 급한 장경인이 재촉을 했다.

"내려가라."

장태인이 단호하게 한마디 내뱉었다.

"형님!"

"이곳에 두어도 위험한 것은 마찬가지다. 아니, 저 녀석에겐 이곳이 전장보다 열 배, 백 배 더 위험한 곳이다. 대역 죄인을 만나겠다고 의금부 근처를 기웃거리는 것보단 차라리 전장이 안전하지. 우리 가문을 위해서도. 역모로 몰리면 저 녀석뿐만이 아니라 우리 모두 죽는다. 저런 어리석은 놈 때문에 가문 전체가 몰살을 당할 순 없지 않느냐?"

설향은 임금을 암살하려고 한 대역 죄인 중의 대역 죄인이었다. 그런 죄인을 찾아간다는 것만으로도 충분히 역모로 몰릴 수 있는 일이었다.

"아버님."

이강이 차분히 아버지를 부른다.

"네 말은 필요 없다."

하나 장태인은 차갑게 아들의 말을 자른다.

“가거라. 통관이 칼을 쥐고 싸움터로 뛰어들 것도 아니고 네가 죽을 일은 없다. 천에 하나 만에 하나 눈먼 화살이라도 맞아 죽는다면 그건 네 명이 그뿐인 것. 여기 있어도 죽을 명운이면 죽게 되어 있다.”

“설향이를 한 번만 만나게 해주십시오. 아버님은 하실 수 있지 않으십니까? 단 한 번만 얼굴을 보게 해주신다면, 그땐 아버님 말씀을 따르겠습니다.”

이젠 정말 떠나지 않을 수 없겠구나, 절망감이 이강의 마음을 어둡게 물들인다. 그러나 그 아득한 절망감 속에서도 어떡하든 설향을 보아야겠다는 의지만은 꺾이지 않았다.

“진정이냐?”

“예.”

“나가 보아라.”

이강이 아버지께 인사를 올리고 방에서 나왔다. 아버지는 설향을 만나게 해주실 것이다. 알았다는 답은 없었지만 안 된다면 안 된다고 잘라 말했을 분이다. 이강을 이대로 내보냈다는 것은 알았다는 무언의 답이었다. 마당에 서서 밤하늘을 올려다보았다.

‘달이 밝구나.’

커다란 보름달이 밤하늘에 홀로 밝게 빛나고 있었다.

“오라버니, 정말 달에선 토끼들이 계수나무 아래에서 절구질을 합니까?”

또랑또랑한 어린 계집아이의 목소리가 들려온다. 대청마루에 걸터앉은 아홉 살 세경이 고개를 젖혀 밤하늘을 바라보고 있었다. 소녀의 두 눈은 하늘의 별이 내려앉은 듯 초롱초롱 빛나고 달빛을 받은 작은 얼굴은 배꽃보다 더 희고 고왔다.

"글쎄, 나도 본 적은 없는데."

세경의 옆에 선 이강이 참 멋없게 대꾸했다.

"오라버니도 모르는 게 있습니까? 오라버니는 논어에 맹자에 시경까지 줄줄 외시고 명나라말도 그리 잘하시는데 어찌 그것은 모르십니까?"

세경의 얼굴이 샐쭉해진다.

"……내가 어떡하든 알아오마."

달에 토끼가 있는 것을 못 본 것이 계집아이들에겐 토라질 일인가? 당황한 이강이 어찌할 바를 몰라 쩔쩔맸다.

"어찌 알아오시게요?"

"달에 가서 직접 보고 오기라도 하마."

"안 됩니다!"

세경이 펄쩍 뛰며 자리에서 일어났다.

"왜 그러느냐?"

내가 또 무슨 말을 잘못한 것인가, 이강의 가슴이 철렁 내려앉았다.

"하늘은 죽어야 올라가는 곳이 아닙니까? 절대 안 됩니다. 오라버니가 죽는 건 싫습니다."

세경의 별처럼 빛나는 두 눈에 어느새 눈물이 그렁그렁 맺힌다. 그런 세경의 마음이 이강의 마음을 뒤흔들었다.

"나는 안 죽는다. 정말이야. 절대 널 두고 먼저 죽지 않을 거야."

"정말입니까?"

"정말이지. 내 언제 네게 거짓말을 한 적 있느냐?"

"그럼 약속하십시오."

세경이 이강에게 새끼손가락을 내민다. 이강이 세경의 손가락에 손가락을 건다. 세경이 환하게 웃는다. 달이 환하게 웃는다. 온 세상이 환하게 웃는다.

'설향아, 아니, 세경아. 내 너를 두고 먼저 죽지 않겠다 약조하여 네가 먼저 가려는 게냐. 저 달은 예나 지금이나 그대로인데, 너와 나는 어찌하여 이리되었단 말이냐.'

달이 밝다. 참으로 무심하게도 밝다.

*

삼장사의 적막한 마당으로 길동이 방문을 열고 나왔다. 어느덧 10월, 홑저고리에 홑바지 차림이 한기를 막기엔 허술해 보였다. 그러나 길동은 찬바람도 개의치 않고 천천히 마당을 걸었다. 물론 절름발이 걸음은 아니다. 하지만 걸음이 다소 둔해 보인다.

홍인형의 칼에 베인 상처 때문이다. 저고리 안엔 여러 겹의 흰 천이 상처를 동여매고 있었다. 천행으로 검이 급소를 비켜갔고, 출가 전 의원이었던 오공 스님의 빠른 처치 덕에 길동은 목숨을 건질 수 있었다. 그리고 지난 보름간, 칠갑과 오공 스님의 극진한 보살핌으로 상처는 순조롭게 아물어갔다. 가슴이 갑갑하다. 상처를 꽁꽁 동여맨 천 때문만은 아니다. 볼에 스치는 바람이 칼처럼 날카롭다. 하지만 바람에 베인 두 뺨보다 길동의 마음이 더욱 시렸다.

실패.

혁명은 실패했다. 세상은 아무것도 변하지 않았다. 그러나 그는 부상을 입었고 무수히 많은 동지들을 잃었다.

'이 죄를 어찌 다 갚을지…….'

길동이 깊은 한숨을 내쉬며 지그시 눈을 감았다. 홍인형에게 칼을 맞고 의식을 잃어가던 길동을 칠갑이 무경탄을 던져 구해내 왔다. 길동은 암자에 도착하자마자 혼절하였다. 그리고 온 가슴에 천을 칭칭 감은 채 다시 눈을 떴을 때 그가 가장 먼저 느낀 것은 절망감이었다. 살아남은 동지들이 삼장사로 하나둘 모였다. 그러나 그 수는 고작 열 명 남짓뿐이었다. 다른 곳으로 몸을 피한 이가 있다고 하더라도 그 수가 얼마나 되겠는가. 길동을 믿고 뜻을 같이한 이백여 명의 목숨이 허무하게 스러진 것이다. 참담했다, 그 많은 목숨을 앞서 보내고 자신은 살아남은 것이.

'내가 나의 동지들을 버렸구나! 생을 함께했으니 사도 함께했

어야 하는 것을.'

분명 눈을 감았는데도 동지들의 얼굴이 하나하나 생생하게 떠오른다. 마치 눈앞에 서 있는 것처럼.

"또 그 생각이십니까?"

낯익은 목소리에 눈을 떴다. 오공 스님이 온화한 얼굴로 길동 앞에 서 있었다. 그리고 그 옆에선 칠갑이 근심스럽게 길동을 바라보았다.

"바람이 찹니다. 들어가시지요."

"제가 어떤 생각을 했는지 아십니까?"

"살아남은 것은 미안해할 일이 아닙니다. 인간은 누구나 살아남기 위해 최선을 다해야 합니다. 하지만 무거우시겠지요. 먼저 간 사람들의 오늘까지 살아내야 할 의무를 짊어지셨으니."

오공 스님이 마치 맑은 연못을 들여다보듯 길동의 마음속을 들여다보았다. 하지만 오공 스님 역시 말은 그리 하면서도 그것이 말처럼 쉽지 않다는 것을 너무도 잘 알고 있었다. 자신이야말로 사랑하는 이를 잃은 고통을 이기지 못해 출가를 선택한 사람이기 때문이다. 그의 첫사랑은 그가 손을 쓸 사이도 없이 반위(위암)를 앓다 죽었다. 그러나 어차피 이루어질 수 없는 인연이었다. 반가의 여식이었기 때문이다. 아무리 실력을 인정받는 뛰어난 의원이어도 의원은 중인일 뿐이었다. 그래서일까, 홍길동과 활빈당을 돕게 된 이유도. 만인이 부처 앞에서 평등한 세상, 오공 스님은 활빈당의 '율도국'이 바로 그런 세상이라 생각했다.

하지만 그런 세상이 과연 올 것인가…….

"저를 죽여주십시오, 두령. 하지만 두령이 살아 계셔야 활빈당을 다시 재건할 수 있습니다! 우리는 실패하지 않았습니다. 조금 늦어진 것뿐입니다."

칠갑이 죄인처럼 고개를 조아리며 간곡히 말했다.

부끄럽다.

칠갑 앞에서 길동은 자신이 한없이 부끄러웠다. 칠갑에게 목숨을 빚진 것은 길동인데 그가 무슨 잘못이 있단 말인가. 못난 두령보다 오히려 더 심지가 깊고 강하다. 오공 스님의 말씀도 칠갑의 말도 모두 옳다. 살아남았으니 이제 죽을 자격은 없다. 언젠가 설향이, 아니, 무명이 말했었다. 자신은 죽을 자격이 없다고. 무명의 실수로 동지들을 잃은 후 그 목숨 값을 갚기 전엔 죽을 수가 없다며 그리 말했었다. 길동 역시 죽을 권리를 잃었다. 죽은 동지들의 수많은 목숨 값을 짊어지고 살아내야 된다. 할 일이 많다. 우선 생포된 동지들의 목숨부터 구해야 한다.

"의금옥에 갇힌 동지들에 대해 들으신 것이 있습니까?"

오공 스님에게 물었다. 부상을 입은 길동은 내내 절에 갇혀 꼼짝할 수가 없었고, 정체가 드러난 칠갑도 도성으로 내려갈 수가 없었다. 뒤채에 머물고 있는 동지들도 크고 작은 부상을 입었을 뿐 아니라 경계가 심해져 장정만 보면 몸 뒤짐을 한다는 도성으로 내려보내기엔 위험천만했다. 성문 안 소식을 들을 수 있는 건 저잣거리로 탁발(승려가 경문을 외면서 집집마다 다니며 동냥하는 일)을 내려가는 오공 스님뿐이었다.

"수일 내로 저잣거리에서 참형을 할 거라는 풍문입니다."

"풍문을 좀 더 구체적으로 확인해 볼 수 있겠습니까?"

"소승이 산 아래로 탁발을 다녀오겠습니다."

"무경탄도 필요합니다, 가능한 많이."

길동이 구체적인 계획을 머릿속에 그린다. 이쪽은 소수, 물리쳐야 할 상대는 다수. 최소한의 희생으로 최대한의 피해를 입혀야 한다.

"교산에게 가면 구해줄 것입니다. 하나 보는 눈이 많을 터이니 조심하십시오."

허균이 활빈당으로 몰려 의금부에 잠시 잡혀 있었다는 얘기를 들었다. 어쩌다가 허균이 그런 의심을 받게 되었는지 자세히 알 수는 없으나 일단 의심을 받았었다면 풀려났더라도 감시를 받고 있을 것이다. 홍인형이라면 반드시 그럴 것이다.

"저는 그저 평염불(평조로 된 염불)을 외며 동량(승려가 시주를 얻으려 돌아다니는 일)이나 다니는 탁발승일 뿐입니다. 누가 저를 의심하고 해하겠습니까?"

오공 스님이 잔잔하게 대꾸한다. 평소에 승려들과 교류가 깊어 허균의 집에 승려들이 종종 오가는 것도 다행이었다. 야음을 틈타 은밀히 만나는 것보다 대문으로 당당히 염불을 외며 들어가는 것이 오히려 더 안전할 것이다.

"그래도 조심, 또 조심하십시오. 금부도사 홍인형은 눈이 날카로운 사람입니다."

길동이 당부를 하며 저도 모르게 쓴웃음을 짓는다. 홍인형이 이 모든 사실을 알게 되면 어떤 반응을 보일까? 아버지를 칼로 베고 임금을 죽이려 한 역적의 수괴가 배다른 아우라는 것을 알게 되면, 그리하여 길동이 삼대를 멸하게 할 대재앙을 가져올지도 모른다는 것을 알게 된다면…… 죽일 것이다. 무슨 수를 쓰든 제 손으로 길동을 죽이고야 말 것이다. 홍인형이라면 반드시 그럴 것이다.

*

의금부의 관리 몇과 옥졸을 매수하고 당상관의 눈을 피해, 아니, 어쩌면 당상관의 묵인하에 장태인은 이강에게 설향을 만나게 해주었다. 새벽녘, 금부도사 정치훈을 따라 의금옥으로 들어갔다. 두 사람이 들어서자 옥졸 둘이 슬그머니 자리를 피해주었다. 다른 죄인들은 이감을 했는지 옥사 안에는 설향과 생포된 활빈당원들뿐이었다. 설향은 사내들인 다른 활빈당들과 따로 떨어져 좌측 옥에 갇혀 있었다.

"날이 밝기 전에 옥을 나서야 하네."

정치훈이 설향의 옥문을 열어주며 말했다. 이제 곧 계명성(鷄鳴聲:닭 우는 소리)이 울릴 시각이었다. 주어진 시간이 길지 않다. 마음이 급해진 이강이 황급히 옥사 안으로 들어갔다. 정치훈은

문에서 몇 보 물러서 둘을 지켜봤다.

"설향아!"

설향을 보자마자 이강은 눈시울이 뜨거워졌다. 칼을 쓰고 있진 않았지만 손은 앞으로 묶여 있고 모진 형신으로 곱던 자태는 알아볼 수조차 없이 망가져 있었다. 흰 치마는 온통 피로 물들어 무거운 돌을 얹어 무자비하게 눌린 두 다리가 어떤 지경일지 보지 않아도 그 처참한 상태를 짐작할 수 있었다. 입술은 부르터 찢어지고, 머리칼은 멋대로 흐트러져 상할 대로 상한 얼굴을 온통 가리고 있었다. 아름다운 향내가 나던 몸에선 피와 고름, 옥중의 악취가 뒤섞여 죽음의 냄새가 풍겨왔다. 설향이 고개를 들어 그를 바라본다. 그 참혹한 모습 속에서도 총명한 눈빛만은 흐려지지 않고 설향을 지탱하고 있었다. 여인의 몸으로 어찌 이 지독한 고통을 견뎌내고 있단 말인가. 이강의 가슴이 천 갈래 만 갈래 갈가리 찢어졌다.

"어찌 이리 어리석단 말이냐!"

마음과는 달리 괜찮냐는 말 대신 역정이 먼저 터져 나왔다.

"그까짓 것들이 다 뭐라고 네 목숨보다 중요하단 말이냐? 네가 이루려 했던 것이 무엇이건 네가 죽으면 그게 다 무슨 소용이란 말이냐."

말을 이어갈수록 가슴에서 뜨거운 것이 올라와 목소리가 떨려온다. 그리고 그와 함께 설향을 이렇게 만든 길동에 대한 원망 또한 깊어진다.

"네게 이런 험한 일을 시키다니, 내 절대로 홍길……."

말을 멈춘다. 아무리 그래도 그 이름을 내뱉을 순 없다. 슬쩍 뒤를 돌아본다. 정치훈은 여전히 문 저편에서 지루한 표정으로 멀거니 허공을 바라보고 있었다. 다시 설향에게 고개를 돌리니 설향이 하얗게 질려 있다. 행여 길동의 이름이 나올까 사색이 된 그 모습에 이강의 마음이 한층 더 어둡고 탁해졌다.

"내 절대로 너의 두령을 용서할 수가 없다."

이를 악문다. 피를 나눈 친형제보다 더욱 믿고 따랐던 길동이 너무나 밉고 또 미웠다.

"아닙니다."

설향이 입을 열었다. 얼마 만에 들어보는 목소리인가. 이강의 눈시울이 다시 붉어진다. 그러나 애써 눌러 참는다.

"이는 누가 시켜서 한 일이 아닙니다. 저 스스로 선택한 길입니다. 두령께서는 제가 세상의 모든 희망을 포기하고 벼랑 아래로 몸을 던졌을 때 저를 구해내 새 생명을 주셨습니다. 그리고 그분께 무예를 배우며 살아남아야 할 이유를 되찾았습니다. 저는 저의 선택에 아무런 후회도 하지 않습니다. 그분을 따랐던 지난 시간들도요."

정말 아무 회한이 없는 목소리였다. 고신으로 온몸이 만신창이가 되었음에도 그 표정은 평온하기까지 하다. 어찌 저럴 수가 있을까. 어디서 저런 굳은 의지가 나오는 것일까. 어떻게 저런 확고한 믿음이 생긴 것일까. 어떻게, 왜, 누구 때문에, 누구를 위하여.

"너희 두령이 네 정인이냐?"

이강이 슬프게 묻는다.

'나는 무엇을 확인하려 이런 덧없는 질문을 하는 것일까?'

그러나 그의 마음은 계속해서 다그치고 있었다.

'네 마음속에 길동이 형님이 있는 것이냐? 답하여라, 내 눈을 똑바로 보고 답해보거라.'

"그렇습니다. 제 마음속엔 오직 그분 한 분밖에 없습니다."

설향이 그의 눈을 똑바로 바라보며 답한다. 설향의 말이 그의 가슴 한복판에 날카로운 화살처럼 박힌다.

"대신하여 죽기라도 하겠다는 것이냐?"

"저는 이미 죽었습니다. 제 아비가 포승에 묶여 잡혀가던 그 날. 이미 한 번 죽은 몸, 두 번인들 두렵겠습니까?"

"기억하고 있는 것이냐? 예전 일을 모두 잊은 것이 아니었느냐?"

설향이 벙어리가 아니었다는 걸 안 순간 기억을 잃은 것도 아닐 거란 걸 짐작은 하고 있었다. 그러나 막상 이리 직접 확인하자 그녀가 기억을 잃지 않은 것이 행(幸)이라는 생각보단 두려움으로 더 크게 다가왔다. 지난 기억이 이강과 그녀에겐 악몽일 뿐이기 때문이다.

"잊고 싶었습니다. 차라리 모든 것을 잊고 백치가 되어 아무것도 모른 채 살고 싶었습니다. 하지만 머리로는 잊는다고 한들 어찌 그 사무친 원한이 가슴속에서 지워질 수가 있겠습니까?"

"나도…… 나도 잊지 않고 있었느냐?"

답이 없다. 그러나 가만히 그를 바라보는 설향의 눈빛은 그렇다 말하고 있었다. 하나 설향은 이내 매정하게 내뱉는다.

"나리는 장태인의 아들 장이강일 뿐입니다."

이강이 물끄러미 설향을 바라본다. 그의 눈이 묻는다.

'네 기억 속에서 나도 지우고 싶었느냐?'

'이미 지웠습니다. 나리도 저를 지우십시오. 우리는 안 되는 사람들입니다. 나리도 아시지 않습니까?'

'아니, 모른다. 나는 그런 거 모른다. 어린 시절 매화나무 아래에서 너를 처음 본 순간부터 내게 여인은 오직 너 하나뿐이었다.'

'우린 악연입니다. 나리가 장태인의 아들인 한 제가 제 아버지의 딸인 한 우리는 절대로 함께할 수 없습니다. 저를 나리의 기억에서 놓아주십시오. 제발 저를 보내주십시오.'

'떠날 것이다. 네가 그러지 아니하여도 나는 떠나야 한다. 길동 형님이 너를 찾으러 올 것이다. 내 평생 길동 형님을 증오하며 살 것이다. 하지만 길동 형님을 따라 꼭 살아남거라. 그리고 행복하거라. 반드시 행복하거라.'

"이제 곧 날이 밝을 것이오. 더는 지체할 수 없소."

정치훈이 이강을 재촉했다. 손을 들어 설향의 여윈 뺨을 한 번 쓸어보고 싶었지만 이강은 그냥 그대로 일어섰다.

"세경아."

이강이 마지막으로 그녀의 이름을 불러보았다. 설향이, 아니, 세경이 그를 올려다보았다. 무슨 말을 하려고 했던 것 같은데 갑자기 아무 생각이 나지 않았다.

"세경아."

공연히 이름만 한 번 더 불러본다.

"고마웠습니다."

세경이 말한다. 그리고 스르르 눈을 감는다. 이만 떠나달라는 무언의 청이었다.

"장 통사!"

정치훈이 다시 재촉을 했다. 이강이 옥 밖으로 나왔다. 옥문이 다시 닫혔다. 그녀가 기다리는 이는 이강이 아니라 길동이다. 그녀를 이곳에서 구해낼 수 있는 이도 길동뿐이다. 이강은 이들 사이에서 물러서야 할 존재일 뿐이다. 모든 것이 그를 전장으로 내려가라 한다.

*

유정의 부대가 남하한다는 소식에 온 기방이 떠들썩했다.

"그럼 금보는 어쩐대? 낭군이 전장으로 가버리면."

"해귀들도 간대요?"

"응. 흑독각귀, 백독각귀 다 간다더만."

"남의 낭군보고 백독각귀가 뭐누? 박 통사관님이지."

"성님이야말로 남의 낭군 뭐로 부르던 제 낭군도 아니면서 무슨 참견이셔?"

"정말 어디 후처라도 들어앉아서 이놈의 기방을 뜨던지 해야지 낭군 없는 년 서러워서 살겠나. 이놈 저놈 노리개 짓도 진저리 나고 역적 패거리로 몰려 험한 꼴까지 당하고 나니 원래 정붙이고 하던 짓도 아니지만 있는 정 없는 정 다 떨어진다."

"그거야 설향이 고년 때문에 당한 일이지 기생이라 의금부에 붙들려 갔던 건 아니잖수."

"그나저나 듣자 하니 추포당한 활빈도당들 효수할 날이 오늘내일이라던데, 설향이 그년 팔자도 참 안됐네. 인물이 지나치게 환하다 했더니만 가인박명 옛말 그른 것 하나 없다니까."

"안되긴. 내가 고 계집애 때문에 그 무시무시한 의금옥사에 갇혀 있던 것만 생각하면 아직도 이가 드르륵드르륵 갈리는데."

"여기 있어봤자 이래저래 속만 복잡한데 금보도 이참에 박 통사 바짓가랑이 붙들고 남쪽으로 뜨면 되겠네."

"성님은, 이게 무슨 호시절 남쪽으로 꽃놀이 떠나는 거유? 데리고 간다 해도 그 험한 전장에서 고생길만 훤하지."

"고생만 하면 다행이게? 그러다 재수 없게 활 맞아 죽거나 조총이라도 맞고 죽으면 그 억울함은 옥황상제에게 호소하누, 염라대왕에게 호소하누?"

"명나라 장수들이 전장에 주렁주렁 기녀 끼고 있어도 조총 맞아 죽었다는 기녀는 못 들어봤네. 오뉴월 활짝 핀 꽃같이 흐드러지게 웃어주면서 거문고 몇 줄 뜯어주다 옷고름이나 풀면 되지, 기녀에게 검 들려서 전장으로 보내는 것도 아니고 장수들 원앙금침 안에서 조총은 왜 맞누?"

"남쪽은 예랑 다르게 왜놈들이 아직도 숭하게 날뛴다 하지 않우? 그러니 군사들이 더 내려가는 거겠지."

"군사들이 오거나 가거나 우리야 뭐 화대나 두둑이 받고 한 몸 편히 간수하면 되지, 난 다 관심 없네."

"성님도 참! 진주의 논개는 왜장과 함께 몸을 던졌다고 의기(義妓)라 추앙받는데, 그만은 못할망정 '에라, 모르겠다' 라니, 한양 기녀 체면이 말이 아니지 않소?"

"내가 언제 '에라, 모르겠다' 라고 했누? 그리고 그렇게 아쉬우면 너도 왜장 하나 끌어안고 경강에라도 뛰어들던가."

"지금 한양 바닥에 왜장이 어디 있수?"

"있으면 진짜 뛰어들기라도 하게?"

"팽신고나 안고 뛰어드는 건 어떠누? 왜놈 장수나 명군 장수나 백성들 괴롭히고 뜯어가고 죽여대는 건 똑같은데."

"암만. 되놈들이 더 심하면 심했지 덜하진 않지. 왜놈은 얼레빗 되놈은 참빗이라 하지 않누? 되놈들 지나간 자리엔 풀 한 포기 안 남기고 죄다 뜯어가서."

"그래서, 박 통관은 금보를 데려가겠다는 거야?"

"데려가려고 했으면 진즉에 무슨 얘기가 있었겠지. 금보가 의금옥에서 풀려난 뒤로 발걸음 한 번 안 하지 않았나?"

"그리 좋다좋다 목매고 전대 다 풀어주더니만. 뒷간 들어갈 때 다르고 나올 때 다른 것이 사내들 맘이라니, 이젠 단물 다 빨아먹고 여기서 뜨면 그만이라 그거구만. 에효, 이제 금보는 어찌하누. 독각귀가 안았던 계집을 어떤 사내가 찾아줄고."

"그전에도 뭐, 별 찾는 사내 있었간."

뒤채에 줄지어 앉아 단장을 하며 명군의 출병으로 시작한 기녀들의 이야기가 설향과 활빈당을 거쳐 하필 금보의 심기를 건드릴 소리를 주고받을 때, 홍금보가 문을 벌컥 열고 들어왔다. 순식간에 말소리가 뚝 끊긴다. 한바탕 뒤엎을 줄 알았던 금보는 그저 눈을 한 번 치켜떴을 뿐 의외로 차분하게 물었다.

"언제야, 해귀들이 떠나는 게."

"내일!"

소란이가 기다렸다는 듯이 대꾸한다.

'내일?'

금보의 얼굴이 굳는다. 금보가 의금부에 붙들려 갔을 때 가슴을 너무 졸여서인지 홍매가 앓아누웠다. 거기다 엎친 데 덮친 격으로 감환(감기)까지 걸려 홍매의 병세는 하루하루 나빠져 갔다. 특히 이번 감환은 지독하여 고열로 인해 사흘이나 먹지도 자지도 못한 채 사경을 헤맸다. 금보는 어미가 이대로 숨을 놓는 것이 아닌가 하여 제 몸을 채 추스르기도 전에 사흘 밤낮으로 병간을 했다.

그런 금보의 정성이 통했을까, 오늘 아침 무렵부터 홍매의 열이 내리고 병세가 좋아졌다. 그렇게 한숨 돌리고 이제야 바깥소식을 들은 것이다. 요 며칠 박수타가 발걸음을 하지 않은 것은 이러저러한 금보의 사정을 배려해 시간을 주는 것이라 생각했다. 그런데 전장으로 떠난다니, 그것도 하룻밤 뒤에.

금보는 가슴이 덜컥 내려앉았다. 승기(勝氣)는 이제 조선으로 완전히 기울었다. 왜구들은 남쪽으로 모두 쫓겨 내려갔다. 그래서 마지막 발악을 하는 왜구들이 몰려 있는 남쪽은 전투가 치열하다 들었다. 그런 곳으로 이강도, 박수타도 떠난다. 마음이 종잡을 수 없이 혼란스러워졌다.

그대로 가만히 있을 수만은 없어 명군 관소로 향했다. 그러나 막상 관소 문 앞에 다다르자 망설여졌다. 한걸음에 달려오긴 했지만 딱히 뭘 어쩌겠다는 생각이 있는 건 아니었다. 이제 어찌해야 하나, 하며 서성거리는데 뒤에서 누군가 우렁차게 그녀를 부른다.

"홍금보!"

돌아보자 박수타, 그가 그녀에게로 걸어오고 있었다. 아니, 달려왔다. 지난 몇 달간 매일매일 지겹게 보아온 모습인데 이제 저 모습을 볼 수 없을 거라 생각하니 가슴이 휑해졌다.

"어찌 왔소?"

한결 자연스러워진 조선말로 박수타가 반갑게 물었다.

"아, 그게……."

그녀답지 않게 머뭇거린다. 무엇이든 거침없는 금보이지만, 지금은 그저 사랑에 서툰 어린 처녀일 뿐이었다. 처음으로 금보가 먼저 그를 찾아온 것이었다. 당신을 만나러 왔다, 라는 말이 선뜻 나오지 않았다. 그러나 망설이는 그녀의 모습은 박수타의 오해를 불러일으켰다.

"아! 장 통사를 찾아왔소?"

반가움이 서렸던 얼굴이 금세 어두워진다. 그러나 이내 담담하게 '따라오시오' 한다. 박수타를 따라 관소로 들어가 안뜰을 걸었다. 알록달록 물든 잎사귀들이 하나둘 떨어지기 시작한 나뭇가지들 사이로 스산하게 바람이 스친다. 이렇게 나란히 걷는 것도 오늘이 마지막이겠구나, 금보가 생각한다. 그리고 그에게 해야 할 말이 있었다. 그동안 고마웠다, 라고. 박수타가 금보를 위해 진심을 다했다는 것을 그녀도 마음 깊이 느끼고 있었다.

"남쪽으로 간다고 하던데."

금보가 말을 꺼냈다. 박수타가 고개를 끄덕였다. '그래서 장이강을 만나러 왔구나' 생각한다. 서운하지 않다 하면 거짓이겠지. 하지만 떠나기 전에 이렇게라도 얼굴 한 번 보았으니 되었다 생각한다.

"그동안 고마웠소. 말도 배우고."

금보가 하려던 말을 박수타 먼저 해버렸다. 그리고 한 손을 내밀더니 손바닥을 세로로 세웠다.

"이렇게 해보시오."

금보가 어리둥절해하며 박수타를 따라 했다.

"이렇게 말이오?"

그러자 박수타가 손바닥으로 그녀의 손바닥을 감싸 쥐었다.

"이것은 악수(握手)요. 내가 온 곳에선 헤어질 때 이렇게 인사를 한다오."

금보가 맞잡은 두 손을 본다. 백옥같이 새하얀 손이 그녀의 투박한 손을 따듯하게 감싸고 있었다.

"우리 여기서 헤어지는 겁니까?"

금보가 묻는다. 박수타가 무겁게 고개를 끄덕였다. 떠나는 뒷모습을 금보에게 보이고 싶지 않았다. 그냥 지금 여기서 이렇게, 그게 좋겠다, 하며 손을 놓는다.

"만날 때도 이렇게 한다오. 다시 만나면 악수를 해주겠소?"

박수타가 밝게 미소 지으며 말했다. 이번엔 금보가 고개를 끄덕였다. 그리고 그동안 정말 고마웠노라고, 꼭 돌아오라고, 그리 말을 하려는데 박수타가 앞쪽을 가리켰다.

"저기."

박수타가 가리키는 쪽을 보자 이강이 집무실에서 나오고 있었다.

"나는 가겠소."

미처 잡을 사이도 없이 박수타가 돌아섰다. 돌아서자마자 그의 밝은 미소는 서글픔으로 바뀌었다.

'말을 배워 당신에게 얘기하고 싶었는데. 내가 당신을 깊이, 이 마음 깊이 사랑하고 있다고…….'

하지만 박수타의 그녀는 슬프게도 지금 이강을 보고 있었다. 그러나 그는 슬프지만 슬퍼하지 않기로 했다.

'돌아보지 말자. 돌아보지 말자. 마지막 그녀의 눈빛이 나를 향해 있지 않았더라도 그래도 금보의 모습을 보았으니 발걸음을 돌리자. 나의 눈동자에 나의 가슴에 그녀의 모습을 깊이 새겨 담았으니 나는 그녀를 잃은 것이 아니다.'

하지만 박수타의 눈시울은 자꾸 붉어져만 갔다. 사내답지 못하게. 애써 자신을 나무라 보지만 뜨겁게 붉어진 눈시울은 식을 줄을 몰랐다.

"금보야!"

금보를 알아본 이강이 그녀에게 다가왔다. 박수타의 뒷모습을 바라보던 금보가 이강에게 고개를 돌렸다.

"여긴 어쩐 일이냐? 날 보러 온 것이냐?"

"……내일 떠나신다고요. 왜 얘기 안 하셨습니까?"

잠시 이강을 바라보던 금보가 말했다.

"어머니도 아프신데 괜한 신경 쓰이게 하기 싫어서."

"괜한 신경이라니요. 오늘 제가 이리 오지 않았으면 정녕 그냥 떠나시려 했습니까?"

금보의 목소리에 야속함이 서려 있었다.

"그럴 리가 있겠느냐. 너는 내 친누이와 같다 하지 않았느냐? 아끼는 누이에게 말도 없이 떠나는 오라비가 어디 있누."

이강이 웃는다. 거짓이라곤 찾아볼 수 없는 맑은 웃음이었다. 역시 참 좋은 사람이다, 이강은. 그는 금보를 여인으로서 여기지 않는다. 그래서 그녀에게 상처를 주었다. 하지만 그가 좋은 사람임은 변치 않는 사실이었다. 백 년이 흘러도 천 년이 흘러도 이강은 좋은 사람일 것이다. 그렇기에 그녀가 더욱 힘들었는지 모른다. 원망조차 할 수 없이 좋은 사람이기에.

"오래도록 보지 못할지도 모르겠구나. 언제 돌아올 것이라 기약을 할 수 없으니."

이강이 잠시 한숨을 내쉰다. 그러나 표정은 평온하다, 목소리도. 하지만 그럼에도 왜 저리 어깨가 쓸쓸해 보이는 것일까? 당연히 설향이 때문이라는 걸 알면서도 전처럼 분하거나 자기연민에 고통스럽지 않았다. 그저 이강이 안쓰러웠다. 이루지 못할 사랑에 끝없이 고통받는 그 마음이, 옥에 갇힌 설향을 두고 가야 하는 그 마음이 오죽이나 참담할까.

"걱정이 되는 모양이구나? 박수타 그 사람이 떠나서."

"예? 저는……."

대답하려던 금보가 입을 다물었다. 그렇다고도 그렇지 않다, 라고도 마땅히 내놓을 말이 없었다.

"금보야."

이강이 그녀를 나직이 부른다.

"나처럼 어리석게 살지 말아라. 네 마음속에 자리 잡고 있는 사람을 놓치고서 뒤늦은 후회 속에 살지 마라. 사랑이란 말이다, 때가 있는 것 같다. 그때를 놓치면 평생 그 사람의 그림자를 놓지 못하고 고통 속에서 살 수도 있다. 시간은 흘러가 버리면 그만이다. 돌이킬 수 없어. 오늘 네가 그 사람을 놓쳐 버리면 내일은 그 사람을 볼 수가 없다. 다음날 아침 해가 떴을 때, 그 사람이 곁에 없다는 것이 얼마나 끔찍한 고통인지 깨달았을 땐 늦는다. 금보야, 네 마음을 잘 들여다보거라."

"오라버니……."

금보가 말갛게 이강을 바라보았다. 이강이 따듯하게 웃는다. 하지만 어쩐지 시린 바람보다 더 스산한 미소였다.

유정의 대규모 부대가 남하하는 날, 아침부터 온 저잣거리가 들썩거렸다. 말에 태우기에도 버거운 거대한 해귀들이 수레를 타고 출정하는 걸 보려고 모여든 백성들이 길 양쪽으로 발 디딜 틈 없이 늘어서 있었다. 기녀들도 한껏 차려입고 삼삼오오 모여 고개를 빼고 있었고, 사내들은 그런 기녀들을 흘끔거리랴 행렬을 보랴 고개가 부산하게 움직였다. 그러나 금보만은 기방에 남아 어미 곁을 지켰다. 병세가 많이 호전되긴 했지만 혼자 두기엔 불안했다. 하지만 마음은 자꾸만 저잣거리를 향한다.

'정말 이대로 헤어지는 것인가.'

박수타와 잡았던 손을 가만히 내려다보았다. 다시 만나 악수를 하자 하였다.

'다시 그 손을 잡을 수 있을까.'

대청에 앉아 멀거니 허공을 바라보고 있는 금보의 눈에 계보린이 안채로 들어오는 것이 보였다. 그리고 그 뒤로 한 사내가 따라왔다. 어느 관에 속해 있는 노복인 듯한 차림이다.

"저잣거리에 나가시지 않았습니까?"

금보가 벌떡 일어나며 물었다.

"다 나가 버리면 기방은 누가 지키누?"

계보린이 쌀쌀맞게 대꾸했다. 그리고 방 안을 흘끗 보며 물었다.

"좀 괜찮으냐?"

"예. 조금 아까 탕약 드시고 잠드셨어요."

계보린이 고개를 끄덕이더니 뒤에 선 사내를 턱짓했다.

"명군 관소에서 왔다는데, 너한테 전할 것이 있다고."

사내가 들고 있던 붉은 비단주머니를 금보에게 건넸다. 사내 주먹 두세 개만 한 그리 크지 않은 크기인데 받아 들자 묵직하였다.

"박 통관님께서 떠나시기 전에 제게 맡기고 가신 것입니다. 홍금보 아씨께 꼭 전하라 하셨습니다."

박수타가? 금보가 갸우뚱하며 주머니를 풀어보았다. 그리고 눈이 휘둥그레졌다. 은자다. 주머니 가득 은자가 들어 있었다. 그리고 곱게 접어 붉은 명주실로 묶은 서찰 한 장. 서찰을 펼치자 서툰 언문이 들쑥날쑥 쓰여 있었다. 문장은 누군가의 도움을 받은 듯하지만 글씨는 한 자 한 자 박수타가 직접 쓴 모양이었다.

—나는 전장으로 떠나야 하오. 이제 당신께는 나보다 이것이 더욱 필요할 것이오. 한성에 있으면 다시 위험한 일에 휘말릴지 모르니 어머니와 북쪽으로 가시오. 끝까지 지켜주지 못해 미안합니다. 하지만 당신이 어느 곳에 있든 나는 꼭 당신을 다시 찾겠소.

"아……."

홍금보의 입에서 작은 탄식이 흘러나왔다. 미안합니다, 라는 말이 가슴에 박힌다. 그녀에게 자신이 할 수 있는 모든 것을 해주고 내어줄 수 있는 모든 것을 내어주고도 그가 마지막으로 남긴 말은 '미안하다'였다. 정말 한없이 바보 같은 사내이다. 가슴에 박힌 그 한마디가 그렇게 아릴 수가 없었다.

"웃음 값 받고 사는 기녀에게 사랑이란 결국엔 독이다."

계보린이 금보의 마음을 읽은 듯 언제나처럼 냉랭하게 잘라 말했다. 그런데 오늘은 한마디를 더 덧붙인다.

"하지만 우리 같은 삶에 사랑마저 없으면 독을 마시고 죽느니만 못하지 않겠느냐."

"예?"

뜻밖에 말에 금보가 어리둥절해 계보린을 바라보았다.

"갔다 와라, 네 어미는 내가 지키고 있을 테니."

계보린의 표정은 여전히 냉랭했다. 그러나 방으로 들어가는 그녀의 뒷모습이 오늘따라 유난히 쓸쓸해 보인다. 가슴에 늘 서늘한 바람을 품고 사는 기녀의 삶, 잠시 따듯한 햇살에 온기가 스칠 때도 있지만 햇살 같은 님이 떠나고 나면 그 텅 빈 가슴에 다시 바람뿐이 남지 않는 그런 인생이다. 하지만 떠날 것이 두려워 사랑을 저버릴 수는 없다. 죽는 것이 두려워 태어나는 것을 미룰 수 없는 것처럼. 금보는 그제야 깨닫는다. 사랑이라는 걸. 그렇다, 그것은 사랑이었다. 그녀는 어느새 박수타를 사랑하고 있었다. 그리고 그 깨달음이 너무 늦은 것이 아니기를 바랐다.

'만나야 한다. 이대로 보낼 순 없어. 말해야 돼, 고마웠다고, 꼭 돌아오라고, 그리고…….'

금보가 기방을 뛰어나갔다. 숨이 턱턱 막히도록 달렸지만 금보의 마음에 비하면 턱없이 느린 속도였다. 다행히 행렬은 아직 도성을 벗어나지 않았다.

"잠시만요! 미안합니다! 비켜요, 비켜!"

홍금보가 빽빽이 늘어선 인파를 헤치고 앞으로 앞으로 나갔다. 그렇게 행렬의 앞쪽에 다다르자 해귀들을 태운 수레가 보이고, 그 옆에 남들보다 머리 하나는 불쑥 솟아오른 말을 탄 박수타의 뒷모습이 보였다.

"박수타!"

금보가 조금도 망설이지 않고 그의 이름을 불렀다. 박수타! 박수타! 외치며 그에게로 달려갔다. 모두의 눈길이 그녀에게로 향하며 길을 내어준다.

박수타도 그녀를 보았다. 그리고 자신의 눈을 의심했다. 아니, 귀를 의심했다. 분명 그녀가 부른 것은 자신의 이름이었다. 장이강이 아닌 박수타. 그가 고개를 돌려 몇 보 앞에서 말을 타고 가는 장이강을 본다. 그 역시 소리치며 이쪽으로 달려오는 홍금보를 보고 있었다. 그리고 박수타의 시선을 알아차린 듯 그에게 고개를 돌린다. 두 사람의 눈빛이 마주친다. 이강이 편안한 웃음을 보낸다. 그리고 한 손을 들어 홍금보 쪽을 가리킨다.

'그녀가 찾는 것은 더 이상 내가 아니오. 당신입니다.'

박수타는 가슴에서 울컥 무언가가 치솟아올랐다.

"박수타!"

홍금보가 다시 한 번 그의 이름을 부른다. 그녀가 말을 쫓아 빠른 걸음을 옮긴다. 박수타가 행렬을 벗어나 말을 세운다.

"고마웠소. 그리고 꼭 돌아오시오. 그리고……."

드디어 박수타의 앞에 선 홍금보가 숨을 헐떡거리며 말한다. 그리고 잠시 말을 끊고 그를 바라보았다. 그녀의 눈동자엔 오직 박수타의 모습만이 가득했다.

"사랑해요."

'뭐라고?'

방금 무어라 했소? 박수타가 믿기지 않는 눈으로 그녀를 보았다.

[박 통관! 서두르시오!]

행렬의 선두에서 팽 유격이 소리쳤다. 박수타가 금보에게 손을 뻗는다. 그의 손이 간절하게 그녀에게로 향한다. 그녀가 박수타의 손을 맞잡는다. 그녀를 처음 본 순간부터 단 한 번도 그 사랑이 변함 없었던 남자와 뒤늦게 그 사랑을 깨달은 여자가 안타까운 이별을 한다. 하지만 그들의 사랑은 이제부터 시작이다. 반드시 다시 만날 것이라 두 사람 모두 굳게 믿는다. 금보가 박수타의 손을 힘껏 끌어당긴다. 박수타가 말에서 허리를 숙여 그녀의 얼굴에 그의 얼굴을 가져간다. 그녀의 입술에 그의 입술이 닿는다. 금보가 눈을 감는다. 지금 이 순간 이 세상에 둘만이 존재하는 듯, 아무 소리도 들리지 않고 아무것도 보이지 않는다.

그러나 구름처럼 모여든 저잣거리의 구경꾼들은 난생처음 보는 엄청난 '사건'에 경악을 금치 못했다. 남녀가 유별하니 칠 세면 동석도 해서는 안 된다는 유교의 국가에서, 대낮에 저잣거리에서 그것도 수많은 사람들이 보고 있는 앞에서 남녀가 입을 맞추다니. 그것도 조선의 여인과 양인(洋人) 사내가! 이것은 그야말로 전무후무한 충격적인 '대사건'이었다.

아낙들은 황급히 아이들의 눈을 가렸고, 갓을 쓴 흰 수염의 늙은 선비는 전란으로 윤리 따위는 땅바닥에 떨어진 채 망조가 들었다며 장탄식을 하였으며, 붉은 댕기를 등에 곱게 드리운 처녀 아이들은 '어이구머니나' 두 손으로 얼굴을 가리며 난생처음 보는 아찔한 장면에 다리에 힘이 풀려 주저앉았다. 그러나 기녀들과 이야기책깨나 읽은 아낙들은 상상 속에서만 가능한 일이라 여겼던 꿈 같은 장면이 눈앞에 펼쳐지자 마치 자기들이 사랑 이야기 속의 주인공이라도 된 듯이 넋을 잃고 바라보았다. 그리고 행렬을 화폭에 옮기던 도화서 화원 역시 금보와 박수타의 애절한 입맞춤을 보고 크게 감명받아 빠르게 붓을 놀렸다. 비록 훗날 풍기문란한 장면을 그려 넣었단 이유로 화원은 징계를 받고 이 부분은 수정되어 사라졌지만, 감수성이 풍부하고 예술가적 영혼을 지닌 화원의 눈에는 두 연인의 모습이 그 무엇보다 아름답게 보였다.

보는 사람들의 반응이 어떠하든 간에, 홍금보는 조금도 부끄럽지 않았다. 나중에 무수히 손가락질을 받건, 세인들의 입방아에 오르내리건 그까짓 건 전혀 두렵지 않았다. 그를 그냥 떠나보내고 오래도록 후회하는 것이 그녀에겐 더 두려운 일이었다.

'결코 오늘을 후회하지 않겠다. 그리고 지금의 입맞춤을 잊지 않겠다.'

짧지만 길고 긴 입맞춤이 끝나고 금보가 눈을 떴다. 박수타의 푸른 눈동자가 그녀의 눈동자에 박힌다.

"박 통사!"

행렬은 벌써 저만큼 멀어지고 가장 뒤처진 박수타를 앞선 누군가가 소리쳐 부른다. 홍금보가 미소 지으며 고개를 끄덕인다. 이제 정말 그를 보내야 할 시간이다.

"기다릴 것이오. 나는 이곳에서 당신을 기다릴 겁니다!"

금보가 말한다.

"북쪽으로……."

"아니. 이제 내가 기다릴 차례요. 무사히 돌아와서 우리가 함께 책을 읽던 그 방에서 다시 책을 읽어요. 나는 그곳에 있을 겁니다, 당신이 돌아올 때까지."

금보가 커다란 눈을 맑게 빛내며 또박또박 말한다. 그녀의 목소리는 그 어느 때보다 확신에 차 있고 씩씩했다. 박수타의 가슴속에서 뜨거운 것이 치솟아 목구멍을 지나 눈시울을 붉게 물들인다.

'그녀는 저리도 씩씩한데 사내인 내가…….'

솟아오르는 뜨거움을 지그시 누른다. 그는 저리도 씩씩한 그녀를 사랑했다. 사랑한다. 그리고 사랑할 것이다, 그의 숨이 다하는 그날까지.

"돌아오겠소. 꼭 돌아오겠소."

박수타가 마지막으로 그녀의 손을 한 번 꽉 쥔다. 그녀도 맞잡은 손을 꼭 쥔다. 그리고 손을 놓는다. 행렬을 따라 그가 떠난다. 그의 뒷모습을 바라본다. 점점 멀어져 간다. 그가 떠나는 이제야 사랑을 깨달았지만, 그녀는 앞으로의 많은 날들을 믿었다. 그날들을 그와 함께할 것이라 믿었다. 그가 돌아올 것을 믿었다. 그래서 그녀는 울지 않았다.

8장

봉별소판서세양
(奉別蘇判書世讓)

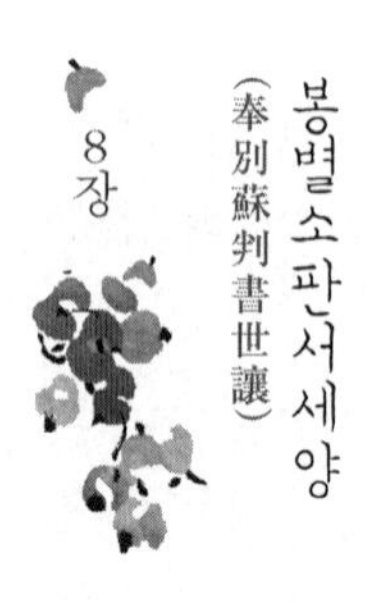

도성을 출발하고 보름여, 계절은 어느새 겨울로 접어들고 명군은 전주를 거쳐 순천으로 내려갔다. 왜장 고니시가 이끄는 왜군 만 사천여 명이 순천 왜교성을 점령하고 조선군과 팽팽히 대치 중이었다. 명군이 조선군을 지원한답시고 순천까지 남행하면서 백성들에게 행한 패악은 왜군 못지않았다. 명군이 지나온 고을마다 병사들의 약탈에 가까운 착취와 폭력, 부녀자 희롱 등으로 백성들의 원성이 높고도 깊었다.

'왜군에 죽고 명군에 능욕당하고 양반들에게 뜯기고, 어찌 보면 활빈당 같은 무리가 나타나는 것이 당연하지. 백성들에게 희망이라고는 그들뿐이었으니…….'

짧은 겨울 해가 지고 어둠이 짙어진 시각, 명군이 주둔 중인 순천성의 뒤뜰을 홀로 거닐며 이강이 생각에 잠겨 있었다. 활빈당을 생각하니 자연스레 홍길동이 떠오른다. 지금 이 순간 그가 너무나도 미웠지만 자신이 옳다 여기는 것을 위해 모든 것을 걸 수 있는 길동의 용기와 의지가 부럽기도 했다.

'내가 세경이었어도 길동 형님을 택했을 것이다.'

당연하다, 그리 생각한다. 하지만 너무나 아프다. 세월이 지나도 조금도 줄어들지 않는 세경을 향한 그의 마음이 그의 온몸 마디마디 머리카락 한 올 한 올마저도 아프게 했다. 하지만 지금 그녀를 지켜줄 수 있는 건 그가 아니라 길동이다. 세경을 위한다면 그가 떠나야 한다. 비록 그의 곁이 아니라도 그녀가 행복해질 수 있다면 자신은 아무래도 상관없었다. 그때 박수타가 헐레벌떡 이강에게 뛰어온다.

"장 통사! 왔소! 왔소!"

조선어 발음이 이제 제법 능숙하다. 서찰을 손에 쥐고 달려오는 모습이 곶감을 손에 쥐고 들뜬 아이와 같이 보여 잠시 시름을 잊고 미소를 지었다.

"드디어 금보에게 서찰이 왔습니까?"

"앗! 어떻게 아셨소?"

어떻게 알긴, 당신 표정에 그리 쓰여 있는데 모르는 게 더 이상하지요. 이리 답하려다 그냥 조용히 박수타에게 손을 내밀자 박수타가 냉큼 서찰을 맡긴다. 말은 제법 틔었지만 아직 글을 읽는 것은 서툰 박수타는 그토록 기다리던 금보의 서찰을 받자마자 낭독을 부탁하러 이강에게 달려온 것이다. 몸이 단 박수타의 마음을 모르는지 아니면 알고도 짐짓 놀리는 것인지 이강은 여유롭기 그지없는 손놀림으로 천천히 서찰을 펼쳐 들었다.

"거참, 빨리빨리!"

박수타가 재촉을 한다.

"지금 읽으려 하지 않소. 조선어로 한 번 읽고 그래도 잘 모르겠으면 명국어로 바꾸어 다시 읽어주겠소."

"알았으니 빨리빨리!"

박수타가 그 커다란 몸집에 어울리지 않게 발까지 동동 구르며 채근했다. 마치 집채만 한 곰이 꿀을 달라 보채는 것 같은 그 모습에 이강이 풋 터져 나오는 웃음을 간신히 참고 서찰을 읽기 시작했다.

"배꽃도 흩어져 버린 빈 뜰을 홀로 걷노라니 이화만큼 흰 달빛에 당신이 떠오릅니다. 달은 언제나 밤하늘을 지키고 있었건만 이제야 저 달을 바라보며 뒤늦은 후회로 밤새도록 달 같은 그대를 그립니다. 그곳의 달도 이토록 희고 밝을는지요. 당신도 밤하늘을 바라보며 생각에 잠겨 있을런지요……."

사랑에 빠진 이는 모두가 시인이 된다고 했던가. 시원시원한 성격처럼 호방한, 있는 그대로 말하면 악필에 가까운 글씨로 써 내려간 글귀는 평소에 그가 알던 홍금보가 쓴 것이 맞나 싶을 정도로 섬세하기 그지없었다. 그런 금보의 서신을 듣는 박수타의 얼굴에도 환한 미소가 감돈다. 사랑하는 이의 마음을 얻은 사내의 그 표정은 세상을 다 가진 듯 행복해 보였다. 그러나 한편으론 가까이 있을 수 없는 안타까움과 그리움 또한 짙게 배어 있었다.

"저는 잘 지내고 있습니다. 하지만 전장에 나가 있는 당신을 생각하면 항상 마음이 조여옵니다. 항시 조심 또 조심하시고……."

괄괄하게 내뱉던 말씨도 어느새 존대로 바뀌어 있었다. 사랑이라는 것은 참으로 놀라운 것이로구나. 입가에 잔잔한 미소를 머금고 글을 읽어 내려가던 이강은 서신의 끄트머리에서 낯빛이 변한다.

"근자에 활빈당의 두령이 죽었다는 소문이 파다합니다. 칼을 맞고 도주했던 활빈당 당수의 시체가 강물에 떠올랐다 하는데, 얼굴은 알아볼 순 없어도 칼을 맞은 자국이 똑 맞아떨어진다 합니다. 이를 알려야 하나 몇 번을 망설이다 의금부에 잡힌 잔당들이 다가오는 보름에 참수될 것이라 하여……."

소식을 전합니다. 부디 이강 오라버니를 잘 위로해 주십시오…… 라고 끝맺은 글을 이강은 끝까지 읽지 못하고 멈추고 말았다. 서찰을 쥔 손이 부들부들 떨린다.

'내가 지금 무엇을 읽은 것인가? 누가 죽고 누가 죽을 거라는 게야?'

믿을 수가 없어 다시 한 번 서찰을 들여다보았다. 분명 맞게 읽었다. 활빈당 당수가 죽었다니! 그렇다면, 그렇다면……!

"장 통사, 괜찮으시오?"

박수타가 하얗게 질린 이강의 얼굴을 걱정스레 바라보았다. 조선어로 읽어준 서신의 내용을 완벽하게 이해하지는 못했지만 활빈당 당수가 죽었다는 것은 확실히 알아들었다. 활빈당 당수가 죽었다는 건 곧 홍길동이 죽었다는 것이다. 그리고 이강의 핏발 선 눈을 보며 이강도 홍길동이 활빈당 당수임을 알고 있었다는 걸 눈치챘다. 그렇지 않다면 누군지 알지도 못하는 생면부지 활빈당 당수의 사망 소식에 저리 애통해할 리가 없기 때문이다.

이강이 가타부타 더 이상 말도 없이 빠른 걸음으로 뒤뜰을 가로질러 갔다. 아무것도 보이지도 않고 들리지도 않았다.

'길동 형님이 죽다니! 어찌 길동 형님이, 길동 형님이 어찌……. 아니, 그럴 리가 없다. 그리 허망하게 갈 사람이 아니다. 하지만 만에 하나 천에 하나 그게 사실이라면, 정말 길동 형님이 세상과 별(別)하였다면…….'

의금부에 잡힌 잔당들의 참수가 보름에 결행될 것이라 했다. 보름이라면 이제 나흘 남았다.

'세경이는 어찌 되는 것인가? 이제 누가 세경을 구해낼 것인가!'

길동은 백성을 위해 모든 것을 걸었던 사내다. 이강에겐 그럴 용기도 없고 자신은 그럴 그릇도 안 된다는 걸 너무나 잘 안다. 하지만 만백성을 구할 주제는 아니 되더라도 한 여인만큼은 반드시 구해내고야 말 것이다. 세경이를 위해서라면 그의 모든 것을 걸 수 있었다. 그녀를 위해서라면 그 무엇도 아깝지도 두렵지도 않았다.

숙소로 돌아가 불도 밝히지 않은 채 어두운 방 안에서 서너 식경쯤 꼼짝 않고 앉아 있던 이강이 마침내 자리를 박차고 일어났다. 축시가 가까워진 깊은 새벽, 남의 눈을 피해 성을 빠져나가기엔 지금이 적시다. 이강이 간단히 꾸린 봇짐을 허리춤에 매고 방에서 나와 마구간 쪽으로 향했다. 마구간 입구는 좌우로 둘씩, 네 명의 무장한 병사가 지키고 있다. 기습공격으로 한둘은 처리한다고 해도 혼자 무장한 병사 넷을 제압하고 말을 끌고 나올 수 있을까. 하지만 나흘 안에 한양에 도달하려면 말이 꼭 필요하다. 이럴 때 길동 형님만큼만 무공이 뛰어났다면, 아니, 그 반만이라도. 하나 이제 와 유약한 자신을 탓해 무엇 하리. 일단 부딪혀 보는 거다. 위급할 때 써먹으라며 길동이 몇 가지 알려준 급소 공격을 떠올려 본다. 생명에는 지장이 없는 공격이라 하였으니 크게 해를 입진 않을 것이다, 하고 생각하다 지금 누가 누굴 걱정하는 것인가 문득 실소가 나왔다. 더 이상 지체할 시간이 없다.

이강은 숨을 한 번 크게 몰아쉬고 달려 나갔다. 순식간에 좌측 병사의 명치를 팔꿈치로 찍고 치사한 방법 같아 내키진 않지만 지금 그런 것을 따질 때가 아니라 다른 병사의 사타구니를 걷어차 어렵지 않게 둘을 쓰러뜨렸다. 뛰어난 실력은 아니지만 그래도 아주 몸치는 아닌지라 군더더기 없는 정확한 몸놀림이었다. 그러나 문제는 이제부터다. 기습으로 좌측 병사 둘은 쓰러뜨렸으나 이내 우측 병사 둘이 창을 곧추세우고 이강에게 달려들었다. 가까스로 창을 피해 바닥을 한 바퀴 굴렀다. 하나 쓰러진 이강이 채 몸을 추스르기도 전에 다른 창이 이강의 어깻죽지로 날아들었다.

'아, 역시 안 되는 건가' 하는 순간, 어디선가 거구가 이강 앞에 뚝 떨어지며 창을 발로 걷어차 버렸다. 그리고 전광석화처럼 그 큰 몸을 날려 창을 쥐고 있던 병사의 목덜미를 내려치고 동시에 발차기로 나머지 병사의 턱을 차 혼절시켰다.

"박 통사!"

그 거구가 박수타임을 알아본 이강이 놀라 소리쳤다.

[홍금보의 서찰을 쥐고선 가버리면 어쩌자는 것이오?]

박수타가 다짜고짜 소리를 지른다. 좀처럼 잠이 오지 않아 한참을 뒤척거리다 금보의 서찰을 한 번 더 읽어볼까 싶어 찾았더랬다. 한데 생각해 보니 이강이 서찰을 가지고 가버린 것이다. 서찰도 돌려받을 겸 안색이 몹시 좋지 않았던 이강이 걱정되기도 하여 그의 숙소로 가봤더니 홀린 사람처럼 어디론가 걸어가기에 쫓아온 것이었다.

'내가 그랬던가?'

아까 경황이 없던 중에 저도 모르게 금보의 서찰을 쥐고 방으로 돌아갔었나 보다.

[미안하게 됐습니다. 아까는 경황이 없어서. 금보의 서찰은 제 방 서안 위에 그대로 놓여 있을 것이니…….]

[이리 태평스레 말을 나눌 시간이 어디 있소? 말을 훔쳐 한양으로 도주하려던 것 아니었소?]

'훔쳐? 도주?'

그다지 이강의 마음에 드는 표현은 아니었지만 그것이 사실이기도 했다.

[서두르시오, 병사들이 더 몰려오기 전에.]

박수타가 사방을 살피며 마구간을 턱짓한다.

[고맙소. 이 은혜는 언젠가 꼭 갚겠습니다.]

[홍금보가 그런 상황이라면 나도 장 통사와 똑같이 행동했을 것이오. 어느 사내가 정인이 죽는 것을 가만히 보고만 있는단 말이오? 인사는 나중에 하고 어서 서두르래도!]

이강이 박수타에게 고개를 끄덕이고선 마구간으로 뛰어 들어갔다. 그리고 그중 가장 날쌔 보이는 갈색 말을 골라 올라타는데, 밖에서 커다란 북소리와 함께 급박한 고함이 들려왔다.

"왜적이다! 왜적이다!"

서둘러 마구간 밖으로 나오니 서문 쪽에서 어둠을 살라 춤을 추듯 불길이 너울너울 솟아오르고 있었다.

[야습입니까?]

놀란 이강이 멈칫한다.

[가려던 사람이 무엇을 망설이시오? 어서 가시오! 뒤도 돌아

보지 말고 곧장 앞으로 달리시오. 그리고 꼭 정인을 구하시오.]

박수타가 말의 엉덩이를 철썩 때리자 힘차게 달리기 시작한다.

'고맙소. 내 오늘 일은 잊지 않으리다. 그리고 반드시 설향을 구해내겠소. 무슨 수를 써서라도.'

박수타의 말처럼 이강은 뒤도 돌아보지 않고 내달렸다.

박수타가 빠르게 멀어져 가는 이강의 뒷모습을 바라보았다. 한때는 이강이 죽어버렸으면 좋겠다고 생각한 적이 있었다. 이강만을 바라보는 금보와 자신에겐 그토록 소중한 금보를 거들떠보지도 않고 아프게만 하는 이강이 너무 원망스럽고 미워서. 하지만 이강도 금보만큼이나, 그리고 박수타 자신만큼이나 힘겨운 사랑을 이어가고 있음을 이젠 알기에, 그 사랑에 자신의 모든 것을 건 이강의 마음과 그 깊은 사랑을 이해할 수 있기에 그를 도운 것이다. 그리고 진심을 다해 그가 무사히 설향을 구해내기를 빌었다.

왜적이 기습을 해 진지가 어수선한 것이 이강에겐 오히려 천운이었다. 박수타는 일단 숙소로 발걸음을 옮겼다. 이 난리통에 해귀들의 통관 둘이 한꺼번에 보이지 않는다면 의심을 살 것이다. 서둘러 돌아서던 박수타의 목덜미에 느닷없이 비수가 꽂혔다. 너무나 순간적으로 일어난 일이라 비명조차 지를 사이도 없었다. 방금 전까지 박수타의 몸속에 흐르던 붉은 피가 목덜미를 타고 흘러내렸다. 박수타가 무너지듯 털썩 쓰러졌다.

'왜적이 어느새 여기까지…….'

그러나 그가 눈을 감기 전 마지막으로 본 것은 왜적의 모습이 아니라 검은 옷을 입은 자객이 날쌔게 담을 넘어 사라지는 것이었다. 하지만 정신을 놓아가는 박수타의 눈엔 그저 모든 것이 꿈처럼 흐릿할 뿐이었다. 이내 눈앞이 캄캄해진다. 어둡다. 아프다. 고통스럽다. 너무 아프다. 숨을 쉴 수가 없다. 죽는 것인가. 섬광처럼 그런 생각이 스친다. 그러자 금보의 얼굴이 떠오른다. 마치 눈앞에 있는 것처럼 너무나 선명하다. 팔을 뻗으면 손에 잡힐 듯하다.

'아직 내가 쓴 서신도 전하지 못하였는데……. 아직 해줄 것이 많은데……. 아직 못해준 것이 많은데…….'

박수타의 의식이 깊은 밤보다 더 칠흑 같은 어둠 속으로 끝없이 가라앉아 갔다.

*

폭우가 쏟아진 다음날 서빙고나루 어귀에서 시신이 떠올라 강태공이 건져낸 지 열흘, 물에 불어 얼굴을 제대로 알아보기 힘들 정도로 훼손이 심했지만 연희 때 홍인형의 칼에 가슴을 맞은 위치는 정확히 들어맞았다. 그리고 목멱산에서 홍인형의 화살에 맞았던 상처도 분명했다. 그리하여 강에서 발견된 시체는 활빈당 당수의 것으로 판명되었고 일사천리로 의금부에 잡힌 잔당들의 처형도 결정되었다. 모두가 그 시신이 활빈당 당수이길 바라서였고, 서둘러 그렇게 결론지어졌다.

조근수 역시 그것을 바란 듯, 사실만을 증언하라 하였고, 그의 말을 따라 자신의 의견 따위는 덮은 채 상처의 위치가 맞다는 '사실' 만을 말한 홍인형의 결정적 증언으로 그 시신은 활빈당 당수가 된 것이다. 그 시신이 정말 활빈당 당수의 것인지는 중요치 않았다. 이로써 의금부와 조정은 활빈당 문제를 마무리 짓고 한시름 놓은 것이다.

그러나 홍인형은 그렇지 않았다. 그가 입힌 상흔과 위치가 똑같은 상처인 건 맞았지만 그 시체가 활빈당 당수라고는 생각지 않았다. 아무리 물에 불어 훼손되었다 한들 그가 홍길동을 못 알아볼 리가 없었다. 그 시신은 홍길동이 아니었다. 검상은 시신에 얼마든지 조작할 수 있다. 게다가 물에 분 시신이라 조작을 확인하기 쉽지 않은 상태라면 더더욱. 길동은 활빈당 당수가 죽었다고 믿게 하고 싶은 것이다. 경계가 느슨해진 틈을 타 동지들을 구하려는 것이라 추측했다. 아니, 확신했다. 홍길동이 살아 있는 한 이대로 끝날 리가 없다. 그래서 잔당들의 처형 날, 그는 자청하여 의금옥에서 처형장인 저자까지 죄인들의 호송을 맡았다. 반드시 홍길동이 나타날 것이다. 그렇다면 반드시 그가 잡아야 한다. 다른 누구에게 홍길동이 잡히게 해선 안 된다. 그가 잡아, 그가 죽여야 한다. 말 등에 꼿꼿이 올라탄 홍인형이 날카로운 눈으로 사방을 둘러보며 검을 다잡았다.

오늘 참수가 있을 거라는 방이 여러 날 전부터 한양 곳곳에 붙은 탓에 저잣거리로 구름처럼 사람들이 모여들었다. 운종가(雲從街)라는 이름이 오늘처럼 걸맞은 날도 없는 듯하다. 백발노파, 댕기머리 총각, 어린아이, 양반, 노비, 장사치, 백정, 기녀 각계각층의 사람들이 남녀노소 지위 고하를 가릴 것 없이 거리를 가득 메웠다. 얼마 전 명군이 출정했을 때보다도 더 많은 인파였다. 이들 중 반 이상은 천하절색이라 이름을 떨쳤던 한양 최고의 기녀 설향의 마지막 모습을 보러 온 사람들일 것이다.

홍인형은 흘끗 설향이 탄 함거 쪽을 쳐다보았다. 모진 고신으로 복색은 험하게 찢기고, 머리가 아무렇게나 흐트러져 멍투성이의 푸르스름한 얼굴을 반쯤 가리고 있었지만 그럼에도 타고난 미색은 쉬이 사그라지지 않았다. 오히려 그토록 상한 모습이 연민을 일으켜 청초함마저 느껴질 정도였다. 메마르고 인정 없는 홍인형도 그리 느낄 정도이니 일반 백성들은 말해 무엇 하리. 게다가 백성의 희망이라 일컬어지던 활빈당의 일원이기까지 했으니, 애처로워하는 마음과 동정심이 보는 사람들의 눈길마다 가득했다. 허리 굽은 노파는 혀를 차며 한숨을 내쉬고, 등에 아이를 업은 어떤 아낙은 남몰래 눈물을 훔쳤으며, 혈기왕성한 옥골선풍 선비는 평소 몹시도 설향을 연모했던 듯 안타까움이 가득한 표정으로 설향에게서 눈을 떼지 못했다. 홍인형은 죄인들의 함거 주위로 나장들을 좌우로 세우고 그들 주변을 솜씨 좋은 직속 부하들로 다시 에워싸 만약을 대비했다.

신문(서대문)에 거의 다다를 때까지 별다른 조짐은 없었다. 이제 신문만 지나면 형장이 있는 저잣거리에 도착한다. 의금부 당상관들을 비롯한 조정 관료들은 이미 형장에 도착해 있을 것이다.

'정말 이대로 아무 일도 일어나지 않는 것인가. 내가 너무 예민했던 것인가.'

홍인형마저 그런 생각을 떠올리는 찰나, 갑자기 동서남북 사방에서 무경탄이 터지고 부연 연기 속에 시야가 막혀 버렸다.

"활빈당이다!"

누군가 고함을 지른다. 그 고함이 신호라도 되는 양 말발굽 소리가 몰려오고 구경꾼들이 비명을 지르며 한꺼번에 뒤엉켜 주변은 삽시간에 난장판이 되었다.

'역시 홍길동이 나타났다!'

홍인형이 검을 뽑아 들고 설향의 함거로 달려갔다. 하지만 활빈당이 투척한 것은 연기만 일으키는 보통 무경탄이 아니었다. 어떤 특수한 물질을 첨가했는지 매캐한 연기가 눈에 닿자 제대로 눈을 뜰 수가 없고, 걷잡을 수 없이 눈물이 쏟아져 내렸다. 홍인형이 몰던 말이 앞발을 들고 경기를 일으키며 그 자리를 빙글빙글 돌았다.

그러는 사이 검은 복면에 검은 옷을 입은 활빈당들은 연기 속에서 신출귀몰하며 병졸들을 공격했다. 함거를 에워싸고 있던 나장과 부하들은 눈먼 장님처럼 힘 한 번 제대로 못 써보고 하나 둘 픽픽 쓰러졌다. 활빈당들과 그들의 말은 어찌 된 일인지 그토록 매캐한 연기에 전혀 지장을 받지 않고 사방을 휘젓고 다녔다.

칠갑이 만든 약물을 눈 밑에 발라 독한 연기에도 버틸 수 있는 거였지만 홍인형이 그걸 알 리가 없었다. 그러나 홍인형은 포기하지 않고 말에서 뛰어내려 눈을 부릅뜨고 설향의 함거로 내달렸다. 그런 그의 시야에 복면사내가 함거의 문을 박살 내고 설향을 들어 올려 말에 태우는 것이 보인다. 그자가 바로 홍길동임을 한눈에 알아보았다.

"네 이놈! 거기 서지 못…… 커헉!"

홍인형이 고함을 지르다 연기에 기침을 쏟아냈다. 그런 홍인형을 돌아본 길동이 보란 듯이 설향을 앞에 태우고 말을 달린다. 말을 버린 홍인형이 그 뒤를 쫓기란 불가능했다. 하지만 이대로 놓칠 수는 없다. 그는 품에서 단검을 꺼내 연기 속으로 저만큼 멀어져 가는 말의 다리를 노려 던졌다. 홍인형이 혼신의 힘을 다해 던진 단검은 오십 보 이상의 꽤 먼 거리를, 그것도 자욱한 연기를 헤치며 힘차게 날아가 말의 뒷발에 정확히 꽂혔다. 말이 고통에 몸부림치며 펄쩍 뛰어오르고 그 바람에 길동은 설향과 함께 말에서 떨어져 나뒹굴었다. 그러나 그 와중에도 길동은 낙마의 충격이 조금이라도 덜 가도록 설향을 감싸 안고 제 몸이 먼저 땅에 닿게 했다.

이강이 나타난 것은 바로 그때였다.

명군의 진지에서 이른바 '탈영'을 한 이강은 쉬지 않고 한양을 향해 달렸다. 단 나흘, 나흘 안에 한양에 당도해야 한다. 제대로 먹지도 못하고 자지도 못한 채 이틀을 내리 달리다 말 등에서 졸아 굴러 떨어질 뻔하기도 했다. 사람도 지치고 말도 지쳤다. 지친 말에 웃돈을 더 얹어주고 새 말로 바꾸었다. 설향의 생사가 달린 일에 잠시라도 지체할 수가 없었다. 나흘 안에 도착하지 못하면 어쩌나, 수백 수천 번 마음을 졸이며, 아니다, 그럴 일은 없다, 어떡해서든 가야 한다, 죽더라도 설향을 구해내고 죽어야 한다, 마음을 다잡으며 달리고 또 달려 마침내 한양에 도착했다.

발을 제대로 땅에 딛고 설 수 없을 정도로 온몸에 기가 다 빠진 상태였지만 이제 곧 참형 시각이었다. 설향을 태운 함거는 이미 신문에 다다른 듯했다. 형장에 도착하기 전에 빼내야 한다, 생각하며 품 안의 무경탄을 확인한다. 한양으로 오는 도중 어렵게 구한 물건이었다. 혈혈단신으로 설향을 빼내오자면 일단 소란을 피워야 했다. 우선 무경탄을 던져 연기를 피운 뒤 죄인을 호송하는 지휘관의 목에 검을 대고 그녀를 넘겨받을 작정이었다. 일종의 인질극인 셈이다. 물론 그의 뜻대로 될지는 변수가 많았다. 하지만 그것이 그가 할 수 있는 최선이었고, 나머지는 하늘에 맡기기로 했다. 하늘이 무심치 않다면 지금까지 설향의 가시밭길 같은 삶이 측은해서라도 도와줄 것이다, 그렇게 믿었다. 한데 그가 호송 행렬을 따라잡았을 땐 이미 난리가 벌어진 뒤였다. 눈알이 뽑힐 듯한 독한 연기에 말이 요동치며 그를 바닥에 내동댕이쳤다. 그리고 거짓말처럼 땅바닥에 나뒹군 이강의 눈앞에 설향이, 그가 그토록 그리던 세경이 쓰러져 있었다.

"세경아!"

이강이 벌떡 일어났다. 그동안의 피로와 말에서 떨어질 때의 충격으로 순간 몸이 휘청했다. 어디가 아픈지도 확실히 모를 만큼 전신에 고통이 밀려온다. 하지만 이까짓 육체의 고통쯤이야 그녀를 다시는 볼 수 없는 끔찍한 고통에 비하면 아무것도 아니었다. 죽은 듯이 쓰러져 있는 설향을 안아 일으켰다. 의금옥에서 마지막으로 보았을 때보다 더욱 상한 모습에 가슴이 쓰리다. 그녀를 추스르고 나서야 그 옆에 검은 복면의 사내가 쓰러져 있는 것이 보인다. 그리고 그때 복면을 한 다른 사내가 말을 타고 그들에게 달려왔다. 그리고 날렵한 동작으로 말에서 훌쩍 뛰어내렸다.

"괜찮은가?"

말에서 내린 사내가 복면사내를 부축하며 물었다. 낮은 목소리였지만 이강은 대번에 그 목소리를 알아챘다.

'교산 형님!'

십 년 넘게 무시로 듣던 허균의 목소리를 못 알아들을 리가 없다. 그리고 직감적으로 깨닫는다, 허균이 부축하고 있는 사내가 홍길동임을.

'길동 형님이 살아 계셨구나! 그럼 그렇지, 그렇게 쉬이 죽을 사람이 아니다.'

울컥 반가움이 몰려온다. 그러나 그런 상념도 잠시, 허균의 다그침에 정신이 번쩍 들었다.

"뭘 꾸물거려? 설향을 태우고 꺽쇠에게 가라!"

허균이 빠르게 말하며 자기 말을 턱짓한다. 그리고 거의 동시에 단검 한 자루가 엄청난 속도로 날아와 허균의 턱밑으로 아슬아슬하게 스쳐 지나갔다. 길동이 허균을 안고 재빨리 몸을 뒤로 젖히지 않았으면 단검은 허균의 목에 그대로 박혔을 것이다. 길동이 단검이 날아온 방향으로 고개를 돌리자 장검을 치켜든 홍인형이 자욱한 연기를 뚫고 맹렬하게 달려오고 있었다. 이강은 상황이 상황인지라 더 묻고 자시고 할 것도 없이 설향을 말에 태운 뒤 자신도 올라탔다. 그러자 그때까지 축 늘어져 있던 설향이 이강의 팔을 뿌리치고 뛰어내리려 했다.

"동지들을 두고 혼자 갈 수 없습니다!"

"닥쳐라! 다 같이 개죽음을 당하고 싶은 게냐? 먼저 가서 기다려라! 명령이다!"

길동의 단호한 목소리에 설향이 입술을 꾹 깨문 채 더 이상 말이 없다. 길동의 시선이 이강에게 향한다.

"잘 부탁한다."

이강은 길동에게 힘차게 고개를 한 번 끄덕인 후 고삐를 다잡았다.

"꽉 잡아라."

온몸으로 설향을 감싸 안은 이강이 말을 달린다. 길동 형님과 교산 형님은 절대 죽지 않을 것이다. 꼭 살아서 뒤따라올 것이다. 이강은 믿어 의심치 않았다.

"저자는 내가 맡을 테니 자네도 피하게. 동지들도 거의 빠져나갔을 걸세. 사람들 사이로 섞여 들어가 변장을 벗으면 아무도 자네가 우릴 도운 것을 눈치 못 챌 거야."

길동이 바닥에 떨어진 검을 주워 들며 허균에게 말한다. 함거를 부수고 동료들을 구해낸 활빈당원들은 아수라장을 뚫고 동서남북 각 방향으로 흩어졌다. 병사들은 무경탄의 독한 연기에 취한 채 기습을 받은데다 백성들까지 연기 속에서 마구잡이로 뒤엉켜 활빈당원들을 추격하기가 어려웠다.

"그럼 자네는?"

"내 축지법을 잊었나? 아무도 날 쫓지 못해. 자네가 남아 있는 게 이젠 더 짐이야."

"말 참 곱게 하는군. 알았네."

허균이 몸을 돌려 연기 속으로 달리기 시작한다. 오공 스님을 통해 무경탄을 구해달라는 길동의 연통을 받았을 때부터 오늘만큼은 행동을 함께하겠다고 작심했다. 그의 오랜 벗에게 지금이 가장 자신이 필요할 때라 생각했다. 중상을 입은 활빈당원이 죽었을 때 길동과 똑같은 상흔을 만들어 길동의 시신처럼 위장하자 제안한 것도 그였다. 구출 작전을 앞두고 활빈당 당수가 죽었다는 소문을 퍼뜨려 경계를 조금이라도 늦추게 하려는 계산이었다. 조정에서 정말 믿을지는 모르겠지만 조금이라도 혼란을 야기할 수 있다면 무엇이든 할 참이었다. 길동은 망자의 시신에 그런 짓을 할 수 없다 거부했지만 결국 허균의 의견에 따랐다. 겉으론 그저 주색잡기나 할 줄 아는 부실한 인사지만 허균의 숨겨진 무공을 알기에 그의 도움 역시 거절하지 못했다. 달려가는 허균의 등 뒤로 길동의 한마디가 들려왔다.

"고맙네!"

허균이 흘끗 돌아본다. 짧은 순간 두 사람의 시선이 깊게 마주친다. 길동이 고개를 끄덕인다. 허균도 고개를 끄덕인다. 하지만 이것이 두 사람의 마지막이 될 줄은 영민한 허균도 미처 알지 못했다.

허균이 시야에서 사라지고 길동도 몸을 피하려는데 홍인형이 그 앞을 가로막았다. 그리고 가차 없이 검이 날아들었다. 재빨리 홍인형의 칼날을 막아낸 길동이 훌쩍 몸을 날렸다. 힘껏 땅을 박차고 뛰어올라 신출귀몰 활빈당 당수의 신화를 만들어낸 축지법으로 순식간에 눈앞에서 사라졌다.

홍인형은 막상 눈으로 보고서도 믿어지지가 않았다, 절름발이라 믿었던 배다른 아우가 바람보다 더 빠르게 날아올라 사라지는 그 광경이. 대체 언제 저런 무공을 익힌 것일까. 그러나 망연자실해하고 있을 시간이 없었다. 홍길동을 다시 놓칠 순 없다. 유정의 부대가 있는 순천에 자객을 보내두었다. 적당한 때를 보아 쥐도 새도 모르게 박수타를 처리할 것이다. 전장이니만큼 왜적의 소행으로 적당히 꾸며댈 수도 있을 것이다. 그럼 이제 홍길동이 활빈당의 두령이라는 것을 아는 이는 홍인형 자신뿐이다. 그가 홍길동을 처리하면 집안도 서인 전체도 아무 피해 입지 않고 무탈할 것이다.

'꼭 내 손으로 처리해야 한다!'

홍인형이 길동이 사라진 방향으로 최선을 다해 뛰어갔다. 그러나 축지법을 쓰는 길동을 따라잡기엔 무리였다.

서서히 연기가 걷히자 역도들에게 습격당한 처참한 현장이 드러났다. 함거마다 문이 부서진 채 텅 비어 있고 병졸들은 쓰러져 있으며 주인 잃은 말들은 멋대로 거리에서 날뛰고 있었다. 네 갈래 길 한가운데에서 열패감에 치를 떨며 서 있는 홍인형의 눈에 문득 허균의 모습이 들어왔다. 백성들 사이에 섞여 이쪽을 넌지시 바라보고 있는 허균은 멀쩡하게 갓을 쓰고 두루마기를 걸친 평상시의 모습이었다. 결코 반갑지 않은 얼굴에 인상을 찌푸리며 고개를 돌리려는데 문득 무언가가 눈에 거슬린다. 뭔가 어울리지 않는 이질감이라고나 할까. 처음엔 그것이 무엇인지 금방 알아차리지 못했으나 이내 깨닫는다. 허균의 모습에서 느껴지는 이질감이 어디서 온 것인지.

신발이다.

늘 과도하게 화려한 차림의 허균은 신발 역시 계집들이나 신는 것 같은 온갖 수를 놓은 미투리를 즐겨 신었다. 그러나 오늘은 제(鞮)를 신고 있었다. 그것은 아무 장식 없이 가볍고 활동성이 좋은 가죽신으로 호위무사들이 주로 신는 것이었다.

'허균도 기습에 가담했다!'

직감한다. 허균이 활빈의 일원인지 아닌지는 확신할 수 없지만 이번 기습에 그가 가담한 것이 분명했다. 어느새 변복을 벗어던지고 '허균'의 모습으로 군중 속에 섞여 태연히 임무에 실패한 홍인형의 모습을 구경하고 있는 것이다. 당장에 붙잡아다 목에 칼을 들이대며 홍길동이 어디로 간 것인지 설토시키고 싶었지만 남인 실세 집안의 일원이며 병조좌랑의 직책에 있는 인물을, 전에 확실한 증험도 없이 의금옥에 허균을 가두었던 일로 경고까지 받은 상황에서 그럴 수가 없었다. 분함에 아랫입술을 깨물며 허균을 노려본다. 허균 역시 그의 시선을 피하지 않고 마주 바라보았다. 마치 홍인형의 심정을 읽기라도 한 듯 입가에 엷은 미소까지 머금고 있었다. 허균과 홍길동에게서 당한 이 조롱과 수모를 어찌 갚아야 할지, 모욕감이 가슴 깊이 치밀어 올라 목구멍에서 들끓는다. 그때 홍인형의 곁으로 부사관이 말을 타고 와 뛰어내렸다.

"괜찮으십니까?"

허균의 동태를 감시하라 명했던 부사관이다. 그를 보자 퍼뜩 무언가가 떠오른다.

"한 스무날 전이었나, 허균의 집에 중이 하나 시주를 받으러 온 적이 있었다고 했지?"

"예, 그렇습니다만."

이런 상황에 뜬금없이 시주받으러 온 중을 묻다니, 부사관이 고개를 갸우뚱하며 답한다. 허균이란 괴상한 인사는 양반이라는 자가 중인이나 서자들과 어울리질 않나 명색이 공맹의 도를 배운 자가 중들과도 스스럼없이 교류를 했다. 그래서 탁발승이 다녀갔다는 보고를 받고도 그때는 대수롭지 않게 넘어갔었다.

"어디서 온 중이라 하던가?"

"그 집 노비 아들놈에게 슬쩍 물으니 인왕산 어디라 하던데 어느 암자인지는 정확히 알 수 없었습니다."

"삼장사!"

홍인형의 입에서 그 말이 신음처럼 흘러나온다. 십수 년 전, 죽은 길동 어미의 위패를 모신 곳이 삼장사라 했던 것이 얼핏 기억났다. 인왕산 어딘가라고 했다. 인왕산에서 중이 허균을 찾아왔다면…….

"거기다!"

황급히 부사관이 타고 온 말에 올라탔다. 그리고 아무런 설명도 없이 미친 듯이 달리기 시작했다. 당황한 부사관이 길을 헤매는 말 한 필을 붙들어 올라탔다. 그리고 오합지졸처럼 우왕좌왕 흩어져 있는 부하들에게 소리쳤다.

"정신 차리고 말에 올라라! 인왕산 삼장사로 간다!"

부사관이 힘차게 말을 몰고 홍인형의 뒤를 쫓는다. 무슨 일인지 정확히 알 수 없지만 무조건 상관을 따르는 것이 그의 임무이기 때문이다. 병사들도 대열을 수습하고 말에 올라 뿌연 먼지를 일으키며 달리기 시작했다. 그리고 잠시 뒤 어디선가 활과 검으로 무장한 예닐곱 명의 말을 탄 무사들이 나타나 일정 거리를 두고 그들을 뒤쫓기 시작했다.

*

삼장사에 들어서자마자 복면을 벗어 던진 길동은 나무를 붙들고 숨을 몰아쉬고 있었다. 축지법은 체력 소모가 컸다. 게다가 아직 상처가 완치되지 않은 상태에서 말을 타고 검을 휘두르고 축지법까지 쓴 탓에 몸에 무리가 갔다. 이미 동지들은 모두 경내에 모여 길동을 기다리고 있었다.

"두령……."

구출된 동지 중 하나가 길동을 보며 눈물을 글썽인다. 평안도 어느 양반집에서 머슴 노릇을 하다 학대와 폭력으로 도망친 열여덟 앳된 청년 한돌이었다. 의금옥에서 받은 모진 고문으로 제 몸 하나 가누기 힘들면서도 비틀비틀 걸어와 길동의 팔을 붙든다.

"미안하구나."

험한 일을 겪게 해서, 이리 상하게 하여서, 동지들을 이렇게 희생시키고도 새 세상을 이루지 못하여서……. 그러나 길동의 나머지 말들은 목이 메여 차마 나오지 않는다.

"죄송합니다."

죽지 못하고 붙들려서, 동지들을 다시 위험에 빠지게 해서, 놈들에게 붙들려 새 세상을 이루지 못하여서……. 한돌 역시 말을 삼킨다.

"아니다."

다시 답을 하다 가슴에 극심한 고통을 느낀 길동의 얼굴이 일그러졌다. 그 모습을 본 오공 스님이 달려와 상의를 열어 살폈다. 가슴을 칭칭 동여맨 하얀 천에 붉은 피가 배어 나왔다.

"이런, 천을 다시 갈아야겠습니다."

오공 스님이 놀라 불당으로 들어간다. 깨끗한 새 천과 이럴 때를 대비해 미리 준비해 둔 마른 약초 가루를 가지고 나와 치료를 시작했다. 역시나 덜 아문 상처가 다시 벌어져 있었다.

"그래서 제가 뭐라 하였습니까? 검을 들기엔 아직 무리라 하지 않았습니까?"

벌어진 상처에 약초를 발라 지혈을 하며 오공 스님이 안타깝게 한마디 했다.

"그렇게 걱정이 되셨으면 조정에다 참수일을 좀 늦춰달라 탄원이라도 하지 그러셨습니까?"

길동이 빙긋이 웃으며 답한다. 그러나 상처의 고통으로 입꼬리가 파르르 떨린다.

"지금 농이 나오십니까?"

오공 스님이 눈을 흘기며 천을 콱 조여 맸다.

"어이쿠, 일부러 아프게 동여매는 거 아니십니까?"

"아시면서 뭘 묻습니까?"

농인 듯 쏘아붙이는 얼굴엔 농담기라고는 없다. 오히려 화가 잔뜩 난 표정이다. 지금 이런 상황이 몹시 화가 났다. 선량하고 바른 자들은 끊임없이 다치고 희생당하고 썩은 세상은 계속 되풀이된다. 과연 부처는 계신 것인가, 세상 만물에 부처가 계시다 하였건만, 그렇다면 이 세상은 왜 이 모양인가? 이런 의문을 갖는 것 자체가 수양이 부족한 탓이라 생각하면서도 불의를 보고도 불제자라는 신분 때문에 이렇게 소극적으로밖에 돕지 못하는 것이 과연 옳은 것인가 갈등한다. 서산대사와 사명당께서도 불제자의 몸이지만 왜구들을 몰아내기 위해 승병을 이끌고 나서지 않으셨는가. 그러나 승복을 입기 전에도 생명을 살리던 의원이었던 그가 살아 있는 생명을 죽인다는 것은 살생을 하지 말라는 불가의 가르침이 아니더라도 상상조차 하기 힘든 일이었다.

길동의 상처를 여민 오공 스님이 피 묻은 천을 들고 일어서는데 길동이 갑자기 '쉿!' 하고 손짓을 한다. 오공 스님을 비롯한 모든 이가 동작을 멈추고 숨소리를 죽인다. 멀리서 말발굽 소리가 들려온다. 길동의 눈초리가 날카로워졌다.

"무명일까요?"

오공 스님이 조심스레 묻는다. 설향만이 아직 나타나지 않았기 때문이다. 길동이 고개를 젓는다. 설향을 이강과 보낸 건 계획에 없던 일이었다. 하지만 그땐 그 방법밖에 없었다. 이강이라면 제 목숨과 바꾸어서라도 설향을 지켜낼 것이다. 설향을 향한 이강의 깊은 마음을 길동 역시 잘 알고 있었다. 길동에게 설향은, 든든한 오른팔이자 한편으론 가뜩이나 기구한 인생을 활빈당으로 끌어들여 더욱 힘겹게 만든 것은 아닌가 하고 책임감이 느껴지는 존재였다. 하지만 설향에게서 여인을 느끼는 것은 아니었다. 의도한 바는 아니었으나 어쩌면 이강이 설향을 데려간 것이 그 애에겐 잘된 일인지도 모르겠다. 때마침 이강이 나타난 것도 어쩌면 그들의 끊을 수 없는 운명이 아니었을까. 어쨌든 그들에겐 꺽쇠에게 가라 하였으니 이곳으로 올 리가 없다. 그리고 말발굽 소리는 한 필이 아니었다. 길동은 본능적으로 위험을 직감했다. 어떻게 이곳을 알아냈는지 모르겠지만 관군들이 몰려온 것이다.

"다들 몸을 피한다! 최대한 빨리, 최대한 멀리 흩어지시오! 그믐날, 백두산 고성사에서 만납시다!"

길동이 외쳤다. 연막탄도 모두 써버리고 고문으로 부상이 심해 보호해야 할 동지마저 있는 이런 상황에서 관군과 정면으로 맞서 싸운다는 것은 불리했다. 활빈당원들은 길동의 명에 따라 일사불란하게 말에 올라 삼장사 후원 쪽으로 빠져나갔다. 이제 남은 말은 오공 스님의 말 한 필뿐, 길동은 말을 타지 않고 축지법으로 이곳까지 왔기 때문이다.

"함께 타시죠."

오공 스님이 말에 오르며 길동에게 말했다.

"또다시 축지법을 쓴다면 상처가 버텨내지 못할 것입니다."

"두 사람이 타면 속도가 느려질 겁니다."

"다른 동지들도 둘씩 타고 갔습니다."

"스님의 말은 그러기엔 너무 늙었습니다."

"이러고 있는 사이에 벌써 고개 하나는 넘었겠습니다. 타지 않으시겠다면 저도 가지 않겠습니다."

오공 스님이 말에서 내리려 한다. 말발굽 소리는 시시각각 가까워져 왔다. 스님의 말대로 시간이 없다. 길동은 일단 말에 오른다. 그러나 삼장사의 후문을 벗어나 수풀로 접어들자마자 '저쪽이다!' 하는 외침과 함께 관군들이 바짝 쫓아오기 시작했다. 길동은 관군들의 추격을 분산시키기 위해 동지들과 반대쪽으로 방향을 잡는다. 그리고선 흘끗 뒤돌아보는 길동의 눈에 선두에 선 홍인형이 들어왔다. 두 사람의 시선이 맞부딪혔다.

"너희들은 저쪽을 쫓아라! 나는 이쪽으로 가겠다."

길동의 얼굴을 확인한 홍인형은 서둘러 부하들을 반대 방향으로 보내고 자신은 길동의 뒤를 쫓는다. 부하들이 길동의 모습을 보게 해선 안 된다. 홍인형은 필사적으로 길동의 뒤를 쫓았다.

'내 얼굴을 보았다!'

길동의 표정도 당혹스럽게 굳는다. 길동이 활빈당이라는 것을 안 이상 홍인형은 지옥 끝까지라도 그를 따라올 것이다. 잡으려는 자와 잡히지 않으려는 자의 필사적인 추적이 시작되었다. 그러나 역시나 점점 그 거리가 좁혀져 갔다.

'이러다간 오공 스님까지 위험해진다.'

길동이 말에 박차를 가한다. 말이 펄쩍 뛰어오르며 전속력으로 내달린다. 그리고 길동은 조금도 망설임 없이 달리는 말에서 뛰어내렸다.

"두, 두령!"

놀란 오공 스님이 길동을 부른다. 그러나 오공 스님의 외침을 뒤로한 채 길동은 다른 방향으로 달리기 시작했다.

"멈추지 말고 달리시오! 그곳에서 봅시다."

예상대로 홍인형은 길동의 뒤를 쫓아왔다. 다리로 뛰는 자가 말로 쫓는 자를 이길 수는 없다. 하는 수 없이 축지법으로 훌쩍 박차고 오른다. 그러자 가슴의 상처가 다시 아파왔다. 그러나 그보다 더 난감한 것은 네 보쯤 뛰었을 때, 그러니까 보통 사내의 걸음으로 사백 보쯤 갔을 때 막다른 길에 다다른 것이었다. 풀숲을 헤치고 나와 보니 급작스럽게 낭떠러지가 나타났다. 손바닥 들여다보듯이 훤한 인왕산이건만 동료들을 보낸 방향과 반대 방향으로 황급히 가다 보니 이런 황망한 실수를 하고 만 것이다.

아래를 내려다보니 깊이를 알 수 없는 시퍼런 계곡물이 일렁이고 있었다. 길동이 황급히 되돌아가려 했으나 홍인형이 뒤를 막아섰다. 그야말로 벼랑 끝에 몰려 버린 것이다. 홍인형이 말에서 뛰어내려 길동을 서늘하게 노려보았다. 증오와 분노, 원망, 살기, 회한……. 그 눈빛엔 여러 감정들이 복잡하게 얽혀 있었다. 길동이 검을 뽑아 들었다. 홍인형도 검을 뽑아 들었다. 눈부신 태양 아래 두 형제의 파란 칼날이 서럽도록 찬란하게 빛난다.

"둘 중 하나가 죽어야 끝날 싸움입니다."

길동이 차분하게 말한다.

"너를 살려둘 순 없다. 가문을 위해서도 아버지를 위해서도."

그리고 나를 위해서도, 여진을 위해서도…….

홍인형이 검을 높이 치켜들었다. 그가 길동에게 집을 떠나라고 했을 때, 이런 말을 했었다.

"내 너를 다시 보게 되는 날, 너는 죽는다."

그의 말을 들은 길동의 눈에 어렸던 말없는 수긍. 길동은 그때 이미 알고 있었던 것이다, 언젠가 이런 날이 올 것을. 홍인형이 검끝을 길동의 심장에 겨누고 높이 뛰어오른다. 길동의 검도 바람을 가르며 날아오른다. 검과 검이 허공에서 불꽃을 튀기며 부딪친다.

일 합, 이 합, 삼 합……. 한 치 양보도 없는 백중세의 검투다. 그 치열함이 더해갈수록 양쪽 모두 빈틈이라곤 전혀 보이지 않았다. 두 사람의 동작 하나하나가 멀리서 보면 마치 검무라도 추는 듯 아름답기까지 한 광경이었다. 비록 부상으로 온전치 않은 몸이었지만 길동은 '신출귀몰' 활빈의 당수답게 조금의 물러섬이 없었고, 가문과 사랑하는 여인의 운명을 어깨에 짊어진 홍인형도 사력을 다해 베고 또 베었다. 그렇게 팽팽하게 대립하던 두 사람 사이로 어디선가 화살이 한 대 날아왔다. 화살이 날아온 쪽으로 둘이 동시에 고개를 돌린다.

'도지!'

홍인형의 눈동자가 확 커졌다. 불과 오십 보쯤 뒤에 도지를 필두로 예닐곱의 무장한 사내들이 활을 겨누고 있었다. 관군의 뒤를 쫓아온 한 무리의 무사들은 도지가 이끌고 온 장태인의 사병들이었다. 물론 그 배후엔 조근수가 있을 터였다.

"뭣들 하느냐? 쏘아라!"

도지가 수하들에게 소리쳤다.

"하지만 그러면 종사관님까지 위험합니다."

수하 중 하나가 망설이며 대꾸했다.

"상관없다. 어떤 희생을 치러서라도 홍길동을 죽여야 한다! 쏘아라!"

냉랭하기 짝이 없는 목소리로 도지가 외쳤다. 그 목소리가 홍인형의 귀에도 들렸다.

'나까지 죽어도 상관없다는 것인가?'

그것은 곧 조근수가 그를 버리기로 했다는 뜻이다. 조근수는 처음부터 알고 있었던 것이다, 홍길동이 활빈당의 당수임을. 그렇다면 조근수에게 홍길동의 혈육인 홍인형 역시 서인의 안전을 위협하는 대상으로 상황이 여의치 않으면 미련 없이 버릴 수도 있는 존재였던 것이다.

'나는 결국 언제든 팽당할 수 있는 사냥개에 불과했구나!'

밀려오는 충격과 배신감을 채 수습하기도 전에 무수한 화살들이 두 사람을 향해 날아왔다. 벼랑으로 몸을 던지지 않는 이상 피할 곳은 없다.

'아, 이렇게 끝이란 말인가!' 하고 생각하는 순간, 길동이 홍인형을 온몸으로 감싸 안고 막아섰다. 그와 동시에 길동의 등에 네댓 발의 화살이 꽂혔다. 한쪽 무릎이 푹 꺾이며 홍인형에게 안기듯 주저앉았다.

"네가 왜! 대체 네가 어째서!"

서로의 목숨을 앗으려 그토록 치열하게 검을 부딪쳤건만 왜 이제 와서 제 몸을 던져 나를 구해내는가! 네가 왜! 대체 네가 어째서! 홍인형이 길동의 몸을 받쳐 들며 부르짖었다. 그의 두 손이 길동의 피로 붉게 물든다.

"나의 조카가 아비 없이 자라게 할 순 없지 않습니까……."

길동이 거칠게 숨을 몰아쉬며 답한다. 이겨야겠다고 생각했다. 그와 동지들이 품은 큰 뜻과 새로운 세상과 백성들을 위해 피를 나눈 혈육일지라도 물러설 수 없다고 생각했다. 하지만 화살이 날아오는 순간, 여진의 얼굴이 그리고 그녀 뱃속의 생명이 떠올랐다. 그리고 뭘 더 생각하기도 전에 그의 손은 검을 내팽개치고 홍인형을 감싸 안았다.

"아버님과…… 형수를 잘 부탁드립니다…… 형님."

처음으로 불러본다. 아버님, 형님, 그 이름들을.

'잘했다. 참 잘하였다, 길동아.'

자신을 칭찬한다. 참 서러운 삶이었다. 아버지를 아버지라 부르지 못하고 형을 형이라 부르지 못했던 그 긴 세월, 아버지가 있어도 없는 것과 같았고 그는 늘 아버지를 그리워했다. 그런데 새로 태어날 조카에게 아버지의 부재라는 그 설움을 느끼게 해주고 싶진 않았다. 적어도 자기가 조카의 아버지를 빼앗아 가선 안 된다고 생각했다. 그는 사사로운 인정으로 만백성을 위한 대의를 포기한 소인배가 되어버렸지만, 후회는 하지 않기로 했다.

지금보다 더 마음이 평온한 적이 없었다. 홍인형의 등 뒤로 다시 한차례 화살이 날아온다. 이를 본 길동은 온 힘을 다해 홍인형을 밀쳐 낸 후 가슴과 다리에 화살을 맞는다. 고슴도치처럼 앞뒤로 화살이 꽂힌 길동은 균형을 잃고 비틀거리다 천 길 낭떠러지 아래로 떨어졌다.

"그만! 멈추어라! 나는 전하의 명을 받은 의금부도사 홍인형이다! 다시 내게 활을 겨누는 자는 역적으로 간주하겠다!"

땅바닥에 나뒹군 홍인형이 벌떡 일어나 불을 뿜듯이 소리쳤다. 무사들이 일제히 동작을 멈추고 도지와 홍인형을 번갈아 바라보았다. 홍인형이 미친 사람처럼 낭떠러지 끝으로 달려가 아래를 바라보았다.

없다.

아무것도 보이지 않는다. 거대한 물살에 삼켜진 길동의 흔적은 그 어디에도 없었다.

"네가 감히, 나를 향해 활을 쏘았느냐?"

붉은 핏발이 선 눈으로 홍인형이 도지 앞에 선다.

"살아 계시잖습니까?"

도지가 아무런 표정의 변화도 없이 건조하게 답했다. 홍길동이 죽었다. 그는 명을 무사히 수행했다. 그뿐이다. 그 외엔 아무것도 상관이 없었다. 분노한 홍인형이 도지의 뺨을 날린다.

"건방진 놈!"

고개가 휙 돌아갈 정도로 뺨을 맞은 도지가 칼을 빼 들었다.

홍인형은 조금 전 땅에 뒹굴면서 검을 떨어뜨린 채 빈손이었다. 이글거리는 홍인형의 눈과 차디찬 도지의 눈, 두 사람의 눈빛이 강하게 얽힌다. 도지가 검을 머리 위로 치켜 올렸다. 홍인형이 반사적으로 몸을 피하려는데 도지가 휙 돌아서 수하의 목을 베었다. 단박에 목이 날아가며 바닥에 데굴데굴 구른다. 눈 깜짝할 사이에 뒤에 서 있던 나머지 부하 다섯의 목이 뚫리고 복부에서 창자가 쏟아져 나온다. 한 치의 망설임 없이 숨통을 끊어놓는 정확한 동작이었다.

"이제 홍길동이 활빈당이었다는 것을 아는 이는 이 자리에서 나리와 저뿐입니다. 나리와 제가 무덤에 들어가는 순간까지 그러할 것입니다."

도지가 홍인형에게 이렇게 말하고선 냉혹하게 돌아섰다. 그의 걸음걸음 검붉게 물든 검에서 피가 툭툭 떨어졌다.

홍인형이 피에 물든 옷차림 그대로 조근수의 사랑채로 들어갔다. 심상치 않은 모습으로 칼을 빼 든 채 들어서는 홍인형을 본 호위무사가 길을 막아섰다. 단칼에 베어버렸다. 더 이상 두려울 것도 없다. 인기척도 없이 벌컥 문을 열고 들어오는 홍인형을 본 조근수가 눈을 가늘게 뜨고 노려보았다.

"제가 살아 돌아와 놀라셨습니까?"

자리에 앉지도 않고 선 채로 물었다.

"앉게."

조근수가 언제나처럼 인자함을 가장한 얼굴로 돌아와 온화하게 말했다.

"모든 걸 이미 알고 계셨군요. 하긴, 잠시나마 대감께서 모르게 할 수 있을 거라 생각했던 제가 어리석었습니다."

그대로 선 채 검을 곧추 잡았다.

"대감께서 저를 죽이시려 한다면 제가 어찌 목숨을 보전할 수 있겠습니까. 하지만 저 혼자 죽지는 않을 것입니다."

홍인형이 눈에서 불을 뿜는다. 그러나 점점 격해지는 홍인형과 달리 조근수의 표정엔 그다지 큰 변화가 없었다. 그렇다. 그는 이미 모든 것을 알고 있었다. 그리고 그 뒤엔 장태인이 있었다. 장태인은 설향이 최심온의 딸이라는 것을 진즉에 알고 있었다. 그때부터 장태인은 설향을 감시해 왔고, 옥팔찌로 인해 허균, 장이강, 홍길동 셋 중 하나가 활빈당이라 추정되는 가운데 길동이 의병에서 부상을 입고 돌아왔을 때 설향을 한양으로 데려왔다는 것을 알게 되었다. 그리고 결정적으로, 길동의 다리 부상을 치료했던 고성의 의원을 찾아내 놀라운 말을 들었다. 길동의 다리는 그때 치료를 받고 '완치'가 되었다는 것이었다. 옥팔찌, 설향, 그리고 멀쩡한 다리. 장태인은 홍길동이 활빈당이라 확신했다.

그는 이 모든 것을 조근수에게 보고했고, 서인 전체를 사지로 몰아넣을 수 있는 엄청난 사실에 두 사람은 신속하게 대책을 세웠다. 일단 서둘러 추국을 끝내고 설향과 잔당들을 죽여야 했다.

그들이 잔혹한 고신을 견디지 못하여 혹여 홍길동의 이름을 발설한다면 모든 것이 끝이었다. 한시라도 빨리 죽여서 입을 봉해 버려야 한다, 남인들이 알아채기 전에. 조근수는 신속히 홍인형을 추국에서 제외시켰다. 어찌 됐건 홍인형은 홍길동의 혈육이었다. 홍탁이나 홍인형의 귀에 들어가지 않게 하는 것이 일 처리가 수월할 것이다. 그리하여 홍인형에게도 모르는 척을 하며 한편으론 일거수일투족을 감시해 왔다. 그리고 도지에게 홍인형의 뒤를 밟게 해 무슨 수를 써서라도 홍길동을 죽이라 명하였다. 조근수가 말한 '무슨 수'엔 홍인형의 희생도 암묵적으로 허한 것이었다. 사사로이는 그가 끔찍하게 아끼는 하나뿐인 딸아이의 서방이었으나 서인들의 존폐와 가문의 운명이 달린 상황에서 홍인형은 몸통이 살아남기 위해 여차하면 잘라 버려야 할 꼬리에 불과했다.

"자네를 죽이려던 것이 아니었네."

조근수가 천천히 입을 연다. 물론 꼭 죽이려던 건 아니었다. 죽일 수밖에 없다면 죽여도 어쩔 수 없다는 것이었지.

"희생을 감수해서라도 대역 죄인인 활빈당의 당수를 처단해야겠다는 각오는 있었지. 그건 자네라도 그러하지 않았을까. 그 자가 살아남는다면 어차피 모두가 죽게 될 터이니까. 자네가 죄인을 처단하고 이렇게 돌아왔으니 내 심히 뿌듯하기 그지없네. 역시 내 사위다워."

"사위라고요?"

홍인형의 입에서 실소가 터져 나온다. 불과 몇 시간 전만 해도 죽여도 그만인 사냥개에서 이젠 다시 사위가 되었다.

"자네 가문은 지금까지처럼 앞으로도 충신의 가문으로 남을 것이네. 그리고 곧 그 가문의 대도 잇게 될 것이고. 여진이 회임을 했다는군. 내가 이거 할아비가 되게 생겼어, 허허허!"

조근수가 진심으로 기분이 좋은 듯 너털웃음을 터뜨린다.

'회임!'

챙그렁, 그의 손에서 검이 힘없이 떨어졌다. 여진이 회임을 했단 말인가?

"처형장으로 가던 중 탈주를 하였으니 수송자인 자네의 책임을 피할 수가 없게 됐네. 내가 최대한 무마해 볼 것이니 휴식을 취한다 생각하고 잠시 관직에서 물러나 있게. 우두머리 없는 무리는 오합지졸일 뿐, 이제 활빈당은 끝났어. 도망친 잔당들은 내가 알아서 처리할 것이니 자네는 더 신경 쓸 것 없이 이번 기회에 그동안 일에만 매진하느라 소홀했던 집식구도 챙기고 아비가 되는 즐거움도 느껴보게나. 가화만사성이라 하지 않는가."

그러나 홍인형의 귀엔 조근수의 말이 하나도 들어오지 않았다. 조금 전 홍길동이 했던 말이 계속해서 맴돌 뿐이었다.

"나의 조카가 아비 없이 자라게 할 순 없지 않습니까……."

길동은 이미 알고 있었다, 여진의 회임을.

그러자 불쑥 이런 생각이 든다.

'어떻게? 진짜 나의 아이인가?'

한 번 머릿속에 떠오른 의혹은 걷잡을 수 없이 마음을 검게 물들였다. 그 아이가 나의 아이가 맞는가? 혹시, 혹시, 길동이……. 어떻게 방에서 나왔는지 모르겠다. 마당으로 나오니 여진이 그림자처럼 오도카니 서 있었다. 언제부터 그곳에 서 있었던 것일까. 조근수와 홍인형이 나눈 대화를 모두 들은 것인가.

"기어이 그분을 해하셨습니까?"

여진이 묻는다. 울 기운조차 없는 것인지 그저 눈자위가 붉어졌을 뿐 목소리는 오히려 메말라 있었다.

"당신과 나의 아비가 기어이 그분을……."

"내 아이가 맞는 것이오? 그 아이가."

홍인형이 대뜸 그리 묻는다. 넋이 나가 버린 듯 흐린 여진의 눈에서 순간 불꽃이 번쩍한다. 그리고 있는 힘껏 홍인형의 뺨을 날린다.

"이 아이가 당신의 아이가 아니었다면 내가 당신을 죽였을 겁니다!"

평소의 그녀라면 상상조차 할 수 없는 일이었다. 그녀의 목소리가 격해진다.

"당신은 나의 몸을 더럽히고, 나의 정인을 죽이고, 세상에서 가장 증오하는 자의 아이를 배게 했어. 나는 당신을 결코 용서할 수가 없어. 하지만 뱃속 아이의 아비이기 때문에……. 하필 당신이, 당신 따위가!"

그제야 술에 취한 그날 밤, 범하듯이 여진을 취했던 것이 떠올랐다. 아차, 하는 생각이 스친다. 어째서 여진과는 늘 이렇듯 엇갈리는 것일까.

"당신은 영원히 혼자일 겁니다. 당신은 평생 지옥에서 살게 될 거야."

여진이 다시 평상심을 되찾고 차분하게 말한다. 하지만 그 눈빛과 목소리는 냉랭하기 짝이 없었다. 마치 얼음으로 만든 사람처럼. 여진이 돌아서 간다. 걸음걸음 그에게서 멀어진다. 그는 알았다. 그녀의 마음도 그렇게 멀어져 가고 있다는 것을. 그리고 다시는 돌아오지 않을 것이라는 걸.

'나는 무엇을 위해……. 나는 무엇을 위해……. 나는 대체 무엇을 위해……'

두 다리에 스르르 힘이 빠지며 털썩 그 자리에 무릎을 꿇고 주저앉는다. 너무 피곤하다. 살아간다는 것이 너무나 피곤하다. 멀어져 가는 그녀를 잡을 수 있는 한 가닥의 힘조차 남아 있지 않았다. 가문을 지키기 위해, 사랑하는 여인을 지키기 위해, 아버지에게 인정받지 못한 설움을 풀고자 길동을 죽도록 미워했고 그 증오의 힘으로 살아왔다. 이겨보고 싶었다. 너무나 이겨보고 싶었다. 단 한 번이라도 길동을 이겨보고 싶었다. 그리고 드디어 그가 이긴 것이다. 그런데…… 홍인형의 입에서 오열이 터져 나왔다.

'한데 왜 이리 눈물이 흐르는 것인가. 왜 이토록 통한이 몰려

오는가?'

한 번도 혈육이라 생각지 않고 인정하지도 않았던 허울뿐인 아우가 조카를 위해, 조카의 아비가 될 형을 위해 기꺼이 몸을 던져 죽음을 택했다. 그토록 증오하던 '아우'에게 목숨을 빚진 것이다. 홍길동은 끝까지 그를 비참하게 만들었다. 그리고 여진의 마음까지 영원히 가져가 버렸다.

'나는 패자다.'

비겁한 패자. 홍길동이 사라져도 그의 지옥은 사라지지 않았다. 그의 지옥은 이제부터 시작이었다. 그의 차디찬 가슴 위로 뜨거운 눈물이 멈추지를 않는다.

*

마포나루에서 서쪽으로 삼십 리쯤 내려가면 동막이라는 마을 외곽 강가에 오두막 한 채가 덩그러니 있는데 그곳이 꺽쇠의 거처였다. 이따금씩 허균, 길동과 어울려 뱃놀이를 하다 이곳에서 내려 꺽쇠에게 들르곤 했다. 허균의 말에 의하면 한양 땅에 꺽쇠만큼 신을 잘 짓는 갖바치도 없을뿐더러 꺽쇠만큼 누린내 없이 개고기를 잘 삶는 갖바치도 없다 하였다. 미리 연통을 넣어두면 신기에 가깝게 가죽을 다루는 갖바치답게 말끔히 개의 가죽을 벗겨낸 뒤, 그들이 도착할 때쯤에 맞춰 유들유들하게 익힌 고기를 내놓았다. 물론, 입이 짧은 편인 이강은 그리 개고기를 즐기진 않았지만 허균과 길동은 없어서 못 먹는다 할 만큼 꺽쇠의 개고기를 좋아했다. 꺽쇠는 천성이 입이 무겁고 우직한 성격에 허균의 일이라면 만사를 제치고 나섰다. 예전에 억울하게 도둑으로 몰려 관아에 잡혀갔을 때 누명을 쓰고 반병신이 될 뻔한 그를 오지랖 넓은 허균이 구해준 적이 있었는데, 그 뒤로 꺽쇠는 허균을 평생의 은인으로 여겼다. 그리고 허균의 막역지우인 길동과 이강 역시 허균을 대하듯 똑같이 대하였다. 꺽쇠라면 이렇게 위급할 적에 며칠 신변을 부탁할 수 있는 가장 믿을 만한 사람이었다.

해질 무렵 이강과 설향이 꺽쇠의 집에 도착했다. 하지만 집주인이 보이지 않았다.

"이렇게 난처할 데가 있나."

이강이 마당에 서서 집 안을 살피며 정말 난감한 표정으로 설향을 돌아보았다. 말 등에서 간신히 몸을 가누고 있는 설향은 한눈에 보기에도 모든 기력이 쇠해 보였지만 강단 있는 눈빛만은 언제나처럼 살아 있었다. 그 눈빛 때문일까, 저무는 해가 마지막으로 만들어낸 찬란한 빛깔의 노을 아래 설향의 모습은 금방이라도 스러져 버릴 것 같으면서도 처연하게 아름다웠다.

"주인도 없는 집에 객이 멋대로 안에 드는 것이 실례이긴 하지만, 꺽쇠가 언제 올지도 모르는데 하염없이 마당에서 기다릴 수도 없고 상황이 상황이니만큼 우선 방에 들어가 몸부터 녹이자꾸나."

이강이 말에서 내리는 설향을 도왔다. 설향도 도움을 뿌리치지 않고 순순히 그의 뜻에 따른다. 마당 한쪽 말뚝에 말을 묶어두고 방으로 들어갔다. 방은 두 칸이었지만 둘 중 한 곳은 작업장으로, 신을 만들 각종 가죽들로 가득해 들어서자마자 가죽 냄새가 코를 찔렀다. 이강은 꺽쇠가 기거하는 방으로 들어가 아랫목에 이불을 펴고 설향을 앉혔다. 그러나 이미 집을 비운 지 좀 된 듯 집 안엔 온통 냉기가 감돌았다. 방에 들어와서도 설향의 어깨가 계속 떨렸다.

"내 얼른 불을 때고 올 터이니 조금만 참거라."

설향은 다시 벙어리라도 된 듯 아무 말도 하지 않았다. 고개를 비스듬히 숙이고 어디를 보는지 모를 시선으로 어딘가를 응시하고 있을 뿐이었다.

'무슨 생각을 하는 것일까? 길동 형님을 두고 혼자 도망쳐 왔다고 생각하는 걸까? 길동 형님이 잘못되었을까 봐 걱정을 하는 것일까?'

이강 역시 생각에 잠겨 방을 나선다. 마당 한구석에 꺽쇠가 착실하게 모아놓은 장작을 적당히 꺼내 들고 부엌으로 들어갔다. 불쏘시개로 쓰는 바짝 마른 잔가지로 아궁이에 불을 지폈다. 평소에 해보지 않은 일인 터라 손놀림이 다소 서툴긴 했지만 어찌어찌 불을 붙이고 굵은 장작을 던져 넣자 이내 불길이 활활 타오른다. 염치불구하고 남의 부엌을 뒤적여 요깃거리를 찾아보았다. 잘 말려서 천장에 걸어놓은 생선포가 가장 먼저 눈에 띄고

항아리를 열어보니 잡곡이 반쯤 담겨 있었다.

'밥을 지어 먹였으면 좋겠는데 해본 적이 없으니 이거 참…….'

어깨너머로 본 기억을 떠올리며 한번 해보자 하고 소매를 걷어 올렸다. 그리 자주 있는 일은 아니었지만 이따금씩 허균과 길동, 이강 이렇게 셋이 산영을 나갈 때면 허균은 하인들 없이도 직접 소매를 걷어붙이고 잡은 토끼나 꿩들을 요리하곤 했었다. 밥도 곧잘 지었다. 그럴 때면 이강이 옆에서 잔심부름을 하며 거들곤 했다. 말로는 기껏 산영을 나와 시시하게 토끼나 꿩이 무어냐 서로 타박을 해댔지만 기녀 엉덩이나 두드릴 줄 아는 한량 허균과 절름발이 길동, 샌님 이강, 이런 이들이 산영을 나간 터이니 노루나 멧돼지는 언감생심이고 그 정도로도 괜찮은 성과였다.

'하긴 그때는 길동 형님이 절름발이가 아니라는 것도, 교산 형님의 무예가 그토록 출중한 것도 몰랐을 때이니 그리 생각했었지.'

이강이 쓴웃음을 지으며 바가지에 잡곡을 담았다.

'이럴 줄 알았으면 교산 형님이 밥 짓는 걸 유심히 봐둘걸.'

아쉬워하는데 설향이 부엌으로 들어온다.

"아니, 왜 나왔느냐? 몸도 성치 않은데 누워 있지 않고."

설향이 조용히 다가와 이강의 손에서 바가지를 가져갔다.

"제가 하겠습니다. 들어가 계시지요."

"아니다, 아니다. 내가 한다. 나도 할 수 있다."

다시 바가지를 빼어오려는데 설향이 고집스럽게 아궁이로 간다.

"이거 참……."

옆에서 같이 거들기도 뭐하고 그렇다고 그냥 들어가 버리기도 뭐해 부엌을 서성대며 설향이 밥을 하는 걸 지켜보았다. 그러면서 다디단 상상을 해본다.

'설향이, 아니, 세경이가 나의 안사람이 되어 우리의 집 우리의 부엌에서 종달새처럼 종종거리며 둘이 함께 밥을 먹고, 둘이 함께 손을 잡고 산보를 하고, 둘이 함께 잠자리에 들고, 그렇게 밤과 낮과 청명한 날과 흐린 날, 비 오는 날 모든 날을 함께할 수 있다면…….'

"걸리적거립니다. 들어가십시오."

설향이 귀퉁이에 이가 빠진 밥그릇을 들고 멈춰 섰다. 이강이 그녀의 앞을 가로막고 있었다.

"아, 그러하냐? 알았다……."

결국 설향에게 한마디 듣고는 머쓱하게 돌아선다. 그러나 그의 뒷모습을 보며 설향의 입가에 희미하게 미소가 스치는 것은 안타깝게도 보지 못하였다.

방으로 들어가자 아까와는 달리 훈훈한 온기가 돈다. 아랫목에 깔아놓은 이불은 어느새 설향이 다시 얌전하게 개켜놓았다.

'추운데 그냥 깔아두지 않고.'

설향의 깔끔한 성격에 남자와 둘이 있는 방에 이불을 깔아두는 것이 내키지 않았을 것이다. 방에 앉아 있자니 금세 사방이 어두워진다. 호롱불을 켠 뒤 어두운 부엌에서 밥상을 어찌 차려올까 싶어 나가 보려는데 문이 열리며 설향이 개다리소반을 들고 온다.

"이리 주거라."

이강이 벌떡 일어나 상을 받아 든다.

"아니, 괜찮습……."

그러나 이미 이강이 상을 빼앗아 든 후였다. 상엔 잡곡밥 두 공기와 맑은 국 두 그릇뿐이었다. 조금이라도 더 따듯한 아랫목에 설향을 앉히고 싶어 이강이 윗목에 먼저 자리 잡고 앉는다. 자연스레 설향이 이강을 마주 보고 아랫목에 앉는다. 불빛 때문일까, 설향의 모습이 아까보다 훨씬 정갈해 보였다. 자세히 살펴보니 헝클어진 머리도 곱게 빗겨져 있고 얼굴도 방금 닦고 나온 듯 말갛다. 아무리 강단이 있는 성격이라도 그녀도 여인인지라 험해진 외관이 마음에 걸려 가마솥에 끓인 물로 간단하게나마 씻고 온 모양이었다. 이강이 그녀의 얼굴을 빤히 살피자 무안했는지 시선을 떨구며 입을 연다.

"다른 것에는 손대지 않았습니다. 먹을 것이 귀한 때인데 남의 양식에 더 이상 손대기가 미안해서."

"이거면 충분하다. 그리고 우리가 먹은 것은 꺽쇠에게 셈을 치를 것이니 걱정 말거라."

설향도 고개를 끄덕인다. 차림은 단출했지만 그 맛은 일품이었다. 이리 마주 보고 밥을 먹으니 정말 부부라도 된 듯하여 자꾸만 웃음이 나왔다.

"이곳엔 얼마나 있어야 할까요?"

밥그릇을 거의 다 비워갈 무렵 설향이 무겁게 묻는다. 그 말에 달콤한 꿈에서 다시 쓰디쓴 현실로 돌아온다. 이강이 잠시 수저를 놓았다.

"교산 형님이나 길동 형님의 연통이 올 때까진 일단 이곳에 있어야 할 듯한데. 오래 걸리지 않아 연통을 보내올 것이다."

"아무 일이 없다면 그렇겠지요."

만약 두 형님에게 무슨 일이 생긴다면……. 이강은 등골이 서늘해졌다. 아무리 기다려도 연통이 없다면 설향과 함께 어찌해야 할까 막막하기 그지없다. 설향도 중죄인이지만 이강 역시 부대에서 도망친 몸이었다. 집으로 갈 수도 없고 어디로 도망쳐야 할지 방법도 모르겠다. 하지만 확실한 건 무슨 일이 있어도 이제 다시는 그녀의 곁을 떠나지 않겠다는 것이었다.

"역시 교산 형님도 활빈당이었던 게로구나."

이강이 다시 수저를 들며 말했다. 딱히 무슨 답을 들으려는 것이 아니라 자꾸만 머릿속에 드는 불안감을 지우려 화제를 돌린 것이다.

"교산 나리는 활빈당이 아닙니다. 그분이 활빈이시라면 제가 왜 모르겠습니까? 오늘 일은 부상 때문에 몸이 성치 않은 두령이 얼마 되지 않는 동료들과 관군을 습격하는 것이 걱정되어 돕겠다 나서신 것이 아닌가 생각됩니다."

설향이 말을 멈추더니 이강을 똑바로 바라보며 말했다.

"나리야말로 명군과 함께 남쪽으로 내려가신 분이 어찌 이곳에 계신 겁니까? 혹시 탈영을 하신 것입니까? 그런 것이라면 나리뿐만이 아니라 집안에까지 화가 미칠 터인데요."

"이제 제법 살 만한가 보구나? 남 걱정까지 다 하는걸 보니."

이강이 가볍게 농을 하며 남은 국을 훌훌 마셔 버린다.

"저 때문입니까?"

설향이 다시 묻는다. 그 말에도 역시 답을 하지 않고 자리에서 일어난다.

"덕분에 잘 먹었다. 맛있구나."

"어딜 가시는 겁니까?"

설향이 당황해 같이 일어났다.

"나는 옆방에 있을 터이니 내 신경 쓰지 말고 편히 누워 쉬거라."

"옆방은 작업장으로 쓰는 곳 아닙니까? 문밖에서도 가죽 냄새가 진동을 하던데 그런 곳에서 어찌 쉬실 수가 있겠습니까?"

"난 쉬려고 온 것이 아니다, 여인을 지키러 온 것이지."

이강이 대꾸했다.

'나는 아무래도 좋다, 설향이 너만 평안하다면.'

마음속으로 조용히 되뇐다. 그리고는 돌아서 나가려는데 등 뒤에서 설향의 목소리가 들렸다.

"그럼 여기 계십시오."

이강이 놀라 뒤돌아보았다.

"가지 마세요, 오라버니."

오라버니! 분명 설향이 그에게 오라버니라 하였다. 근 십 년 만에 들어보는 말이었다.

"그래도…… 되겠느냐?"

목이 메어와 말소리가 흔들린다.

"혼자 있고 싶지 않습니다."

그렇게 말하는 설향의 어깨가 너무나 지쳐 보였다. 지금 그의 앞에 서 있는 그녀는 활빈당의 살수 무명도, 눈빛 하나 손짓 하나로 뭇 사내들을 뒤흔드는 장안 최고의 기녀도, 기구한 운명의 역도의 딸도 아닌 그저 지치고 연약한 여인일 뿐이었다.

"혼자 두지 않을 것이다."

이강이 스스로에게 다짐하듯 말한다.

"이제 다시는 너를 두고 아무 데도 가지 않을 것이다. 싫다 해도 할 수 없다. 나는 끝까지 너와 함께할 것이다. 네 옆에서 너를 지킬 것이다. 네가 날 좋아하든 싫어하든 네 마음속에 다른 누군가가 있든 간에……."

"없습니다, 다른 누군가 따윈."

설향이 이강의 말을 끊는다.

"길동 형님을 연모하는 것이 아니었느냐?"

이강의 머릿속이 혼란스러워진다.

"그분은 제 생명의 은인이십니다. 그리고 새로운 세상을 만들고자 하는 그분의 뜻을 존경하고 따릅니다. 하지만 정인으로서 마음에 둔 적은 없습니다."

"하나 전에 내게 길동 형님을 연모한다 하지 않았느냐?"

"거짓이었습니다."

설향이 조금도 망설임 없이 대꾸한다.

"왜 그런 거짓말을 했느냐?"

"그래야 오라버니가 저를 떠나실 테니까요. 저는 위험천만한 활빈당의 살수이기도 하지만 그전에 역도의 딸입니다. 제 곁에 있으면 오라버니까지 다치십니다. 그럴 순 없었습니다. 이날까지 한시도 잊은 적 없이 마음에 품고 살아온 정인이 저로 인해 다치는 것을 어찌 지켜볼 수 있겠습니까. 하지만 이젠 싫습니다, 아니, 오늘만큼은 싫습니다. 오늘 하룻밤만이라도 제 곁에 붙잡아두고 싶습니다."

설향의 맑은 눈에 이강의 어리석은 모습이 한껏 부풀어 오르나 싶더니 또르르 한 방울 눈물이 볼을 타고 흐른다.

'아……. 이 얼마나 바보인가. 나는 어찌 이리도 못난 사내인가. 어찌 다 갚아야 한단 말인가, 저 깊고 깊은 마음을.'

이강이 한 발, 한 발 설향에게 다가간다. 그녀가 한 발, 한 발 가까워진다. 영원토록 품을 수 없을 것 같았던 그녀가 그에게 다가온다. 그의 품에 들어온다. 이강이 설향의 입술에 입을 맞춘다. 시간이 멈춘다. 세상이 멈춘다. 모든 것이 정지한 시공간에서 그들의 마음만이 천천히 흐르기 시작한다. 이강이 떨리는 손으로 설향의 저고리 고름을 푼다. 그러나 드러난 그녀의 어깨에 손길이 멈춘다. 인두로 지진 끔찍한 상처가 채 아물지도 않고 여윈 어깨를 뒤덮고 있다. 아무 말도 못하고 멈춰 선 이강 대신 설향이 제 손으로 저고리를 벗는다. 그리고 치마마저 벗는다. 허벅지를 관통한 총알의 흔적, 압슬을 당해 성한 곳이 없는 다리와 단검이 꽂혔던 손목의 흉터……. 그녀의 벗은 몸에 힘든 세월이 고스란히 새겨져 있었다. 이강이 금방이라도 부서질 것 같은 그 몸을 끌어안는다.

"다시는 놓지 않겠다. 죽는 순간까지 놓지 않겠다. 죽어서도 너를 놓지 않겠다."

이강이 간절하게 말한다. 지금까지의 모든 세월을 보상해 주고 싶다. 힘들고 고단했던 긴 시간들을 이제부터라도 품어주고 싶다. 호롱불에 비친 두 사람의 긴 그림자가 서로를 보듬는다. 그리고 그 그림자는 이내 호롱불도 없는 깊은 어둠 속으로 사라져 버린다.

늦은 밤 장태인이 기방에 나타났다. 기녀들이 술렁거렸다. 장안 최고의, 아니, 조선 최고의 갑부이며 중년의 나이에도 여전히 눈에 띄는 미남자로, 마음만 먹으면 기방을 통째로 사들이거나 명기란 명기들은 죄다 거느릴 수도 있건만 장태인은 좀처럼 기방 출입을 하지 않았다. 가끔 관료들이나 명국 사신들을 접대할 일이 있어도 대부분 아우인 장경인이 나서서 하고 장태인이 직접 나서는 때는 드물었다. 그런 거부가 첩 하나 거느리지도 않고 강박적일 만큼 색을 멀리하니 아들인 이강이 있음에도 성불구라는 소문이 꽤나 신빙성 있게 돌았다. 그런데 그런 장태인이 기방에 온 것이다.

"오셨습니까?"

장태인이 왔다는 말에 계보린이 대문까지 나와 맞이했다.

"오랜만이군."

막역한 옛 친구를 대하듯 자연스레 답한다.

"쇤네는 먼발치에서나마 이따금씩 나리를 뵈었습니다."

"그랬는가?"

"나리는 그대로이십니다. 이십 년 전과 전혀 달라지시지 않았습니다."

"자네는 늙었군."

"말버릇 고약하신 것도 여전하십니다."

장태인이 웃는다. 비록 활짝 웃은 것은 아니었으나 늘 냉랭한 그에겐 드문 일이었다.

"저…… 홍매를 찾아오신……."

조심스레 꺼낸 말에 장태인의 얼굴이 대번에 굳어버린다.

"허균은 어디 있나?"

"……모셔다 드리겠습니다."

계보린이 씁쓸한 표정으로 앞장선다. 홍매와 계보린이 동기였을 적, 그 누구보다 어여쁜 꽃봉오리 같았던 그녀들은 같은 사내를 연모했었다. 세 사람은 흐드러지게 핀 매화꽃 아래에서 시를 짓고 거문고를 뜯으며 잠시나마 참으로 좋은 시절을 보냈었다. 그러나 그 사내는 계보린이 아닌 홍매를 택했고 첫정을 외면당한 상처에 계보린은 수없이 많은 밤을 눈물로 지새웠다. 홍매를 시기하기도 했지만 그 이후 그 사랑 때문에 감내해야 했던 모진 세월을 옆에서 지켜보며 기녀라는 굴레를 쓴 사람에게 사랑이 얼마나 부질없는 것인지 뼈저리게 깨달았다. 기구함이 숙명과도 같은 기녀의 일생에 사랑은 독이었다. 그녀는 악착같이 재물을 모아 기방의 행수가 되었고, 폐인이 되어버린 벗과 그 벗의 딸을 거두었다. 그렇게 살아오는 동안 모두들 계보린을 재물만 아는 독한 계집이라 했지만 그녀에게도 벗과의 정이 있었고 마음속 깊이 곱게 접어놓은 연정이 있었다. 그리고 그 첫정의 사내가 바로 장태인이었다.

계보린의 안내로 별채에 들어서자 거하게 차려놓은 술상 앞에서 허균이 홀로 자작을 하고 있었다. 장태인을 십여 년 만에 장만옥으로 걸음하게 한 건 바로 허균이었다. 장태인의 집으로 허균이 사람을 보내왔다. 기방으로 와달라는 전갈이었다.

반드시 혼자서, 지금 당장.

"새파랗게 어린놈이 제가 아무리 남인 세도가 출신이라지만 아비뻘 되는 어른을 어딜 오라 가라인가?"

사랑채에 함께 있던 장경인이 허균의 전갈을 듣고 단순한 성격답게 불같이 화를 냈다. 그러나 겉보기엔 허허실실 난봉꾼으로 보여도 허균의 일면에 번뜩이는 비범함을 아는 장태인은 그가 실없이 이런 전갈을 보낼 인물은 아니라고 판단했다. 분명 '반드시 혼자서, 지금 당장' 만나야 할 일이 있는 것이다. 허균이 장태인을 급히 만나야 할 일이라면 두 가지 중 하나일 것이다. 활빈당과 관련된 일이거나 이강에 대한 일이거나, 아니면 둘 다이거나. 도지에게 홍길동이 죽었다는 것을 보고받았다. 허균이 벌써 이를 알 리는 없다고 생각하지만 오늘 낮에 있었던 활빈당 탈주 사건에 허균도 관련이 있다고 짐작하고 있는바 활빈당과 관련해 무언가 중요한 할 말이 있을지도 모른다. 아니면 이강에 대해. 불과 몇 시각 전에 순천에서 급한 연통이 올라왔다. 유정의 부대가 왜적의 야습을 받아 전투 중에 이강이 실종되었다는.

실종.

전란 중 실종은 전사(戰死)나 다름없다. 서신을 쥔 장태인의 손이 부들부들 떨렸다.

'그럴 리가 없다.'

장태인이 세차게 고개를 저었다.

'내가 왜 여기까지 왔는데. 다시는 소중한 것을 내 눈앞에서 잃지 않기 위해, 그 무엇도 빼앗기지 않기 위해 지금껏 달려왔는

데 내게 가장 소중한 아들을 이렇게 잃을 수는 없다. 절대 그럴 순 없다.'

안사람에게도 아우에게도 알리지 않고 정확한 상황을 알아보기 위해 은밀히 순천에 사람을 내려보냈다. 그리고 흥분을 가라앉히고 냉정히 생각을 정리해 보았다. 활빈당의 탈주와 설향, 이강의 실종……. 어쩐지 이 세 가지 사건이 무관하지 않게 생각되었다. 그러던 참에 허균에게 연통이 온 것이다. 허균은 뭔가 알고 있다. 확신에 가까운 직감이 들었다. 어찌 됐건 이런 이야기들을 나누기엔 남인의 일가인 허균이 서인의 돈줄인 장태인의 집으로 찾아오는 것보다는 기방이 나을 것이다.

"오셨습니까?"

허균이 벌떡 일어나 정중하게 허리 숙여 인사한다. 양반이 중인을 대하는 태도가 아닌 친한 벗의 아버지에게 올리는 인사였다. 하지만 신분의 차이는 차이, 장태인은 편히 인사를 받지 못하고 함께 허리를 숙여 인사한다. 허균이 자기가 앉아 있던 상석을 권한다. 하지만 거절하고 맞은편에 자리를 잡는다.

"제가 한 잔 올리겠습니다."

허균이 술 주전자를 든다.

"술을 하지 않소."

장태인이 고개를 젓는다. 존대도 하대도 아닌 애매한 말투만큼이나 애매한 만남이고 애매한 자리였다.

"그러십니까?"

들었던 주전자를 제 잔에 기울인다. 그리고 단숨에 잔을 비운다.

"음복주입니다. 오늘 제 벗이 먼 길을 떠났다고 합니다."

허균의 눈빛이 흔들린다. 한없이 슬픔에 잠긴 것도 같고 분노로 일렁이는 것도 같다. 길동의 죽음을 안 모양이다.

'어찌 알았을까.'

홍길동이 죽을 때 홍인형도 그 자리에 있었다. 조근수, 도지, 홍인형 그리고 장태인 자신. 홍길동의 죽음을 아는 넷 중 허균에게 그 사실을 알릴 만한 이는 홍인형뿐이다. 하지만 홍인형은 왜 허균에게 그 사실을 알린 것일까. 홍인형은 이복 아우인 길동만큼이나 허균도 싫어했다. 홍길동의 절친한 벗에게 그의 죽음을 알려 고통을 주려는 의도로? 그게 아니면……. 조근수는 수단과 방법을 가리지 말고 홍길동을 사살하라 하였다. 그 과정에서 어떠한 희생도 용납한다 하였다. 그리하여 홍길동과 뒤엉켜 있던 홍인형에게도 활이 겨누어졌다 했다. 그에 대한 앙심으로 서인인 조근수와 반대파인 남인가의 허균에게 알린 것일까. 하지만 허균이 홍길동의 죽음을 알았다 한들 지금으로선 서인에게 어떤 타격을 줄 수 있단 말인가? 도무지 홍인형의 의도를 알 수가 없었다.

"또 다른 벗들의 죽음은 막아야 하지 않겠습니까?"

허균의 목소리가 잔뜩 가라앉아 있었다. 불과 한나절 사이에 그의 곁에서 살아 숨 쉬고 움직이던 벗이 사라졌다. 영원히 이 세상에서 자취를 감추었다.

허균에게 서신이 왔었다. 뜻밖에도 여진이 보낸 것이었다. 한때 길동의 정인이었지만 지금은 길동의 이복형 홍인형의 내자가 된 기구하다면 기구한 운명의 여인. 그녀가 무슨 일로 친분도 없는 허균에게 서신을 보낸 것일까. 길동의 얼굴이 스치며 불길한 예감이 들었다. 그리고 그 불길한 예감이 틀리지 않았음을 확인하는 데는 얼마 걸리지 않았다. 길동이 죽었다. 서신은 그리 말하고 있었다. 자신의 아비와 홍인형에 의해 처참히 살해되어 인왕산 어느 벼랑 아래로 버려졌다. 이런 믿고 싶지 않은 사실이 잔인할 정도로 또박또박 적혀 있었다. 여진의 부(父)는 조근수이다. 조근수의 여식이자 홍인형의 내자인 그녀가 알려온 것이니 틀림없는 사실일 것이다. 하지만 그는 마음껏 슬퍼할 수만도 없었다. 길동도 없는 지금 또 다른 벗의 안위를 책임져야 하는 건 이제 온전히 그의 몫이었다.

"이강이 동막마을 갖바치 집에서 몸을 숨기고 있습니다. 설향과 함께입니다."

순간 장태인의 입에서 낮은 한숨이 흘러나온다. 실종되었다는 이강이 살아 있음에 대한 안도의 한숨이었다. 그러나 한편으론 그의 추측대로 활빈당의 탈주와 이강이 관련 있다는 사실에 마음이 무거워졌다. 이강이 기어이 위험천만한 불길로 뛰어든 것이다.

"내일 아침 어르신의 상선이 마포나루에서 명으로 떠나지 않습니까? 그들을 그 배에 태워주십시오."

이제 이강은 조선 땅에 있기 위험한 처지가 되었다. 게다가 설향, 아니, 세경까지 이강과 함께 붙어 다닌다면 더더욱 그러하다. 이제 이강은 무슨 수를 써도 결코 세경에게서 떨어지지 않을 것이다. 그렇다면 명으로 보내는 것이 최선의 방법일 것이다. 허균이 말을 잇는다.

"창고에 있는 물건을 좀 더 배에 실으시지요. 그중 궤짝 두 개를 비워두십시오. 마포나루로 가는 길목에서 빈 궤짝을 채워갈 것입니다."

이강과 설향을 궤짝에 실어 물품들 사이에 섞어 배에 태운다. 밀항하기에 가장 손쉽고 좋은 방법이다. 일단 배가 포구를 떠나면 명까지 가는 데 아무 문제 없을 것이다. 허균은 이미 방도를 마련해 놓고 장태인에게 도움을 청하는 것이었다. 어찌 보면 통보에 가까웠다. 하지만 딱히 반박할 이유도 대안도 없었다.

"꺽쇠의 집에 사람을 보내 연통을 넣을 것입니다."

"그렇다면 내가 믿을 만한 사람을 골라 보내겠소."

"제가 적합한 이를 생각해 두었습니다."

"적합한 이라니, 누굴 보낼 생각이시오?"

장태인의 물음에 기다렸다는 듯이 문밖에서 힘찬 대답이 들려온다.

"제가 가겠습니다!"

그리고 목소리만큼 힘차게 문이 열리며 홍금보가 들어온다.

"호랑이도 제 말 하면 온다더니, 때마침 왔구나."

허균이 홍금보를 반긴다.

"멧돼지, 독각귀도 모자라 이제 호랑입니까?"

장을 맞을 때에도 할 말은 기어이 하고 마는 금보가 허균에게 쏘아붙인 뒤 장태인에게 꾸벅 인사를 올린다.

"제가 갈 것입니다. 저만큼 이 일에 적합한 이는 없습니다."

그 확고함이 당돌하게 보일 정도이다. 하필 저 아이인가, 장태인이 미간을 찌푸렸다.

"여럿의 목숨이 달린 일이오. 잘못되면 그 두 사람은 물론 우리 모두가 살아남지 못할 것이오."

"우리 모두라 함은 장씨 가문과 서인들을 말씀하시는 겁니까? 아니면 어르신과 저, 금보를 말씀하시는 겁니까? 저를 걱정하는 것이라면 괜찮습니다. 어차피 한 번 죽을 목숨, 일이 잘못되어 벗들이 모두 떠나 버린다면 그런 세상에 무슨 미련이 남겠습니까."

허균이 허허롭게 웃는다. 저승에서 셋이 다시 모여 술잔을 기울이는 것도 나쁘지 않겠구나, 생각해 본다. 하지만 저승에서 만나는 건 시간이 많이 흐른 뒤에 해도 늦지 않으리라, 허균이 다시 생각한다. 이강과 설향은 길동처럼 허망하게 보내고 싶지 않았다. 어떻게 하든 벗을 살리고 싶었다.

"그리고 잘못되지 않을 것입니다. 혹여 누가 보더라도 기녀가 갖바치 집에 가는 것이 이상할 건 아니지요. 아무도 의심하지 않을 것입니다."

"제가 어찌하면 됩니까?"

금보가 다부진 얼굴로 묻는다.

"진시까지 무암골 솔숲으로 가라, 이 말만 전하면 된다."

"그뿐입니까?"

"말을 전하자마자 너는 기방으로 돌아오거라. 더는 알려고도 더는 관여하지도 말고. 그것이 너를 위해서도 또한 그들을 위해서도 가장 최선이다. 그리고 가장 중요한 일이기도 하다. 해줄 수 있겠느냐?"

이강과 설향이 어떤 수단으로 어디로 떠났는지 금보는 모르는 것이 낫다. 금보의 안전을 위해서도, 너무 많은 것을 알고 있으면 위험만 높아질 뿐이다. 허균의 물음에 금보가 주저 없이 고개를 끄덕인다. 허균같이 비상한 분이 마련한 방도이니 그것이 이강에게 가장 이로운 일일 것이다. 무조건 그 말을 따르리라.

"진시라면 아침?"

장태인이 어느새 허균의 말의 동조해 질문을 한다.

"해가 뜨면 금보가 출발할 것입니다. 신을 맞추는 게 뭐 그리 다급한 일이라고 기녀가 오밤중에 갖바치에게 가겠습니까? 다행히 이강은 순천에서 실종된 것으로 알려져 있으니 설향의 탈주에 장씨 집안을 의심하는 눈은 없을 겁니다. 하지만 만사불여튼튼이니까요. 조심해서 나쁠 것은 없지요."

장태인이 쓴웃음을 짓는다. 허균의 말에 틀린 것이 없다. 추가로 짐을 싣는 것도 밤에 몰래 싣는 것보다 아침에 떳떳하게 신는 것이 누가 보더라도 자연스럽고 덜 의심받을 것이다.

'조선제일의 장자방으로 일컬어지는 내가 오늘따라 무딘 칼날보다 더욱 무디구나. 나 역시 자식 일에는 허둥지둥 어찌할 바를 모르는 평범한 아비에 지나지 않는구나.'

장태인이 자리에서 일어난다.

"진시까지 틀림없이 준비하겠소."

"예, 감사합니다."

허균도 자리에서 일어나 깊이 허리를 숙인다.

'왜 내게 감사를 하는 걸까? 허리 굽혀 감사해야 할 사람은 아비인 나인 것을.'

우의(友誼). 혈육 같은 벗.

그도 한때 그런 이가 있었더랬다. 최심온의 심지 깊고 온화한 얼굴이 떠오른다. 하지만 그는 벗의 목숨이 위험할 때 허균처럼 지켜주지 못했다. 오히려 벗의 목숨 값으로 지금의 부를 이루었다. 나와 나의 가족이 살아남기 위해선 어쩔 수 없었다, 그는 그리 생각해 왔다. 아니, 그리 생각하려 자기 자신조차 세뇌시켜왔다. 후회하지 않는다, 강박적일 만큼 끊임없이 되뇌었다. 하지만 지금 그는 절실히 깨닫는다. 그가 얼마나 뼈저리게 후회하고 있는지. 지금껏 갚을 수 없는 마음의 빚을 지고 살아왔다, 벗에게도 벗의 여식에게도. 그래서 지금 이강이 그를 대신하여 벗의 여식을 위해 목숨을 걸고 있는 것이 아닐까. 그가 쌓은 업을 이강이 대신 갚고 있는 것이다, 그리 생각되었다. 다시는 힘이 없어 소중한 것을 잃지 않기 위해 선택한 길이었건만 그의 잘못된 선택으로 인해 결국엔 가장 소중한 아들의 목숨을 위태롭게 만든 셈이다. 하지만 아들에겐 그의 목숨을 자신의 목숨처럼 여겨주는 혈육 같은 벗이 있었다. 감사하게도.

"감사합니다."

장태인이 허균과 마주 인사한다. 누군가에게 진심으로 고개를 숙여본 것은 처음이었다.

"아, 아니…… 이러지 않으셔도……."

허균이 난감한 표정으로 어쩔 줄을 몰라 했다. 장태인이 문으로 향한다. 여태 자리에 앉지 않고 서 있던 금보가 장태인의 움직임을 따라 시선을 옮긴다. 장태인의 눈에 금보의 노리개가 들어왔다. 우뚝 멈춰 선다. 금보가 차고 있는 호박노리개는 이십년 전 그가 홍매에게 주었던 정표였다. 노리개를 받고 어린아이처럼 좋아하던 홍매의 얼굴이 어제 일처럼 생생하게 떠오른다. 아직까지도 간직하고 있었던 것인가. 그리고 이제 그녀의 딸이 그 노리개를 물려받아 차고 있었다.

"위험하지 않겠느냐?"

"무슨 대단한 일을 한다고요, 말을 전하는 것뿐인데."

금보가 공치사라도 들은 양 쑥스러워하며 답한다.

"그리고 제가 위험에 처했다면 오라버니 역시 이리 하였을 겁니다. 저를 친누이로 대해주셨습니다. 이제 제가 갚을 차례입니다."

내가 지금 이 아이를 걱정하고 있는 것인가, 장태인이 물끄러미 금보를 바라보았다. 전혀 닮지 않은 듯한데도 홍매의 얼굴이 금보의 얼굴에 서린다.

'이 아이가 정말 나의…….'

"잘 자랐구나."

그렇게 한마디 남기고 방을 나선다. 그의 과오가 너무나 많다. 최심온에게도, 최심온의 여식 세경에게도, 이강에게도, 홍매에게도 그리고 금보 저 아이에게도……. 그는 너무도 많은 과오를 저질렀다. 아들을 살리고, 그의 아들이 지키고자 하는 최심온의 여식을 살리면 조금이나마 그 과오를 덜 수 있을까. 하지만 그러기 위해서 금보를 또 다른 위험에 빠뜨릴지도 모른다. 발걸음이 무겁다. 마음이 무겁다. 그의 과오의 끝이 좀처럼 보이지 않는다.

*

이른 아침, 꺽쇠의 오두막 마당에 인기척이 들렸다. 선잠이 들었던 이강이 퍼뜩 잠에서 깨어났다. 그 바람에 이강의 팔을 베고 나란히 누워 있던 설향도 이부자리에서 일어났다.

"오라버니, 무슨 일입니까?"

설향이 몸을 일으키자 장지문으로 비춰 들어오는 밝은 햇살에 벗은 가슴이 보얗게 빛난다. 부끄러운 듯 이부자락으로 드러난 젖가슴을 가린다. 이강도 자신의 벗은 몸이 무안해 시선을 돌린다. 첫 밤을 함께 보낸 남녀의 얼굴이 이런 와중에도 살짝 붉어진다.

"계시오? 안에 누구 안 계시오?"

어색한 공기를 헤치고 커다란 목소리가 들려온다. 몹시 익숙한 목청이다.

"저것은 홍금보의 목소리가 아니냐?"

"예, 맞습니다."

"저 아이가 어찌 여기에……. 안에 있거라. 내가 나가 보마."

이강이 옷을 걸치고 밖으로 나간다.

"오라버니!"

마당에서 안을 살피던 금보가 이강을 보고 우렁차게 외쳤다. 실은 이강이 무사한 모습을 확인하는 순간 반가움에 와락 얼싸안고 싶었지만 설향과 함께라는 것을 알기에 참았다.

"네가 어떻게 여기까지 왔느냐? 혹, 형님들이 보낸 것이냐?"

"그럼 제가 이곳을 어찌 알고 왔겠습니까? 갖바치는요?"

"우리가 이곳에 도착했을 때 집에 없었다."

우리.

'물론 설향과 오라버니를 칭하는 것이겠지.'

이미 알고 있는 사실인데도 금보는 기분이 묘해졌다.

"아무튼 시간이 촉박합니다. 진시까지 무암골 솔숲으로……."

그때 방문을 열고 나오는 설향을 본 금보가 말을 멈춘다. 방금 이강이 나온 방이다. 여인의 직감으로 알아챘다.

'두 사람이 함께 밤을 보냈구나. 이제 정말 남의 사람이구나, 오라버니는.'

이미 이강을 마음에서 지웠지만, 그리고 이제 금보에게도 소중한 사람이 생겼지만 새삼 서운해진다. 서운함을 느낀다는 게 박수타에게 미안하기도 하고 스스로도 납득이 되지 않았으나 자기도 모르게 그런 마음이 드는 건 어쩔 수 없었다. 오랜 시간 마음 깊이 품어왔던 사람이니 이렇게 잠시 서운해하는 정도는 너그럽게 넘어가 주겠거니, 누가 뭐라 한 것도 아닌데 괜스레 혼자 그리 생각해 본다.

"무사했구나."

금보가 설향에게 먼저 말을 건넸다.

"나 때문에 고초를 겪게 해서 미안하다."

연희 이후 설향이 말하는 것을 몇 번이고 들었는데도 여전히 그녀의 목소리가 낯설었다. 일부러 말을 안 한 것이지 벙어리가 아니었음을 이제 아는데도 벙어리가 갑자기 말문이 트인 것인 양 신기하다.

"나리들은 두 분 다 무사하시고? 길동 나리는?"

태연한 척하지만 설향의 얼굴에 초조한 빛이 스친다.

"무사하셔, 두 분 다."

거짓이다. 홍길동의 죽음을 알면 설향이 남아서 복수를 하겠다거나 동지들을 두고 혼자서만 떠날 수 없다고 고집을 부릴까 봐 허균이 거짓말을 한 것이었다. 물론 그 말을 전하는 금보 역시 허균이 거짓말을 했다는 것을 몰랐다. 금보까지도 속인 것이다. 정확히 말하면 속인 것이 아니라 아무에게도 길동의 죽음을 알리지 않은 것이었다. 알릴 상황도 아닐뿐더러 길동의 죽음을 인정할 수 없는, 인정하고 싶지 않은 허균의 마음이기도 했다.

"진시까지 무암골 솔숲으로 가라고 허균 나리가 전하라 하셨습니다."

금보가 이강을 보며 조금 전 하려던 말을 마무리한다.

"진시까지 무암골 솔숲으로 가라? 그리고는?"

"제가 아는 건 그게 다입니다. 허균 나리께서 방도를 마련해 놓았으니 믿고 따르라, 그리 말씀하셨습니다."

이강이 잠시 생각에 잠긴 사이 금보가 마당에 세워둔 말 등에서 보퉁이를 내린다. 그리고 설향에게 건넸다.

"갈아입어. 눈에 띄지 않게 남장을 하는 게 좋을 거야."

설향이 고개를 끄덕이며 보퉁이를 받아 들고 방 안으로 들어갔다. 그녀가 자리를 뜨자 이강이 근심스럽게 물었다.

"저기, 집에는 별일 없느냐? 관아에서 사람이 왔다 갔다거나……."

지금쯤 그가 부대를 이탈했다는 것이 한양까지 알려졌을 텐데, 아무리 아버님이 누구도 함부로 못하는 조선 최고의 재력가이지만 혹시라도 자신 때문에 가족들에게 화가 닥칠까 봐 마음이 무겁다.

"다행이라고 해야 할지, 오라버니는 왜병의 급습 때 실종된 걸로 처리되었답니다. 이미 없는 목숨과 다름 없습니다."

이미 없는 목숨과 같다……. 이강이 속으로 그 말을 되뇌며 박수타를 떠올렸다. 박 통사 그 사람이 뒷일을 그리 수습해 준 것인가. 그러고 보니 박 통사는 그 난리통에 어찌 되었을지, 이제야 그의 안부를 걱정하는 것이 슬그머니 미안한 생각이 들었다.

"기습이 있던 날, 박 통사 그 사람이 나를 도와주어 무사히 빠져나올 수 있었다. 참으로 고마운 사람이다."

"그 사람은 무사합니까?"

금보가 묻는다. 그런 금보의 눈에 염려가 가득하다. 이 아이가 박수타 그 사내를 진정 마음에 품었구나, 흐뭇하면서도 한편으론 왠지 허전한 마음이 든다. 아끼던 누이가 시집을 간다 할 때 이런 기분일까 싶기도 하다.

"내가 떠나올 때까지도 아주 건강히 잘 있었다. 그리고 너무 걱정하지 말거라. 박 통사 그 사람은 너 때문이라도 그리 쉽게 몸이 상하거나 일을 당할 사람이 아니다. 반드시 무탈하게 네게 돌아갈 것이다."

금보가 한결 밝아진 표정으로 고개를 끄덕인다. 그리고 그사이 변복을 한 설향이 방에서 나온다. 사내 옷을 입고 상투를 틀어도 그 미모는 쉬이 숨겨지지 않았지만 금방 눈에 띄지는 않을 듯했다.

"건강하세요. 숨 쉬고 살아 있으면 다시 뵐 날이 있겠지요."

금보가 늘 그렇듯 넉살 좋게 웃어 보인다. 이들이 어디로 가는지, 앞으로 어떻게 될 것인지 알 수 없지만 왠지 쉽게 다시 만날 수 없을 것만 같은 예감이 들었다. 그리고 그 안타까운 예감이 맞을 거라는 예감도 들었다.

"아들딸 낳고 잘살아라."

금보가 설향에게 말했다. 이 말을 건네는데 왜 이리 마음이 찡해지는지 모르겠다. 금보는 지금껏 설향을 싫어했다. 하지만 이제 그녀가 행복했으면 좋겠다. 그녀가 행복하면 이강도 행복할 것이니. 그것이 진정 이강을 위한 것이겠지. 이제야 사랑이라는 것이 어떤 것인지 깨닫는다. 나보다 상대방을 먼저 생각하는 것, 사랑은 그런 것이었다. 금보는 여태껏 자신의 마음을 몰라주는 이강이 야속했었다. 이강보다 이강을 사랑하는 자신의 마음이 더 중요했던 것이다. 그녀는 이제 가지려고만 하지 않고 놓을 줄도 알게 되었다. 박수타의 사랑이 그녀를 변화시킨 것이다.

"혼례를 올리러 떠나는 것이 아니다. 동지들을 만나……."

말은 그리 하면서도 설향의 얼굴이 수줍게 물든다. 그러자 금보가 평소처럼 심통 맞게 말을 자른다.

"몇 년 만에 말문이 트여서 그런가, 거참 말 많네. 아무튼 행여 이강 오라버니 바가지 긁는단 소리만 내 귀에 들려봐, 어디에 있건 산 넘고 물 건너 기어이 쫓아가 혼내줄 터이니! 이강 오라버니가 나를 친누이와 같다 했으니 시누이 노릇을 단단히 할 테다. 나 한 번 화나면 멧돼지처럼 날뛰는 거 알지?"

"내가 표창의 명수라는 것도 알 텐데?"

설향이 지지 않고 새침하게 받아친다. 예상치 못한 대꾸에 금보가 잠시 어리둥절하다가 농이라는 것을 알아채고 놀라 되묻는다.

"네가 농도 할 줄 알았니?"

풋, 설향이 웃는다.

"어랏, 웃을 줄도 아는구나!"

설향의 얼굴에 활짝 웃음꽃이 인다. 꽃, 그야말로 진정 꽃처럼 환하게 피어오르는 설향의 모습에서 사랑하는 이와 함께하는 여인의 행복함이 묻어 나왔다. 그런 설향에게 금보가 한 손을 내밀었다.

"악수라는 거래. 서방에서는 다시 만나자는 인사로 이리 한다고 하네."

금보가 설향의 손을 잡는다. 설향도 금보의 손을 굳게 맞잡는다.

"고맙다."

설향이 진심을 다해 말했다. 그 진심이 금보에게 고스란히 전해졌다. 다음에 다시 보게 되면 벗을 하자고 할까, 그리 말하려다 왠지 낯간지러워 그만두었다.

"뭐야, 닭살 돋게. 이럴 시간 없어. 얼른얼른 서둘러야지. 이러다 늦겠다!"

콧날이 시큰해지려 해 서둘러 설향과 이강의 등을 떠민다.

"그렇게 비실비실한 말을 둘이서 어떻게 타고 가려고요? 오라버니는 제가 타고 온 말을 타고 가세요."

말 한 필에 두 사람이 타려 하자 금보가 제 말을 내어준다. 이강이 타고 갈 튼튼한 말 한 필 내어주는 것, 한때 마음속 깊이 품었던 정인이자 더없이 좋은 벗이고 혈육처럼 자신을 아껴준 오라비인 이강이 언제 돌아올지 기약도 없는 먼 곳으로 떠나는 길에 그녀가 해줄 수 있는 유일한 것이었다.

"그럼 너는 어찌 돌아가느냐?"

"지금 누가 누굴 걱정하는 겁니까? 목숨이 경각에 달린 것이 누군데요."

금보가 농처럼 대꾸한다.

"저는 걱정 마십쇼. 이리 튼튼한 두 다리로 못 걸을까 걱정이겠습니까, 기방 가는 길을 잃을까 걱정이겠습니까?"

"그리 하시지요."

금보의 마음을 헤아린 걸까, 설향이 그리 말하며 먼저 말에 오른다.

"고맙구나. 이 빚을 어찌 다 갚아야 할지."

"아이 참, 또 시작이시다. 시간 없다니까요. 어서 가십시오, 어서!"

마침내 이강도 말에 오르고, 두 사람이 힘차게 말을 몰고 떠나간다.

'정말 가는구나.'

금보가 그 자리에 못 박혀 눈을 떼지 못했다.

'건강하세요. 건강해. 행복해.'

두 사람의 모습이 더 이상 눈에 보이지 않을 때까지 그렇게 간절히 되뇐다.

*

무암골 솔숲까지 오는 동안 다행히 아무 일도 일어나지 않았다. 진시, 제시간에 맞춰 도착하자 물건을 가득 실은 수레 대여섯 대가 멈춰 서 그들을 기다리고 있었다. 행렬의 가장 선두엔 도지가 말에 올라타 있고, 도지의 수족 같은 부하들이 수레마다 한 명씩 붙어 말고삐를 잡고 있었다. 도지가 말에서 내려 고개 숙여 인사한다.

"상단 행렬이 어찌 여기에……."

놀란 이강이 말끝을 흐린다. 도지가 나와 있으리라고는 생각지도 못했다.

"기다리고 있었습니다."

도지가 언제나처럼 무미건조한 어투로 짧게 말한다.

"저희를 말입니까?"

"오늘 출발할 상선을 타고 명으로 떠나실 겁니다."

"아버님 상단의 배를 타고 명나라로 떠나라고요?"

이강이 잘못 들은 것인가 싶어 되묻는다.

"그렇다면 아버님이 이리 하신 거란 말입니까?"

'그렇다면 내가 설향을 데리고 도망쳤다는 것을 아시면서, 내가 어디있는지도 아시면서, 설향과 갈라놓는 게 아니라 도와주시는 거란 말인가? 아버님께서!'

선뜻 믿어지지가 않는다. 아버님은 설향, 아니, 세경의 집안을 몰락시킨 장본인이시다. 그런 분이 이제 와서 세경을 돕는다니, 그리고 이강이 세경과 다시 얽히는 걸 용납하실 리가 없었다. 게다가 이제 세경은 활빈당원이기도 하다. 그런 그녀를 도왔다간 이강의 집안마저 위태로워질지도 모르는데 아버님이 진정 이 모든 것을 감수하고 나를, 아니, 우리를 명으로 가게 해주신단 말인가? 믿을 수 없음을 넘어 혹시 무슨 음모가 아닌지 불손한 마음마저 드는 이강에게 도지가 품에서 서찰을 꺼내 건넸다. 서찰을 펼치니 익숙한 필체가 눈에 들어온다.

—나의 아들은 전장에서 왜군의 습격을 받아 전사했다. 그리 알겠다. 너는 나보다 훌륭한 사내이다. 내 아들이 자랑스럽다.

장태인의 성격답게 짧은 몇 마디였다. 하지만 이강은 태어나 처음으로 강한 부정(父情)을 느낄 수가 있었다. 그토록 차갑게만 느껴지던 아버지였는데, 단 한 번도 칭찬을 해준 적 없던 아버지였는데, 그래서 아버지 앞에만 서면 늘 움츠러들고 어렵기만 했었는데 그런 아버지의 마음속 깊은 곳엔 이강이 있었다. 아버지도 자식 앞에선 모든 것을 희생할 수 있는 그저 보통의 아버지였다. 이제야 그것을 깨달은 이강의 눈시울이 왈칵 뜨거워진다. 잠시나마 불손한 마음을 가졌던 것이 너무나 죄송스러워진다. 그리고 서신을 접어 품속에 깊이 갈무리한다.

"일행분들은 무사히 먼저 떠나셨다 전하라 하셨습니다."

"전하라 했다니…… 누가 말입니까?"

설향이 다급하게 묻는다. '일행분' 이라면 길동과 동지들을 말하는 것일 게다. 하지만 도지는 더 이상 입을 열지 않았다.

"교산 형님이시겠지."

이강이 대신 대꾸한다. 이강의 아버지까지 끌어들여 단시간에 이런 방책을 세울 수 있는 사람은 교산 형님뿐이었다. 길동 형님과 나머지 활빈당원들을 재빨리 명으로 피신시킨 것도 그의 명민한 머리와 배짱에서 나온 작전일 것이다. 허균의 호탕한 너털웃음 소리가 귓가에 들려오는 듯하다. 작별 인사조차 하지 못한 채 지금 이렇게 떠나면 언제나 다시 만날 수 있을까. 바람 같은 사람이니 어느 날 불쑥 명으로 찾아와 '이보게, 아우, 밤새 무고했나?' 하고 어제 보고 헤어진 사람처럼 껄껄 웃어젖힐지도 모른다. 그래, 이것이 마지막은 아닐 것이다. 아버지도 어머니도 그리고 교산 형님도, 모두들 언젠간 만날 수 있을 것이리라. 그렇게 생각하며 이강은 결심을 굳힌다.

"가자, 세경아. 그곳에서 모두를 만나 새로 시작해 보는 거야."

세경이 고개를 끄덕인다. 달리 다른 방도가 없다.

"아버님을 잘 부탁합니다."

이강이 도지에게 마지막으로 부탁을 한다. 그는 이강과 시선을 맞추며 고개를 한 번 끄덕이는 것으로 대답을 대신한다. 오랜 시간 아버님을 지켜온 호위무사이지만 이강과는 그리 많이 볼 일이 없었고 왠지 껄끄럽게 느껴지기까지 하는 사내였다. 하지만 절대복종을 목숨처럼 여기는 충직한 자이니 아버님을 그림자처럼 지켜줄 것이다.

이강과 설향을 숨긴 궤짝을 수레에 싣고 행렬이 출발한다. 행렬이 솔숲을 빠져나가 점점이 멀어져 갈 무렵, 언덕 위로 한 사내가 쏜살같이 말을 몰고 나타났다. 다소 상기된 얼굴로 말을 타고 있는 사내는 바로 장태인이었다. 떠나가는 행렬을 본 장태인이 말을 멈춘다. 도저히 방 안에 앉아 있을 수가 없어 말을 달려 왔지만 만나지 않는 것이 좋을 것이라 생각했다. 괜히 떠나는 이의 마음을 무겁게만 할 따름이다. 그저 이강이 떠나가는 뒷모습이라도 지켜보고 싶었을 뿐이다. 그의 얼굴에서 만감이 교차한다.

'나는 그동안 무엇을 이룬 것인가. 소중한 사람을 다시는 잃지 않겠다 그토록 패악을 떨며 살아온 결과가 아들을 이역으로 보내는 것인가. 아니다, 저 아이는 스스로 제 삶을 선택한 것이다. 나는 그러지 못하였지만 내 아들은 자기 여자를 지킬 줄 아는 사내이다. 나보다 나은 사내이고 나보다 나은 삶을 살 것이다.'

점점이 작아지다 이제 더 이상 행렬이 보이지 않자 장태인이 말 머리를 돌렸다. 그의 벗 최심온을 떠올린다. 장태인의 아들과 최심온의 딸은 다복한 가정을 이룰 것이다. 최심온 그 친구는 무어라 할까. 장태인의 아들은 절대 안 된다 하며 노성을 지를까. 정말 미안했다, 이제라도 그 말을 하고 싶지만 그는 이미 세상에 없는 사람이었다. 이렇게 두 사람을 보내는 것으로 조금이라도 그가 지은 죄를 갚을 수 있다면…….

'미안하네. 정말 미안해. 후에 저승에서 내 지은 벌을 달게 받을 터이니 저 아이들을 지켜주시게.'

*

깊은 밤, 한 여인이 뱃머리에 서서 검푸른 바다를 바라보고 있었다. 거센 바람에 옥색 고름이 날리고 남색 치마폭이 펄럭인다. 유난히 흰 피부와 도드라진 붉은 입술이 어둠 속에서도 빛을 발한다. 그녀는 바로 한양 최고의 기녀 설향이자 활빈당의 표창 명수 무명으로 살아온 세경이었다. 명으로 향하는 그녀의 가슴은 희망으로 가득 차 있었다.

'우린 아직 끝난 것이 아니다.'

홍길동이 살아 있다고 믿어 의심치 않는 세경은 명에서 동지들을 만나 활빈당을 재건하리라 다짐했다. 홍길동의 율도국은 아버님이 꿈꾸던 세상이기도 했다. 언젠간 길동에게 물은 적이 있었다.

"나리, 율도국은 어떤 나라입니까?"

길동의 온화하면서도 확신에 찬 목소리가 바로 옆에 있는 듯 귓가에 들려왔다.

"누구나 평등한 세상이지."
"저 같은 역도의 딸도 사람으로 살아갈 수 있는 세상입니까?"
"그런 세상이 오면 무엇이 되고 싶으냐?"
"저는……."

생각에 잠겨 있는데 뒤에서 이강의 목소리가 들려온다.
"왜 나와 있느냐? 바람도 심한데."
이강이 제 도포를 벗어 그녀에게 덮어주었다.
"바다란 것이 이토록 넓디넓은 것인지 미처 알지 못했습니다. 우물 안 개구리라더니, 아직 저는 세상을 반도 몰랐던 것 같습니다. 대국은 또 얼마나 넓은 곳일까요?"
"명에 도착하면 길동 형님과 나머지 동지들을 금방 만날 수 있을까?"
"그럴 겁니다. 그래야지요."
"앞으로는 어찌할 생각이냐?"

"싸워야지요. 저는 포기하지 않을 겁니다. 세상에 모든 부당한 것들과 끝까지 싸울 것입니다. 후에 우리 아이들이 타고난 신분 때문에 차별받지 않는 세상을 반드시 만들 것입니다."

"우리…… 아이들이라고 했느냐?"

이강이 살짝 떨리는 음성으로 묻는다. 지금 이강의 귀엔 그 말이 가장 크게 울려 퍼진다.

"제가 그랬습니까?"

방금 전 당당하게 뜻을 밝히던 이는 어디 가고 어느새 정인 앞에서 얼굴을 붉히는 수줍은 여인이 되어버렸다.

"어디에서 무얼 하든 좋다. 네가 어떤 사람이든 좋다. 너와 함께할 수만 있다면."

이강이 세경의 손을 꼭 잡는다.

"들어가자. 큰비가 올 것 같다더구나."

"예."

세경이 다소곳이 이강을 따라 걸어간다.

'그런 세상이 오면 무엇이 되고 싶냐 물으셨습니까?'

마음속으로 길동에게 묻는다.

'그저 평범한 아낙이 되고 싶습니다, 사랑하는 이의 아낙이.'

손을 맞잡은 두 사람의 발걸음은 그 어느 때보다 가벼웠다. 그러나 어두운 하늘 저편 그보다 더 짙은 먹구름이 배를 향해 몰려오고 있었다.

*

장가도 들지 않은 자식이 부모보다 먼저 세상을 떠난 장례였다. 게다가 서자이다. 홍길동의 장례는 초라했다. 전날부터 내린 비로 해조차 나지 않은 이른 아침, 홍탁의 저택 뒷문으로 관이 나갔다. 곡소리도 꽃상여도 없이 노비 몇이 나무 관을 들고 뒷산으로 향한다.

공교롭게도 전날 홍탁은 영의정 교지를 받았다. 그리고 조근수가 여식을 데리고 찾아왔다. 조근수의 여식, 그러니까 홍탁의 며느리는 회임 초기라는 구실로 친정에서 안정을 취하고 돌아온 것이었다. 출가외인이라 하지만, 막강한 권력자의 여식에게는 해당 사항이 없는 말이었다. 조근수가 사돈의 영의정 승차를 축하하러 온 것은 표면적 이유였고 진짜 이유는 홍길동의 장례 때문이었다. 그리고 그때 처음으로 홍탁은 자신의 서자가 활빈당의 우두머리이며 그 때문에 은밀히 '제거' 되었다는 것을 알게 되었다.

길동은 홍탁이 깊이 아끼는 자식이었다. 드러내 놓고 표현할 수 없었지만 늘 안타깝고 아까운 아들이었다. 한데 연희에서 전하의 암살을 시도한 주동자가 길동이라니……. 불현듯 끝까지 전하를 쫓아와 검을 휘두르다 홍탁에게 검상을 입힌 복면의 사내가 떠올랐다. 홍탁이 쓰러지자 맥을 놓고 바라보던 그 사내의 절망적인 눈빛, 그 사내가 바로……. 쿵 가슴이 내려앉는다. 아니다, 그럴 리가 없다, 강하게 부정한다. 하지만 그런 부정 자체가 이미 진실을 알아버렸다는 반증이었다. 그러나 책망하는 마음은 없었다. 아비에게 칼을 휘두를 수밖에 없게 된 길동의 비극적인 운명이 안타깝고, 그 애에게 신분의 벽을 안겨준 것이 미안할 따름이었다. 홍탁의 우려대로 길동의 지나친 영민함이 결국 그 애에겐 치명적인 독이 되었다. 그리고 조근수가 증오스러웠다. 자식을 죽인 자. 물론 직접적으로 죽였다고는 말하지 않았지만 홍탁의 가문과 서인 모두를 위해 은밀히 처리할 수밖에 없었다는 말은 곧 그가 죽였다는 말과 같았다. 하지만 홍탁에겐 또 다른 자식이 있었고, 이제 그 자식의 자식에 의해 홍씨 가문은 명문대가로 이어져 나갈 것이다. 그러려면 조근수와 손을 잡아야 했다.

'가문을 지키기 위해 어쩔 수 없는 선택이다.'

길동은 요양을 위해 암자로 떠났다가 불의의 사고로 급사한 것이라 처리했다. 길동의 장례를 치르는 것이 남들에게 의심을 사지 않을 것이라는 조근수의 말에 시신도 없는 관을 들려 보내고 묘를 만들라 하였다. 이 모든 것이 가문을 위해서라는 미명 아래. 길동이 살아 있었어도 가문과 길동 중 하나를 택하라 하면 홍탁은 가문을 택하였을 것이다. 그도 결국 조근수와 조금도 다를 바 없는 인간이었다.

우장을 두른 허균과 금보가 먼발치에 서서 초라한 장례 행렬을 바라보고 있었다.

"정말 길동 나리가 돌아가신 겁니까?"

눈자위가 벌게진 금보가 목이 잔뜩 잠겨 묻는다. 허균이 긴 한숨으로 답을 대신한다. 저 관은 비어 있으리라. 하지만 빈 관으로 치르는 장례일지언정 벗을 보내는 일에 마중을 나오지 않을 순 없었다.

'이강도 없고 길동이 자네도 없는 이 땅에서 나 혼자 덩그러니 남아 뭘 하고 놀아야 하나. 약속한 친구 같으니라고…….'

먼 산으로 젖은 눈을 돌리는데 오십 보쯤 떨어진 커다란 버드나무 아래 삿갓을 쓴 사내가 비를 맞으며 우두커니 행렬을 바라보고 있는 것이 보인다. 그 사내를 본 순간 허균의 가슴이 덜컥 내려앉는다.

'설마…….'

허균이 서둘러 그쪽으로 발걸음을 옮긴다. 그러나 그사이 사내도 발걸음을 돌려 자리를 뜬다.

"저기, 잠깐!"

다급하게 부르는 소리에 담을 끼고 좁은 골목으로 돌아 들어가려던 사내가 멈춰 선다. 불러 세우긴 했는데 뭐라고 말을 꺼내야 할지 모르겠다. 그렇게 망설이고 있자니 사내가 돌아선 채로 불쑥 묻는다.

"색주부뎐이 어찌 끝납니까?"

"예에?"

전혀 예상치 못한 질문이다. 그리고 거세진 빗줄기에 사내의 낮은 목소리가 섞여 명확히 들리진 않지만 저 목소리는…….

"끝까지 읽지 못해서요, 언오견 선생님."

언오견이란 이름에 허균이 다시 한 번 멈칫한다. 언오견, 그건 허균의 치기 어린 장난에서 나온 필명이었다. 언(言)과 오(午)는 허균의 성을 파자로 표기한 것으로 두 글자를 합치면 허(許)가 된다. 그리고 견은 별칭인 허견의 '견'에서 따온 것이다. 그러니까 언오견이란 이름은 허견을 뜻하는 것이었다. 그러했다. 장안에 돌풍을 일으킨 음란매설 색주부면의 작가는 바로 허균이었다.

하지만 언문으로 적은 언오견이란 이름을 보고 허균을 짐작하는 이는 거의 없었다. 혹여 누군가 그런 생각을 했다 하더라도 설마 양반이, 그것도 위세 당당한 사대부가의 일원이 색주부면을 지었을 거라고는 믿기 힘든 일이었다. 하지만 본시 설마가 사람을 잡는 법. 워낙 글을 짓는 것을 좋아하고 하지 말라는 짓은 더욱 하고 싶어 하는 허균은 이 엽기적일 만큼 음란한 매설을 짓는 것도 모자라 꽉 막힌 세상을 비웃듯이 제 이름을 교묘히 드러내 놓았다. 이 모든 것이 장난스럽게 시작한 일이긴 하지만 매설의 내용은 실상 그리 가벼운 것은 아니었다. 백정 방가가 이끄는 호민당은 글을 읽은 이면 모두가 생각하듯 활빈당을 의미하는 것이었다. 부조리하고 부당한 지금의 세상을 바꾸고자 하는 활빈당의 뜻을 백성들이 쉽게 다가갈 수 있는 이야기로 풀어서 널리 퍼뜨리고 싶은 의도도 있었다. 그리고 다행히 매설이 선풍적인 인기를 끌어 삽화를 넣은 개정판도 만들고 언문 소설을 한문판으로도 만들어 꽤 많은 금액을 벌어들였다. 활빈당에게 건넨

자금은 바로 그렇게 만들어진 것이었다.

"나리!"

뒤에서 부르는 금보의 목소리에 돌아보았다.

"갑자기 달려가시더니 혼자 여기 우두커니 서서 뭘 하시는 겁니까?"

부랴부랴 뒤따라온 금보가 주변을 두리번거리며 묻는다. 비가 내려 시야가 흐려진데다 허균의 몸에 가려져 금보에겐 사내가 보이지 않았다.

"혼자라니, 여기……."

금보에게 말하며 허균이 다시 돌아봤을 땐 사내는 이미 사라진 뒤였다. 고개를 한 번 돌리는 짧은 시간에 흔적도 없이 사라질 수 있는 무공, 축지법이다!

'역시 그 사내는!'

허균의 얼굴이 환하게 밝아진다. 그리고 들뜬 목소리로 묻는다.

"색주부뎐의 결말을 아느냐?"

"예? 뜬금없이 색주부뎐이라니요?"

어리둥절해하면서도 박수타와 함께 수십 번을 읽은 이야기니만큼 자신 있게 답한다.

"방가가 백성들과 함께 율도국으로 떠나지 않습니까?"

"그렇지, 그래."

"근데 이야기책에 나오는 호민당이 활빈당 맞지요? 그렇다면 호민당의 두령인 방가는 길동 나리인 셈이로군요."

"그게 그렇게 되나?"

허균이 빙그레 웃는다.

"길동 나리도 이야기책에서처럼 살아 계신다면 얼마나 좋을까요?"

금보가 안타까운 표정으로 한숨을 내쉰다.

"우리는 율도국에서 다시 만날 것이다."

"예에? 아까부터 대체 무슨 소리를 하시는 겁니까? 너무 충격이 크셔서 머리가 이상해지신 건 아니지요?"

허균은 걱정스럽게 안색을 살피는 금보의 어깨 너머로 사내가 사라진 골목을 바라보았다. 그리고 속으로 다짐했다.

'반드시 다시 돌아오게. 자네의 율도국은 이곳에 있지 않은가? 자네가 돌아올 때까지 나는 나의 방식대로 조선을 바꿔보겠네. 그리고 언젠가는 홍길동 자네와 우리들의 이야기를 글로 남겨보려 하네. 그리하여 자네의 그 큰 뜻을 후대의 모든 이들에게 길이길이 전할 것이네.'

*

장태인이 홍매를 찾아왔다. 기방을 다시 찾은 것도 놀라운데 홍매를 불러달라는 말에 계보린이 분주하게 발걸음을 옮긴다. 우선 적당히 핑계를 대어 홍금보를 밖으로 심부름을 보냈다. 장태인이 왜 홍매를 찾아온 것이냐 물으면 대답을 어찌해 줘야 할지도 난감했고, 자신이 대답해 줄 사항의 일도 아니었다. 홍매가 직접 말을 해주지 않는 한 다른 이들은 그저 입 다물고 있는 것이 홍매와 금보, 두 사람 모두를 위해 좋은 일이라 생각했다. 금보가 나가고 계보린은 제 손으로 직접 홍매를 곱게 단장시켰다. 머리를 빗어 옥비녀를 꽂아주고 하얀 분을 발라 세월의 흔적을 지운다. 그리고 마지막으로 계보린의 옷가지 중 가장 좋은 옷을 골라 홍매에게 입혔다. 오랫동안 앓아온 탓에 수척해지긴 했지만 계보린과 비슷한 체구였던 터라 얼추 잘 맞는다. 홍매가 거동이 불편한지라 장태인을 홍매의 거처로 모셔오라 사람을 보냈다.

"장태인 나리가 오실 게다. 너를 보러 여기까지 오셨단다."

대체 이게 다 무슨 일인가, 어리둥절한 홍매에게 계보린이 말했다. 홍매의 눈동자가 커다래지며 비뚤어진 입으로 정말이냐 떠듬떠듬 되묻는다.

"그래, 이것아. 정말이라니까."

그리고 명경을 홍매 앞에 놓아준다.

"기지배, 곱기도 하다. 고와."

불편한 몸으로 열심히 명경을 들여다보는 홍매를 보며 눈자위가 시큰해졌다. 조금이라도 정인에게 고와 보이고 싶은 여인으로서의 마음이 헤아려지기도 하고 예전 그 곱디곱던 미색을 이렇게 뒤틀린 모습으로 만들어놓은 모진 세월이 야속하기도 하다.

'나도 이제 나이를 먹은 겐가, 웬 주책을 이리……'

조금만 방심하면 눈물이 왈칵 쏟아져 내릴 것 같아 속으로 혀를 차며 자리에서 일어났다.

"술상 들여오마."

계보린이 나가고 얼마 안 있어 정갈한 술상이 들어왔다. 그리고 곧이어 장태인이 방 안에 모습을 나타냈다.

"그냥 앉아 있거라."

홍매가 자리에서 일어나려 하자 손을 젓는다. 몸을 가누고 있기도 힘겨워 보이는 모습에 이곳에 온 것을 후회한다. 저런 모습을 보게 될 걸 알면서도, 그 모습을 보며 가슴에 다시금 돌덩이가 내려앉을 것을 알면서도, 그래도 찾아오고 싶었다. 마지막으로.

"괜찮다. 내가 따라 마시겠다."

장태인이 자리에 앉자 홍매가 술 주전자를 들었다. 이번에도 괜찮다 손을 젓지만 홍매도 지지 않고 고개를 흔든다. 비록 겉모습은 많이 변하였어도 그리 고집을 부려대는 모습은 예전 그대로이다. 장태인이 씁쓸함과 안타까움이 섞인 미소를 지으며 술잔을 든다. 홍매가 빈 잔에 술을 따랐다. 하지만 뒤둥그러진 손은 적당량을 맞추지 못하고 술잔이 철철 넘치도록 따라 버린다. 그 바람에 장태인의 손까지 흠뻑 젖어버렸으나 그는 전혀 개의치 않고 훌쩍 마셔 버렸다.

"좋구나."

홍매의 눈에 눈물이 고인다. 일어나 맞이할 수도 술 한 잔 제대로 따라 올릴 수도 없는 자신의 처지가 새삼 한스럽다. 장태인이 말없이 손을 들어 홍매의 뺨에 흐르는 한줄기 눈물을 닦아주었다. 녹색 저고리에 다홍치마를 차려입은 홍매의 모습에서 오래전 그날의 홍매가 떠오른다. 마치 어제 일처럼 선명한 그날, 명의 사신 앞에서 홍매는 녹의홍상 눈부시게 고운 자태와 그보다 더 고운 목소리로 황진이의 시를 노래했다.

"月下庭梧盡 霜中野菊黃(월하정오진 상중야국황)
樓高天一尺 人醉酒千觴(누고천일척 인취주천상)
流水和冷琴 梅花入笛香(유수화냉금 매화입적향)
明朝相別後 情與碧波長(명조상별후 정여벽파장)
달빛 어린 뜨락에 오동잎 지고 서리 맞은 들국화는 노랗게 피었구나~ 누각은 높아 하늘과 한 척이요, 술잔은 취하여도 끝이 없네~ 흐르는 물은 거문고와 같이 차고 매화는 피리에 서려 향기로워라~ 내일 아침 님 보내고 나면 사무치는 정 물결처럼 끝이 없으리~"

봉별소판서세양(奉別蘇判書世讓).
황진이가 판서 소세양을 보내며 부른 이별가였다. 홍매가 부르는 이별가는 깊은 소리와 애달픔이 듣는 이의 귀를 사로잡고 심금을 울렸다. 하지만 그는 홍매가 이별가를 부르는 것이 싫었다. 마치 그들의 앞일을 노래하는 것 같아서였다. 하지만 홍매는 유독 그 곡조를 좋아했다. 두 사람이 처음으로 함께 밤을 보내던 날, 그때도 홍매는 이별가를 불렀다. 첫날밤에 이별가가 무어냐며 나무랐지만 그 곡조를 부를 때의 홍매의 모습이 너무나 아름다워 넋을 잃고 말았다.

그러나 그런 홍매에게 넋을 잃은 것은 장태인 하나만이 아니었다. 장태인이 통역을 맡았던 사신 또한 홍매의 아름다움에 사심을 품고 그녀를 탐냈다. 명의 사신에게 그까짓 조선의 기녀 하나쯤 취하는 것은 일도 아니었다. 홍매가 사신에게 끌려가는 것을 본 장태인은 젊은 혈기를 참지 못하고 주먹을 날려 사신을 때려눕혔다. 하지만 그렇게 구해낸 홍매는 장태인을 구하기 위해 결국 사신 앞에서 저고리 고름을 풀어야 했다. 그리고 그 뒤 금보가 태어났다.

"하나 물어봐도 되겠느냐?"

장태인이 입을 연다. 홍매가 고개를 끄덕였다.

"금보가, 그 아이가 진정 나의 핏줄이냐?"

지금에 와서 그것이 뭐가 중요한가 싶다. 핏줄이 맞다 하여 집안으로 불러들일 것도 아니고, 핏줄이 아니라면 여태처럼 그냥 살아가면 그만이다. 하지만 알고 싶었다. 금보의 몸속에 그의 피가 흐르는지. 이 세상에 그가 남긴 혈육이 또 있는지. 홍매가 조용히 그를 바라본다. 마치 '어떤 답을 원하십니까?' 하고 묻는 듯하다.

'나는 어떤 답을 원하는 걸까.'

씁쓸하게 웃으며 술잔을 든다.

늦은 밤, 집으로 돌아와 사랑채 서안 앞에 앉은 장태인이 서랍에서 서찰 한 장을 꺼낸다.

商船沈沒. 生存者 無.
상선침몰. 생존자 무.

장태인이 핏발 선 눈으로 서찰을 움켜쥐었다. 그 배에는 이강과 세경이 타고 있었다. 그럴 리가 없다, 부정해 보지만 태풍으로 인해 배가 침몰했다는 사실은 분명했다. 그리고 생존자는 없음. 전원 사망!

장태인이 서안을 밟고 올라선다. 그리고 들보에 흰 천을 단단히 감아 끝을 둥그렇게 묶는다. 그 원 안에 목을 건다.

두려운가?

스스로에게 묻는다. 두렵다. 아무런 희망도 없는 캄캄한 절망 속에서 남은 생을 살아가야 한다는 것이. 장태인이 서안을 발로 차버린다. 그의 몸이 허공에 붕 뜬다. 그렇게 그는 아들의 곁으로 먼 길을 떠났다.

9장 색주부(色酒婦)던 속(續)

장태인이 죽었다. 장태인의 상선이 명으로 가던 중 침몰하여 그 충격으로 쓰러져 일어나지 못하였다고 한다. 그의 독자인 이강은 전장에서 실종된 상태라 상단은 아우 장경인이 맡게 되었다. 한동안 온 장안이 장태인의 돌연한 죽음으로 떠들썩했다. 일각에선 충격으로 인해 자결한 것이라는 소문도 있었다. 상선이 침몰하여 그 손실이 막대하긴 하겠지만 조선 최고의 거부인 그가 그 정도도 극복하지 못하고 자결했을 리가 없다 말하는 사람들과 하나뿐인 아들의 생사가 불분명한 상황에서 상선마저 침몰하자 자결했을 수도 있다는 사람들로 나뉘어 의견이 분분했다. 어찌 되었건 참으로 허탈한 죽음이었다.

장태인의 죽음을 들은 금보의 마음도 편할 리가 없었다. 비록 평소에 탐탁지 않게 생각하던 분이었으나 이강의 아버지였다. 후에 이강이 아버지의 죽음을 알게 된다면, 부모를 잃은 슬픔에 임종도 지키지 못하고 상도 치르지 못했다는 죄책감까지 겹쳐 얼마나 힘겨울까 하는 생각이 들어 마음이 무거웠다. 하지만 그 누구도 어찌할 수 없는 일이다. 아무리 많은 재산으로도 인간의 명은 살 수가 없는 것이다.

침몰한 상선이 이강이 탄 배라는 것을 꿈에도 모르는 금보는 혹시 멀리서라도 이강이 아버지의 죽음을 듣고 미련하게 도성에 그 모습을 드러낼까 그것이 더 걱정이었다. 남쪽 전장에서 실종된 그가 멀쩡한 모습으로 한양에 나타나는 건 위험천만한 일이었다. 당분간은 이강이 아버지의 소식을 듣지 못하였으면, 진심으로 그리 바랐다.

그러던 중 전란이 끝났다는 소식이 들려왔다. 노량 앞바다에서 통제사 이순신이 왜적을 크게 섬멸하면서 일곱 해에 걸친 지긋지긋한 전란이 드디어 끝이 났다. 그러나 애석하게도 이 마지막 해전에서 통제사 이순신은 전사하였고, 결국 왜구가 물러가고 조선이 승리하였다 하나 수많은 백성들이 목숨을 잃었을 뿐 아니라 팔도강산은 폐허가 되었으니 그 피해가 막대했다.

하지만 금보는 일단 기뻤다. 전란이 끝났으니 박수타가 돌아올 것이 아닌가? 하룻밤 지나면 돌아올까, 또 하룻밤 지나면 오늘은 돌아올까, 다시 또 하룻밤 지나면 이제는 돌아올까, 기다리는 이가 있는 사람의 한 시각은 열흘과 같고 하루는 백 년과 같지만 금보는 하루하루 시간이 흐를수록 기다림이 길어지는 것이 아니라 만날 날이 가까워지는 것이라 생각했다. 그가 그녀의 마음을 얻기 위해 기다린 시간에 비하면 이쯤은 얼마든지 기다릴 수 있었다. 그리고 이제 드디어 그가 돌아오는 것이다. 박수타가 곧 돌아온다고 생각하자 그때부터 오히려 기다림이 초조해지기 시작했다. 찬바람이 마른 나뭇가지에 바스락 스치는 소리만 들어도 그의 발소리인가 방문을 열어보고, 대문을 넘는 발소리에 그가 걸어 들어오나 뛰쳐나갔다.

"이년아, 올 때 되면 어련히 올까. 명군이 한양으로 돌아와야 박수타인지 박수무당인지도 따라서 돌아올 것 아니냐?"

금보가 하도 대문간을 들락거리자 방에서 할 일 없이 화로에 불씨를 뒤적거리던 삼월이 타박을 놓는다.

"얼른 명군이 돌아와야 거하게 환영연회를 열어서 전두를 펑펑 써댈 텐데 말이에요, 성님. 설향이 고년이 도주까지 해서 또 한바탕 관군들이 기방을 들쑤시고 갔으니 무서워서 누구 한 놈 기방에 얼씬을 해야 말이죠. 이렇게 방구들 지키고 앉아서 손가락만 빨다간 굶어 죽기 딱 좋겠습니다."

소란이 한숨을 푸지게 내쉬며 한탄을 한다. 그녀의 말대로 풍류로 떠들썩해야 할 기방은 해가 다 지도록 여염집처럼 고요하기 짝이 없었다. 소란의 말에 금보가 이강과 설향을 떠올렸다. 잡혔다는 말이 없는 걸 보니 무사한 거겠지. 이제 그녀가 할 수 있는 건 무사하길 빌어주는 것밖에 없었다. 그때 채봉이 급히 방 안으로 들어온다.

"금보야, 행수 어르신께서 좀 보자신다."

"무슨 일인데요?"

"가보면 알지, 꼭 그리 말이 많더라."

늘 웃는 상인 채봉이 오늘은 어찌 된 일인지 심기가 불편해 보여 더 묻지 않고 계보린의 거처로 향했다. 방으로 들어가자 계보린 앞에 낯선 중년의 사내가 앉아 있었다. 자그마한 체구에 별다른 특징 없이 그저 평범하게 생긴 사내는 금보를 알아본 듯 일순 표정이 굳는다. 계보린의 표정도 좋지 못하다. 복색을 보니 양반은 아니고 중인의 신분 같은데 방 안의 무거운 분위기는 이 사내 때문인 듯했다.

"이분은 통사관이신 변생 나리시다."

계보린이 말한다. 금보가 고개 숙여 인사를 올리며 통사관이 자신에게 무슨 볼일일까 의아해했다. 독각귀의 여인인 것을 장안에 모르는 사람이 없는데 기녀로서 금보를 찾을 리도 없고, 왠지 모를 불안함이 가슴을 죄어온다. 금보가 몇 보 떨어져 자리를 잡고 앉자 변생이 입을 열었다.

"나는 명국어 통관으로 박 통사와도 친분이 있다. 박 통사의 통사관은 장 통사이지만 간혹 금보 네게 전할 말들을 조선어로 뭐라 하느냐 나에게 묻기도 하여 알려주곤 했었다."

그렇구나, 금보가 고개를 끄덕인다. 한데 저를 왜 찾아오신 것인지, 하고 물으려는데 변생이 말을 잇는다.

"알려줘야 할 일이 있어서…… 전해줄 것도 있고……."

이제부터 하려는 말이 썩 좋은 소식은 아닌 듯 잠시 망설인다.

"말씀하십시오."

성질 급한 금보가 재촉을 한다.

"순천에서 파발이 왔는데……."

또다시 망설인다. 순천이면 박수타가 있는 곳이다. 얘기를 듣기도 전에 금보의 가슴이 철렁 내려앉는다.

"말씀하십시오."

금보의 목소리가 가늘게 떨린다.

"왜군의 기습 때 장 통사는 실종이 되었고……."

그리고 그 뒤에 설향과 함께 도주하여 지금쯤 무사히 몸을 피했을 것입니다, 그건 제가 더 잘 아니 어서 본론을 말해주시지요! 금보가 급한 마음에 몸을 앞으로 쑥 내밀었다.

"박 통사는…… 심각한 부상을 입었다고 한다. 그리고 시료를 받던 중 안타깝게도 목숨을 잃었……."

"뭐라고요?"

말이 채 끝나기도 전에 금보가 버럭 소리를 쳤다.

"죽었다는…… 말씀입니까?"

변생이 침통하게 고개를 끄덕였다.

"그 사람이 죽었다고요? 그걸 지금 믿으라는 겁니까? 그럴 리가 없습니다. 반드시 살아서 제게 돌아온다 하였습니다. 그리 약조하였습니다. 저와 한 약조를 어길 사람이 아닙니다. 절대로, 절대로 그럴 사람이 아닙니다. 잘 알지도 못하면서 죽었다니요. 멀쩡히 살아 돌아오면 어쩌실 겁니까? 그땐 제가 나리를 가만두지 않을 것입니다!"

말을 할수록 점점 격분한 금보가 악을 쓰며 노려보았다.

"금보야! 너를 생각해서 어려운 걸음을 하신 분께 이게 무슨 짓이냐?"

계보린이 금보를 나무랐다.

"저는 모르는 일입니다! 저는 아무것도 들은 것이 없습니다!"

금보가 자리를 박차고 뛰쳐나가 버린다. 아무 생각도 들지 않는다. 아무런 생각을 할 수가 없다. 머릿속에 수백 마리 벌들이 윙윙거리는 것만 같다. 정신없이 걷다 보니 뒤뜰이었다. 밤하늘에 둥그런 보름달이 높이 떠 있다. 이화만큼 흰 달빛에 박수타가 떠오른다. 그녀의 탄일에 마당 가득 촛불을 켜놓고 꽃신을 신겨주던 그의 모습이 눈에 선했다. 하지만 이제 그를 더 이상 볼 수 없다고 한다. 황망함에 눈물조차 나오지 않는다. 그럴 리가 없다, 라는 말만 하얀 머릿속에 끝없이 맴돌 뿐이었다.

병조로 가서 직접 확인을 해보자. 마침내 그리 결심한 금보가 황급히 후원을 나섰다. 이미 관리들은 퇴청했을 시각이지만 금보는 내일 아침까지 기다릴 수가 없었다. 육조거리까지 어떻게 갔는지 모르겠다. 병조 앞에 도착하자 군졸들이 앞을 가로막았다.

"내가 꼭 알아볼 것이 있어서 그럽니다. 안으로 들어가게 해주십시오."

"이곳은 아무나 들어갈 수 있는 곳이 아니래도! 썩 물러가지 못할까!"

"박수타를 아시지요? 해귀들의 통사관 박수타가 죽었는지 살았는지 알아야겠습니다. 병조에선 알 것 아닙니까? 누구라도, 누구라도 만나게 해주십시오!"

홍금보가 절박하게 외치며 결코 물러서지 않는다. 소란스러운 소리를 들었는지 안에서 관리 하나가 밖으로 나왔다.

"금보야!"

관리가 그녀를 부른다. 허균이다.

"나리!"

늘 기방에서 만취한 모습만 보아왔던 허균의 관복 입은 모습이 낯설다. 그리고 그제야 허균이 병조좌랑임을 떠올린다. 진즉에 허균을 찾았으면 일이 빨랐을 것을, 경황이 없어 미처 생각을 못하였다. 금보가 허균에게 달려가 다짜고짜 물었다.

"아니지요? 잘못 안 것이지요? 그 사람이…… 박수타가…… 그럴 리가 없지요?"

허균이 무거운 얼굴로 아무 말이 없다.

"왜 아무 답이 없으십니까? 아니라고 해주십시오, 아니라고!"

"나도 파발을 보고도 믿을 수 없어 재차 확인을 하고 오는 길이다. 왜구의 기습이 있던 날 박 통사가 칼에 맞았다는구나. 부상이 위중한 박 통사는 부대가 철수할 때 함께 오지 못하고 병사에 남아 있었는데……."

허균이 다음 말을 차마 꺼내기가 힘든 듯 깊은 한숨을 내쉰다.

"병사에 큰 화재가 나서 그곳에 있던 병자들이 모두 죽었다고 한다."

금보가 그 자리에서 얼어붙었다.

"칼을 맞고 불에 타서 죽었단 말씀입니까? 그리 끔찍한 말을 제게 믿으란 말씀입니까?"

"금보야……."

"나리께 더 들을 말이 없습니다."

고집스럽게 돌아선다. 그의 죽음이 성큼성큼 현실로 다가오고 있었다. 하지만 금보는 결코 인정할 수 없었다. 인정하는 순간 그를 포기하는 것만 같아서 그럴 수가 없었다.

"어딜 다녀오는 것이냐?"

기방에 들어서자 뒤에서 누군가 그녀를 부른다. 돌아보니 계보린이 서 있었다.

"더 이상 아무 말도 듣고 싶지 않습니다!"

그러자 계보린이 아무 말 없이 서찰을 건넨다.

"이것이 무엇입니까?"

"변 통사가 주고 간 것이다. 박 통사의 방에서 나온 거라더구

나. 써놓고 미처 보낼 틈이 없었나 보더라고."

금보가 떨리는 손으로 서찰을 뜯었다. 봉투엔 두 장의 서찰이 들어 있었다. 첫 번째 장을 펼치자 서툰 언문으로 글이 적혀 있었다.

—홍금보, 나는 아직 글이 서툴러오. 장 통사가 대신 써주겠다고 했지만 내가 직접 쓰고 싶소. 당신에게 더 열심히 배워서 나의 마음을 모두 말할 수 있으면 좋을 텐데. 며칠 전 혼례식을 보았소. 조선의 혼례는 매우 아름답더구려, 홍금보 당신처럼. 당신이 혼인복을 입고 나의 각시가 되는 상상을 했소. 나는 당신을 사랑합니다. 내가 돌아간다면…….

몇 번이나 틀리고 고쳐 썼는지 길지 않은 서신은 온통 지우고 다시 쓴 흔적으로 검은 얼룩투성이였다. 하지만 그 비뚤비뚤한 글자 하나하나에서 홍금보는 박수타의 모습을 보았다. 솥뚜껑같이 커다란 손으로 작은 붓을 움켜쥐고 한 자, 한 자 적어 내려갔을 그의 모습이 홍금보의 가슴을 아프게 울린다. 그리고 다음 장으로 서찰을 넘기는 순간, 주체할 수 없이 눈물이 쏟아지기 시작했다.

—나와 혼인을 해주시겠소?

이렇게 적힌 한 줄의 글귀 아래 신랑과 각시의 혼례 모습이 그림으로 그려져 있었다. 맑고 화창한 날, 여덟 폭 병풍을 치고 만든 초례청엔 왁자하게 사람들이 모여 있다. 그리고 붉은 보자기에 싸인 암탉과 푸른 보자기에 싸인 수탉이 빼꼼히 목을 내밀어 두리번거리는 초례상 양옆으로 홍색 활옷을 차려입은 각시와 청색 사모관대 차림의 신랑이 수줍게 서로를 바라보고 있다. 덩치 큰 각시의 연지곤지를 찍은 얼굴은 홍금보와 꼭 빼닮아 있었고 신랑의 사모 아래 머리칼은 검은색이 아닌 황색이었다.

금보가 서찰을 가슴에 품고 주저앉는다. 한 번 터져 나오기 시작한 눈물은 오열이 되어 멈춰지지가 않는다.

"이럴 수는 없습니다. 어찌 내게 이럴 수가 있습니까? 돌아온다고 하지 않았습니까? 아직 나는 아무것도 해준 것이 없는데, 해주고 싶은 게 이제 너무나도 많은데……. 당신에게 따듯한 말 한마디 해준 적이 없습니다. 미안하다는 말도 아직 못했습니다. 근데 이렇게 떠나 버리면, 이렇게 좋아하게 만들어놓고 이제 나는 어떡하라고! 어찌 내게 이리 잔인할 수가 있어, 이 나쁜 놈아!"

가슴에서 뜨거운 덩어리를 토해낸다. 그러나 토해내도 토해내도 가슴은 타고 또 타서 아프고 또 아프다. 심장이 다 타버려 재가 되고 오장육부가 모두 녹아내려 겉껍데기만 남아 눈물을 흘리는 듯하다.

계보린이 긴 한숨을 내쉬며 돌아선다. 혼자만의 시간이 필요

할 것이다. 저 깊은 슬픔을 어느 누가 달래줄 수 있으랴. 홀로 견디는 수밖에 없다. 홍금보는 강한 아이다. 꽁꽁 언 땅에서도 뿌리만은 죽지 않고 살아남아 이듬해 봄에도 그 이듬해 봄에도 끈질기게 새순을 피워내는 잡초 같은 아이다. 견뎌낼 것이다.

그러나 늦은 밤, 채봉이 헐레벌떡 계보린에게 달려왔다.

"행수 어르신, 큰일 났습니다! 금보가, 홍금보가!"

"홍금보가 뭘 어쨌단 말이냐?"

서안에 앉아 장부를 정리하던 계보린이 다그쳐 묻는다.

"순천으로 가겠다고 말을 끌어내고 있답니다! 지금 마구간에서 난리가 났답니다요."

계보린이 습관처럼 미간을 찌푸린다. 두통이 심해진다.

"앞장서라."

자리에서 일어난 계보린이 채봉을 앞세우고 마구간으로 갔다.

"아무리 홍금보라지만 거기가 어디라고 여자 혼자 몸으로 순천까지 내려가겠다는 것인지. 전란이 끝났다고 하지만 민심이 흉흉해서 곳곳에 화적떼가 들끓는 판에 무슨 험한 일을 당하려고……. 저 미련한 것이 저리 난리를 쳐대다 혹여 나쁜 마음이라도 먹고 죽겠다 작정하면 어찌합니까? 저 성질에 무슨 짓을 할지 몰라 걱정되어 죽겠습니다. 에혀, 불쌍해서 어쩌누. 이놈의 기녀 팔자."

"닥쳐라! 어디서 입방정이냐! 쇠심줄보다 질긴 년이다. 저리

팔팔하게 날뛰어대는 년이 죽기는 왜 죽어? 무슨 일이 있어도 제 손으로 제 목숨 끊을 년이 아니야!"

계보린의 호통에 채봉이 얼른 입을 다물었다.

마구간에 도착하자 금보가 말 위에 올라타 있고 그 앞을 덕보와 만보가 두 팔 벌려 가로막고 있었다. 그리고 몇몇 기녀가 옆에 서서 발을 동동 구르고 있었다.

"비켜! 이번에도 비키지 않으면 그냥 밟아버리고 갈 게야!"

눈이 벌겋게 충혈되어 정말 독각귀처럼 보이는 금보가 악을 썼다.

"가긴 어딜 가겠다는 게냐?"

계보린이 금보가 탄 말 앞에 멈춰 서서 호령한다.

"제 눈으로 시신을 확인해야 믿겠습니다! 그전엔 누가 뭐라 해도 절대 믿지 않을 것입니다."

역시 고집불통 홍금보다. 그저 가만히 앉아서 현실을 받아들일 금보가 아니다. 납득이 될 때까지 할 수 있는 모든 것을 하려 할 것이다.

"언제부터 그리 정이 깊었다고?"

계보린이 가시 돋친 목소리로 쏘아붙였다.

"기녀 따위가 열녀 흉내를 내겠다는 것이냐? 순천으로 가서 시신을 확인하면 어쩔 셈이냐? 그땐 수절이라도 할 셈이야?"

"시신이라도 끌고 와서 제 손으로 보낼 것입니다. 이제 길을 열어주시겠습니까?"

금보가 한마디도 지지 않고 맞받아친다.

"막지 마십시오! 누가 뭐라 해도 저는 갈 것입니다!"

금보가 말 머리를 돌려 계보린을 피해 옆으로 달려 나가려 했다. 그런데 그때 '안 되…… 에!' 외마디 비명을 지르며 홍매가 말 앞으로 뛰어들었다. 순천으로 가겠다는 딸을 어떻게든 말리려고 성치 않은 몸으로 달려든 것이다. 놀란 금보가 황급히 말고삐를 잡아당기자 말의 앞발이 아슬아슬하게 홍매의 머리 위를 스치며 홍매가 균형을 잃고 쓰러진다.

"어머니!"

그제야 금보가 말에서 뛰어내려 홍매를 안아 든다.

"안 되…… 에. 안 돼……."

간곡하게 중얼거리며 그대로 혼절해 버렸다.

"어머니, 정신 차려. 내가 잘못했어, 어머니! 어머니!"

금보가 제 어미를 등에 업고 안으로 내달렸다.

"의원을 부르고 방에 불을 때라! 어서!"

계보린이 날카롭게 외치며 금보의 뒤를 쫓아갔다.

의원이 다녀가고 홍매가 힘겹게 눈을 떴다.

"정신이 드냐?"

옆에서 지켜보고 있던 계보린이 황급히 물었다.

"무…… 울. 물……."

"어머니, 물 드시고 싶어? 잠시만. 얼른 떠올게."

마음을 졸이며 앉아 있던 금보가 벌떡 일어나 물을 뜨러 나갔다.

"네년이나 네 딸년이나 어찌 이리 똑같이 무모할꼬."

방 안에 홍매와 둘이 남은 계보린이 장탄식을 했다.

"네게 무슨 일이 생기면 금보도 못 산다. 그러니까 행여 엉뚱한 마음먹지 말고……. 무슨 뜻인지 알지?"

홍매가 고개를 끄덕인다. 그 눈빛이 결연하다.

"독한 년. 그래, 네가 딸을 두고 다른 마음을 먹을 리가 없지. 나는 네가 싫은 것이 아니라 무서웠다. 사랑하는 이를 지키기 위해 그렇게 독해지는 네가. 결국 너는 다 지켜냈다. 장태인 나리도 네 딸도. 그 독한 마음 변하지 말고 네 딸 곁에서 오래오래 살거라."

계보린이 방을 나간다. 바람이 몹시 차다. 찬바람이 그녀의 가슴까지 불어 닥치는 것처럼 휑하게 시리다.

'모녀가 어찌 이리 박복할꼬…….'

금보가 물 사발을 들고 부엌에서 나왔다.

"이제 속이 시원하냐? 일 년도 채 정을 나누지 않은 사내 때문에 어미까지 죽일 셈이야?"

아무 대답도 못하고 금보는 고개를 숙였다. 그 모습에 계보린이 결심한다, 이제는 말을 해야겠다고.

"너만 바라보고 사는 네 어미 생각은 안 하느냐? 네 어미인들 밥이 넘어가서 먹고, 숨이 쉬어져서 쉬고 있는 줄 아느냐? 지금

네 어미가 얼마나 죽을힘을 다해 살고 있는지 알기나 한 게야? 오직 널 위해서!"

"그게…… 무슨 말씀이십니까?"

어미에게 무슨 일이 있음을 그제야 짐작한 금보의 얼굴이 어두워진다. 효심만은 그 누구보다 깊은 아이다. 역시 지금 '그 얘기'를 해주는 것이 맞을 듯하다. 홍매가 직접 얘기를 꺼내기 전엔 말하지 않는 것이 좋겠다 그리 생각해 왔지만, 이러할 때일수록 서로 모든 것을 터놓고 의지하는 것이 슬픔을 이겨 나가는 데 도움이 될 것이라 생각을 바꾼다.

"네 어미도 얼마 전 평생의 정인을 잃었다. 네 어미에게 처음이자 마지막인 단 하나뿐인 정인이었다. 그 사람이 바로……."

계보린이 잠시 숨을 고르더니 단숨에 내뱉는다.

"장태인 나리다."

'누구?'

잘못 들은 것인가. 금보가 공연히 멀쩡한 제 귀를 의심한다. 하지만 부정하기엔 그 이름 석 자가 너무 똑똑히 들려왔다. 그리고 어머니의 '처음이자 마지막인 단 하나뿐인 정인'이라는 말의 뜻을 깨닫는 순간 온몸에 소름이 돋는다.

'어머니에게 남자가 그분뿐이었다면, 나의 아비는…….'

"그 말이 진정이십니까?"

금보의 목소리가 떨린다. 아니길, 제발 아니라고 말해주길…….

"그렇다."

그러나 금보의 바람은 계보린의 한마디에 깨져 버렸다. 그토록 찾고 싶었던 아비는 아주 가까운 곳에, 그녀의 눈앞에 있었다. 하지만 그 사람은 이강의 아버지다. 아비가 죽었다는 충격보다 자신의 아비가 이강의 아버지라는 사실이 금보에게 더욱 큰 충격으로 몰려왔다. 그렇다면 이강은 그녀의 진짜 오라비가 아닌가. 그 긴 세월 동안 연모해 온 사람이 피를 나눈 혈육이었다니, 어떻게 이런 일이 있을 수가! 어차피 이루어질 수 없는 운명이었다, 두 사람은. 불현듯 허탈감이 밀려온다. 그녀가 살아온 삶이 이토록 허무할 수가 없었다.

"네 어미에겐 이제 너밖에 남지 않았다. 너까지 이러면 네 어미는 더 이상 살아갈 힘을 잃는다. 어미를 생각해서라도 견뎌라. 잊어라. 아니, 잊히고 희미해진다. 기쁨도 슬픔도 고통도 아픔도, 아무리 격한 감정도 세월이 흐르면 점점 무뎌진다. 특히 우리 기녀들은 그러하다. 말랑말랑했던 심장 여기저기에 굳은살이 박이면서 마음에도 없이 울고 웃을 수 있게 되는 게야. 그래야 네가 살아. 사랑도 인간의 감정의 하나일 뿐이다. 사랑이라고 별수 있을 것 같으냐? 어미에게 들어가 보거라. 그리고 혹여……."

'네 아비 때문에 어미를 원망하지 말거라. 네 어미를 너무 괴롭게 하지 말거라.'

그리 말하고 싶었으나 그쯤에서 말을 접는다.

"아니다."

얼이 빠진 표정의 금보가 그저 말없이 고개를 끄덕이고 안으로 들어갔다. 머리맡에 앉아 힘없이 누워 있는 홍매를 바라보았다.

'그랬어? 그런 거였어? 어머니가 그토록 잊지 못하고 몸이 병들어가며 마음 깊이 묻어둔 사람이 장태인 어르신이었던 게야? 왜, 어째서. 왜 하필 그분인 게야! 이제 와서 이리 알게 되면 이미 그분은 세상에 없는데, 이제 나는 누구를 원망하고 누구를 미워하며 누구를 용서해야 한단 말이야!'

홍매가 후들거리는 손으로 금보의 손을 잡는다. 그리고 가까이 잡아당겨 이불 아래로 금보의 손을 넣는다. 차갑게 식은 금보의 손에 아랫목의 온기보다 더 따듯한 홍매의 체온이 전해진다.

"미…… 안…… 하다…… 내…… 딸……."

"미안하긴 뭐가 미안해. 나 때문에 이렇게 된 건데."

내 딸. 오늘따라 그 말이 유독 아리다.

"어머니, 나는 누구를 닮았어?"

금보가 홍매를 닮지 않았다는 것은 모두가 아는 일이었다. 그래서 아비를 닮았을 것이라 생각했다.

'한데 내가 정말 그분을 닮은 것일까?'

장태인의 모습을 떠올린다. 아름다운 남자였다, 이강처럼.

'내 아버지가 누구야? 정말 그분이 내 아버지인 거야?'

확인하고 싶었다. 그러나 결국 묻지 못하였다. 정인을 잃었다는 것이 이제 어떤 것인지 알기에 더 이상 어머니를 괴롭히고 싶지 않았다. 얼마나 괴로울까. 평생의 정인을 잃었다는 것이. 그리고 내색조차 할 수 없다는 것이. 천 갈래 만 갈래 찢어지는 가슴을 부여잡고 버텨온 것이다, 딸을 위해.

"아니야, 됐어. 나는 대체 누굴 닮아 성질이 이 모양인가 하고."

애써 웃는다. 금보가 떠나면 어머니는 살아갈 의지를 잃을 것이다. 이런 어미를 두고 차마 더는 순천으로 달려가겠다 우길 수가 없었다. 어머니가 가슴에 묻었듯이 자신도 묻고 가리라. 그렇게 깊이 묻어두기로 한다, 어머니를 위해.

"우리 이렇게 오래오래 살아. 어머니랑 나, 둘이서. 우리 버리고 떠난 사람들 생각하지 말고 보란 듯이 행복하게 살자. 응?"

금보가 홍매를 꼭 안는다. 정인을 잃은 두 여인이 서로를 품에 안는다. 서로가 있기에 잃고 빼앗기고 수도 없이 넘어지고 주저앉아도 그들은 삶을 포기할 수가 없었다. 하나가 떠나면 홀로 남겨질 또 다른 하나 때문에. 홍금보는 정인을 잃었다. 그리고 아버지도 잃었다.

"어머니, 밥 먹자. 배고프다."

하지만 모든 것을 잃은 것은 아니다. 혼자가 아니다.

*

혹시나 몇 번을 확인했다. 하지만 상선이 침몰했다는 것을 더욱 확실하게 확인했을 뿐이다. 그리고 장태인이 죽었다. 허균은 세간에 알려진 것과 달리 장태인이 자결했다는 것을 알았다. 외아들의 죽음이 그토록 냉철하고 강인한 장태인에게 삶의 의지를 빼앗아 간 것이다. 다시 한 번 이강의 죽음이 처절하게 와 닿는다. 길동처럼 혹시나 살아 있지 않을까…… 하고 기대했던 한 가닥 가느다란 희망도 사라져 버렸다. 길동도, 이강도, 그리고 설향도 늘 그의 곁에 있던 이들이 사라져 버렸다.

허균은 낮부터 기방에 처박혀 술을 마셨다. 늘 그래 왔던 일이건만 그 좋아하던 술도 아무 맛이 없고 풍류 또한 아무 흥이 나지 않는다. 그저 취하고 싶을 뿐이다. 한 잔 술에 취하고 흐린 정신으로 좋았던 시절과 벗들을 추억한다. 참 좋은 날들이었다. 그들과 함께라면 두려울 것이 없었다.

"달빛 어린 뜨락에 오동잎 지고 서리 맞은 들국화는 노랗게 피었구나~"

흠뻑 취한 허균의 귓가에 저 멀리서 낯익은 목소리가 들려온다. 밖으로 나간다. 적막한 어둠 속에서 굵은 눈발이 흩날리고 있다. 노랫가락을 따라 홀린 듯이 발걸음을 옮긴다. 뒤뜰에 들어서자 한 여인이 머리와 어깨에 하얗게 눈을 맞으며 서 있었다. 그 모습에서 왜 문득 소복이 떠올랐을까, 구슬픈 노랫가락

때문일까.

"흐르는 물은 거문고와 같이 차고 매화는 피리에 서려 향기로~"

갑자기 노래가 끊기고 인기척을 느꼈는지 노래하던 여인이 뒤를 돌아본다.

"역시 너였구나."

허균이 금보를 보며 엷게 웃었다.

"내가 괜히 방해를 했구나."

"아닙니다."

며칠 사이 얼굴이 눈에 띄게 수척해졌다. 박수타, 그 사람 때문이리라.

'매정한 사람이 예 또 하나 있구나.'

허균이 하늘을 올려다보며 한숨을 내쉰다. 박수타의 죽음도 받아들이기 힘들 터인데 이강까지 이 세상 사람이 아니라는 걸 알게 되면 아무리 강한 아이라 해도 금보가 견뎌내기 쉽지 않을 것이다. 게다가 설향의 죽음까지……. 그때 금보에게 이강과 설향의 행선지를 알려주지 않은 것이 정말 잘한 일이다 싶다. 어딘가에서 잘 지내고 있겠거니, 그저 그렇게 여기고 살게 하고 싶었다.

"감환 들겠다."

"진혼곡입니다. 소복을 입어주지 못하는 대신 이렇게라

도…….”

금보가 말끝을 흐린다. 결코 나약한 표정은 아니었으나 남들보다 더욱 커다란 두 눈엔 슬픔이 가득 맺혀 있었다. 그러나 금보는 눈물을 흘리지 않았다.

“다시 한 곡 청해도 되겠느냐?”

괜찮으냐? 라는 말 대신 소리를 청한다. 박수타를 마지막으로 떠나보내는 금보의 곁에 함께 있어주고 싶었다.

“어릴 적 어머니가 불러주시던 기억이 희미하게 남아 있는 곡조입니다. 왜 이 곡이 떠올랐는지는 모르겠지만 그 사람이 가는 길을 이 곡조로 배웅하고 싶습니다.”

말을 끝낸 금보가 조용히 눈을 감고 다시 소리를 시작한다.

“달빛 어린 뜨락에 오동잎 지고 서리 맞은 들국화는 노랗게 피었구나~ 누각은 높아 하늘과 한 척이요, 술잔은 취하여도 끝이 없네~ 흐르는 물은 거문고와 같이 차고 매화는 피리에 서려 향기로워라~”

한 소절, 한 소절 모자라지도 과하지도 않게 그녀의 슬픔만큼 구슬프게, 크지도 작지도 빠르지도 느리지도 않은 곡조가 흐른다. 하나 흩날리는 흰 눈발과 어우러진 곡조는 처연하게 듣는 이의 심금을 울린다.

진혼곡.

'보고 있는가? 들리는가? 이 사람들아, 이 매정한 사람들아. 무겁게 가시게, 걸음걸음 옮길 적마다 차마 발걸음이 떨어지지 않게. 아니, 아니, 가볍게 가시게. 이곳에서 힘든 시간 다 잊고 눈발처럼 훨훨 날아가시게. 우리는 잘 있네. 잘 지낼 것이야. 그러니 행여 미련 한 자락 남기지 마시고…….'

허균의 뺨 위로 눈물이 흐른다. 눈발에 얼굴이 젖은 것이리라. 허균의 소리 없는 통곡에 금보의 눈에 맺힌 사무친 슬픔도 흘러내리려 한다. 하지만 그녀는 울 수 없었다. 목이 메면 소리를 할 수가 없다. 그를 위한 마지막 선물이다. 그를 위해 아무것도 해준 것이 없는 그녀의 첫 선물이다. 마지막 배웅이다. 오직 그만을 위해 부르는 첫 노래다. 가장 아름다운 곡조를, 가장 최고의 곡조를 그에게 불러주고 싶다.

"내일 아침 님 보내고 나면 사무치는 정 물결처럼 끝이 없으리~!"

애절한 절규와 함께 하늘 높이 한 손을 뻗어 올린다.

"이것은 악수(握手)요. 내가 온 곳에선 헤어질 때 이렇게 인사를 한다오……. 만날 때도 이렇게 한다오. 다시 만나면 다시 악수를 해주겠소?"

박수타의 밝은 목소리가 귓가에 들려온다.

'내 손을 잡아주세요. 이리 내민 손이 보이지 않습니까?'
하지만 그녀의 빈손은 홀로 허공을 맴돌 뿐이었다.

"내일 아침 님 보내고 나면 사무치는 정 물결처럼 끝이 없으리~ 내일 아침 님 보내고 나면 사무치는 정 물결처럼 끝이 없으리~"

온 세상이 하얗게 뒤덮인다. 눈이 끝없이 내려온다. 끝없이. 끝없이. 사무치는 정 물결처럼 끝이 없으리.

*

해가 바뀌고 유정의 부대가 한성으로 돌아왔다. 환영 인파가 저잣거리에 가득 찼다. 부대가 남하할 때처럼 호기심에 구경을 나온 이들도 있지만 한창 보릿고개인 때에 대부분은 생업을 멈추고 억지 환영에 동원된 백성들이었다. 그들의 머릿속엔 저 많은 입들이 한성으로 몰려왔으니 또 얼마나 수탈이 심해질까, 그 근심이 더욱 컸다. 전란은 끝났다지만 백성들에게 남은 것은 더욱 피폐해진 생활과 초근목피조차 씨가 말라 버린 폐허뿐이었다.

이제 활빈당마저 사라진 조선 땅에서 희망이란 한낱 미몽(迷夢)일 뿐이었다. 어찌 되었건 명색이 개선하는 군을 맞이하는 환영 인파 사이에 유독 커다란 덩치의 머리 하나가 불쑥 솟아올라 있었다. 금보다. 혹시나 그 사람이 꿈결처럼 저들 속에 섞여 돌아오지 않을까 싶어 가만히 방 안에 앉아 있을 수가 없었다. 하지만 행렬이 모두 지나가도록 금보가 찾는 이의 모습은 그 어디에도 보이지 않았다. 예상한 일이었다. 당연한 일이었다. 죽은 이가 어찌 걸어서 돌아오겠는가. 발길을 돌리는 금보의 표정엔 실망감이 가득했다.

"독각귀 색시다!"

"색시는 무슨. 사내라면 왜놈, 되놈 안 가리고 독각귀한테까지 몸 팔아먹은 창기년이지."

"뻔뻔하기도 하지. 무슨 낯짝으로 이리 대낮에 활보하고 다니누? 아우, 더러워."

"독각귀들이 한양으로 돌아오지 않았수? 서방들이 돌아왔는데 당연히 버선발로 마중을 나와야지."

"서방들? 그럼 저 해귀들에게 죄다 몸을 내어준 거란 말이야? 어휴, 망측해라."

금보를 본 이들이 저마다 한마디씩 수군거린다. 저희들끼리 수군거림이라지만 마치 들으라는 듯 목소리를 낮추지 않는다. 금보가 발걸음을 멈춰 섰다. 그리고 매서운 눈으로 그들을 쏘아보았다. 성깔 지랄 맞기로 소문난 홍금보가 작정을 하고 노려보니 떠들어대던 사람들이 슬그머니 입을 다문다. 그러나 이내 드세게 생긴 아낙 하나가 굵은 팔뚝을 걷어붙이더니 소리친다.

"아니, 우리가 없는 말 한 것도 아니고 이제 독각귀들이 돌아왔으니 다시 위세 좀 떨쳐 보겠다 이거야 뭐야? 아무리 기녀라지만 부끄러운 줄도 모르고!"

맞아, 맞아, 그러게 말이야. 주변 사람들이 한두 마디씩 거든다. 두렵다, 금보는 덜컥 그런 생각이 든다. 하지만 금보가 두려운 것은 그들이 아니었다. 외로움이었다. 이 많은 사람들 중에 그녀의 편을 들어줄 이가 아무도 없다는 외로움. 이제 전처럼 '이 여인은 내 사람이다!' 하며 그녀의 앞을 막아서 줄 사람은 없었다.

"나는."

금보가 나지막이 입을 연다. 사람들의 시선이 일제히 그녀를 향했다.

"창기가 아니오."

그리고 이를 악물고 그들 곁을 지나간다.

'결코 고개를 숙이지 않으리라. 나는 당당하다. 진심으로 사랑한 것은 부끄러운 것이 아니다.'

하지만 눈가에 눈물이 가득 고여온다. 요즘 왜 이리 눈물이 흔해진 게야, 자신을 질책하며 다시 아랫입술을 깨문다.

'나는 홍금보다. 질기고 억척스럽고 절대 포기하지 않는 조선의 기녀 홍금보!'

씩씩하게 발걸음을 옮겨 광통교를 건너간다. 그러다 불현듯 그날이 떠올랐다. 이 다리 밑으로 떨어진 금보를 박수타가 구해줬던 그날. 그리고 그들은 그날 처음으로 입을 맞추었다. 물에 빠져 숨을 못 쉬는 그녀를 구하기 위한 입맞춤이긴 했지만. 그것이 이리 그리운 추억이 될 줄은 그때는 알지 못했다. 고개를 돌려 다리 아래로 흐르는 물을 본다. 그리고 저 아래 박수타가 그녀를 구해내 눕혔던 자리를 본다. 저쯤이었나? 아니면 저기 저쯤? 그렇게 혼자만의 추억에 잠겨 다리 아래를 내려다보는데 누군가의 비명과 함께 요란한 말발굽 소리가 들려온다. 그제야 정신이 확 들어 돌아보니 고삐 풀린 말 한 필이 그녀를 향해 미친 듯이 달려오고 있었다.

"피해!"

다시 누군가가 외친다. 그러나 미친 말은 이미 금보의 코앞까지 달려와 있었고, 미처 피할 사이도 없이 머릿속이 하얘졌다. 그때 뒤에서 누군가 그녀의 팔을 잡아채 재빨리 끌어당겼다. 누군가의 품으로 와락 안긴다. 그리고 금보의 발이 떨어지자마자 말이 그 자리로 뛰어들어 아슬아슬하게 금보의 곁을 스쳐 지나갔다. 누군가 그녀를 잡아끌지 않았다면 꼼짝없이 말에 치일 뻔했다. 잠시 시간이 멈춘 듯 금보는 꼼짝도 할 수가 없었다. 한데 이상하게도, 참으로 이상하게도 너무나 편안하다. 따듯한 체온이 그녀에게 전해졌다.

"괜찮으시오?"

사내가 묻는다.

'이 목소리는?'

그러고 보니 그녀를 한 품에 안을 수 있는 이 커다란 몸집은……. 금보가 번쩍 고개를 들었다. 믿을 수가 없다. 눈부신 햇살 아래 그 햇살보다 더 눈부시게 웃고 있는 '그'가 서 있었다. 현기증이 인다. 흰 피부와 파란 눈동자, 황금빛 머리칼이 눈앞에서 마구 뒤섞이며 홍금보는 털썩 쓰러졌다.

홍금보…… 홍금보…… 홍금보…….

아련하게 목소리가 들려온다. 그가 금보의 손을 잡는다. 그가 그녀를 보고 웃는다. 그녀도 마주 보고 웃는다. 이제 다시는 당신 곁에서 떠나지 않을 것이오. 그가 말한다. 그가 그녀를 와락 끌어안는다.

홍금보…… 홍금보…… 홍금보…….

금보가 번쩍 눈을 떴다.

"괜찮으냐?"

허균의 근심스러운 얼굴이 눈에 들어왔다. 그리고 그의 얼굴 뒤로 방 안 천장이 보였다. 방금 전까지 광통교 다리 위에 있었던 것 같은데 그녀는 이부자리 위에 누워 있었다.

'꿈이었구나.'

실망감과 함께 서러움이 밀려왔다. 그리고 미친 듯이 그리워졌다. 그 사람, 박수타가.

"꿈에서 그 사람을 보았습니다. 너무 생생하게 제 앞에서 웃고 있었습니다."

금보가 아직도 꿈을 꾸는 것 같은 표정으로 힘없이 말했다.

지금 이 순간이 꿈이고 그 꿈속이 현실이라면 얼마나 좋을까, 간절히 바래본다.

"저렇게 말이냐?"

허균이 금보의 다리 쪽을 가리켰다. 그리고 그곳엔…….

"홍금보!"

박수타가 그녀를 부르며 환하게 웃는다. 놀란 금보가 몸을 벌떡 일으켰다. 하얗게 핏기가 사라지며 또다시 현기증이 일었다. 그런 금보를 보며 허균이 말했다.

"저 사람이 널 업고 기방으로 뛰어 들어오는데 나도 혼절을 할 뻔했다. 측간에 가려고 나왔다가 술김에 귀신이라도 본 것인가 하여 그 자리에서 지리는 줄 알았네. 그러니 금보 너는 오죽하겠냐?"

"정말 당신이 맞습니까?"

금보가 부들부들 떨리는 손을 박수타의 얼굴에 가져갔다. 만져졌다. 정말 손끝에 그의 얼굴이 만져졌다. 그래도 믿어지지가 않았다. 이렇게 그가 생생하게 만져지는데도 그저 꿈인 것만 같았다.

"당신이 죽었다고 했습니다. 왜군의 습격을 받아서……."

"그건……."

박수타가 뺨에 닿아 있는 금보의 손 위에 제 손을 포갰다. 얼마 만에 잡아보는 손인가, 다시는 잡아볼 수 없을 거라 생각했던 적도 있었다. 박수타도 지금 이 순간이 꿈처럼 느껴졌다. 이것이 꿈이라면 다시는 깨어나고 싶지 않다, 깨어나지 않겠다. 잠시 그렇게 손을 잡고 있다 금보의 손을 내렸다. 그리고 옷깃을 젖혀 목을 보였다. 칼에 찔린 듯한 선명한 상처가 보였다.

"이레가 넘게 정신을 잃었소. 의원이 죽을 거라고……. 그리고 병사에 불이 났었소. 다 타고 연기 속에서 나만 걸어 나왔소. 근데 다들 나도 죽은 줄 알고……. 하지만 나는 살았소. 연기 속에서 계속 당신을 생각했어, 홍금보에게 돌아가야 한다고. 그래서 살았소."

박수타가 해야 할 말을 속으로 되짚어가며 또박또박 말했다. 아직 조선어가 완전히 매끄럽지는 않지만 홍금보는 그가 그녀에게 무슨 말을 전하고 싶은 건지 충분히 알 수 있었다.

"나는 이렇게 살아 있소. 아직도 내가 귀신으로 보이시오?"

박수타가 그녀의 눈을 깊게 바라보며 물었다. 홍금보가 그를 와락 끌어안았다.

"귀신이라도 좋습니다. 독각귀라도 상관없습니다. 꿈이어도 좋습니다. 지옥이라도 좋습니다. 당신이 이렇게 내 옆에 있기만 하면 됩니다."

"당신 옆에 있을 것이오, 평생."

박수타도 금보를 마주 안았다. 그때 밖에서 소란스러운 소리가 들리더니 문이 벌컥 열렸다.

"누가 돌아왔다고?"

채봉이 요란하게 치마를 펄럭거리며 방으로 뛰어 들어왔다.

"박 통사가 정말 맞는 겁니까?"

"죽었다던 사람이 어찌 돌아와?"

채봉의 뒤로 삼월과 다른 기녀들이 저마다 한마디씩 하며 우르르 몰려왔다.

"에구머니나!"

두 사람의 진한 포옹 때문인지, 죽은 줄로만 알았던 박수타가 버젓이 눈앞에 나타났기 때문인지, 기녀들이 화들짝 놀라며 문간에 멈춰 섰다.

"흠흠! 술이 홀딱 깼으니 다시 취해야겠네! 역시 기방은 떠들썩해야 제 맛이지!"

슬그머니 자리를 피해주려던 참에 기녀들이 몰려오자 허균이 모두의 등을 떠밀며 방을 나갔다. 주변에서 무슨 일이 일어나건 이 세상에 둘만이 존재하는 것처럼 홍금보와 박수타는 서로를 품에 안고 놓지 않았다.

"약속해 줄 수 있어요?"

"무엇을 말이오?"

"내가 죽기 전에 절대로 먼저 죽지 마세요. 단 하루도 당신 없이 살고 싶지 않아요."

"단 하루만 당신보다 더 살겠소. 그리고 당신의 장례를 치른 뒤 나도 당신에게 갈 것이오."

"율도는 지상낙원인가요?"

"아니오. 그곳도 그저 사람 사는 세상일 뿐이지."

"그럼 우린 지금 왜 이리 힘들게 그곳을 찾아가는 것이지요?"

"양반이 사는 세상, 가진 자들만이 사는 세상은 사람이 사는 세상이 아니니까. 내가, 아니, 우리가 이루려는 율도는 거창한 것이 아니오. 사람이 사람답게 살 수 있는 그저 평범한 곳이라오. 그런 세상에서 당신과 함께 살고 싶소."

"당신과 함께라면 어디든 가겠어요."

두 사람은 뱃머리에 서서 손을 꼭 잡고 황금빛으로 물들어가는 바다를 바라본다, 하고 금보의 대사에 이어 박수타가 지문을 읽는다. 활빈당의 꿈을 실은 거대한 배는 율도라는 희망의 땅을 향해 힘차게 나아갔다, 박수타에 이어 마지막 줄을 읽은 금보가 책을 덮었다.

"아니, 아직 아니지."

보료가 깔린 따듯한 아랫목에서 금보의 다리를 베고 누운 박수타가 책을 다시 펼쳤다. 박수타가 돌아오고 모든 것이 예전으로 돌아왔다. 박수타는 채 성치 않은 몸으로 밤낮 없이 말을 달려 먼저 출발한 행렬을 따라잡았다. 한시라도 더 빨리 금보를 보고 싶었고, 박수타가 명군과 함께 돌아오지 않으면 금보가 얼마나 걱정을 할까 하는 마음에 무리를 한 것이다. 하지만 하나도 힘들지 않았다. 금보의 얼굴을 보는 순간 모든 피로가 눈 녹듯이 사라졌다. 그리고 다시 전처럼 매일 기방으로 찾아와 그녀와 책을 읽었다.

"분명 끝까지 다 읽었는데 뭐가 아니란 말입니까?"

"애독해 주셔서 감사합니다, 이것이 남았지 않소?"

"에이, 그건 매설의 내용이 아니지 않습니까?"

"그런가? 참, 색주부뎐 속편이 나왔다고 하오!"

"어머, 그것이 정말입니까?"

"방가와 밤골댁이 율도에서 혼례를 올린 뒤의 이야기라던데."

"신방에서 벌이는 스물여덟 가지의 신묘한 체위가 삽화로 그려져 있답니다. 전편의 기본자세를 응용한 상급자용 고난이도 체위랍니다."

방금 전 시치미를 뚝 뗀 것을 잊고 저도 모르게 눈을 빛내며 대꾸한다.

"벌써 본 것이오?"

박수타가 놀라 몸을 일으켜 앉는다.

"혼자서만?"

"아니, 보았다기보다는 그저 어깨너머로 잠시……."

금보가 당황해 우물쭈물하는데 때마침 채봉이 다과상을 들여왔다.

"어찌 직접 들고 오십니까?"

금보가 일어나 상을 받으려는데 박수타가 얼른 끼어들어 대신 받는다.

"무거운 것은 사내가 드는 것이오."

여태 무거운 것은 당연히 홍금보가 드는 것이었는데, 이런 낯선 상황이 어리둥절하면서도 기분이 좋았다. 든든함 그리고 사랑받고 있다는 여인으로서의 행복감, 그리고 고마움.

"박 통사가 직접 청한 상이다. 좋은 시간 보내거라."

채봉이 이리 말하며 박수타에게 의미심장한 눈짓을 보낸다. 얼른 상을 훑어본 박수타가 만족스러운 표정으로 고개를 슬쩍 끄덕인다.

"같이 드시고 가세요."

금보가 슬쩍 채봉을 잡는 시늉을 한다.

"너답지 않게 마음에도 없는 소리 하지 마라."

"눈치채셨습니까?"

금보가 멋쩍게 혀를 쏙 내민다.

"호랑이가 물어가려다 기함할 년, 복도 많다!"

"예?"

그러나 채봉은 더 이상 대꾸 없이 만면에 미소를 가득 띠고선 방을 나갔다. 오늘따라 왜 저러시나 싶었지만 마침 출출하던 터라 이내 다과상에 눈이 쏠린다. 다과상엔 수정과 두 그릇과 먹기 좋은 크기로 썰어놓은 백설기가 놓여 있었다. 그리고 백설기 한 조각마다 붉은 콩이 알알이 박혀 있었다. 새하얀 바탕에 선명하게 박힌 붉은 색감이 더없이 고왔다.

"이 귀한 백설기를! 곱기도 하지, 아까워서 어찌 먹는대?"

말은 그리 하면서 냉큼 떡 한 조각을 집어 든다. 그리고 잠시 망설이다 마주 앉은 박수타에게 내밀었다.

"'아' 해보셔요."

'맙소사! 내가 진짜 이걸 하다니!'

하면서도 제가 더 놀란다. 어젯밤 삼월이 가르쳐 준 '사내를 녹여 버리는 교태'였다. 그런 건 절대 못한다며 손사래를 쳤지만 어느새 그녀는 음식을 집어 들어 콧소리를 내고 있었다. 먹을 것을 남에게 먼저 주는 것은 어머니에게 말고는 극히 드문 일이었다. 하지만 이젠 제 입에 먼저 넣기보단 이 사내가 맛있게 먹는 것을 보고 싶었다. 홍금보가 집어준 백설기에 박수타의 입이 함빡 벌어져 귀에 걸린다.

"아!"

방이 떠나가라 소리치며 입을 크게 벌린다. 홍금보가 수줍게 백설기를 입에 쏙 넣어준다. 꿀에 흠뻑 적신 것처럼 달콤하다. 그야말로 꿀떡 백설기를 삼킨 박수타가 이번엔 자기가 한 조각 집어 들었다. 백설기에 박힌 붉은 알이 유난히 밝게 빛나는 조각이었다.

"'아' 해보시오."

"어머, 부끄럽습니다."

홍금보가 정말 얼굴이 발갛게 달아올라 고개를 젓는다.

"아잉! 아, 해보시오~"

박수타가 덩치에 어울리지 않게 애교를 부린다.

"어머, 망측하게 사내가 어찌 이리……."

귀여울 수가 있소? 홍금보는 가슴이 콩닥콩닥 뛰며 절로 입이 벌어졌다. 그리고 그 입속으로 백설기가 쏙 들어온다.

"홍금보! 내가 꼭 할 말이 있는데……."

금보가 맛있게 백설기를 먹는 것을 보며 박수타가 조심스럽게 말을 꺼낸다. 그때 떡을 먹던 금보가 무언가 다른 것이 씹힌 듯 으드득 소리와 함께 화들짝 놀라 외쳤다.

"앗! 이게 뭐지?"

지금이다! 박수타는 크게 숨을 들이쉬고는 단숨에 내뱉는다.

"나와 혼인을 해주시겠소?"

그 말을 들은 홍금보의 눈이 튀어나올 듯 커다래지며 꿀꺽 떡을 삼켜 버렸다.

"앗, 안 돼!"

당황한 박수타가 벌떡 일어났다.

"삼킨 것이오?"

홍금보가 얼떨떨하게 고개를 끄덕였다.

"그걸 삼키면 어떡하오? 토해봅시다."

박수타의 얼굴이 하얗게 질려 다짜고짜 금보의 등을 두드리기 시작했다.

"왜 이러십니까? 대체 뭔데요?"

어리둥절한 금보가 박수타를 와락 밀쳐 버렸다. 그 힘에 밀려 박수타가 쿵 엉덩방아를 찧었다.

"이게 아닌데……."

그가 울상이 되어 중얼거린다. 그게 어떻게 한 번에 꿀꺽 삼켜진단 말인가? 떡 속에 박혀 있던 유난히 붉은 알은 콩이 아니라 홍옥 가락지였다. 같은 붉은 알이라지만 확연히 눈에 띄는 붉은색을 보고 금방 알아차릴 줄 알았다. 만약 무심코 먹었다고 해도 가락지가 씹히면 꺼내볼 줄 알았다. 그리고 가락지를 보고 깜짝 놀라는 금보에게 청혼을 하려고 했다. 그 가락지는 금보의 탄일에 주었다가 크기가 맞지 않아 주얼리에게 맡겨 치수를 줄여온 것이었다. 그러나 여러 가지 일이 벌어지며 금보에게 전해줄 시기를 놓친 채 전장으로 떠나게 되었다. 이제 천신만고 끝에 그녀를 다시 만나게 되었고, 다시는 그녀를 놓치고 싶지 않았다. 이 가락지를 주며 청혼을 하고 싶었다. 그리고 일생에 단 한 번뿐인 혼인을 청하는 것인데, 이왕이면 오래도록 기억에 남는 추억을 만들어주고 싶어 채봉에게 도움을 청해 준비한 것이었다. 그런데 일이 이렇게 꼬여 버릴 줄이야!

"예에?"

박수타의 설명을 들은 금보가 기가 막히다는 표정을 짓는다. 그리고 자신이 그 값비싼 홍옥 가락지를 꿀꺽 삼켰다는 것을 깨닫고는 울화통을 터뜨렸다.

"아니, 왜 가락지가 떡에 들어가 있고 지랄이래!"

"지랄? 그거 욕이지?"

박수타가 순간 발끈한다. 예전에 금보가 그에게 '놈'이라고 했을 때도 이와 똑같이 물은 적이 있었다. 누가 딱히 알려주지 않아도 욕은 눈치 빠르게 잘도 알아듣는 박수타였다.

"아, 몰라, 몰라! 등이나 더 두드려 보세요!"

박수타에게 욕을 한 건 아니지만 뜨끔한 금보가 얼른 말을 돌린다. 그가 의심스러운 눈초리로 금보를 쳐다보며 퍽퍽 있는 힘껏 등을 내려친다.

"아얏! 감정이 섞인 것 같은데? 때리지 말고 두드리란 말입니다!"

"측간에 가보는 것이 어떻겠소?"

"그런 끔찍한 소리는 꺼내지도 마세요. 생각만 해도 토가 나올 것 같네. 우웩! 그렇지, 계속 그 얘기를 하십시오. 토가 나올 것 같습니다!"

"에…… 그러니까 내 말은……. 측간에서 일을 보면 가락지가 그 속에……."

"우웩!"

"그렇지. 조금만 더! 한 번만 더! 측간!"

"우웩!"

"측간에서 일을 보면 그 속에서 붉은 알이!"

"우웨엑!"

그날 밤, 박수타는 밤새 그녀의 등을 두들겼지만 끝내 금보는 홍옥 가락지를 토해내지 못했다. 그리고 홍금보는 측간에 갔다.

한겨울의 추위가 한발 물러서면서 따듯한 기운이 훈풍에 실려왔다. 좋은 날을 축복하듯 찬란한 햇빛이 기방 앞마당에 가득

모인 사람들을 비추고 어디선가 날아든 새들이 저마다의 목소리로 지저귄다. 병풍 앞에 차려진 초례상엔 붉은 보자기에 싸인 암탉과 푸른 보자기에 싸인 수탉이 서쪽과 동쪽에 각각 놓여 목을 쭉 빼고 사람 구경에 정신없고, 남쪽과 북쪽에 놓인 소나무와 대나무 사이엔 청실홍실이 곱게 이어져 있었다. 그리고 초례상의 서쪽과 동쪽으로 마주 보고 선 홍색 활옷의 각시와 청색 사모관대의 신랑 모습은 박수타가 금보에게 그려 보낸 초례청 그림을 그대로 옮겨놓은 듯했다.

실로 떠들썩한 잔치였다. 신부가 있는 서편엔 한껏 멋을 부린 꽃 같은 기녀들이 형형색색의 치맛자락을 휘날리며 서 있었고, 신랑이 있는 동편에는 명의 군복을 입은 해귀들이 가뜩이나 커다란 체구를 더욱 곧추세우고 노란 눈을 반짝이며 혼례를 지켜보고 있었다. 혼례를 보기 위해 모여든 사람들은 기녀들을 흘끔거리랴 해귀들을 구경하랴, 거기다 독각귀라 소문난 신부와 그런 신부와 그야말로 천생연분인 백귀(白鬼) 신랑의 신기한 혼례식까지 지켜보느라 눈이 정신없이 돌아갔다.

백귀에게 사모관대라니 개 발에 편자가 아닌가, 코웃음을 치던 사람들은 반듯하게 사모를 쓴 눈부시게 흰 얼굴과 푸른 하늘 아래 푸른 단령포를 입고 푸른 눈을 빛내며 서 있는 박수타의 선명한 모습에 낯설음을 넘어 신선한 아름다움을 느꼈다. 특히 일부 여인들은 마치 매설 속 마성의 매력을 지닌 사내를 직접 목도한 것처럼 전율마저 느꼈다.

그런 박수타 못지않게 홍금보 역시 연지곤지를 찍고 날개만 달면 곧 날아오를 것 같은 활옷을 차려입자 여느 신부보다 체구가 좀 큰 것만 빼곤 망나니 독각귀 홍금보가 저리도 고왔던가 싶을 만큼 화려했다. 그러나 다소곳이 고개를 숙인 새색시의 모습은 온데간데없이 절을 올릴 때도, 술을 나누어 마실 때에도 연신 싱글벙글하며 신랑에게서 눈을 뗄 줄 몰랐다.

"저, 저, 호랑이가 물어가다 기함할 년! 새색시가 고개를 발딱 치켜들고 저리 웃어대면 어쩌누. 또 한참을 망나니 각시라 사람들 입에 오르내리겠구먼."

가장 앞줄에 서서 혼례를 보고 있던 채봉이 혀를 찬다.

"내버려 두시게. 보기 좋기만 하구먼. 여인이라고 항상 고개 숙이며 살라는 법 있나? 웃고 싶으면 웃고 울고 싶으면 울고, 그런 게 사람 사는 것이지 남의 눈치 볼 것이 뭐 있어?"

옆에 선 허균이 호탕하게 외친다. 여전히 양반답지 못하게 대낮부터 술통을 꿰차고선 얼큰히 취해 있었다. 두 사람의 혼례가 기분이 좋아 한 잔, 이강도 길동도 없이 자신만이 덩그러니 참석한 쓸쓸함에 한 잔, 이리 한 잔, 저리 한 잔 마시다 보니 허허실실 취해 버리고 말았다.

"예, 맞습니다. 우리는 그리 살지 못했으니 저 아이라도 제 뜻을 펼치며 한세상 살아갔으면 좋겠습니다. 이런 날은 함박 웃어도 됩니다. 안 그러냐?"

계보린이 그리 물으며 홍매를 본다. 채봉과 계보린의 부축을 받으며 혼례에 참석한 홍매가 웃으며 고개를 끄덕인다. 웃을수록 뒤틀린 얼굴은 더욱 일그러졌지만 그 누구보다 환한 미소였다. 불편한 몸으로 사람들 앞에 나서는 것이 좋은 날 금보에게 행여 누가 될까 그냥 방에 있겠다는 것을 계보린이 고집을 부려 끌고 나왔다.

그토록 소원하던 딸의 혼례인데 두 눈으로 직접 보게 해주고 싶었다. 몸이 성치 않은 홍매 대신 혼례 준비는 계보린이 도와주었다. 박수타의 청으로 홍금보는 기녀의 신분을 벗어나 평민으로서 혼인을 할 수 있게 되었고, 명군에게 입은 은덕을 어찌 갚아야 할지 몰라 몸이 단 왕께서 박수타에게 새집과 혼례 비용까지 하사하였다. 계보린은 제 딸이 혼례라도 치르는 양 그녀답지 않게 남 일에 신바람을 내며 이번 혼사를 준비했다. 제 돈이 들어간다면 그건 좀 생각해 봤겠지만. 아무튼 혼례복도 누구보다 최고로 입히고 싶어 지방 씨 할멈들에게 맡기면서 홍매의 옷도 한 벌 부탁하였다. 고운 비단옷을 입고 더없이 행복한 표정으로 딸의 혼례를 지켜보는 홍매를 보며 '끌고 나오길 잘했다' 하고 흐뭇하게 웃었다. 오랫동안 지고 있던 마음의 빚을 이제야 털어낸 것만 같아 후련해졌다.

그런 계보린의 손을 홍매가 꼭 부여잡는다. 고마움의 표시였다. 참으로 고마운 날, 참으로 고마운 사람들이다. 홍매는 박수타가 밤마다 금보에게 수청을 들게 한 것이 아니라 글을 배운 것이라는 걸 알고 금보를 한낱 노리개로 생각하는 것이 아니라 여인으로서 진심으로 대해주고 있구나 생각했다. 그리고 어쩌면 저 푸른 눈의 사내가 홍매가 떠난 뒤에도 금보를 지켜줄 수 있지 않을까 하는 희망을 가졌다. 그 희망이 비로소 오늘 이루어진 것이다. 고맙고 또 고마운 일이었다. 이제 눈을 감아도 여한이 없겠다 싶을 만큼, 홍매도 계보린처럼 오랫동안 지고 있던 마음의 짐을 훌훌 털어버린 기분이었다.

"새색시만 그렇답니까? 신랑 입도 여차하면 곧 찢어지겠습니다."

소란이 킥 웃으며 끼어든다. 그러자 여기저기서 기녀들이 킥킥 웃음을 터뜨렸다. 아닌 게 아니라 박수타 역시 함박 벌어진 입이 다물어질 줄 몰랐다. 새색시는 수줍음에 고개를 들지 못하고 신랑 역시 흘끗흘끗 신부의 얼굴을 훔쳐보는 보통의 혼례와는 달리 신랑과 각시가 서로에게 한시도 눈을 떼지 않고 웃음이 끊이지 않는 해괴한 혼례 광경이었다. 참으로 얼굴이 두껍기도 하지, 사람들이 수군거리는 소리도 마냥 행복한 두 사람의 귀엔 들리지 않았다. 그때였다. 갑자기 붉은 보자기에 싸여 있던 암탉이 푸드덕 날아오르며 초례상 밖으로 줄행랑을 치기 시작했다.

"어머나, 저걸 어째!"

누군가 당황해 외치는 소리와 동시에 홍금보가 재빨리 꽃신 한 짝을 벗어 닭을 향해 날린다. 그리고 꽃신은 힘차게 날아가 닭 머리를 사정없이 강타했다.

"아니, 재가! 저게 얼마짜리 꽃신인데!"

최고의 갖바치인 꺽쇠에게 웃돈까지 쥐어주며 새신부의 꽃신을 지어온 계보린이 기함을 했다. 채봉이 황급히 달려가 쓰러진 닭을 살펴보니 이미 눈을 뒤집고 그 자리에서 즉사했다.

"에그머니나, 이를 어쩌누!"

새색시가 신을 집어 던진 것도 모자라 닭을 때려잡다니, 채봉이 난감한 듯 한숨을 내쉬었다. 흉조라는 둥, 역시 독각귀는 독각귀라는 둥 놀란 사람들이 다시 여기저기서 수군거렸다.

"오늘 밤 잡아다 서방님 몸보신하면 되지요!"

사람들이 그러거나 말거나 금보가 눈 하나 깜빡하지 않고 당당하게 외쳤다.

"닭고기!"

그에 질세라 박수타가 신이 난 표정으로 힘차게 외쳤다.

"하하하하! 그렇지, 그렇지, 자고로 처가에선 씨암탉을 얻어먹어야지."

허균이 크게 웃어젖히며 닭을 냉큼 집어 들었다.

"내가 홍금보의 친정 오라비나 매한가지이니 요놈은 내가 한번 해보겠네. 내 이래 봬도 사냥터에서 토끼나 꿩쯤은 일도 아니게 삶아내는 솜씨라고! 정말 못하는 게 없지 않은가?"

허균이 큰소리를 빵빵 쳐대며 휘적휘적 걸어간다. 술에 취해 비틀대는 걸음마다 닭 모가지가 마치 인사라도 하듯 이리 끄덕, 저리 끄덕 흔들거리는 우스꽝스러운 모양에 홍매마저도 실로 십수 년 만에 크게 소리 내어 웃음을 터뜨리고 말았다. 혼례 날 꽃신을 집어 던져 닭을 때려잡은 새색시와 닭고기를 외친 신랑, 그리고 그 닭을 직접 요리하겠다며 들고 간 양반네에 박장대소를 터뜨린 반신불수 신부의 어머니까지, 법도라고는 눈을 씻고 봐도 찾을 수 없는 그날의 괴상한 혼례식은 눈이 오나 비가 오나 꽃이 피고 계절이 바뀌고 두 사람이 모이고 세 사람이 모이고 흥이 오르고 안주거리가 바닥났을 때 두고두고 질리지도 않고 저잣거리에서 회자되었다.

둘이서 밤을 지새운 일이 처음도 아니건만 원앙금침이 깔린 신방에서 연지곤지를 찍고 마주 앉은 첫날밤은 묘하게 긴장이 되었다. 신방에 들여온 상엔 정말 허균이 솜씨 좋게 삶아낸 먹음직스러운 씨암탉이 통째로 올라와 있었다.

'먼저 족두리를 벗기고 머리를 풀어준 다음 활옷을 벗기고 버선을……. 아니, 버선부터 먼저였던가? 아니, 옷고름을 먼저 풀어라 했던가……?'

박수타가 진땀을 흘리며 속으로 웅얼댔다. 허균이 알려준 대로 첫날밤의 순서를 단단히 기억해 두었는데 선녀처럼 차려입고 앞에 앉아 있는 금보의 고운 모습을 보자 머릿속이 하얘지며 아무 생각이 들지 않았다. 초부터 끄고 볼까? 아니, 그랬다간 아무것도 보이지 않아 버선을 벗기다 뒤로 자빠질지도 모른다. 새색시의 버선은 꽉 조이기로 유명해 그걸 벗기다 뒤통수를 찧은 신랑이 수두룩하니 조심하라는 주의도 받았더랬다. 어찌해야 되나 우물쭈물하는데 금보가 먼저 입을 열었다.

"저기, 이거……."

그리고는 활옷 아래 찬 주머니에서 무언가를 꺼내 쑥스럽게 내민다. 홍옥 가락지다.

"아! 꺼내셨소?"

반가움에 내뱉고 보니 그 말이 너무 우스워 참을 새도 없이 웃음이 터져 나온다. 박수타가 웃음을 터뜨리자 잠시 당황하던 홍금보도 이내 큰 소리로 따라 웃는다. 하하호호, 방 안에 두 사람의 웃음소리가 가득 찬다. 한결 긴장이 풀린 박수타가 홍금보에게 가락지를 받아 그녀의 손가락에 끼워줬다.

"이제야 가락지가 주인을 찾았소."

이제 정말 홍금보가 나의 각시가 되었구나, 박수타는 가슴이 새삼 뭉클해졌다.

"약속해 줄 수 있어요?"

홍금보가 물었다.

"무엇을 말이오?"

무의식적으로 말이 튀어나온다. 생각해 보니 이젠 완전히 외워 버린 색주부뎐의 대사였다.

"내가 죽기 전에 절대로 먼저 죽지 마세요. 단 하루도 당신 없이 살고 싶지 않아요."

이 역시 색주부뎐에 나왔던 대사이다. 하지만 금보가 대사를 빌어 진심을 말하고 있다는 것이 충분히 느껴졌다.

"단 하루만 당신보다 더 살겠소. 그리고 당신의 장례를 치른 뒤 나도 당신에게 갈 것이오."

그 역시 진심을 다해 다음 대사를 말했다.

"진정이시지요…… 서방님?"

이리 묻는 홍금보의 얼굴이 살짝 붉어진다. 그것은 서책에 나온 대사가 아니었다.

"뭐…… 뭐라 하였소?"

귀가 번쩍한 박수타가 되물었다.

"다시 한 번만 말해주시오."

"에이, 들었으면서."

"아니, 아니오. 잘 못 들었소. 정말 못 들었소."

"벌써부터 거짓말이십니까, 서방님!"

서방님! 그 한마디에 박수타의 애간장이 녹아들어 갔다. 얼마나 듣고 싶었던 말인가! 그녀를 업고 동네방네 뛰어다니며 소리치고 싶었다.

'나는 홍금보의 서방님이다. 내가 홍금보의 서방님이다. 박수타는 홍금보의 서방님이다!'

좋아서 어쩔 줄 모르는 박수타 앞에 금보가 슬그머니 붉은 표지의 책 한 권을 꺼낸다.

"제가 오늘을 위해 준비한 것입니다."

속(續) 색주부(色酒婦)뎐!

"색주부뎐 속편! 이 귀한 것을 어떻게……."

“다 구하는 수가 있지요.”

눈이 휘둥그레진 박수타에게 살짝 웃어 보이며 금보가 답했다. 그것은 금보에게 준 허균의 혼인 선물이었다. 물론 금보는 허균이 이 엄청난 서책의 저자 언오견이라는 것을 여전히 까맣게 몰랐지만.

금보가 책장을 펼치자마자 첫날밤을 맞이한 방가와 밤골댁의 모습이 그려진 삽화가 총천연색으로 튀어나왔다. 전편보다 더욱 망측하고 더욱 파격적인 체위가 전편보다 더욱 적나라하고 노골적으로 그려져 있었다.

색색이 아름다운 자수가 놓인 화려한 활옷이 아래에 깔려 있고 그 위에 벌거벗은 남녀가 누워 있다. 사내 무릎 위에 몸을 반쯤 숙인 채 앉은 여인은 제 입을 술잔 삼아 사내의 입으로 술을 흘려주고 있었다. 여인의 풍만한 엉덩이를 움켜쥐고 살짝 들어올린 사내의 건장한 팔 아래로 여인의 은밀한 곳에 반쯤 꽂혀 있는 거대한 양물이 보인다. 다음 순간 사내가 여인의 엉덩이를 힘차게 끌어당겨 양물이 아랫배를 뚫고 나갈 듯 깊이 박혀 버리는 모습이 보이는 듯한 역동적인 그림이었다. 여인은 실오라기하나 걸치지 않은 맨몸이었지만 머리에 족두리만은 그대로 쓰고 있어 첫날밤을 맞이하는 순결한 신부와 요부의 음란함이 묘하게 상충되며 한층 더 자극적이었다.

몇 장을 더 넘기자 더욱 현란한 장면이 눈앞에 펼쳐진다. 누워 있는 여인의 위로 남자가 올라간 것까지는 흔한 모습인데 북쪽부터 시작해 서, 남, 동 방향으로 남자의 몸이 계속해서 여러 개 그려져 있었다. 움직임을 표현하기 위해 여러 개의 몸들은 선이 흐릿하고 흔들리게 그려 넣었고 그 사이사이 북쪽에서 서, 남, 동으로 이동하고 있다는 화살 표시가 있었다. 남자가 엄청난 속도로 여자의 몸 위에서 한 바퀴를 돌고 있다는 것을 충분히 알 수 있는 창의적이고도 발칙한 그림이었다. 그 그림을 보고 있자니 마치 미친 듯이 돌아가는 물레방아를 보고 있는 듯한 착각까지 들었다. 다들 그리 생각하는 것인지 삽화 상단엔 '물레방아 돌리기' 라는 부제가 붙어 있었다. 한데 과연 저 동작이 가능한 것인가? 여인의 몸 위에서 빠른 속도로 온전히 한 바퀴를 돈다? 자칫 잘못하다간 양물이 부러지지 않을까, 박수타의 머릿속에 온갖 의문들이 난무하며 신음하듯 내뱉는다.

"어허, 이거 상당한데?"

"가능하겠습니까? 스물여덟 가지."

금보가 수줍은 듯, 장난스러운 듯, 그리고 몹시도 도발적으로 묻는다.

"하룻밤…… 에 말이오?"

박수타가 마른침을 꿀꺽 삼키며 묻는다.

"서책엔 하룻밤에 다 된다 하지 않습니까?"

"어허, 매설이 사람 잡는다더니. 여기 보시오. '절대 따라 하지 마시오' 라고 쓰여 있지 않소?"

박수타가 손으로 짚은 삽화 하단엔 정말 붉은 글씨로 '절대 따라 하지 마시오' 라는 경고가 쓰여 있었다.

"그새 조선어가 엄청 느셨습니다. 읽어주지 않아도 척척 읽어 내시고."

금보가 새침하게 대꾸한다.

"그게 다 부인 덕분이지요."

"예? 방금 뭐라 하셨습니까?"

"들었으면서."

"아니, 아니오. 잘 못 들었습니다. 정말 못 들었습니다."

"벌써부터 거짓말이시오, 부인?"

부인! 그 말 한마디에 금보의 얼굴이 환하게 밝아진다. 참으려 해도 자꾸만 웃음이 흘러나온다. 그리고 그렇게 만면에 생글생글 웃음을 머금고 슬쩍 박수타의 옆구리를 찌른다.

"자신 없으십니까, 서방님?"

"무슨 소리!"

박수타가 발끈해 외친다. 이건 사내로서 자존심이 걸린 문제이다.

'내가 어떤 사내인지 오늘 밤 보여주지, 밤새도록!'

의욕에 불타오른 박수타가 족두리를 벗기려 하자 홍금보가 몸을 살짝 비틀며 속삭였다.

"족두리는 벗지 않겠습니다."

'족두리를 벗지 않겠다니. 아아, 이렇게 색정적일 수가!'

야생마처럼 힘차게 펄떡일 줄만 알았던 홍금보의 생각지도 못한 교태에 박수타가 후끈 달아올랐다. 다급하게 제 사모를 벗어 던지고 단령포도 벗어버렸다. 그리고는 떨리는 손으로 금보의 옷고름을 풀고 활옷을 벗겨 방바닥에 내던졌다. 활옷 아래 저고리, 저고리 안에 속저고리, 치마 안에 속치마, 속치마 안에 속속곳……. 벗겨도 벗겨도 끝도 없이 나오는 옷들에 새신랑이 지쳐 갈 때쯤 마침내 꼭꼭 숨겨두었던 여인의 속살이 그 모습을 드러냈다.

매끄럽게 빛나는 피부와 곧게 뻗은 긴 다리, 선명하게 도드라진 쇄골의 아찔함과 당장에라도 얼굴을 묻고 싶은 풍만한 젖가슴, 잘록한 허리와 부드러운 곡선으로 이어진 탐스러운 엉덩이……. 아, 이토록 아름다운 여인이 세상에 또 있을까?

"뭘 그리 빤히 보십니까? 부끄럽습니다, 서방님."

하지만 이미 영과 혼이 모두 나가 버린 박수타의 귀엔 아무 말도 들리지 않았다.

"그럼 저도 보겠습니다!"

금보가 대담하게 박수타의 저고리 고름을 풀어버린다. 풀어헤쳐진 저고리 사이로 손을 뻗어 만져 보고 싶을 만큼 아찔한 복근이 드러났다. 박수타가 그 넓은 품으로 홍금보를 끌어당겨 안았다. 살과 살이 스치고 두 사람의 심장이 맞닿아 함께 뛰기 시작했다.

"불, 불을 끄셔야지요."

금보의 속삭임에 박수타가 촛불을 꺼버렸다. 어둠 속의 입맞춤은 영원보다 길고 꿈처럼 달콤했다.

'다시는 놓지 않으리라, 내 품에 안긴 이 사람을.'

죽을 때까지 홍금보의 곁에 있으리라, 다시는 그녀 혼자 두지 않을 것이다, 박수타가 다짐한다. 죽을 때까지 박수타의 곁에 있으리라, 다시는 그와 떨어지지 않으리라, 홍금보가 다짐한다. 그리고 그 하나의 다짐처럼 그들의 몸도 하나가 되었다. 그리고 앞으로도 계속, 그들의 숨이 멎는 그날까지 그들은 하나일 것이다.

에필로그

홍매의 숨소리가 점점 가빠진다. 그녀는 직감했다, 마지막이 왔음을.

새집에서 딸과 사위와 함께한 석 달의 시간은 꿈만 같았다. 넘치도록 행복했고 그래서 이제 미련 없이 떠날 수 있었다. 멀어지는 의식 속에 금보의 울먹이는 목소리가 들려온다.

"어머니, 나는 누구 딸이야?"

그 목소리에 또 하나의 다른 목소리가 겹쳐 들려온다. 장태인이 스스로 목숨을 끊기 전 그녀를 찾아와 물었었다.

"금보가, 그 아이가 진정 나의 핏줄이냐?"

그때 그녀는 이렇게 답했다.

"홍금보는…… 나…… 의…… 딸입…… 니다."

금보를 살려달라 장태인에게 간청을 하러 갔던 날, 홍매는 금보가 그의 딸이라 울부짖었다. 금보를 살려야 했기에. 정말 그의 딸일지도 모른다. 혹은 아닐지도 모른다. 그녀 역시 확신할 수가 없는 일이었다. 하지만 금보가 장태인의 딸인지 명국 사신의 딸인지는 홍매에겐 중요한 것이 아니었다.

"어머니, 나는 누구 딸이야?"

다시 딸의 목소리가 들려온다. 홍매가 마지막 힘을 다해 선명하게 답한다.

"너는…… 나의 딸이다."

너는 누구의 딸도 아닌 나의 딸이다. 이 홍매의 자랑스러운 딸……. 홍매에게 중요한 것은 이 사실 하나뿐이었다. 홍매가 흐릿한 눈을 깜빡여 똑바로 앞을 바라보았다. 눈자위가 벌겋게 물든 홍금보와 슬픈 표정의 박수타가 늘 그렇듯 나란히 붙어 앉아 누워 있는 홍매를 보고 있었다. 두 사람의 모습을 천천히 눈에 담는다. 그리고 뒤틀린 손을 들어 올려 박수타의 손을 꼭 잡는다. 그리고 그의 손을 금보의 손 위에 포갠다. 세 사람의 손이 포개진다.

'이제 편안하게 떠날 수 있네. 내 딸을 잘 부탁하네.'

홍매가 평온한 눈빛으로 박수타를 바라보았다. 홍매의 마음을 읽기라도 한 듯 박수타가 그녀를 향해 고개를 끄덕인다. 홍매의 입가에 잔잔한 미소가 감돈다. 그리고 더 이상 숨소리가 들리지 않았다. 참으로 평온한 마지막이었다.

홍매의 묘는 기방과 장태인의 저택이 모두 잘 내려다보이는 뒷산의 양지바른 곳으로 택했다. 그곳은 장태인이 묻힌 곳과도 그리 멀지 않은 곳이었다.

"어머니, 이제 아프지 말고 편히 쉬어. 그곳에서는 보고 싶은 사람, 만나고 싶은 사람 원 없이 보고 만나고 어루만지면서 살아. 나를 낳아주어서 정말…… 정말 고마워. 고마워요."

금보가 어머니의 무덤 앞에서 마지막 인사를 올린다. 어머니는 끝내 그녀의 진짜 아버지가 누구인지 말해주지 않았다. 하지만 이제 그것은 중요하지 않았다. 이강이 친 오라버니건 아니건 그것도 이제 상관없다. 한때 정말 사랑했던 사람으로, 그녀를 많이 아껴주었던 사람으로 그리 기억할 것이다. 그리고 이제 그녀의 곁엔 세상에서 가장 소중한 사람, 박수타가 있다. 박수타가 그녀의 손을 꼭 잡는다. 그리고 저 먼 곳을 보며 힘차게 말했다.

"나와 함께 명으로 갑시다. 넓은 세상에서 마음껏 노래하고 당신의 뜻을 마음껏 펼쳐 보시오."

홍금보가 박수타를 바라보며 환하게 웃었다. 그리고 힘차게 답했다.

"당신과 함께라면 어디든 가겠어요."

조선기생 홍금보 完

작가의 말

한 편의 글을 마칠 때마다 참으로 좋아했던 벗을 떠나보내는 느낌이 듭니다. 이 이야기를 쓰는 동안 홍금보, 박수타, 장이강, 설향, 허균, 홍길동, 이들과 함께 저도 1598년을 살았습니다. 어제 무슨 일을 했는지 오늘 아침 뭘 먹었는지는 잊어버리면서 1598년 그해 무슨 일이 일어났는지 매일매일을 기억했습니다. 이제 저는 다시 현실로 돌아오지만, 저들은 계속 그곳에서 자신들의 삶을 살아가겠지요? 그렇게 생각하며 아쉬움을 달랩니다.

어느 날 홍콩 영화를 보다 뜬금없이 '홍금보' 라는 기녀의 이미지를 얼핏 떠올려 본 적이 있습니다. 그리고 몇 년 뒤, 임진왜란 때 명군 소속으로 포르투갈 출신의 흑인용병 일명 '해귀' 들이 참전했었다는 기사와 함께 한 장의 그림을 보았습니다.

붉은색 머리에 코가 높고 덩치가 커다란 흑인용병 네 명이 수레를 타고 철수하는 '천조장사전별도' 란 그림이었습니다. 그리고 홍금보를 다시 떠올리게 되었습니다. 박색의 조선 기녀와 독각귀 같은 이방인. 그리고 샌님 통사관과 벙어리 기녀, 허균과 그의 절친한 벗 홍길동. 이렇게 하나씩 인물들이 탄생했습니다. 이들은 모두 '하자' 를 가진 사람들입니다. 현대에 태어났더라면 팔등신 슈퍼모델이 되었을 홍금보는 조선에선 덩치 큰 박색일 뿐이고, 꽃미남 아이돌이 되었을 장이강은 계집 같다 놀림을 받고, 다니엘 헤니나 로버트 패틴슨의 미모에 환호하는 지금과는 달리 사백 년 전 조선인의 눈엔 박수타는 그저 독각귀로 보일 뿐입니다. 결국 '하자' 의 기준이란 장소와 시대에 따라 얼마든지 달라질 수 있는 것입니다. 다수와 다르다 하여 타인에게 하자가 있다 손가락질하는 것이 얼마나 부질없는 짓인가, 이들 마이너들의 이야기를 유쾌하게 즐기며 한 번쯤 생각해 보았으면 했습니다. 저 자신이 하자 많은 인간이라 동병상련을 느꼈는지도 모릅니다.

참, 저의 필명이자 제 글에 항상 등장하는 '육시몬' 은 이번 이야기가 사극인 관계로 '심온' 이라는 이름으로 바뀌었습니다. 사정상 성도 최씨로 바뀌었네요. 다음 글엔 육시몬을 다시 볼 수 있기를, 개인적인 바람입니다.

나의 가족들과 친구들, 제가 필명을 가르쳐 주지 않아 이 글을 볼 수 없습니다. 그래서 생전 안 하던 말을 해볼까 합니다. 늘 한결같이 곁에 있어주는 정구님, 사랑합니다. 소울메이트 경애, 사랑합니다. 저번 달 하늘나라로 떠난 내 친구 업둥이, 사랑한다. 손수화 기자님, 사… 사… 그냥 좋아합니다. 316 마냥 당신의 모든 게 좋은 건 아닐까 나는 겁이 납니다.

마지막으로 본문에서 제가 제일 좋아하는 말을 남기며 후기를 마칩니다.

「떠날 것이 두려워 사랑을 저버릴 순 없다. 죽는 것이 두려워 태어나는 것을 미룰 수 없는 것처럼.」

조금만 용기를 내면 아주 많이 행복해질 수 있습니다. 이 글을 보신 모든 분이 행복하시길 바랍니다.

2013년 가을 육시몬.

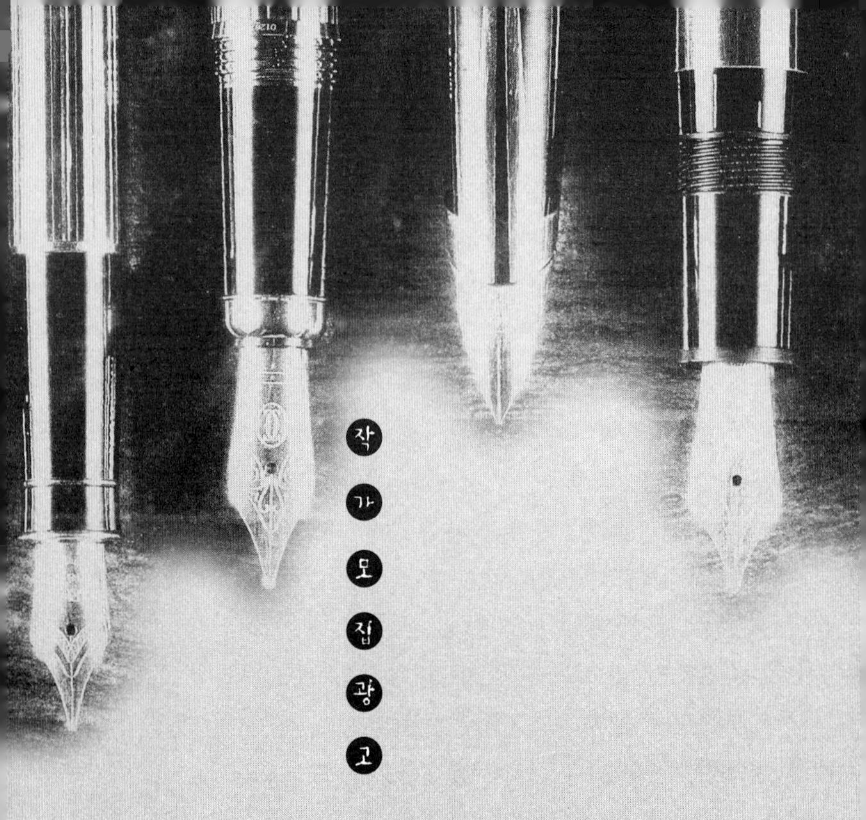
작가모집광고